O... COMME OUBLI

Du même auteur

A comme alibi
Pocket, 1992
(Gérard de Villiers, 1990)

B comme brûlée
Pocket, 1993

C comme cadavre
Pocket, 1993
(Gérard de Villiers, 1989)

D comme dérapage
Pocket, 1993

E comme explosif
Pocket, 1994

F comme fugitif
Pocket, 1994

G comme gibier
Pocket, 1994

H comme homicide
Pocket, 1995

I comme innocent
Pocket, 1995
(Un innocent aux mains pleines, *Presses de la Cité, 1993*)

J comme jugement
Pocket, 1996
(Le Jour du jugement, *Presse de la Cité, 1993*)

K… comme killer
Seuil, 1996
Pocket, 1997

L… comme lequel ?
Seuil, 1997

M… comme machination
Seuil, 1998

N… comme nausée
Seuil, 1999

Sue Grafton

O… COMME OUBLI

roman

TRADUIT DE L'AMÉRICAIN
PAR MARIE-FRANCE DE PALOMÉRA

ÉDITIONS DU SEUIL
27, rue Jacob, Paris VIe

COLLECTION DIRIGÉE
PAR ROBERT PÉPIN

Titre original : *« O » Is for Outlaw*
Éditeur original : Henry Holt and Company
ISBN original : 0-8050-5955-5

ISBN 2-02-038643-7

À ma petite-fille, Kinsey,
avec de l'amour plein le cœur

L'auteur tient à remercier les personnes suivantes pour l'aide précieuse qu'elles lui ont apportée :

Steven Humphrey ; l'inspecteur Peggy Moseley, de la police de Los Angeles ; le capitaine Ed Aasted et le sergent Brian Abbott, de la police de Santa Barbara ; Pat Zuberer, employée de bibliothèque, Barbara Alexander et Betsy Daniels, bibliothécaires, et Ronetta Coates, élève du lycée de garçons de Louisville ; Beverly Herrlinger, coordinatrice des programmes scolaires du bureau des admissions du lycée du comté de Jefferson ; Ray Connors ; Kathy Humphrey, directrice de la communication, Sénat de l'État de Californie ; Dr Marshall Morgan, chef du service des urgences du Centre médical de l'UCLA ; Dr H. Ric Harnsberger, professeur de neuroradiologie et chef du service de neuroradiologie du Centre médical de l'université de l'Utah ; Barry et Bernice Ewing, présidents de la section sportive d'Eagle ; Lee Stone ; Harriet Miller, maire de Santa Barbara ; Danny Nash, du greffe du comté de Jefferson, Louisville, Kentucky ; Erik Raney, adjoint au shérif du comté de Santa Barbara ; Kevin Rudent, agent des services secrets ; Don et Marilyn Gevirtz ; Julianna Flynn ; Ralph Hickey ; Lucy Thomas et Nadine Greenup, bibliothécaires au Centre médical Reeves du Cottage Hospital ; Denise Huff, infirmière diplômée d'État, service des urgences du Cottage Hospital ; Gail Abarbanel, directrice du Centre d'accueil aux victimes de viol de Santa Monica, CHU de l'UCLA ; Jay Schmidt ; Jamie Clark ; et Mary Lawrence Young.

Au lecteur,

Juste un mot pour clarifier la chronologie de ces romans par « alphabet ». Au cas où vous croiriez à des erreurs de calcul de ma part en matière de dates et d'âges, veuillez noter que *A comme alibi* se situe en mai 1982, *B comme brûlée* en juin 1982, *C comme cadavre* en août 1982, etc. Ces romans se faisant suite, Kinsey Millhone est prisonnière d'une distorsion spatio-temporelle et vit et travaille actuellement en 1986, sans avoir accès au téléphone cellulaire ni à Internet et autres techniques de pointe utilisées aujourd'hui par les détectives privés. Elle exploite donc le fonds de commerce du privé classique depuis que ce dur métier existe : la persévérance, l'imagination et l'ingéniosité. En ma qualité de biographe, j'évite en général toute mention de questions d'actualité et de faits datés. Les références à des films, des engouements, des modes ou des thèmes politiques actuels sont très rares, voire inexistantes. Ce livre constitue une exception, le sujet nous reportant à la guerre du Vietnam qui prit fin en 1975, soit onze ans avant les faits relatés ici. Compte tenu des exigences de la narration, je donne vie aux faits historiques à l'aide de personnages de fiction et place des personnes entièrement inventées dans des institutions universitaires et des arènes politiques où leurs homologues « réels » ne manqueront pas de contester leur présence. Pour moi, les plaisirs de la fiction tiennent à son amplification des faits et à son enjolivement de la réalité. Et puis, comme disait mon père : « Je sais que c'est vrai parce que c'est moi qui l'ai inventé. »

Très respectueusement,
Sue Grafton.

CHAPITRE 1

L'expression latine *pro bono*, traduite par « pour des prunes » en langue vulgaire, s'applique à tout travail effectué gratis, comme la plupart des avocats vous le confirmeront. Non que j'exerce une profession juridique. Mais j'ai, en règle générale, trop de bon sens pour faire don de mes services. Or, dans l'affaire qui nous occupe, mon client se trouvait dans le coma et cela compliquait la facturation. D'accord, on pourrait voir la situation sous un autre angle. De temps à autre, un fragment d'une histoire ancienne refait surface, un point à l'ordre du jour de votre vie que vous pensiez avoir réglé depuis longtemps. Brusquement, le revoilà en haut de la page, réclamant votre attention alors même qu'il vous prend entièrement au dépourvu.

D'abord, il y eut le coup de téléphone d'un inconnu ; puis une lettre qui apparut quatorze ans après avoir été envoyée. C'est ainsi que j'appris avoir commis une grave erreur de jugement et finis par risquer ma vie en tentant de la rectifier.

Je venais de boucler un gros dossier et n'étais pas seulement vannée, mais en possession d'un compte en banque rebondi, et ne me sentais donc pas d'humeur à accepter un supplément de travail. J'envisageais de dételer un peu, peut-être même d'aller faire un voyage dans un petit coin pas cher pour lézarder au soleil et lire le dernier roman d'Elmore Leonard en sirotant un punch accompagné d'un morceau de fruit piqué d'une ombrelle en papier. Cela pour vous donner une idée du champ et de la complexité de mes fantasmes de l'heure.

L'appel survint à 8 heures du matin, le lundi 19 mai, pendant que je m'escrimais au club de gym. Je m'étais remise à la musculation les lundi, mercredi et vendredi matin, après mon jogging de 6 heures. Je ne sais vraiment pas quel démon m'y poussait après une pause de deux ans – sans doute une réflexion sur la condition de mortel, la mienne surtout. Au printemps, ma main droite avait été abîmée par un gaillard qui m'avait déboîté deux doigts pour mieux me rallier à son point de vue. J'avais déjà été blessée un jour – une balle qui m'avait esquinté le bras droit – et m'étais rabattue d'instinct sur l'exercice physique. Pour que vous n'alliez pas me croire masochiste ou sujette aux accidents, je dois vous dire que je gagne ma vie en qualité de détective privée. Soyons honnête, le privé moyen est peu souvent armé, rarement poursuivi et presque jamais blessé, sinon par le fil d'une feuille de papier. Ma vie professionnelle se révèle d'ordinaire aussi peu palpitante que celle de n'importe qui. Je relate seulement les épisodes exceptionnels pour ma gouverne : l'analyse des faits me permet de garder la tête claire.

Ceux d'entre vous qui connaissent mes états de service peuvent sauter ce paragraphe. Pour les non-initiés, je suis de sexe féminin, j'ai trente-six ans, deux divorces à mon actif, et vis à Santa Teresa, en Californie, à quatre-vingt-quinze miles au nord de Los Angeles. Actuellement, j'occupe un petit bureau dans les vastes locaux du cabinet d'avocats Kingman et Ives. Comme je fais appel aux services de Lonnie Kingman en cas de besoin, il m'avait paru logique de frapper à sa porte quand je cherchais un local. Je m'étais retrouvée à la rue après avoir été remerciée sans cérémonie de mon dernier emploi : enquêtrice spécialisée en incendies criminels et déclarations de décès fictifs pour le compte de la California Fidelity Insurance. Cela fait plus de deux ans que je travaille avec Lonnie, mais je reconnais nourrir un désir de revanche assez peu glorieux à l'encontre de la CFI.

Après plusieurs mois d'haltères et autres, j'avais amélioré mon tonus musculaire et augmenté ma force physique. Ce matin-là, j'avais fait travailler les parties du corps habituelles : deux séries de quinze extensions et flexions de jambes, abdominaux, fessiers, torsions latérales, plus la musculation pectorale et des épaules et divers exercices sollicitant les biceps et les triceps. Regonflée à bloc et euphorique, je poussai la porte de l'appartement en jetant comme toujours un regard au répondeur. Le voyant des messages clignotait. Je lâchai mon sac de gym, jetai mes clés sur le bureau, appuyai sur la touche PLAY et attrapai un crayon et un bloc au cas où il m'aurait fallu prendre des notes. Tous les jours avant de quitter le bureau, je branche le report d'appel du standard de Lonnie. Cette simple opération me permet de rester au lit toute la journée et d'avoir affaire au public sans m'habiller.

La voix était mâle, un brin rocailleuse, le message donnant à peu près ceci : « Mademoiselle Millhone, Teddy Rich à l'appareil. J'appelle d'Olvidado pour un truc qui pourrait vous brancher. On est lundi et il est huit heures du matin. J'espère que ce n'est pas trop tôt. Passez-moi un coup de fil quand vous pourrez. Merci. » Il dévida un numéro de téléphone commençant par 805, l'indicatif du secteur, que je notai consciencieusement. Il était seulement 8 h 23, je ne l'avais pas raté de beaucoup. Olvidado est une ville de 157 000 âmes et se trouve à trente miles au sud de Santa Teresa, sur l'A 101. Toujours intéressée par ce qui pourrait me « brancher », je composai le numéro qu'il m'avait laissé. Comme la sonnerie s'éternisait, je crus que j'allais tomber sur son répondeur, mais quelqu'un finit par décrocher et je reconnus la voix caractéristique de M. Rich.

– Monsieur Rich ? Bonjour. Kinsey Millhone, de Santa Teresa. Vous m'avez appelée.

– Ah, mademoiselle Millhone ! s'exclama-t-il. Ravi de vous entendre. Comment vous portez-vous par cette belle journée ?

– Bien. Et vous ?

– Très bien. Merci de me poser la question et merci de rappeler si vite. J'apprécie.

– C'est bien normal. Que puis-je pour vous ?

– Ma foi, j'espère que c'est moi qui peux quelque chose pour vous, dit-il. Je m'occupe d'unités d'entreposage. Cela vous dit-il quelque chose ?

– Je crains que non.

Je tirai la chaise et m'assis, comprenant que Ted Rich allait prendre tout son temps pour m'expliquer. Je l'avais déjà rangé dans la catégorie vendeur ou colporteur, à savoir le genre d'individus passionnément épris du moindre atome de séduction qu'ils possèdent. Je ne voulais pas de ce qu'il vendait, mais pourquoi ne pas l'écouter jusqu'au bout ? Le domaine du débarras de boxes de rangement m'étant inconnu, j'accordai à mon bonhomme le bénéfice de la nouveauté.

– Je ne vais pas vous assommer de détails, reprit-il. Disons que j'achète aux enchères le contenu de garde-meubles individuels en cas d'arriérés de paiement.

– J'ignorais qu'on procédait ainsi. Mais l'opération paraît logique.

Je sortis la serviette de toilette de mon sac de gym et me frictionnai la tête. J'avais les cheveux encore mouillés par l'effort et, me refroidissant de minute en minute, aspirais à filer sous une douche chaude avant d'être entièrement percluse.

– Rien de plus normal. Si la location de l'unité reste impayée plus de soixante jours, le contenu part en salle des ventes. Sinon, comment la compagnie rentrerait-elle dans ses frais ? C'est alors que les types comme moi se pointent et font une offre sans connaître le montant des offres concurrentes, dans une fourchette de deux cents à quinze cents dollars, en espérant toucher le gros lot.

– Par exemple ?

Je me baissai, délaçai mes Saucony et dégageai mes pieds. Mes socquettes de gym empestaient, et pourtant je ne les portais que depuis une semaine.

– Oh, la plupart du temps, c'est de la camelote, mais il arrive qu'on ait de la chance et qu'on tombe sur une aubaine. Des outils, des meubles, des trucs dont on peut tirer de l'argent. Je suis sûr que vous vous demandez où est le rapport avec vous ?

– L'idée m'a traversé l'esprit, dis-je sans curiosité excessive pour le baratin qu'il n'allait pas manquer de me servir. Aujourd'hui, on peut acquérir pour une broutille tout un bric-à-brac d'objets de rebut pour en encombrer son intérieur.

– Oui, voilà. Toujours est-il que, samedi dernier, j'ai fait une offre pour deux unités. Ça ne m'a pas rapporté grand-chose, mais en en triant le contenu, je suis tombé sur des papiers personnels à votre nom. Je me demandais si vous teniez à les récupérer.

– Quel genre de papiers ?

– Laissez-moi voir. Ne quittez pas. Franchement, je ne m'attendais pas à avoir si vite de vos nouvelles, sinon je les aurais mis devant moi sur le bureau.

Je l'entendis fourrager dans des papiers.

– OK, j'y suis. Nous avons là un bracelet de bébé en perles roses, plus une ribambelle de souvenirs d'école : dessins, photos de classe, bulletins scolaires de l'école élémentaire Woodrow Wilson. Ça vous rappelle quelque chose ?

– Vous voulez dire que mon nom figure sur ces documents ?

– Kinsey Millhone, on est bien d'accord ? Millhone avec deux « l ». J'ai un bulletin concernant un devoir d'histoire intitulé « La Mission de San Juan Capistrano », avec une maquette de ladite mission en emballage à œufs en carton. Classe de Mme Rosen, CM 2. Elle vous a fichu un D plus. « Devoir convenable, mais projet mal présenté. » J'ai eu un prof comme elle dans le temps. Quelle salope ! ajouta-t-il d'un ton absent. Oh, et ce n'est pas tout. Un diplôme de fin d'études du lycée de Santa Teresa, daté du 10 juin 1967. Assez probant, non ?

– Ma foi...

– Bon, eh bien voilà.

– Ce n'est pas que ça ait beaucoup d'importance, mais comment m'avez-vous retrouvée ?

– Simple comme bonjour ! J'ai appelé les Renseignements. Comme le nom de Millhone ne court pas les rues, j'ai pensé au vieux proverbe : « Les pommes, ça tombe près du pommier. » Vous connaissez ? Je suis parti du principe que vous habitiez dans le coin. Évidemment, vous auriez pu vous être mariée et avoir changé de nom. J'ai quand même risqué le coup. Mais pour en revenir à nos moutons... ça vous dit de récupérer ces trucs ?

– Je ne comprends pas comment ils ont pu atterrir à Olvidado. Je n'y ai jamais loué de garde-meubles !

Je l'entendis qui commençait à biaiser.

– Je n'ai jamais dit Olvidado, si je ne m'abuse. Je fais les ventes de tout l'État. Dites donc… je voudrais pas paraître grossier, mais si vous êtes prête à allonger quelques billets, on peut peut-être s'arranger pour que vous récupériez le carton.

J'hésitai, agacée par la maladresse de la manœuvre. Je me rappelais mes déboires dans la classe de Mme Rosen, mon écœurement d'avoir eu une si mauvaise note après tout le mal que je m'étais donné. À vrai dire, j'avais si peu de souvenirs personnels que toute adjonction valait un effort. Je n'étais pas prête à dépenser des fortunes, mais je ne voulais pas davantage renoncer à la marchandise sans l'avoir vue.

– Ces papiers ne valent sûrement pas grand-chose, dis-je, sinon leur disparition m'aurait frappée.

Je ne l'avais pas encore rencontré qu'il m'était déjà antipathique.

– Dites donc ! Je suis pas là pour discuter. J'ai pas l'intention de vous mener en bateau ou autre. Vous voulez parler de valeur ? Allons-y. Dites votre prix.

– Si je réfléchissais et vous rappelais ?

– Justement… Pourquoi on ne trouverait pas un moment pour se voir ? Vous pourriez y jeter un coup d'œil et vous décider. Sinon, comment saurez-vous que vous y attachez de la valeur ? Évidemment, il faudrait que vous descendiez jusqu'ici, mais je suppose que vous êtes motorisée ?

– Ça pourrait se faire.

– Bravo ! dit-il. Quels sont vos projets pour aujourd'hui ?

– Aujourd'hui ?!

– Inutile de remettre au lendemain ce qu'on peut faire le jour même.

– Pourquoi êtes-vous si pressé ?

– C'est pas que je sois pressé, mais j'ai des rendez-vous tout le reste de la semaine. Je gagne ma vie en renouvelant mon stock, et mon garage est déjà plein comme un œuf. Vous avez du temps aujourd'hui ?

– Je devrais pouvoir me libérer, oui.

– Parfait. On se rencontre dès que possible et on voit si on peut faire affaire. Il y a un café en bas de ma rue. J'ai un truc à régler et j'y serai dans une petite heure. Disons… neuf heures trente. Si je ne vous vois pas, de toute façon il faut que je passe à la décharge, ça ne me coûtera rien.

– Ça ferait dans les combien ?

– Côté prix ? Disons dans les trente dollars. Ça vous paraît raisonnable ?

– Exorbitant, oui ! m'exclamai-je.

Je lui demandai le chemin. Quel raseur !

Je me douchai et enfilai mes éternels jean et tee-shirt, puis je fis le plein de la Volkswagen et m'engageai dans la 101 plein sud. Le trajet jusqu'à Olvidado me prit vingt-cinq minutes. Conformément aux instructions de Ted Rich, je sortis à Olvidado Avenue et tournai à droite en bas de l'échangeur. Un grand centre commercial se dressait avant le carrefour suivant. Le terrain alentour, à vocation agricole au départ, s'était peu à peu reconverti en parc d'exposition de voitures neuves et d'occasion. Des guirlandes de petits pavillons en plastique battant au vent dessinaient un grand pavois au-dessus de l'aire asphaltée, où des rangées de véhicules scintillaient sous un soleil de mai peu convaincu. Un mini-dirigeable en forme de requin flottait au bout d'une corde, à une dizaine de mètres en l'air. La signification m'en échappa, mais je suis mal placée pour juger.

En face du centre commercial, les boutiques se répartissaient à égalité en fast-foods, magasins d'alcool et de spiritueux et services de photocopie avec Photomaton. On remarquait même un espace proposant des services juridiques instantanés : règlement minute de tous vos litiges. DÉPÔT DE BILAN 99 $. DIVORCE 99 $. DIVORCE + ENFANTS 99 $ + FRAIS DE CONSTITUTION DE DOSSIER. *Se habla español.* Le café qu'il avait mentionné semblait être le seul commerce du secteur acceptant les enfants.

Je me garai dans le parking et me propulsai sur les lieux, en quête de quelqu'un qui corresponde à son signalement. Il avait dit faire dans les un mètre quatre-vingt-cinq et être beau comme un jeune premier de cinéma, mais s'était ensuite étranglé de rire, ce qui m'amenait à en douter. Il guetterait mon arrivée, m'avait-il assuré. J'avisai un type qui leva la main en signe de bienvenue et me fit comprendre de le rejoindre dans son box. Il avait une grosse tête carrée et rubiconde, son bronzage filant dans le V du col déboutonné de sa chemise bleue de travail. Ses cheveux brun foncé étaient coiffés en arrière, et la casquette de base-ball posée sur la table à côté de lui avait laissé des marques sur ses tempes. Il avait le nez épaté, les paupières tombantes et des poches sous les yeux. Quelques poils de barbe avaient échappé à son rasage matinal. Bâti en armoire à glace et manches retroussées découvrant des avant-bras puissants. Il avait ôté son coupe-vent marron foncé, soigneusement plié à présent sur le dos de la banquette.

– Monsieur Rich ? lui lançai-je. Kinsey Millhone. Comment allez-vous ?

Nous nous serrâmes la main par-dessus la table et je me rendis compte qu'il inspectait ma personne avec tout autant de minutie que moi quelques instants plus tôt.

– Appelez-moi Teddy. Beau brin de fille, dites-moi. Merci d'avoir fait le déplacement.

Il jeta un coup d'œil à sa montre pendant que je me glissais dans le box en face de lui.

– Malheureusement, j'ai juste disons… quinze, vingt minutes avant de devoir filer. Toutes mes excuses si je vous bouscule, mais, juste après notre discussion, j'ai eu un appel d'un type de Thousand Oaks qui me réclame une estimation pour son toit.

– Vous êtes couvreur ?

– Pour vous servir. (Il fouilla dans la poche de son pantalon.) Je vous donne ma carte au cas où vous auriez des travaux à faire. (Il sortit un petit étui en skaï et en retira un paquet de cartes de visite professionnelles.) Je suis spécialisé dans la pose et la réfection des toitures.

– Mais encore ?

– Le grand jeu. Ravalement, dépose, décapage, tous types de matériaux, synthétique, ardoises, tuiles, ce que vous voulez. Mon domaine, c'est la réparation et la prévention. Je pourrais vous faire une ristourne… disons : dix pour cent si vous vous décidez ce mois-ci. Quel genre de maison avez-vous ?

– Je suis locataire.

– Alors, peut-être que votre proprio a besoin qu'on s'occupe de sa toiture. Tenez, gardez ça. Prenez-en autant que vous voulez.

Il me tendit une poignée de cartes de visite déployées en éventail à l'envers, comme pour un tour de magie.

J'en pris une et l'étudiai. La carte indiquait son nom, son numéro de téléphone et une boîte postale. Son entreprise s'appelait « FAÎTES ET TOITURES », l'accent circonflexe sur le « i » de « Faîtes » se prolongeant de part et d'autre pour évoquer les arêtes d'un toit. Elle avait pour devise : *Une solution à tous vos problèmes de couverture.*

– Facile à retenir, lui fis-je remarquer.

Il avait observé ma réaction, le visage sérieux.

– Je viens de les faire imprimer. L'idée est de moi. Avant, ça s'appelait « Toits Ted ». Vous savez bien… simple, basique, avec une touche personnelle. J'aurais pu dire « Toits Rich », mais ça prêtait à confusion. J'ai été dix ans dans le métier, et puis il y a eu la sécheresse, et le marché s'est tari…

– On ne saurait mieux dire.

Il sourit, laissant apparaître un petit vide entre ses deux dents du bas.

– Dites donc, elle est bonne, celle-là ! J'aime bien votre sens de l'humour. Tenez, j'en ai une qui va vous plaire. Deux ans sans une goutte d'eau et les gens prennent leur toit pour du béton et laissent tomber. Vous pigez ? Laissent tomber-béton !

– Génial, dis-je.

– Toujours est-il que j'en ai bavé. J'ai dû carrément fermer et mettre en liquidation. Ma femme l'a mal pris et s'est tirée, le chien est mort et, là-dessus, je me suis fait esquinter mon camion. Pour déguster, j'ai dégusté. Maintenant qu'on a de nouveau un temps pourri, j'ai eu envie de repartir de zéro. « Faîtes et toits » est une sorte de jeu de mots.

– Ah, dis-je. Et cette histoire de débarras ? Comment l'idée vous en est-elle venue ?

– Je me suis dit que je ne pouvais pas rester à me tourner les pouces quand la toiture s'est effondrée – si on peut dire, ajouta-t-il avec un clin d'œil à mon intention. J'ai décidé de me lancer dans la récup. J'avais mis un peu de fric de côté à l'insu de ma femme et de mes créanciers, ça m'a aidé à démarrer. Il faut compter cinq, six mille dollars si on veut faire les choses correctement. Je me suis fait baiser une fois ou deux, mais, sinon, je me suis pas trop mal débrouillé, même si je m'envoie des fleurs.

Il attira l'attention de la serveuse, leva sa tasse en l'air, puis son regard revint sur moi.

– Je vous offre un café ?

– Avec plaisir. Vous faites ça depuis combien de temps ?

– Environ un an. On nous appelle des « broques » ou des turfistes du débarras, parfois des revendeurs, des chasseurs de trésor. Voilà comment je procède. Je coche les ventes dans les journaux. Je suis aussi abonné à deux bulletins professionnels. On ne sait jamais ce qu'on va trouver. Il y a quinze jours, j'ai payé deux dollars cinquante et dégoté un tableau qui en valait plus de quinze cents. Je n'en revenais pas !

– J'imagine.

– Bien entendu, il y a des règles dans le métier, comme partout ailleurs. On ne peut pas toucher au contenu des unités ni les visiter avant le début des enchères, et le remboursement n'existe pas. Vous payez six cents dollars et vous vous retrouvez avec une pile de vieux magazines, vous vous en mordez les doigts. Mais c'est la vie, comme on dit.

– Et vous en vivez ?

Il changea de position sur sa banquette.

– Pas au point que ça se verrait. C'est un passe-temps entre deux toitures. L'avantage, c'est que ça n'a l'air de rien sur le papier et que Madame ne peut pas me réclamer de pension alimentaire. C'est elle qui s'est tirée, alors moi je dis : qu'elle aille se faire mettre.

La serveuse fit son apparition avec un pichet de café à la main, le resservit et remplit une tasse pour moi. Teddy et elle échangèrent des plaisanteries. Je pris tout mon temps pour ajouter du lait à mon café, puis déchirer le coin d'un sachet de sucre alors que d'habitude je m'en passe. N'importe quoi pour m'occuper, le temps qu'ils finissent de discuter. À vrai dire, je crois qu'il en pinçait pour elle.

Une fois qu'elle fut repartie, Teddy s'intéressa de nouveau à moi. J'aperçus le carton sur la banquette, à côté de lui. Il remarqua mon regard.

– Curieuse à ce que je vois. Vous voulez jeter un œil ?

– Bien sûr, dis-je.

J'eus un mouvement en direction du carton, mais il m'arrêta d'une main.

– D'abord cinq dollars, lança-t-il, puis il éclata de rire. Vous auriez dû voir votre tête ! Allez… Je vous taquinais. Servez-vous.

Il souleva le carton et me le tendit par-dessus la table. Il était carré et mesurait un peu moins d'un mètre de côté, pas commode à saisir mais pas lourd, et imprégné de poussière. On en avait fermé le haut, mais je voyais l'endroit où le ruban adhésif avait été coupé et les rabats ramenés ensemble. Le contenu semblait avoir été replacé rapidement et n'importe comment, sans souci d'un ordre quelconque. On aurait dit le dernier carton d'un déménagement : le bric-à-brac qu'on n'ose pas jeter mais dont on ne sait pas quoi faire non plus. Le genre de carton à traîner à la cave pendant les dix années suivantes sans qu'on l'ouvre jamais et que rien n'encourage à explorer même pour y chercher un objet précis. D'un autre côté, qu'on éprouve le besoin d'en inventorier le contenu, et l'on se sentira encore trop attaché aux objets pour tout jeter à la poubelle. Au prochain déménagement, on finira par l'ajouter aux autres dans le fourgon, accumulant bon an mal an assez de saloperies pour remplir un… un carton de débarras.

Je sus au premier regard que ces articles m'intéressaient. Outre les souvenirs de mes petites classes, je repérai le diplôme de fin d'études qu'il avait mentionné, mon livre de promotion, quelques manuels scolaires et, surtout, des masses de photocopiés de l'académie de police. Trente dollars pour un pareil trésor, c'était donné.

Teddy m'observait, essayant de convertir ma réaction en dollars. Je m'aperçus que j'évitais de le regarder dans les yeux pour l'empêcher de jauger l'intensité de mon intérêt.

– C'était entreposé à quel nom ? lui demandai-je pour gagner du temps. Je ne crois pas que vous l'ayez précisé.

– Un certain John Russell. Un de vos amis ?

– Je ne dirais pas un ami, mais oui, je le connais. En réalité, c'est une plaisanterie pour initiés, un nom d'emprunt si vous voulez. « John Russell » est le héros d'un roman d'Elmore Leonard intitulé *Hombre*.

– Ah. J'ai essayé de mettre la main sur ce monsieur, mais sans succès. Il y a bien trop de Russell dans cette partie de l'État. Deux douzaines de Jonathan, quinze ou vingt John, mais aucun n'était le bon, j'ai vérifié.

– Vous vous êtes donné du mal…

– Et comment ! Il m'a fallu deux bonnes heures avant d'abandonner. J'ai fait tout le secteur : Perdido, le comté de L.A., Orange, San Bernardino, le comté de Santa Teresa. Je suis même allé jusqu'à San Luis ! Pas trace du mec. D'après moi, ou bien il est mort ou bien il a changé d'État.

Je bus une gorgée de café, me gardant de tout commentaire. Gorgé de lait et de sucre, le café avait un goût de bonbon.

Teddy pencha la tête avec l'air de ne pas y croire.

– Alors comme ça, vous êtes détective privée ? J'ai vu que vous figuriez dans l'annuaire sous le nom de Millhone, enquêtes.

– C'est exact. J'ai passé deux ans dans la police, et c'est là que j'ai fait la connaissance de John.

– C'est un flic ?

– Plus maintenant, mais à l'époque.

– J'aurais vraiment pas cru… je veux dire, à voir les saletés qu'il avait entassées dans ce box ! J'aurais plutôt dit une espèce de clodo. C'est l'impression que ça m'a fait.

– Vous auriez des gens qui seraient d'accord.

– Mais pas vous, à ce que je comprends.

Je haussai les épaules sans rien dire.

Teddy m'observait d'un air finaud.

– Ce type, il est quoi pour vous ?

– Pourquoi cette question ?

– Allons… c'est quoi, son vrai nom ? Je peux peut-être

retrouver sa piste, comme quand on cherche des personnes disparues.

– Pourquoi vous donner ce mal ? Ça fait des années qu'on n'a plus aucun contact. Il ne représente rien pour moi.

– Mais vous avez éveillé ma curiosité. Pourquoi le nom d'emprunt ?

– Il était à la brigade des mœurs à la fin des années soixante et au début des années soixante-dix. On démantelait de gros réseaux de stups, à l'époque. John travaillait sous un faux nom et se tapait une parano pas possible sur sa véritable identité.

– Un peu fêlé, non ?

– Peut-être, dis-je. Qu'y avait-il d'autre dans l'unité ?

Il eut un geste vague.

– Des trucs inutiles. Une tondeuse à gazon, un aspirateur déglingué. Il y avait un grand carton d'ustensiles de cuisine : un rouleau à pâtisserie, un énorme saladier en bois, il faisait bien un mètre de large, une série de bols en faïence… comment on appelle ça ?… ah oui, un service en Fiesta. J'en ai tiré un bon prix. Du matériel de ski, des raquettes de tennis, aucune de la première jeunesse. Il y avait aussi un vieux vélo, un moteur de moto, un enjoliveur de roue et des pièces détachées de voiture. J'imagine que votre Russell était du genre à entasser, incapable de rien jeter. J'ai vendu le plus gros à la foire à la brocante du coin ; pas plus tard qu'hier.

Je sentis mon cœur flancher. Le gros rouleau à pâtisserie en bois avait appartenu à ma tante Gin. Je me fichais du service en Fiesta, bien qu'il me vînt d'elle aussi. J'aurais aimé pouvoir racheter le rouleau à pâtisserie. Tante Gin s'en servait pour confectionner des petits pains au sucre – un de ses rares talents ménagers –, abaissant la pâte avant de la saupoudrer de cannelle et de sucre. Il faudrait que j'en fasse mon deuil ; inutile de gémir sur ce qui avait déjà disparu. Curieux comme on peut trouver soudain tant de charme à un objet oublié depuis des lustres !

Il me montra le carton d'un signe de tête.

– Trente dollars et c'est à vous.

– Vingt. Ça les vaut à peine. Tout est bon pour la poubelle.

– Vingt-cinq. Allez. Pour les joies du retour aux sources. Des choses pareilles, vous n'en reverrez jamais plus. Le trip sentimental et tout. Autant ne pas le lâcher tant que vous le tenez.

Je sortis un billet de vingt dollars de mon sac et le posai sur la table.

– Personne ne vous en donnera un quart de dollar.

Il haussa les épaules.

– Alors, je le jette. Tant pis. Vingt-cinq dollars, c'est mon dernier mot.

– Teddy, aller jusqu'à la décharge vous en coûtera quinze. Là, ça vous en fait cinq de gagnés.

Il regarda l'argent, me jeta un coup d'œil rapide, puis s'empara du billet en poussant un grand soupir écœuré.

– C'est bien parce que c'est vous, dit-il. Sinon, j'aurais été furieux.

Il plia le billet dans le sens de la longueur et le fourra dans sa poche.

– Vous n'avez toujours pas répondu à ma question, insista-t-il.

– Laquelle ?

– C'est quoi, ce type, pour vous ?

– Personne en particulier. Un ami d'autrefois… En tout cas rien qui puisse vous concerner.

– Ah, je vois. Je comprends. Maintenant c'est un « ami ». Intéressant. Sans doute un ami assez proche pour récupérer vos affaires.

– Qu'est-ce qui vous fait dire ça ?

Il se tapota la tempe.

– J'ai l'esprit logique. L'esprit d'analyse, comme on dit. Je parie que je pourrais être un privé, comme vous.

– Évidemment, Teddy. Pourquoi pas ? En fait, j'ai déposé des cartons chez John quand j'étais en plein déménagement. Ils ont dû être mélangés avec les siens quand il a quitté Santa Teresa. À propos, de quel garde-meubles s'agit-il ?

Il prit un air rusé.

– Pourquoi cette question ? demanda-t-il d'un ton légèrement narquois.

– Parce que je me demande s'il se trouve encore dans les parages.

Il m'avait vue venir. Il me fit signe que non de la tête.

– Inutile. Laissez tomber. Vous perdriez votre temps. Regardez les choses en face, quoi ! Si le type s'est servi d'un faux nom, il a aussi donné un numéro de téléphone et une adresse bidon. À quoi bon contacter la société ? Ils ne vous diront rien.

– Je parie que j'arriverais à mes fins. C'est comme ça que je gagne ma vie.

– Vous et Dick Tracy.

– Tout ce que je vous demande, c'est le nom de la boîte.

Il sourit.

– Combien ?

– Comment ça « combien » ?

– Donnant donnant. Vingt dollars.

– Ne faites pas l'idiot. Je ne vais tout de même pas vous payer. C'est ridicule !

– Alors, faites-moi une offre. Je suis un type raisonnable.

– À d'autres !

– Tout ce que je dis, c'est qu'un petit service en vaut un autre.

– Il n'y a sûrement pas beaucoup de garde-meubles dans la région.

– Quinze cent onze, en comptant les comtés avoisinants. Pour dix dollars, je vous donne le nom du bled.

– Pas question.

– Allons. Comment vous le trouverez sans ça ?

– Je suis sûre que j'inventerai quelque chose.

– On parie ? Cinq dollars que vous n'y arriverez pas.

Je consultai ma montre et me glissai hors de la banquette.

– Je resterais volontiers à bavarder, Teddy, mais vous avez votre rendez-vous et moi, j'ai du travail qui m'attend.

– Vous m'appelez si vous changez d'avis ? On pourrait faire équipe pour le retrouver. S'associer, quoi. Je parie qu'un type avec mes relations vous serait très utile.

– Je n'en doute pas.

Je saisis le carton, marmonnai quelques politesses supplémentaires et rejoignis ma voiture. Puis je posai le carton à la place du passager, m'installai au volant, verrouillai les deux portières d'un geste instinctif et vidai un grand coup mes poumons. Mon cœur battait à tout rompre et je me sentais mouillée de transpiration au bas du dos. « John Russell » était le nom d'emprunt d'un ancien inspecteur de la brigade des mœurs de Santa Teresa nommé Mickey Magruder, mon premier ex-mari. Que signifiait toute cette histoire ?

CHAPITRE 2

Je me tassai un peu dans ma voiture et, un rien ratatinée, passai le parking au peigne fin. J'aperçus un pick-up blanc garé au fond et la benne du van encombrée des seaux et bâches que j'imaginais indispensables à un as de la couverture comme Teddy. Une boîte à outils démesurée était posée derrière la cabine, une échelle coulissante en aluminium semblait fixée tout à l'arrière, ses deux crampons d'arrimage en métal saillant de trente bons centimètres. J'ajustai le rétroviseur, ne quittant pas des yeux le véhicule jusqu'au moment où Ted Rich sortit du café, en casquette de base-ball et coupe-vent marron. Il avait les mains dans les poches et sifflotait en rejoignant le pick-up et cherchant ses clés. J'entendis le moteur de son camion revenir à la vie, mais restai un moment penchée sur le côté, hors de son champ de vision. Dès qu'il m'eut dépassée, je me redressai et le regardai tourner à gauche et s'engager dans les files de voitures qui gagnaient la bretelle d'accès sud de l'autoroute.

J'attendis qu'il disparaisse, puis je sortis de la Volkswagen et allai jusqu'à la cabine téléphonique proche de l'entrée du parking. Je posai sa carte de visite sur l'étroite étagère de métal destinée à cet effet, saisis l'annuaire qui pesait une tonne et l'ouvris à la rubrique « Vie pratique ». La nomenclature des service publics m'ayant donné le numéro que je cherchais, je fourrageai au fond de mon sac à bandoulière pour y dénicher de la monnaie. J'insérai mes pièces dans la fente et composai le numéro du bureau de poste local figurant sur la carte de visite de Rich. Au bout de deux sonneries un message pré-enregistré se déclencha, me soumettant à son tir habituel de propos réconfortants. Toutes les lignes étaient occupées pour l'instant, mais on répondrait à mon appel dès que mon numéro d'ordre se présenterait. À en croire la bande enregistrée, le bureau de poste me remerciait de ma patience, ce qui montre à quel point on me connaît mal.

Lorsqu'une employée en chair et en os prit enfin la ligne, je lui donnai le numéro de boîte postale de Faîtes et Toitures, peut-être répertorié sous le nom de Toitures Ted. Il ne lui fallut que quelques minutes pour vérifier le contrat de location de sa boîte postale et me donner l'adresse correspondante. Je la remerciai et appuyai sur le commutateur. Glissai une autre pièce dans la fente et composai le numéro de téléphone figurant sur la carte de visite. Comme je le soupçonnais, personne ne décrocha, mais le répondeur de Rich s'enclencha prestement. J'appris avec plaisir que le dénommé Ted Rich était le meilleur installateur qualifié de matériaux ignifuges pour toitures. Le message précisait aussi que le mois de mai se prêtait particulièrement aux travaux d'étanchéité, ce qui m'avait échappé. Plus important, Teddy ne se trouvait pas chez lui, ni personne d'autre apparemment.

Je revins à la voiture, récupérai un plan d'Olvidado dans la boîte à gants et repérai la rue dans la liste. En suivant les coordonnées alphabétique et numérique, je localisai son emplacement, pas très loin de l'endroit où je me trouvais. Joie, pleurs de joie. Je mis le contact et passai en marche arrière ; moins de cinq minutes plus tard, je longeais au ralenti la maison de Teddy, depuis laquelle il gérait son affaire de couverture.

J'avisai une place six portes plus bas et restai un moment dans la voiture, tandis que mon bon ange et mon mauvais démon se disputaient la possession de mon âme. J'avais promis de m'amender, me rappela mon bon ange. Puis il énuméra les occasions où ma conduite habituellement scandaleuse ne m'avait valu que « peine et affliction », pour reprendre ses termes. Certes, mais, comme me l'affirma mon mauvais démon, c'était franchement ma seule chance d'obtenir le renseignement que je cherchais. Si Rich avait « partagé » le nom du garde-meubles, je n'en aurais pas été réduite à de telles extrémités, bref, c'était de sa faute. Il avait mis le cap sur Thousand Oaks pour estimer le toit d'un quidam. L'aller-retour lui prendrait à peu près une demi-heure, plus une autre demi-heure pour tailler une bavette et boire un pot, car c'est ainsi que se traitent les affaires entre hommes. Nous nous étions quittés à 10 heures. Il était à présent 10 heures et quart, avec un peu de chance il ne serait pas de retour avant quarante-cinq minutes.

Je pris mon jeu de crochets dans mon sac que j'avais déposé sur la banquette arrière, sous la pile de vêtements divers que j'y laisse toujours. Au cours d'une filature, j'utilise souvent des tenues de camouflage ; bonne spécialiste des transformations rapides que je suis, j'aime varier mon apparence. Cette fois, je me trouvai une combinaison de travail bleu marine, très professionnelle. Le badge de la manche, confectionné sur mes instructions, indiquait MUNICIPALITÉ DE SANTA TERESA et donnait à entendre que je travaillais dans les services des travaux publics de la ville. De loin, les citoyens d'Olvidado n'y verraient sûrement que du feu. Avec force contorsions sur le siège du conducteur, je l'enfilai par-dessus mes éternels tee-shirt et jean. Je remontai la fermeture Éclair sur le devant et fourrai mon jeu de crochets dans une poche. J'attrapai le bloc à pince assorti à la tenue avec son lot de paperasses standard, puis je fermai à clé la voiture et rebroussai chemin jusqu'à l'allée de graviers de la maison de Ted Rich. Aucun véhicule ne stationnait à proximité.

Je gravis les marches du perron et appuyai sur la sonnette. Puis j'attendis en feuilletant les papiers du bloc et griffonnant d'une main d'expert une note avec le stylo-bille accroché à une chaînette. Je sonnai encore, mais il n'y eut pas de réponse. *Quelle surprise*[1] ! Je gagnai la fenêtre de devant, la main en visière pour regarder à travers la vitre. Outre le fait que l'occupant demeurait invisible, on devinait la maison d'un homme habitué à vivre seul, sentiment que confirmait la présence d'une Harley Davidson au milieu de la salle à manger.

Mine de rien, je jetai un coup d'œil alentour. Personne sur le trottoir et pas de voisins aux aguets de l'autre côté de la rue.

1. En français dans le texte.

Il n'empêche : je fronçai fort les sourcils et fis grand étalage de ma perplexité. Je consultai ma montre pour montrer que moi, au moins, j'étais exacte à ce rendez-vous imaginaire. Je redescendis les marches et suivis l'allée jusqu'à l'arrière de la maison. Une clôture fermait la cour, et les arbustes avaient suffisamment poussé pour toucher les câbles utilitaires bordant le terrain. La cour était déserte. Les deux portes individuelles du garage étaient fermées et arboraient des cadenas dissuasifs.

J'escaladai les marches de la véranda et vérifiai si aucun voisin ne composait fébrilement le numéro de police secours. Comme personne ne se mêlait de mes affaires, je jetai un coup d'œil par la fenêtre de la cuisine. La lumière était éteinte dans toutes les pièces que je pouvais voir. Je tâtai la poignée de la porte. Fermée à clé. Mon regard s'attarda sur la serrure, une Schlage : combien de temps lui faudrait-il pour céder à mon crochet ? À la hauteur de mes genoux, je remarquai qu'on avait ménagé dans la moitié inférieure de la porte une trappe pour un animal domestique d'un gabarit appréciable. Tiens donc. Je me baissai, poussai le vantail : une portion de linoléum de cuisine s'offrit à ma vue. Je me souvins de l'allusion que Ted Rich avait faite à son divorce et à la mort de son chien bien-aimé. L'ouverture réservée au toutou semblait assez large pour ma personne.

Je posai mon bloc au bord de la véranda et me mis à quatre pattes. Avec mon mètre soixante-cinq et mes cinquante-trois kilos, ma demande d'admission ne présentait que des difficultés mineures. Bras tendus en avant, le corps en biais, j'entrepris de me glisser par l'ouverture. Une fois que j'eus réussi à faire passer ma tête et mes épaules à l'intérieur, je m'immobilisai pour faire un point rapide et vérifier que la maison n'abritait personne. Mon champ de vision latéral s'arrêtait au coin salle à manger en chrome et formica encombré d'assiettes sales et à la grande pendule en plastique accrochée au mur au-dessus. Je m'avançai encore un peu en me tortillant pour voir le reste de la pièce. Arrivée à mi-parcours, il me vint à l'esprit que j'aurais peut-être dû demander à Rich s'il avait repris un autre animal. À ma gauche, au niveau de mes yeux, je découvris une grande cuvette contenant deux bons litres d'eau et une grosse écuelle en plastique remplie de croquettes déshydratées. À côté, un os en peau de bœuf arborait des empreintes de crocs infligées, semblait-il, par une créature au tempérament hargneux.

Une demi-seconde plus tard, l'objet de mes conjectures fit son entrée en scène. Sans doute alerté par le bruit, il arriva en se cognant à l'angle pour voir de quoi il retournait. Je ne suis pas une mémère à son chien-chien par nature et fais mal la différence entre les races, hormis les chihuahuas, épagneuls et autres spécimens impossibles à ne pas reconnaître. Cet animal était de gabarit respectable – dans les quarante kilos de muscles sur une forte charpente. Que fichait-il quand j'avais sonné ? La moindre des politesses aurait été de faire son boulot de chien et d'aboyer pour me prévenir de filer. C'était un animal beige marron avec un gros museau, une tête épaisse et un poil court et luisant. Il avait une poitrine puissante et un braquemart d'une quinzaine de centimètres, genre Gloria Cubana tout poilu. Une espèce de crête de crins se hérissait sur son échine, comme sous le fait d'une indignation permanente. Il pila net, pétrifié, exprimant un parfait mélange d'incertitude et d'incrédulité. Pour un peu j'aurais vu le point d'interrogation se former au-dessus de sa tête. Apparemment, dans sa vie de chien, peu d'êtres humains s'étaient aventurés dans son entrée privée. Je cessai de gigoter pour lui donner le temps de jauger la situation. Je ne devais pas représenter une menace directe car il ne se précipita pas sur moi, n'aboya pas et ne me mordit pas cruellement la tête et les épaules. Au contraire, il donnait l'impression de croire qu'on attendait de lui une attitude de chien bien élevé, encore qu'il eût visiblement du mal à savoir laquelle. Il poussa un gémissement, s'aplatit et se traîna sur le lino dans ma direction. Je ne bougeai pas. Pendant un moment, nous restâmes en tête à tête, moi endurant son haleine faisandée, lui songeant à la vie. Les chiens et moi finissons toujours par instaurer ce genre de relations.

– Salut, comment vas-tu ? lui dis-je enfin sur un ton que j'espérai sympathique pour un canin.

Il posa sa tête sur ses pattes et me décocha un regard perplexe.

– Écoute, insistai-je, j'espère que ça ne te dérange pas que je finisse d'entrer car dans une minute ton voisin va regarder par la fenêtre et apercevoir mon postérieur coincé dans la porte. Si tu as une objection, parle ou va en paix.

J'attendis, mais le chien ne montra même pas les dents. Prenant appui sur mes coudes, j'achevai ma reptation avec des « gentil chien-chien », « ça, c'est un bon toutou » et autres considérations de cet acabit. Sa queue se mit à marteler le sol avec espoir. J'étais peut-être la petite amie qui devait venir jouer avec lui, comme son papa le lui avait promis.

Une fois dans la cuisine, je commençai à me relever, ce qui, dans son esprit de chien me transforma en fauve qu'il convenait peut-être d'attaquer avec férocité. Il sauta, tête baissée, oreilles rabattues, et entama à tout hasard un grondement qui fit vibrer sa cage thoracique comme un essaim d'abeilles. Je repris aussitôt ma position initiale et soumise. « Là, gentil gentil », marmonnai-je en baissant les yeux avec humilité.

J'attendis. Le chien testait ses paramètres de responsabilité. Le grondement faiblit et disparut en temps voulu. Je réessayai. On parut tolérer la position à quatre pattes, mais dès que je tentai de me remettre debout, le grondement reprit. Croyez-moi, cet animal ne plaisantait pas.

– Pas un poil de fantaisie, lui fis-je remarquer.

J'attendis quelques instants et retentai le coup. Cette fois, je m'attirai un aboiement furieux. « C'est bon, c'est bon. » Le loulou commençait à m'agacer. En théorie, je me trouvais suffisamment près de la trappe pour réussir une sortie, mais m'éclipser tête la première en exposant mon arrière-train ne m'inspirait guère. Je craignais aussi de partir les pieds devant au cas où il lui viendrait à l'idée d'attaquer la partie supérieure de mon individu pendant que je me tortillais dans l'ouverture. Pendant ce temps-là, la pendule de la cuisine poursuivait son tic-tac de bombe à retardement, m'acculant à la décision. La valise ou le cercueil ? J'imaginais déjà Ted Rich fonçant à tombeau ouvert sur l'autoroute dans ma direction. Il fallait faire quelque chose, n'importe quoi. Toujours à quatre pattes, je risquai une avancée. Le chien m'observa d'un œil vigilant mais sans menace. Lentement, je traversai la cuisine en direction des pièces de devant. Le chien m'accompagna, restant à ma hauteur, ses griffes cliquetant sur le linoléum crasseux, entièrement concentré sur mon laborieux crapahutage. Il ne m'échappait pas que j'étais venue sur un coup de tête, mais que, dans mon désir d'arriver à mes fins, j'en avais oublié les moyens.

Tel un marmot en barboteuse, je traversai la salle à manger, contournai la motocyclette et entrai dans le séjour. À part la moquette, la pièce n'offrait pas grand intérêt. Je continuai à quatre pattes dans le couloir, le chien se maintenant à ma hauteur, laissant pendre sa tête jusqu'à avoir les yeux au niveau des miens. Précisons tout de suite que ce type d'activité n'entre pas dans le travail de routine du privé. Ma conduite tenait plus de celle d'une petite voleuse un peu trop têtue et impatiente pour user de moyens légitimes (en admettant qu'elle en connût l'existence). En matière pénale, mes délits relèvent de la violation de domicile, du vol par effraction et (compte tenu du jeu de crochets dissimulé dans ma poche) du port d'instruments en vue de porter atteinte à la propriété d'autrui – Code pénal de l'État de Californie, articles 602, 459 et 466 respectivement. Je n'avais (encore) rien volé et l'objet que je recherchais était purement intellectuel, mais il n'en restait pas moins illégal de se faufiler par une trappe pour chien et de s'enfiler à quatre pattes dans un couloir. Prise en flagrant délit, je ne coupais pas à la mise en examen et à la condamnation – voire à la perte de ma licence et de mon gagne-pain. Nom d'un chien ! Tout ça pour un homme que j'avais quitté après moins de neuf mois de mariage !

La maison n'était pas grande : une salle de bains et deux chambres, plus séjour, salle à manger, cuisine et lingerie. Je dois avouer que le monde est assommant à quarante-cinq centimètres d'altitude. Ma vision se limitait à des pieds de chaise, des accrocs dans la moquette et des étendues interminables de plinthe. Étonnez-vous après ça que, laissés à eux-mêmes, les animaux domestiques se mettent à pisser sur les tapis et à ronger les meubles ! Je longeai une porte qui donnait dans la cuisine à gauche, avec la lingerie sur le côté. En arrivant à la porte suivante, je tournai, toujours à quatre pattes, et inventoriai les lieux en frétillant mentalement de la queue. Lit double défait, table de nuit, commode, panier pour chien, vêtements sales par terre. J'opérai un virage en épingle à cheveu et m'insérai dans la pièce en face. Rich s'en servait comme bureau à la fois personnel et professionnel. Le long du mur, à droite, se dressaient une rangée de meubles classeurs cabossés et un bureau en chêne esquinté. Il avait aussi un Barcalounger et un poste de télévision. Le chien sauta dans le fauteuil inclinable d'un air coupable, attendant de voir si j'allais flanquer une tape sur son derrière poilu. Je lui souris d'un air encourageant. Pour ce qui me concernait, il pouvait en faire à sa tête.

Je pris la direction du bureau. « Je vais me relever pour jeter un coup d'œil, alors, sois gentil, ne réagis pas au quart de tour, hein ? » Cette fois, le chien en avait assez et il bâilla si fort qu'un petit couinement sortit du fond de sa gorge. Je me redressai prudemment sur les genoux et explorai le dessus du bureau. Ce que j'espérais trouver était posé sur une pile de paperasses : une liasse de documents, parmi lesquels le reçu du versement effectué par Rich à la Société de garde-meubles de San Felipe, daté du samedi 17 mai. Je me coinçai le papier entre les dents, me laissai retomber à quatre pattes et me dirigeai vers la porte. N'intéressant plus le chien, rien ne m'obligeait à traîner dans le couloir. Progressant rapidement, je contournai l'angle et traversai la cuisine dans un crissement de linoléum. Lorsque j'atteignis la porte de derrière, je saisis la poignée et me relevai. Les prouesses de cette nature deviennent plus difficiles avec l'âge. Ma salopette était couverte de poussière aux genoux, je brossai quelques moutons de poils avec une grimace de dégoût. Je récupérai le reçu, le pliai et l'empochai.

Je glissais un regard par la porte pour m'assurer que la voie était libre lorsque j'aperçus mon bloc toujours posé sur le rebord de la véranda, à l'endroit où je l'avais laissé. Au moment précis où je m'engueulais de ne pas l'avoir dissimulé dans un endroit moins voyant, j'entendis crisser le gravier et l'avant du pick-up de Rich se profila dans mon champ de vision. Rich s'immobilisa, serra le frein à main et ouvrit la portière de son camion. Le temps qu'il en descende, je reculai de six pas de géant et, quasiment en état de lévitation, m'enfuis de la cuisine pour me réfugier dans la lingerie, où je me glissai derrière le battant de la porte. J'entendis Rich monter pesamment les marches. Il y eut un temps d'arrêt, pendant lequel il parut remarquer quelque chose. Il avait sans doute aperçu mon bloc et s'étonnait de sa présence.

Le chien l'avait entendu, évidemment. Il jaillit comme une fusée, se précipitant vers la porte de derrière à toute vitesse. Mon cœur battait si fort qu'on aurait cru un sèche-linge essorant une paire de tennis humides. Je voyais mon sein gauche vibrer sur le devant de ma salopette. Je ne le jurerais pas, mais je pense avoir légèrement mouillé ma petite culotte. Et je m'aperçus aussi que mon revers de jambe de pantalon dépassait par l'entrebâillement de la porte. À peine avais-je réussi à me cacher que Rich ouvrait bruyamment la porte et jetait le bloc sur le meuble de cuisine. Le chien et lui échangèrent les salutations d'usage. De la part du chien, une quantité d'aboiements et de sauts ; de celle de Rich, une série d'exhortations et d'ordres qui eurent autant d'effet que s'il chantait. Le chien avait oublié mon intrusion, tout à la joie qu'il était de retrouver son maître.

J'entendis Rich traverser le séjour, prendre le couloir, entrer dans son bureau et y allumer la télévision. Entre-temps, un vague souvenir dut taquiner le chien, car il se lança à ma recherche, la truffe collée par terre. Coucou – comme on s'amuse ! – devine qui c'est ! Il me trouva en moins de rien, repérant ma salopette. Juste pour montrer comme il était malin, il parut même regarder par l'entrebâillement avant de tirer d'un coup sec sur mon revers. Il agitait la tête avec acharnement, grondant d'enthousiasme, sans lâcher mon pantalon. Sans réfléchir, je passai la tête de l'autre côté de la porte et lui fis signe de se taire, un doigt sur les lèvres. Il aboya d'allégresse, me lâchant du coup, puis il se mit à gambader, avançant et reculant, en espérant que j'allais jouer. Je trouvais assez tragique de voir une bestiole de quarante kilos s'amuser autant à mes dépens. Rich, ignorant ce qui se passait, beugla des ordres au toutou, qui hésita, déchiré entre l'obéissance à son maître et l'excitation de la découverte. Rich l'appelant de nouveau, il partit en bondissant avec une série de jappements pleins d'exubérance. Dans le bureau, Rich lui ordonna de se coucher et, semble-t-il, obtint gain de cause. Mais j'entendis le chien aboyer une fois pour prévenir son maître qu'il y avait du gibier dans les lieux.

Je n'osai pas m'attarder. Me déplaçant avec un silence que j'espérais absolu, je me faufilai jusqu'à la porte de derrière et l'entrouvris. J'allais m'enfuir lorsque je me rappelai mon bloc abandonné sur le meuble de cuisine, là où Rich l'avait jeté. Je pris le temps de le saisir, me glissai dehors et refermai la porte derrière moi. Je descendis les marches et tournai à gauche dans l'allée, tapotant le bloc contre ma cuisse d'un air indifférent. Une fois dans la rue, je fus prise d'une irrépressible envie de filer à toute vitesse, mais m'obligeai à marcher, peu désireuse d'attirer l'attention sur mon exode. Il n'y a rien de plus voyant qu'un civil courant comme un dératé, Dieu sait quelles bêtes féroces à ses trousses.

CHAPITRE 3

Le trajet de retour à Santa Teresa se déroula sans incident, malgré une surcharge d'adrénaline qui m'obligeait à faire un effort conscient pour lever le pied. Il me semblait voir des policiers partout : deux à un carrefour réglant la circulation à un endroit où le feu était en panne, un autre en faction près de la bretelle d'accès, dissimulé derrière un massif d'arbustes, un autre encore garé sur l'accotement derrière un motocycliste qui attendait sa contravention d'un air résigné. Ayant quitté la zone dangereuse, je me fis un devoir d'obéir à la loi, mais aussi de revenir à la vie normale, en admettant qu'on sache ce qu'on entend par là. Les risques que j'avais pris chez Teddy avaient perturbé ma perception des choses. Dans un même mouvement je m'étais coupée de la réalité tout en y collant plus étroitement, si bien que la « vie réelle » me paraissait à présent dénuée d'intérêt et curieusement terne. Policiers, vedettes de rock, soldats, malfaiteurs patentés : tous connaissent ce revirement, cette chute brutale d'un sentiment d'invincibilité conquérante à une lassitude insurmontable, d'où leur tendance à fréquenter des gens comme eux. Qui d'autre en effet pourrait comprendre ces phases d'exaltation ? On est gonflé à bloc, surexcité, prêt à disjoncter sous l'effet de la stimulation de l'instant. Après, il faut relâcher la pression, revivre ce qu'on s'est tapé jusqu'à ce que la charge soit désamorcée et que la réalité reprenne sa dimension normale. J'étais encore submergée par cet afflux intense, et des ondes lumineuses brouillaient ma vision. Le Pacifique battait de son rythme puissant à ma gauche. L'air marin paraissait aussi mince et coupant qu'une feuille de verre.

Pareil à du silex, le soleil de cette fin de matinée faisait jaillir des vagues une série d'étincelles, au point que je m'attendais presque à voir tout l'océan s'enflammer. J'allumai la radio et cherchai une station qui diffuse de la musique assourdissante. Je baissai les vitres de la voiture et laissai le vent me gifler les cheveux.

Une fois rentrée, je posai le carton sur mon bureau, sortis le reçu du garde-meubles de ma poche et expédiai ma salopette dans le lave-linge. Jamais je n'aurais dû m'introduire ainsi chez Ted. Qu'avais-je donc en tête ? C'était de la folie, un coup de démence passagère, mais c'est vrai aussi que ce type m'avait exaspérée au point de me faire perdre la raison. Tout ce que je voulais, c'était un renseignement, que je détenais à présent. Bien entendu, sans la moindre idée de son utilité. Renouer avec mon ex était bien la dernière chose dont j'avais besoin.

Nous nous étions quittés en mauvais termes, et j'avais mis un point d'honneur à effacer tout souvenir de lui. Dans ma tête, j'avais excisé toute référence à cette liaison, au point de m'autoriser à peine à me rappeler son nom. Des amis savaient que j'avais été mariée à vingt et un ans, mais ils ignoraient complètement avec qui et ne possédaient aucune indication sur les raisons de la rupture. J'avais mis l'individu dans un cercueil et l'avais immergé dans les profondeurs de mon océan affectif, où il languissait depuis. Assez bizarrement, s'il m'avait trompée, blessant gravement mon orgueil, mon second mari, Daniel, n'avait pas porté atteinte à mon sentiment de l'honneur comme Mickey Magruder l'avait fait. S'il m'arrive de prendre des libertés avec le Code pénal, je ne traite jamais la loi à la légère. Mickey avait dépassé les bornes et avait tenté de m'entraîner dans son jeu. J'avais réagi sans traîner, prête à abandonner la plus grande partie de mes biens en passant la porte.

La surcharge de substances chimiques commençait à s'évacuer, laissant place à l'anxiété. Je gagnai ma kitchenette et me calmai avec le rituel du sandwich, étalant du beurre de cacahuète Jif Extra Crunchy sur deux tranches de bon pain aux sept céréales. Puis je disposai un semis de six grosses pastilles vertes de cornichon aigre-doux sur cette couche épaisse de délectable guimauve couleur caramel. Je coupai ce chef-d'œuvre en diagonale et le posai sur une serviette en papier tout en léchant le couteau. Un des grands avantages du célibat est de ne pas se sentir tenue d'expliquer les particularités de sa boulimie en période de stress. Je décapsulai une boîte de Diet Coke et me sustentai sur le comptoir de la cuisine, juchée sur un tabouret devant un exemplaire de *Time Magazine*, que je lus en commençant par la fin et en m'arrêtant au milieu. Dieu sait pourquoi, les premières pages ne retiennent jamais mon attention.

Quand j'eus fini, je fis une boule de la serviette en papier, la jetai à la poubelle et revins à mon bureau. J'étais prête à inventorier mon carton de souvenirs, mais redoutais un peu ce que j'allais y découvrir. Tellement de choses du passé s'attardent dans les touts et les riens ! En général, nous jetons plus d'informations nous concernant que nous ne prenons soin d'en conserver. Nos souvenirs ne sont pas seulement déformés par une perception faussée des événements gardés en mémoire, mais encore gauchis par ceux qu'on a oubliés. La mémoire ressemble à deux étoiles jumelles en orbite, l'une visible, l'autre noire, la trajectoire de ce qui est manifeste étant éternellement modifiée par le poids de ce qui est occulté.

Je m'assis dans mon fauteuil pivotant et le basculai vers l'arrière. Les pieds sur le bureau, le carton ouvert par terre, à côté de moi. Un rapide examen me fit comprendre qu'à la seconde même où j'avais claqué la porte, Mickey avait viré tous mes objets personnels qui lui étaient tombés sous la main. Je l'imaginai trimbalant le carton dans l'appartement, attrapant toutes mes affaires et les y jetant en tas. Je vis des articles de toilette archi-secs, une ceinture, des prospectus et des vieilles revues roulés et maintenus par des élastiques, cinq romans en édition de poche et deux paires de chaussures. Tous les autres vêtements que j'avais laissés avaient disparu depuis longtemps. Sans doute les avait-il fourrés dans un sac-poubelle et appelé l'Armée du Salut, éprouvant une joie perverse à l'idée que nombre de ces articles bien-aimés finiraient sur une table de vente pour un dollar ou deux. Il devait s'être arrêté aux souvenirs personnels. Une partie en tout cas avait échappé à la purge.

Je tendis la main pour fouiller le contenu du carton, laissant mes doigts opérer leur tri parmi ces agrégats inconnus, pochettes surprises où se cachaient des choses oubliées, appartenant à d'autres temps, délaissées. Le premier objet que j'en retirai fut une liasse de vieux bulletins scolaires attachés par un mince ruban de satin blanc. Pourquoi ma tante Gin les avait-elle conservés, je l'ignorais. Elle n'était pas d'un naturel sentimental et la qualité intrinsèque de mes exploits scolaires ne méritait pas de passer à la postérité. J'étais une élève très moyenne, pas spécialement douée en lecture, écriture et calcul. Championne d'orthographe, je me débrouillais bien dans les exercices de mémorisation. J'aimais la géographie et la musique, et l'odeur de la colle LePage's sur la cartoline noire et orange qu'on utilisait pour les travaux pratiques. Sinon, l'école me terrifiait. J'exécrai réciter devant mes condisciples ou être très perversement interrogée quand je ne levais même pas le doigt. Les autres enfants semblaient prendre plaisir à me voir trembler comme une feuille. Je vomissais presque tous les jours et, quand je n'étais pas malade à l'école, j'essayais d'inventer un prétexte pour rester à la maison ou accompagner tante Gin à son travail. Mes camarades de classe m'attaquant souvent, j'appris vite que ma meilleure défense consistait à mordre sans pitié. Voir l'empreinte de ma mâchoire dans la tendre chair d'un bras me comblait d'aise. Il doit encore y avoir des gens qui portent les demi-lunes vengeresses laissées par mes dents.

Je feuilletai des bulletins qui étaient tous identiques et déclinaient le même thème décourageant. En parcourant leurs appréciations, je constatai que mes professeurs se tordaient les mains et se perdaient en sinistres mises en garde quant à mon avenir. Bien que dotée, hélas, de « possibilités », j'étais, semblait-il, une enfant qui trouvait peu grâce à leurs yeux. D'après leurs commentaires, je rêvassais, quittais ma place pendant les cours si l'envie m'en venait, n'apprenais pas mes leçons jusqu'au bout, levais rarement le doigt pour répondre et, quand cela m'arrivait, avais tout faux.

« Kinsey est assez brillante, mais elle semble penser à autre chose et ne se concentrer que sur les sujets qui l'intéressent.

Esprit curieux, elle a malheureusement tendance à se mêler de ce qui ne la regarde pas… »

« Kinsey semble avoir du mal à dire la vérité. Il conviendrait de la montrer à la psychologue scolaire pour déterminer si… »

« Kinsey fait preuve d'une vive compréhension et maîtrise les sujets qui l'attirent, mais manque de discipline… »

« Ne semble pas aimer les sports d'équipe. Ne participe pas aux exercices de groupe… »

« Capable de bon travail personnel. »

« Indisciplinée. Turbulente. »

« Craintive. Se bute facilement en cas de réprimande. »

« Disparaît subitement quand les choses ne vont pas comme elle l'entend. Quitte la classe sans autorisation. »

J'étudiais ma jeune personnalité comme s'il s'agissait de celle d'une inconnue. Mes parents s'étaient tués dans un accident de voiture lors d'un week-end de Memorial Day[1]. J'avais eu cinq ans le 5 mai, et ils étaient morts à la fin du mois. En septembre, j'avais commencé l'école avec une musette pour la cantine, un bloc de papier, un gros crayon rouge Big Bear et une détermination teigneuse. Au stade où j'en suis aujourd'hui, je vois bien la douleur et le désarroi que je n'avais pas osé ressentir à cette époque. Bien que craintive et d'une taille au-dessous de la moyenne, j'étais autonome, pleine de défi et rebelle. J'admirai beaucoup de traits de l'enfant que j'avais été : sa faculté d'adaptation, son ressort, son refus du conformisme. Ces qualités, je les avais gardées – à mes dépens peut-être. La société attache plus de prix à l'esprit de coopération qu'à celui d'indépendance, à la docilité qu'à l'individualisme, et surtout aux bonnes manières.

Le paquet suivant contenait des photographies de cette même période. Sur les photos de classe, j'avais en général une tête de moins que tout le monde. Je paraissais sur la défensive, l'air solennel et rêveur, comme si je mourais d'envie d'être ailleurs, ce qui était le cas naturellement. Alors que les autres

1. Fête nationale américaine honorant les soldats morts pour la patrie (30 mai).

regardaient droit dans l'objectif, mon attention était inévitablement détournée par quelque chose qui se passait sur le côté. Sur un cliché, mon visage était brouillé parce que j'avais tourné la tête pour regarder quelqu'un derrière moi. Même alors, la vie semblait probablement plus intéressante avec un léger flou. Ce qui me dérangeait, c'était d'avoir si peu changé depuis.

J'aurais sûrement dû être ailleurs, à chercher de nouveaux clients, au lieu de me laisser distraire par le passé. Pourquoi diable les affaires de Mickey avaient-elles atterri dans une vente publique ? Cela ne me regardait certes pas, mais, là encore, c'était tout l'attrait de la question.

Je revins au carton et en extirpai un vieux magnétophone gros comme un livre relié. Cette antiquité m'était sortie de l'esprit, accoutumée que j'étais devenue à des appareils de la taille d'un jeu de cartes. Il y avait une cassette dedans. J'appuyai sur PLAY. Rien. Les piles étaient sans doute déjà mortes le jour où Mickey l'avait jetée dans le carton avec tout le reste. J'ouvris mon tiroir de bureau, sortis une recharge de piles alcalines neuves et en insérai quatre, l'une derrière l'autre, dans le logement au dos de l'appareil. J'appuyai de nouveau sur PLAY. Cette fois, les bobines commencèrent à tourner et je m'entendis faire le compte rendu assez décousu d'une affaire qui m'occupait à l'époque. On aurait dit un document historique scellé dans la première pierre d'un édifice, à découvrir plus tard, quand tout le monde aurait disparu.

J'arrêtai la bande et écartai le magnétophone. Ma main repartit dans le carton. Sur le côté, au fond, je trouvai des munitions pour le Smith & Wesson 9 mm que Mickey m'avait offert en cadeau de noces. L'arme avait disparu, mais je me rappelai mon excitation devant ce cadeau. La finition du canon avait le fameux bleu S & W, et la crosse était en noyer quadrillé, gravée au monogramme S & W. Nous nous étions rencontrés en novembre et mariés au mois d'août suivant. À l'époque, il était dans la police depuis près de seize ans, alors que je n'y étais entrée qu'en mai, soit à peine trois mois auparavant. M'avoir fait ce cadeau signifiait qu'il me traitait en collègue, statut qu'il accordait rarement aux femmes à l'époque. Je voyais maintenant qu'il était infiniment plus révélateur. Car enfin, quel genre de type irait donner à sa jeune épouse un semi-automatique avant sa nuit de noces ? Sur une impulsion, j'ouvris mon tiroir du bas, à la recherche du vieux carnet où j'avais noté la seule adresse où lui faire suivre du courrier que j'aie jamais obtenue de sa part. Le numéro de téléphone avait dû être résilié et réattribué au moins une demi-douzaine de fois, et l'adresse était sûrement tout aussi périmée.

Sur quoi, on frappa. J'ôtai mes pieds du bureau et gagnai la porte d'entrée ; un coup d'œil par le judas me permit de voir mon logeur sur le seuil. Pour une fois, Henry était en pantalon ; il semblait ailleurs et contemplait la cour. Il avait fêté ses quatre-vingt-six ans le jour de la Saint-Valentin : grand et mince, cet homme n'avait jamais vraiment fait son âge. Ses frères et sa sœur, âgés respectivement de quatre-vingt-huit, quatre-vingt-neuf, quatre-vingt-quinze et quatre-vingt-seize ans, sont issus d'une souche génétique si robuste que je les croirais volontiers voués à ne jamais « disparaître ». Henry est beau, à la façon d'un meuble ancien fait à la main et avec art, exhibant une patine révélatrice de près de neuf décennies d'usage affectionné. Henry s'est toujours montré loyal, franc, bon et généreux. Il éprouve un curieux sentiment protecteur à mon égard, mais qui fait du bien.

J'ouvris la porte.

– Henry ! Quel bon vent t'amène ? Ça fait des jours et des jours que je ne t'ai pas vu !

– Dieu merci, tu es là. J'ai un rendez-vous chez le dentiste dans… (il s'interrompit pour consulter sa montre) … environ seize minutes trois quarts, et mes deux voitures sont inutilisables. Ma Chevy est toujours en réparation à cause de ces fichues boîtes de peinture et je viens de m'apercevoir que la batterie du break est à plat. Peux-tu me déposer ? Mieux encore, si tu me prêtais ta voiture, je pourrais t'éviter le dérangement. Ça risque de s'éterniser et je ne veux surtout pas te faire perdre ton temps.

Le coupé Chevrolet 1932 jaune crème de Henry avait été légèrement endommagé par la chute de plusieurs boîtes de peinture qui avaient basculé de l'étagère du garage pendant une série rapprochée de mini-tremblements de terre à la fin du mois de mars. Henry bichonne son coupé, qu'il conserve dans son état d'origine. Il se servait de son second véhicule, le break, lorsque sa famille du Michigan venait dans la région.

– Je vais te déposer. Ça ne me dérange pas du tout, lui dis-je. Je prends juste les clés.

Je laissai la porte ouverte, le temps d'attraper mon sac sur le comptoir et de sortir les clés de la poche extérieure. Je pris ma veste pendant que j'y étais, puis je tirai la porte derrière moi et la fermai.

Nous tournâmes à l'angle de l'immeuble et franchîmes le portail. J'ouvris la portière côté passager et contournai l'avant de la voiture. Il se pencha et ouvrit la portière de mon côté. Je me glissai derrière le volant, mis le contact et vogue la galère.

– Génial. C'est génial. Je ne sais pas comment te remercier, déclara Henry d'un ton qui n'était absolument pas le sien.

Je lui lançai un petit coup d'œil et remarquai son visage crispé.

– Tu te fais soigner quoi ?

– Une 'ouronne du 'ond, expliqua-t-il en s'enfilant un doigt dans la bouche.

– Au moins, tu n'as pas à la faire dévitaliser.

– Plutôt mourir ! J'espérais que tu serais déjà partie. Cela m'aurait donné un prétexte pour annuler le rendez-vous.

– Pas de pot.

Henry et moi partageons à l'égard des dentistes une appréhension qui frôle le ridicule. Nous nous faisons examiner régulièrement, mais le moindre travail de réfection nous plonge dans un état d'angoisse hallucinant. Bouche sèche, crampes d'estomac, paumes moites, gémissements sans fin sont notre lot. Je tendis la main et tâtai ses doigts : ils étaient glacés et légèrement humides.

Henry parut réfléchir.

– Je ne vois pas ce qui lui prend. Le plombage est en parfait état, franchement rien à redire. Ça ne me fait même pas mal ! Juste un peu sensible à la chaleur et j'ai dû renoncer à tout ce qui est glacé, mais…

– De quand date l'obturation ?
– Ma foi… 1942… Mais elle est impeccable !
– On travaillait bien à l'époque.
– Exactement ce que je pense ! En ce temps-là, les dentistes savaient faire un amalgame. Aujourd'hui, le plombage est devenu aussi périssable que le carton de lait. Avec date de péremption à la clé. Encore heureux s'il tient le temps de régler la facture.

Il se fourra de nouveau le doigt dans la bouche et tourna la tête vers moi.

– Et celui-ci ? Il n'a que quinze ans et cet olibrius parle déjà de le changer !
– Tu veux rire ? Quelle arnaque !
– Tu te rappelles quand on a mis du fluor dans l'eau de la ville et que tout le monde parlait d'un complot des communistes ? C'étaient les dentistes qui avaient fait courir le bruit.
– Naturellement, répliquai-je en abondant dans son sens. Ils se savaient condamnés. Plus de chicots, plus de boulot.

Nous entamions le même numéro de duettistes chaque fois que l'un de nous devait y passer.

– Et maintenant, ils ont inventé une chirurgie dentaire qui t'enlève la moitié des gencives. S'ils n'arrivent pas à te convaincre, ils te soutiennent que tu as besoin de bagues !
– Une véritable escroquerie !
– Je me demande pourquoi je ne me fais pas arracher toutes les dents et qu'on n'en parle plus, dit-il, soudain déprimé.

Je lui renvoyai la phrase habituelle, avec le scepticisme de rigueur :

– Je n'irais pas jusque-là, Henry. Tu as des dents splendides.
– Autant les avoir dans un verre. Je ne supporte pas la roulette. Le bruit me rend fou. Et le raclement quand on te fait un détartrage ? C'est tout juste si je n'arrache pas les bras du fauteuil ! On dirait une pelle sur le trottoir, un marteau-piqueur attaquant le béton…
– Assez ! Tais-toi ! J'en ai les mains moites.

Le temps que je me range dans le parking, nous étions dans un tel état de juste colère que je fus tout étonnée qu'il maintienne son rendez-vous. Je restai dans la salle d'attente quand ce fut son tour d'y aller. Hormis la réceptionniste, il n'y avait pas un chat, ce qui ne manqua pas de m'inquiéter. Comment se faisait-il que ce dentiste n'ait qu'un patient ? J'imaginai une arnaque à la Sécurité sociale : clients fantômes, double facturation, imputation de travaux qui ne seraient jamais effectués. Juste une journée ordinaire dans la vie du Dr Dentifrice, escroc fédéral au discours trompeur et aigrefin à forte propension au sadisme. Au moins cet individu se rachetait-il en offrant des numéros récents des meilleurs magazines.

De la pièce voisine, dominant les gargouillis d'un aquarium, qui n'est là que pour camoufler les gémissements de la victime, j'entendais le bruit d'un foret à grande vitesse perçant implacablement l'émail jusqu'au nerf frémissant. Mes doigts commencèrent à coller aux pages de *People*, y laissant une série d'empreintes rondes et humides. De temps à autre, je percevais une protestation étouffée de Henry, un bruit évocateur de tressaillements et de jaillissements de sang. Ma respiration s'accéléra à la seule pensée de ses souffrances. Un tel vertige me prit que je dus sortir et m'asseoir sur le petit perron, la tête entre les genoux.

Henry finit par sortir, l'air groggy et soulagé, tâtant sa lèvre insensibilisée pour voir s'il bavait. Pour lui changer les idées pendant le trajet de retour, je lui parlai du carton, des circonstances de son apparition, de la paranoïa de Mickey, de ce John Russell qui lui servait de nom d'emprunt et de mon propre vol avec effraction chez Ted Rich. Il aima beaucoup mon aventure avec le chien, lui qui me pressait régulièrement d'en avoir un. Nous eûmes notre petite discussion habituelle sur les animaux de compagnie et moi.

Puis il attaqua :

– Si tu me parlais de ton ex, me lança-t-il. Tu disais qu'il était dans la police, mais à part ça ?

– Je ne veux pas en parler.

– Mais à ton avis, cela signifie quoi, ces arriérés de paiement de frais de gardiennage ?

– Comment veux-tu que je le sache ? Je ne lui ai pas parlé depuis des années.

– Ne te bute pas, Kinsey. Je ne supporte pas que tu fasses de la rétention d'informations. Je veux savoir.

– C'est une histoire trop compliquée. Je te la raconterai peut-être plus tard, quand j'aurai résolu la question.

– Vas-tu poursuivre tes recherches ?

– Non.

– Il est peut-être trop paresseux pour payer ses factures, insista-t-il en essayant de me tirer les vers du nez.

– Ça m'étonnerait. Il s'en acquittait toujours très ponctuellement.

– On change.

– Non, on ne change pas. Je le sais par expérience.

– Moi aussi, maintenant que tu le dis.

Nous restâmes silencieux jusqu'au carrefour suivant, puis Henry reprit la parole :

– Et s'il avait des ennuis ?

– Bien fait pour lui !

– Tu ne l'aiderais pas ?

– Pourquoi l'aiderais-je ?

– En tout cas, ça ne ferait de mal à personne de vérifier.

– Et puis quoi encore !

– Pourquoi pas ? Il suffirait d'un ou deux coups de téléphone. C'est pas la mer à boire…

– Comment le sais-tu, d'abord ? Tu ne connais même pas cet individu.

– Je dis seulement qu'en ce moment tu n'es pas prise… pour autant que je sache en tout cas…

– Je t'ai demandé un conseil ?

– J'avais l'impression, dit-il. Je suis presque sûr que tu voulais qu'on t'encourage.

– Eh bien, non.

– Je vois.

– Tu te trompes. Ce type ne m'intéresse pas le moins du monde.

– Désolé. J'avais cru.

– Tu es la seule personne dans ma vie à qui je pardonne tout.

Quand je revins à mon bureau, la première chose qui me tomba sous les yeux fut mon carnet d'adresses ouvert à la lettre « M ». Je le refermai d'un geste exaspéré et le fourrai dans un tiroir qui claqua sans douceur.

CHAPITRE 4

Je m'assis dans mon fauteuil pivotant et repoussai le carton d'un coup de pied. J'avais envie de l'envoyer au diable, de récupérer mes papiers personnels et de balancer le reste à la poubelle. Mais les vingt dollars que j'avais payés me retenaient. Pas que je serais pingre à ce point-là, mais enfin… En réalité, j'étais curieuse. Examiner le contenu du carton, me dis-je, n'engageait en rien ma responsabilité. Et ça ne m'obligerait certainement pas à essayer de localiser mon ex. Trier les différents articles ne m'inciterait pas davantage à me mettre en peine pour ses beaux yeux. Si Mickey vivait une période de vaches maigres, s'il se trouvait pris dans une embrouille quelconque, à lui de se débrouiller. C'est la vie, n'est-ce pas ? Je n'en avais rien à faire.

Je tirai la corbeille à papiers près du carton, ouvris en grand les rabats et jetai un coup d'œil à l'intérieur. Pendant mon absence, les lutins et les fées n'avaient toujours rien rangé. J'entrepris de jeter les articles de toilette : un tube de dentifrice presque vide et un flacon de shampooing le long duquel traînait un mince dépôt peu ragoûtant. Quelque chose avait fui et coulé dans le carton, soudant les articles comme une colle insidieuse. Je jetai un fatras de médicaments en vente libre, un diaphragme antique, un rasoir mécanique et une brosse à dents dont les poils s'aplatissaient dans tous les sens. À croire que je m'en étais servie pour nettoyer les joints dans la salle de bains.

Sous les articles de toilette, je mis au jour un paquet de prospectus. Je l'exhumai et, l'élastique se désintégrant, je fourrai le tout en bloc dans la corbeille. Quelques enveloppes isolées y surnageant, je les repêchai au milieu des vieux magazines et des catalogues aux pages cornées – des inepties à en juger par leur aspect : un relevé bancaire concernant un compte fermé depuis des lustres, un prospectus de grand magasin et un avis de la Chambre des éditeurs m'informant que je figurais sur la liste des futurs gagnants d'un million de dollars. La troisième enveloppe dont je m'emparai était une facture de carte de crédit que j'espérai, sincèrement, avoir payée. Quelle honte sinon ! Quelle tache sur ma crédibilité bancaire ! À moins que… était-ce pour cette raison qu'American Express ne m'envoyait plus de carte revolving depuis beau temps ? Et moi qui m'étais sentie tellement irréprochable ! Qui disait donc que Mickey avait peut-être des impayés mais que moi…

Je retournai la facture pour l'ouvrir. Une autre enveloppe était collée au dos, sans doute une lettre arrivée au même courrier. Je détachai l'enveloppe et déchirai le papier ce faisant. L'enveloppe elle-même ne mentionnait aucun nom d'expéditeur, et l'écriture ne me disait rien. Graphisme serré et anguleux, avec des lettres résolument penchées à gauche, comme prêtes à s'effondrer. Le cachet de la poste indiquait SANTA TERESA, 2 AVRIL 1972. J'avais quitté Mickey la veille, le 1er. Poisson d'avril… Je retirai l'unique feuille de papier rayé sur laquelle courait la même écriture noire et penchée, aplatie comme de l'herbe sous le vent.

> Kinsey,
>
> Mickey m'a fait promettre de pas le faire, mais j'estime que tu dois savoir. Il se trouvait avec moi se soir-là, et c'est vrai qu'il a bousculé le gars, mais rien de méchant. Je le sais parce que je l'ai vu, comme des tas de gens qui étaient de son côté. Benny allait bien quand il est reparti. Mickey et lui n'ont pas pu se contacter après parce qu'on est rentré chez moi et qu'il est resté jusqu'à minuit. Je lui ai dit que je témoignerais, mais il a dit non à cause d'Eric et de son état. Il est complètement innocent et il a désespérément besoin que tu l'aide. Qu'est-ce que ça change l'endroit où il était du moment que c'est pas lui ? Si tu l'aimes, tu dois te ranger dans son camp au lieu de te conduire

en saloppe finie. Etre flic s'est toute sa vie, je t'en prie ne lui prend pas ça. Sinon j'espère que tu arrivera à te suporter car tu fous sa vie en l'air.

D.

Je relus deux fois la lettre, l'esprit vide, hormis une réaction clinique et ahurie devant toutes ces fautes d'orthographe et ces phrases sans alinéa. Je suis élitiste en matière de syntaxe et j'ai du mal à prendre au sérieux les gens qui confondent « leurs » adjectif avec « leur » pronom. Et je ne m'étais pas conduite en « saloppe ». Ce n'avait pas été à moi de décider de le sauver de quoi que ce soit. Il m'avait demandé de mentir pour le couvrir et j'avais refusé catégoriquement. Moyennant quoi, il avait sans doute concocté cet alibi avec « D » je ne sais qui. Au ton de sa lettre, elle me connaissait, mais je ne voyais vraiment pas de qui il s'agissait. « D ». Cela pouvait être Dee. Dee Dee. Donna. Dawn. Diane. Doreen…

Oh, merde. Bien sûr !

C'était une dénommée Dixie qui travaillait dans un bar de la périphérie de Colgate, où Mickey et ses copains de la police se retrouvaient après le service. Il n'était pas rare qu'ils s'y réunissent pour boire après l'heure officielle de fermeture. Au début des années soixante-dix, les rondes de surveillance se terminaient souvent par de joyeuses libations qui se prolongeaient parfois jusqu'aux premières heures du jour. La police retient l'ivresse, publique ou privée, parmi les manquements à la discipline, de même que les liaisons extraconjugales, le non-paiement des dettes et autres indélicatesses. De telles infractions sont passibles de sanctions de la part de la Direction générale, car on estime qu'un officier de police est « de service » en permanence, pour des raisons d'image publique et parce que ce genre de conduite, si on le tolérait, risquerait d'entraîner des infractions similaires quand ledit policier serait officiellement de service. Lorsqu'on s'émut de ces joyeuses fiestas, les policiers prirent leurs distances et tinrent leurs réunions festives non plus en ville mais dans le comté pour se soustraire à la vigilance de la Direction. Le Honky-Tonk où officiait Dixie devint leur point de chute favori.

Lorsque je fis sa connaissance, Dixie devait avoir autour de vingt-cinq ans, soit quatre ou cinq ans de plus que moi. Mickey et moi étions mariés depuis six semaines. Je débutais tout juste à la circulation alors qu'il venait d'être nommé inspecteur, affecté d'abord aux mœurs, puis aux vols par effraction sous les ordres de l'inspecteur Dolan, qui passa par la suite aux homicides. Dixie organisait les pots célébrant toute mutation ou promotion et nous savions tous que ce n'était qu'un prétexte de plus pour faire la fête. Je me revis assise au bar à bavarder avec elle, tandis que Mickey enchaînait les bières à la pression, jouait au billard avec ses copains ou racontait des histoires de guerre avec les anciens du Vietnam. À dix-huit ans, il s'était battu pendant quatorze mois un peu partout en Corée, et ça l'intéressait toujours de comparer la guerre de Corée et les opérations au Vietnam.

Le mari de Dixie, Eric Hightower, avait été blessé au Laos en avril 1971 et avait retrouvé la vie civile avec deux jambes en moins. Pendant son absence, Dixie avait appris le métier de barmaid à l'école hôtelière et travaillait au Honky-Tonk depuis le rapatriement d'Eric. Une fois de retour, il avait pris position dans son fauteuil roulant au bar, alternant les phases d'abattement ou d'excitation selon ses médicaments et la quantité d'alcool qu'il avait ingurgitée. Dixie le calmait en lui administrant un régime soutenu de Bloody Marys, qui semblaient apaiser sa violence impuissante. Elle me faisait songer à une mère poule obligée d'amener son enfant avec elle sur son lieu de travail. Nous, nous étions polis avec lui, sans plus, mais Eric ne faisait certainement pas grand-chose pour se rendre aimable. À vingt-six ans, c'était un vieillard aigri.

Dixie. Je la regardais avec fascination préparer Mai-Tais [1], gin-tonics, Manhattans, Martinis et autres mélanges aussi écœu-

1. Cocktail composé de rhum, jus d'orange, curaçao, triple sec et sirop d'orgeat (avec les remerciements de la traductrice à Patrick, du Harry's Bar) *[NdT]*.

rants que l'écureuil rose [1] et crème de menthe frappé. Elle n'arrêtait pas de parler, regardant à peine ce qu'elle faisait, louchant sur la pompe à bière, les doseurs, le siphon d'eau de Seltz ou le robinet d'eau du bar. Il lui arrivait de préparer quatre ou cinq consommations à la fois sans s'embrouiller. Elle avait un rire de gorge voilé, échangeait sans arrêt des commentaires salaces avec les gars, qu'elle connaissait tous par leur nom, n'ignorant rien de leur vie. J'admirais son assurance gaillarde. Elle me faisait pitié aussi, à cause de son mari, de son caractère aigri et de son handicap flagrant qui ne devait probablement pas s'arranger au lit. Il ne me serait pourtant jamais venu à l'idée qu'elle couchait à droite et à gauche, en particulier avec *mon* mari. Il fallait sans doute être demeurée pour ne pas le remarquer – sauf si, bien sûr, elle inventait cette histoire pour donner à Mickey l'alibi que je lui avais refusé.

Dixie était de la même taille que moi, mince comme un fil, avec un long visage étroit et une masse de cheveux auburn en désordre qui lui tombaient jusqu'au milieu du dos. Ses sourcils épilés dessinaient des arcs ténus qui se déployaient comme des ailes de part et d'autre de l'arête de son nez. Soulignés par un trait épais de crayon charbonneux et ombrés d'une frange de faux cils, ses yeux paraissaient prêts à lui jaillir de la figure. Elle se passait en général de soutien-gorge sous son tee-shirt et portait des minijupes si succinctes qu'elle pouvait à peine s'asseoir. Parfois elle donnait dans l'excès contraire et s'habillait de longues robes de grand-mère ou de tuniques indiennes sur des pantalons pattes d'éléphant.

Je relus son mot, mais évidemment le contenu n'avait pas changé. Mickey et elle avaient bel et bien une liaison. En tout cas, le message semblait lumineux, même si j'avais du mal à le croire. Jamais Mickey n'avait manifesté le moindre intérêt à son endroit, ou alors j'avais été trop gourde pour le comprendre. Comment imaginer qu'elle ait eu le front de discuter là, avec

1. Cocktail composé de 1/3 de crème de noix, 1/3 de crème de cacao blanc, 1/3 de crème fraîche légère (avec les remerciements de la traductrice à Christophe, du Joe Allen) *[NdT]*.

moi, s'ils fricotaient dans mon dos ? Par ailleurs, ces écarts cadraient assez bien avec le passé de Mickey.

Avant de sortir avec moi, il avait eu de nombreuses aventures, mais après tout il était célibataire et doté d'assez de jugeote pour éviter de se faire piéger. À la fin des années soixante, au début des années soixante-dix, la sexualité était fortuite, ne visait pas à la procréation, ignorait les discriminations et se gardait de tout engagement définitif. L'avènement de la pilule avait libéré les femmes et la drogue gommé les interdits. C'était l'âge des love-ins, de l'art psychédélique, des étudiants en rupture de ban, des manifestations contre la guerre, du body paint, des assassinats, du LSD, et de rumeurs sur des mômes tellement camés qu'ils se brûlaient les pupilles à force de fixer le soleil.

C'était aussi l'époque où la police avait amorcé sa mutation. En 1964, la Cour suprême, dans sa décision sur l'affaire Escobedo contre l'État d'Illinois, avait statué que le refus de la police d'autoriser Escobedo à s'entretenir avec son avocat au cours de son interrogatoire constituait une violation du Sixième Amendement. Deux ans plus tard, en 1966, dans l'affaire Miranda contre l'État d'Arizona, elle s'était de nouveau rangée du côté du plaignant, au motif d'une entorse aux droits garantis par ce même amendement. À partir de là, le climat qui régnait dans la police s'était modifié, l'image du flic teigneux faisant place à l'apparence, sinon à la réalité, de la modération.

Mickey piaffait devant ces limitations imposées par les pouvoirs publics et, à un niveau plus large, devant des restrictions juridiques qu'il jugeait contraires à l'efficacité. C'était un policier à l'ancienne. Il s'identifiait à la victime du délit. Dans son esprit, elle seule comptait. L'auteur du délit n'avait qu'à se défendre lui-même. L'idée de protéger les coupables le révulsait, et il avait mieux à faire qu'à s'occuper des prétendus droits des individus qu'il arrêtait. Je le soupçonnais parfois de calquer son personnage sur ceux des innombrables romans de gare qu'il avait lus adolescent. Mais, comprenez-moi bien : ces éléments m'échappèrent complètement lors de notre première rencontre. Non seulement ce comportement me fit chavirer, mais je béai d'admiration devant ce qui me parut être, à tort, une belle aisance dans la vie. Mickey estimait sans doute que certaines règles et réglementations ne s'appliquaient tout bonnement pas à lui. Il opérait en dehors des normes auxquelles la majorité des policiers avaient fini par se plier. Mickey était habitué à n'en faire qu'à sa tête, fort de ce qu'il appelait « certaines méthodes éprouvées pour persuader un suspect de coopérer par des déclarations propres à l'incriminer ». Le ton qu'il prenait pour énoncer cette vérité première lui valait un franc succès.

Ses camarades de la police le révéraient et, jusqu'à ce fameux mois de mars, ses escarmouches avec la Direction n'avaient tourné qu'autour d'infractions mineures. Il rendait ses rapports en retard et faisait preuve d'insubordination parfois, tout en sachant d'instinct, semblait-il, jusqu'où il pouvait pousser le bouchon. Il avait fait l'objet de deux plaintes de la part de particuliers : l'une pour langage injurieux, l'autre pour usage excessif de la force. Dans les deux cas, la Direction avait enquêté et statué en sa faveur. Mais cela n'annonçait rien de bon. Mickey offrait un curieux mélange d'indépendance et de conformisme. Dans sa vie personnelle, il se montrait d'une honnêteté scrupuleuse, qu'il s'agisse des impôts, de factures ou de dettes personnelles. Loyal envers ses amis, il faisait preuve de réserve à l'égard d'autrui. Il honorait tous ses engagements, sauf (à première vue) vis-à-vis de ma personne. Il ne trahissait jamais une confidence, ne balançait jamais un ami ni un collègue. Les hommes l'estimaient. Les femmes lui vouaient une admiration frôlant le culte du héros. Je le sais pour en avoir été, faisant de son conformisme une qualité digne de louanges et non une particularité légèrement inquiétante.

En y repensant, je me rends compte aujourd'hui que je jouais délibérément les autruches. J'étais sortie de l'académie de police en avril 1971 et avais été engagée par la police de Santa Teresa dès que j'avais eu vingt et un ans, en mai. J'avais rencontré Mickey en novembre de l'année précédente et j'étais éblouie par l'image qu'il projetait : expérimenté, bourru, cynique, avisé. En quelques mois nous étions tombés amoureux, en août nous étions mariés – le tout avant d'avoir compris, lui et moi, ce que nous attendions l'un de l'autre. Une fois engagée, j'étais déterminée à voir en lui l'homme que je voulais qu'il soit. J'avais besoin de croire. Je voyais en lui une idole et acceptais sa version des faits même lorsqu'il suffisait d'un minimum de bon sens pour comprendre qu'il déformait la réalité.

À l'automne 1971, après avoir été réaffecté aux vols et effractions, Mickey avait développé ce qu'on appelle, par euphémisme, un « conflit de personnalité » avec Don Dolan, qui dirigeait les atteintes aux biens. L'inspecteur Dolan était un autocrate et collait au règlement, ce qui suscitait régulièrement des heurts entre eux deux. Leurs différends avaient mis fin aux espoirs de promotion de Mickey.

Six mois après, au printemps 1972, Mickey démissionna de la police pour éviter de nouveaux ennuis avec les Affaires internes[1]. Il faisait à l'époque l'objet d'une enquête pour homicide involontaire avec circonstances atténuantes à la suite d'une rixe de bar à laquelle il s'était trouvé mêlé. Son altercation avec un client de passage nommé Benny Quintero avait entraîné la mort de ce dernier. Ce 17 mars-là, jour de la Saint-Patrick, Mickey n'était pas de service et fêtait l'événement au Honky-Tonk avec une bande de copains, qui confirmèrent son récit. Il déclara que l'homme avait bu, proférait des injures et faisait preuve d'un comportement agressif. Mickey l'avait entraîné de force dans le parking, où tous deux en étaient vite venus aux mains. À l'en croire, Mickey avait un peu bousculé le type, mais seulement pour riposter à une attaque de l'ivrogne. Des témoins déclarèrent sous serment qu'il ne lui avait porté aucun coup. Benny Quintero ayant quitté les lieux, on n'avait plus entendu parler de lui jusqu'au lendemain, où l'on avait découvert son corps roué de coups et en sang sur le bord de l'A 154. Les Affaires internes avaient ouvert une enquête, l'avocat de Mickey, Mark Bethel, lui conseillant de la boucler. Mickey étant le suspect numéro un et risquant des poursuites au pénal, Bethel avait fait l'impossible pour couvrir ses arrières. Les Affaires internes peuvent obliger à témoigner, mais il leur est interdit de communi-

1. Équivalent américain de l'IGS (Inspection générale des services) *[NdT]*.

quer leurs conclusions au bureau du procureur. De toute façon, l'affaire risquait d'avoir des suites. Manquant douloureusement d'hommes intègres, la police n'entendait pas lâcher l'affaire. Mickey démissionna pour éviter les questions. S'il ne l'avait pas fait à ce moment-là, il aurait de toute façon été limogé pour refus de coopérer.

Le jour où Mickey rendit son insigne, son arme et sa radio, ses collègues ne cachèrent pas leur colère. Le règlement interdisait toute déclaration publique de la part de ses supérieurs et Mickey minimisa l'affaire, n'en paraissant que plus héroïque à ses camarades. Il donnait l'impression que, malgré le traitement que lui infligeait la police, sa « loyauté » envers celle-ci l'emportait sur le droit qu'il avait de se défendre contre des accusations montées de toutes pièces et complètement injustes. Il se montrait même si convaincant que je le crus, jusqu'au jour où il me demanda de mentir pour le couvrir. La police judiciaire avait ouvert une enquête sur lui, et c'est là que j'étais entrée en scène. À ce qu'il semblait, il y avait un blanc de quatre heures dans l'alibi de Mickey cette nuit-là. Il refusait de dire où il était allé et ce qu'il avait fait entre l'heure à laquelle il avait quitté le Honky-Tonk et celle où il était arrivé à la maison. On le soupçonnait d'avoir suivi le type et fini de régler la question ailleurs, ce que Mickey niait absolument. Il me demandait de le couvrir, mais je l'avais plaqué.

J'étais partie le 1er avril ; le 10 du même mois j'entamai la procédure de divorce. Quelques semaines plus tard, il apparut, d'après les conclusions du médecin légiste, que Quintero, un ancien du Vietnam, avait été blessé à la tête pendant sa période d'incorporation. Il avait été touché par un tireur isolé, un morceau d'acier inoxydable remplaçant à présent la fraction de boîte crânienne emportée par le projectile. Il était mort d'une lente hémorragie cérébrale. Le moindre petit coup aurait pu déclencher cette issue fatale. De plus, le rapport de toxicologie révélait un taux d'alcoolémie de 0,15 et des traces d'amphétamines, de marijuana et de cocaïne. Et rien ne prouvait que Mickey avait revu Benny après leur bagarre dans le parking. Le procureur renonça aux poursuites et Mickey fut tiré d'affaire. Mais, évidemment, le mal était fait. Déjà écarté par la municipalité, il se retrouvait définitivement coupé de moi. Les années passant, ma déception avait perdu de son âpreté. Je ne souhaitais pas le revoir, mais je ne lui voulais aucun mal. La dernière chose que je savais de lui était qu'il s'était reconverti dans le gardiennage : le policier imbu de sa mission avait été rétrogradé au rang de vigile travaillant la nuit dans une imitation d'uniforme de la police.

Je relus encore une fois la lettre. Comment aurais-je réagi si je l'avais reçue à l'heure ? Une vague d'anxiété me parcourut. Si elle disait vrai, j'avais indéniablement contribué à la débâcle de mon premier mari.

J'ouvris le tiroir et sortis mon carnet d'adresses, qui s'ouvrit comme par magie à la bonne page. Je saisis le combiné et composai le numéro. Il y eut deux sonneries, puis je fus accueillie par un grand sifflement sur deux notes et le message enregistré habituel m'informant que le numéro demandé dans la zone 213 n'était plus en service. Si je croyais à une erreur de numéro de ma part, je pouvais vérifier le numéro demandé et le recomposer. Histoire d'être sûre, j'obtempérai et retombai sur le même message. Je raccrochai, perplexe : y avait-il d'autres moyens de le localiser et était-ce bien nécessaire ?

CHAPITRE 5

Je n'étais pas retournée à la maison de Chapel Street depuis une bonne quinzaine d'années. Je me garai devant, poussai un petit portail en fer forgé et entrai dans le jardin. C'était une construction à parements blancs sans prétention, comportant un niveau et demi, une baie vitrée à l'angle et une étroite véranda sur le côté. Les deux fenêtres du premier étage semblaient perchées au-dessus de la baie vitrée, une sobre dentelle de bois enjolivant le toit à double pente. Bâti en 1875, l'édifice se distinguait par sa simplicité et manquait trop de charme et de style pour retenir l'attention des défenseurs du patrimoine de l'endroit. Dehors, la densité de la circulation dans cette voie à sens unique rappelait en permanence la proximité du centre-ville de Santa Teresa, deux rues plus loin seulement. Encore quelques années et l'on vendrait le terrain, la maison finissant en magasin de meubles d'occasion ou en petit commerce de retraités. Après quoi, on la raserait et la parcelle serait mise en vente comme bien immobilier à usage commercial de premier choix. Sans doute aucun pavillon d'époque n'échappe-t-il au boulet de la démolition, mais le jour viendra où l'histoire des gens ordinaires sera définitivement gommée. Bien sûr, on ne touchera pas aux demeures des riches, les plus imposantes se voyant reconverties en musées, académies d'art et fondations charitables. Peu de maisons de la petite bourgeoisie, comme celle-ci, connaîtront le prochain siècle, mais, pour l'instant, on n'y avait pas encore touché. Le jardin de devant était bien entretenu et la peinture extérieure semblait récente. Je savais par expérience que le jardin de derrière était spacieux, agrémenté d'un patio en briques posées à la main, d'un barbecue intégré et d'un petit verger.

Je sonnai. Une note aiguë se répercuta sans douceur dans toute la maison. Peter Shackelford, dit « Shack », et sa femme, Bundy, étaient des amis intimes de Mickey bien avant notre rencontre. Tous deux en étaient à leur second mariage – Shack divorcé, Bundy veuve. Shack avait adopté les quatre gamins de Bundy et les avait élevés comme ses propres enfants. À l'époque, le couple recevait souvent et sans façon : pizza parties, dîners à la fortune du pot et barbecues dans le jardin avec assiettes en carton et vaisselle en plastique, chacun arrivant avec une bouteille et tout le monde s'occupant de débarrasser et de ranger. Il y avait habituellement des bébés en couches, des tout-petits qui se lançaient, châteaux branlants, dans la traversée de la pelouse. Les plus grands jouaient au Frisbee ou couraient autour du jardin comme une bande de vauriens déchaînés. La présence des parents assurait une discipline souple et démocratique. Toute personne à proximité du fauteur de troubles pouvait intervenir. À l'époque, je me félicitais moins qu'aujourd'hui de ne pas avoir d'enfants et il m'arrivait de garder un œil sur les petits tandis que leurs parents vivaient leur vie.

Mickey et Shack étaient entrés dans la police de Santa Teresa presque en même temps et se voyaient tous les jours. Ils ne faisaient pas équipe à proprement parler, mais on les surnommait ainsi qu'un troisième policier, Roy Littenberg, dit « Lit », « les Trois Mousquetaires ». Lit et Shack faisaient partie de la bande du Honky-Tonk l'année de la dégringolade de Mickey. J'espérais que l'un ou l'autre saurait où le trouver et ce qu'il était devenu. Il me fallait aussi une confirmation du contenu de la lettre : j'avais été convaincue que Mickey était responsable de la correction ayant entraîné la mort de Benny, qu'allais-je faire s'il s'avérait qu'il avait un alibi cette nuit-là ? À cette seule idée, mon estomac se crispa d'angoisse.

Shack ouvrit la porte trente secondes plus tard, mais il lui en fallut une bonne dizaine pour me remettre. Cette réaction retard me permit de noter les effets du temps. Lorsque j'avais fait sa connaissance, il devait avoir un peu moins de quarante ans. Il avait à présent entamé la cinquantaine et faisait facilement douze kilos de plus. La loi de la gravité s'exerçant sur tous les plans de son visage, ses traits s'infléchissaient fortement vers le bas. Sourcils épais surmontant des paupières tombantes, joues affaissées, moustache broussailleuse, bouche lourde dont l'arc filait de part et d'autre vers un double menton. Cheveux fournis, poivre et sel, coupés ras comme s'il respectait toujours le règlement. Il portait un short, des tongs et un tee-shirt blanc flottant, dont l'encolure avachie révélait une toison blanche et mousseuse. Comme Mickey, Shack faisait de la musculation trois fois par semaine, et son maintien trahissait encore une certaine force physique.

– Bonjour, Shack. Comment vas-tu ? lui lançai-je après qu'il eut mis un nom sur mon visage.

Je ne pris pas la peine de sourire. Ce n'était pas une visite mondaine et je le soupçonnais de ne pas nourrir des sentiments amicaux ou chaleureux à mon égard.

Son ton, lorsqu'il me parla, me surprit par son manque d'agressivité.

– J'ai toujours pensé que tu te manifesterais un jour, dit-il.

– Eh bien, me voilà. Je peux entrer ?

– Pourquoi pas ?

Il s'écarta, je le précédai dans le vestibule. Vu les échos du passé, le silence avait quelque chose d'anormal.

– Autant me suivre au fond, reprit-il en passant devant moi. Je n'utilise pas beaucoup cette partie de la maison.

Il referma la porte et prit le couloir en direction de la cuisine.

Même l'examen le plus superficiel montrait que la moitié du mobilier avait disparu. Dans le séjour, j'aperçus une table basse, des tables d'appoint dépareillées et un fauteuil en bois à dossier droit. Les empreintes en creux, de la taille d'une pièce de monnaie, disséminées sur la moquette révélaient l'ancien emplacement du canapé et des chauffeuses. Les bibliothèques encastrées de part et d'autre de la cheminée s'étaient vidées de leurs livres. À la place, quelque vingt-cinq à trente cadres de photos exhibaient une kyrielle de visages souriants : bébés, enfants et adultes. La plupart étaient des photos faites en studio, mais on notait plusieurs agrandissements d'instantanés de réunions familiales.

– Tu déménages ? lui demandai-je.

Il secoua la tête.

– Bundy est morte il y a six mois, dit-il, et les trois quarts des meubles lui appartenaient. J'ai laissé les enfants prendre ce qu'ils voulaient. Il m'en reste bien assez pour ce que j'en fais.

– Ce sont eux sur les photos ?

– Eux et leur progéniture. À eux quatre, ça nous fait treize petits-enfants.

– Félicitations.

– Merci. La plus jeune, Jessie… Tu te souviens d'elle ?

– Cheveux noirs et bouclés ?

– C'est ça. La rebelle de la bande. Elle n'est toujours pas mariée, mais elle a adopté deux petits Vietnamiens.

– Que fait-elle dans la vie ?

– Elle est avocate à New York. Spécialisée dans le droit des sociétés.

– Les autres sont restés dans la région ?

– Scott habite à Sherman Oaks. Ils sont éparpillés un peu partout, mais ils viennent me voir quand ils peuvent. Tous les six, huit mois, j'enfourche la Harley et je fais la tournée. De braves gosses, tous autant qu'ils sont. Bun avait fait du bon boulot. Comme remplaçant, je ne lui arrive pas à la cheville, mais j'assure au mieux.

– À quoi passes-tu tes journées ? J'ai appris que tu avais quitté la police.

– Ça a fait un an en mai. Je tue le temps.

– Tu continues la musculation ?

– Je ne peux plus. J'ai été blessé. Un accident alors que j'étais de service. Un soiffard qui a brûlé un feu rouge et m'a embouti la voiture par le travers. Il a été tué sur le coup et m'a envoyé valdinguer. Je m'en suis sorti avec une cinquième vertèbre fracturée et j'ai dû me mettre en retraite anticipée. Je prête mes services aux prud'hommes.

– C'est moche.

– Inutile de gémir sur ce qu'on ne peut pas changer. L'argent paie les factures et me donne un peu de temps pour moi. Parle-moi de toi. J'ai appris que tu étais détective ?

– Depuis des années.

Il me précéda dans la cuisine et gagna la véranda vitrée qui longeait l'arrière de la maison. Il semblait vivre comme moi, cantonné dans un même périmètre comme un animal de compagnie abandonné à sa solitude quand ses maîtres sont au travail. Rien ne dépassait dans la cuisine. Une assiette unique, un bol à céréales, une cuiller et une tasse à café séchaient dans l'égouttoir. Il devait toujours utiliser ces quelques ustensiles et les laver avec soin après chaque repas. Pourquoi ranger quand on va s'en servir à nouveau ? La présence de la vaisselle dans l'égouttoir avait quelque chose de rassurant. Il semblait vivre presque exclusivement dans la cuisine et la véranda vitrée. Un futon replié en canapé occupait un bout de la pièce, couvertures impeccablement pliées, oreillers en pile par-dessus. Un poste de télévision reposait à même le sol. Du matériel d'ébénisterie encombrait le reste de la véranda : un tour, une perceuse, un trusquin, deux serre-joints, un étau, un ciseau à bois, une scie sur pied et un assortiment de rabots. Il remettait deux pièces en état. Une commode délestée de ses tiroirs attendait qu'on s'occupe d'elle. Une chaise de cuisine couchée sur le dos pointait des pieds aussi raides que les pattes d'un opossum mort. Shack devait passer ses nuits dans une odeur entêtante de térébenthine, de colle, d'huile de lin et de copeaux. Il avait vu mon regard.

– L'avantage du célibat, dit-il. On fait ce qu'on veut.

– Tu prêches une convertie !

En des temps lointains, Bundy avait confectionné les demi-rideaux toujours accrochés sur des tringles à mi-hauteur de la rangée de fenêtres. Le coton à carreaux verts et blancs, sans doute infroissable, gardait toute sa fraîcheur : net, d'une propreté irréprochable, tenant par de petits anneaux à clip. Les larmes me montant inexplicablement aux yeux, je dus faire semblant de m'intéresser au jardin que je voyais à travers la vitre. Beaucoup d'arbres y étaient encore, voûtés par le poids des ans, courbant vers le sol leur stature autrefois triomphante. Une masse de volubilis pourpres coiffait la clôture dont le grillage s'incurvait sous le poids des tiges entrelacées. La plaque supérieure du barbecue était devenue marron-rouge sous l'effet de la rouille ; un gril mobile rangé plus près des marches le remplaçait à présent.

Shack s'appuya contre le mur, les bras croisés sur la poitrine.

– Alors, la raison de ton coup de téléphone ?

– Je cherche Mickey. Le seul numéro que j'aie n'est plus attribué.

– Tu as quelque chose pour lui ?

– Peut-être. Je ne sais pas. J'ai besoin de ton accord pour lui téléphoner ?

Il parut amusé. Bundy lui avait toujours mené la vie dure. Peut-être les empoignades verbales lui manquaient-elles. À force de vivre seule, on finit par oublier. Son sourire s'effaça légèrement.

– Ne te vexe pas, petite, mais pourquoi ne pas lui ficher la paix ?

– Je veux savoir comment il va. Je n'ai pas l'intention de l'embêter. Quand lui as-tu parlé pour la dernière fois ?

– Aucun souvenir.

– Je vois. Sais-tu ce qu'il devient ?

– Je suis sûr qu'il va bien. Mickey est un grand garçon. Il n'a besoin de personne sur son dos.

– Ça se comprend, dis-je, mais j'aimerais en être sûre, c'est tout. Rien de plus. As-tu son numéro de téléphone ou son adresse ?

Il secoua la tête et fit une grimace.

– Non. C'est lui qui me fait signe quand ça l'arrange. Entre deux appels, je ne cherche pas à le contacter. C'est le marché qu'on a passé.

– Et Lit ?

– Roy Littenberg est mort. Le crabe l'a emporté en moins de six semaines. C'était il y a trois ans.

– Je suis désolée de l'apprendre. Je l'aimais bien.

– Moi aussi. Je vois son fils de temps en temps. Tim. Tu ne devineras jamais ce qu'il fait !

– Ma langue au chat.

– Il a acheté le Honky-Tonk. Lui et le fils de Bundy, Scottie, se voient chaque fois que Scottie vient dans le coin.

– Vraiment ? Je ne me souviens pas de les avoir rencontrés. Je crois qu'ils étaient au Vietnam quand Mickey et moi le fréquentions.

À Santa Teresa, tous les chemins se croisent et se recroisent un jour. La nouvelle génération se coulait dans le moule.

– Vois-tu quelqu'un d'autre qui pourrait savoir ce que fait Mickey ?

Il m'étudia.

– Et je viens faire quoi, là-dedans ?

– Tu pourrais l'aider.

– Et toi, qu'est-ce que tu veux ?

– Je cherche une réponse à quelques questions que j'aurais dû me poser à l'époque.

– Sur Benny ?

– Oui.

Il eut un sourire narquois.

– Aveu de culpabilité ? demanda-t-il en mettant la main en pavillon près de son oreille.

– Si tu veux.

– Un peu tard, non ?

– Probablement. Je ne sais pas. En tout cas, je n'ai pas besoin de ton autorisation. Bon alors, tu m'aides ou tu m'aides pas ?

Il réfléchit un instant.

– Et l'avocat qui le défendait ?

– Bethel ? Je peux essayer. J'aurais dû penser à lui. C'est une bonne idée.

– Je déborde de bonnes idées.

– Tu crois que Mickey était innocent ?

– Évidemment ! J'étais là et j'ai tout vu. Le type allait bien quand il est reparti.

– Shack, il avait une plaque de métal dans le crâne !

– Mickey ne l'a pas frappé. Il n'a jamais cogné.

– Comment sais-tu qu'il n'a pas remis ça plus tard ? Ils ont très bien pu régler leur querelle ailleurs. Mickey n'a jamais vraiment su se dominer. C'est une des choses que je lui reprochais.

Shack remua la tête. Le geste, assorti d'un craquement, lui bloqua le cou.

– Désolé. Je dois voir le kiné tout à l'heure pour mes cervicales. Oui, c'est possible. Pourquoi pas ? Peut-être Mickey n'a-t-il pas tout dit. Moi, je te raconte ce que j'ai vu, et il n'y avait pas de quoi fouetter un chat.

– C'est juste.

– Pendant qu'on y est… encore que ça ne me regarde pas… tu aurais dû le soutenir. C'était la moindre des choses. Je ne suis pas le seul de cet avis. Beaucoup des gars n'ont pas apprécié ton attitude.

– Eh bien, moi, je n'ai pas apprécié que Mickey me demande de mentir pour le couvrir. Il voulait que je dise au procureur qu'il était rentré à neuf heures au lieu de minuit ou d'une heure ou je ne sais quoi quand il a fini par rentrer.

– J'oubliais, lança-t-il d'un ton sarcastique, toi, tu ne mens jamais.

– Pas lorsqu'il s'agit d'un meurtre. En aucun cas ! lui renvoyai-je d'un ton sec.

– Arrête tes conneries. Tu crois vraiment Magruder capable de tabasser un type à mort ?

– Comment veux-tu que je le sache ? C'est ce que j'essaie d'élucider. Mickey était sur la mauvaise pente. Il ne jurait que par la force et le droit et se fichait pas mal des moyens à employer pour les faire respecter.

– Justement, et si tu veux mon opinion, on n'a pas eu assez de types comme lui. D'ailleurs, à ce qu'on m'a dit, tu es mal placée pour lui jeter la pierre.

– Ça, je te l'accorde. C'est même pour ça que j'ai rendu mon uniforme. Mais à l'époque, ce n'est pas mon cul qui était en cause, mais le sien. S'il avait un alibi, il aurait dû me le dire en face au lieu de me demander de mentir.

L'expression de Shack changea et il détourna les yeux.

– Allons, Shack, insistai-je. Tu sais où il se trouvait. Pourquoi ne pas lâcher le morceau et qu'on en finisse ?

– C'est pour ça que tu es venue ?

– En gros, dis-je.

– Tout ce que je peux te dire, c'est qu'il n'était pas sur l'A 154 à faire chier un ancien combattant. Il n'était nulle part dans un rayon de plusieurs miles.

– C'est déjà ça. Je te crois. Autre hypothèse : Mickey avait une petite amie. Tu te souviens de Dixie Hightower ? D'après elle, ils étaient ensemble ce soir-là, à « s'envoyer en l'air » pour reprendre l'expression classique.

– Il baisait Dixie ? Il prenait du bon temps ? Et alors ? Tout le monde couchait à l'époque.

– Pas moi.

– Peut-être pas pendant ton mariage, mais t'étais comme tout le monde… peut-être plus secrète et moins franche.

Je laissai passer et revins à notre affaire.

– On aurait pu m'avertir.

– On croyait que tu savais. Ni l'un ni l'autre ne se donnait beaucoup de mal pour se cacher. Rappelle-toi le nombre de fois où tu as quitté le Honky-Tonk avant lui. Tu le croyais où ? À suivre des cours du soir ? Il se l'envoyait ! C'était du tout cuit. Juste une fille de bar. Tu ne risquais rien.

Je ravalai ma fureur, jugeant qu'il n'en sortirait rien. J'avais besoin d'un renseignement, pas d'une prise de bec. Une trahison est une trahison, quel que soit le moment où on en prend conscience. Quant à savoir si Dixie avait mis mon mariage en péril, là n'était pas la question. Même quatorze ans après, je me sentais humiliée et folle de rage. Je fermai les yeux, faisant le vide de mes émotions comme devant le lieu d'un homicide.

– As-tu la preuve qu'il se trouvait avec elle ce soir-là ?

– Disons que je les ai vus quitter le Tonk ensemble. Elle était dans sa voiture à elle. Il la suivait dans la sienne. Les soirs où son bonhomme était à la maison, ils allaient au petit motel minable sur la route de l'aéroport.

– Magnifique. Quelle délicatesse ! Et ils y étaient ce soir-là ?

– Sans doute. Je ne peux pas l'affirmer, mais je suis prêt à parier.

– Et pourquoi tu n'as rien dit, toi, pour lui fournir un alibi ?

– Oh, je l'aurais fait ! Je me serais fait tuer sur place pour lui, mais je n'en ai pas eu le temps. Mickey a rendu son insigne et il n'en a plus été question. Si tu n'arrives pas à le joindre, tu peux toujours lui demander à elle.

– À Dixie ?

– Évidemment. Elle habite dans le coin.

– Où ça ?

– C'est toi la détective. Essaie l'annuaire. Elle est toujours mariée à machin-chose… l'infirme…

– Il s'appelait Eric.

– C'est ça. Dixie et lui ont fait fortune et acheté une propriété. Seize hectares ou pas loin. Du sérieux.

– Tu plaisantes ?

– Pas du tout. C'est la vérité vraie. Ils vivent à Montebello, tout ce qu'il y a de régulièrement.

– Comment s'est-il débrouillé ? La dernière fois que je l'ai vu, c'était un alcoolique invétéré.

– Il a fait un stage aux Alcooliques anonymes et remis de l'ordre dans sa vie. Une fois désintoxiqué, il a réussi à concevoir des fauteuils roulants de style. Des modèles personnalisés avec tout ce qu'il faut en fonction du handicap. Maintenant, il fait aussi des fauteuils de sport et des prothèses. Il a une usine à Taiwan où on fabrique des pièces détachées pour d'autres sociétés. Il donne des tonnes de matériel aux hôpitaux pour enfants dans tout le pays.

– Bravo pour lui. Je suis ravie de l'apprendre. Et elle ? À quoi s'occupe-t-elle ?

– Elle mène une vie de pute reconvertie en grande bourgeoise. Country club et tout le tralala. Si tu les vois, tu leur dis bonjour de ma part.

– Pourquoi pas ?

Après ma visite à Shack, je rentrai au bureau et ouvris le courrier. Rien d'intéressant et aucune affaire pressante. La plupart de mes autres dossiers étaient en sommeil – en attente de coups de fil ou de réponses à des demandes écrites diverses et variées. Je mis de l'ordre sur ma table et rinçai la cafetière. Puis je dépoussiérai les feuilles du ficus artificiel. Rien ne m'obligeait à rester, mais je ne pouvais décemment pas rentrer à la maison. Je ne tenais pas en place et ne cessais pas de penser à Mickey. M'étais-je trompée ? Avais-je agi sur un coup de tête et conclu sans réfléchir parce que ça m'arrangeait ? À la mort de Quintero, j'avais, de toute façon, déjà perdu mes illusions sur Mickey. Je voulais me sortir de ce mariage, et qu'il soit impliqué dans la mort de Quintero me fournissait un prétexte idéal. Mais peut-être n'y avait-il rien de plus. Avait-il démissionné de la police pour préserver mon orgueil et, ce faisant, épargner Dixie ? Si Mickey était innocent, si j'avais su où il se trouvait ce soir-là, l'affaire aurait pu prendre un autre tour et peut-être serait-il encore dans la police. Je refusais de le croire, mais cette idée me poursuivait.

Je m'allongeai sur la moquette, un bras sur les yeux. Pourquoi en faire une obsession ? C'était fini et bien fini. Quatorze ans s'étaient écoulés depuis. Quelle qu'ait été la vérité, Mickey avait choisi de démissionner. Point. Je l'avais quitté, et nos vies s'étaient irrémédiablement transformées. Pourquoi rouvrir l'affaire si on ne pouvait pas changer le passé ?

Mais mon intégrité était en jeu – mon sens de l'honneur si tant est que j'en aie jamais eu un. Je connais mes limites. Je sais les écarts dont je suis capable à l'occasion, mais je ne pouvais passer outre devant une transgression de cette ampleur. Mickey avait perdu ce qu'il avait de plus cher au monde et c'était peut-être son destin. Mais si j'avais été la complice involontaire de sa chute, je devais le reconnaître et apurer mes comptes avec lui.

CHAPITRE 6

Forbes Run était une petite route étroite et sinueuse, un ruban d'asphalte qui gravissait en lacets le flanc des collines. Des branches massives de chênes verts formaient une voûte au-dessus. Les maisons restaient cachées au regard, mais une série de panneaux indiquait par intervalle la présence de vastes propriétés. J'observai la progression des numéros, les plaques jouant à saute-mouton de part et d'autre de la route, alternativement paires et impaires : 317, 320, 323, 326. Au 329, un muret en pierre locale cernait la propriété des Hightower, à laquelle on accédait par un portail en bois qui, muni d'un œil électronique, s'ouvrit dès que j'appuyai sur le bouton. Ou bien les Hightower attendaient quelqu'un, ou bien ils ne se souciaient guère des visites inopinées.

L'allée s'étirait sur un bon quart de mile et laissait imaginer qu'on allait déboucher sur le manoir anglais de rigueur, style Tudor à deux étages, avec toit d'ardoise aux pentes prononcées. Certainement pas la bâtisse que j'aperçus enfin. L'édifice était tout ce qu'il y a de plus contemporain : bas, collé au sol et doté d'une toiture surdimensionnée au faîte peu accentué. Je vis quatre larges cheminées en pierre, des bouquets de palmiers à éventail et des rochers noirs colossaux, gros comme ma voiture et sans doute jaillis du Vésuve et transportés là pour l'effet visuel. À droite s'alignaient quatre portes de garage.

Je me garai sur le vaste terre-plein réservé à cet usage devant la maison et remontai la grande allée de béton en pente. Une femme, la trentaine peut-être, en chaussures de tennis, jean et tee-shirt blanc, se tenait déjà dans l'embrasure de la porte, attendant mon arrivée. La personne en question n'étant évidemment pas Dixie, je me demandai un instant si je ne m'étais pas trompée de maison.

– Madame Yablonsky ? s'enquit-elle.

– Ma foi, non. Je cherche Eric et Dixie Hightower. Suis-je à la bonne adresse ?

– Excusez-moi. Bien sûr. J'ai cru que vous étiez quelqu'un d'autre. Nous embauchons du personnel de maison et la personne qui doit se présenter pour un entretien a déjà une demi-heure de retard. Mme Hightower vous attend-elle ?

Cette femme-là savait rester sur son quant-à-soi : pas de nom, pas de titre de fonction. Femme de chambre ? Bonne à tout faire ? Secrétaire personnelle ? Sans doute ne se sentait-elle pas tenue de se présenter.

– Je suis une ancienne amie, dis-je.

Je sortis une carte de visite professionnelle et la lui tendis. Elle lut l'intitulé, l'air contrarié.

– Détective privée ? De quoi s'agit-il ?

– Je cherche les coordonnées d'une de nos connaissances mutuelles. Un certain Mickey Magruder. Mon ex-mari.

– Oh… Entrez, je vais prévenir Mme Hightower.

– Eric est-il là ?

– M. Hightower est absent, mais il ne devrait pas tarder à revenir.

J'entrai dans le vestibule et attendis en me sentant un rien godiche tandis qu'elle s'éclipsait. La fortune, qui semble avoir ses codes personnels, me déconcerte parfois. Étais-je autorisée à faire quelques pas ou devais-je attendre sans bouger ? Un banc de pierre aux lignes sévères s'appuyait contre un mur. On ne m'avait pas proposé de m'asseoir et je ne voulais surtout pas prendre de libertés. Et s'il s'agissait d'une sculpture qui allait s'effondrer sous mon poids ? Je virai à cent quatre-vingts degrés de façon à inspecter les lieux, tel un cambrioleur en stage de formation. C'est là un petit jeu que j'affectionne. Je repérai les entrées et les sorties, étudiai la présence éventuelle d'un coffre-fort mural. Si je devais cacher des micros, où installerais-je le matériel d'écoute ?

Le sol était en travertin poli, aussi clair que le sable du

rivage. Je vis d'antiques créatures marines incluses dans la surface, un musée de fossiles minuscules à mes pieds. Un large corridor partait sur la droite. Il faisait trois mètres cinquante de hauteur, et des fenêtres allant du sol au plafond s'ouvraient sur un côté. En face, sur le mur d'un blanc neigeux, se déployait une série de toiles abstraites de couleurs vives, des huiles de deux mètres de haut, sans doute hors de prix et exécutées par un artiste défunt.

Devant moi, deux doubles portes ouvertes laissaient voir la pièce de séjour, qui mesurait bien dix mètres de long. Là encore, les murs du fond n'étaient que baies vitrées sur toute la hauteur et donnant cette fois sur un paysage de pins, de chênes verts, de fougères géantes et d'eucalyptus, et sur les montagnes au loin. Je tendis l'oreille et, n'entendant rien, entrai dans la pièce sur la pointe des pieds pour mieux voir. Le plafond à poutres apparentes filait en oblique jusqu'à des hauteurs de cathédrale. À gauche, une cheminée à revêtement de marbre laissait voir un foyer de près de huit mètres de long. À l'autre extrémité de la pièce, des vitrines abritaient des objets d'art disparates. À gauche, j'aperçus un bar encastré. Le mobilier brillait par sa sobriété : grands canapés sans accoudoirs et fauteuils en cuir noir, tables en verre et métal chromé, piano à queue, éclairage indirect.

J'entendis des talons hauts dans le couloir – on venait dans ma direction. J'eus à peine le temps de reculer à pas de géant dans le vestibule pour reprendre ma position initiale lorsque Dixie fit son apparition. Elle portait un blue-jean ultra-moulant, des boots à talons aiguille et un blazer chamois par-dessus un débardeur en soie d'un blanc immaculé. Ses bijoux étaient en pure Bakélite, deux énormes bracelets qui cliquetaient autour de son poignet fragile. À quarante ans, elle avait conservé une minceur d'elfe : hanches de gamine, ventre plat, à peine si elle avait des fesses. Les épaules rembourrées de sa veste donnaient l'impression qu'elle portait des protections. Ses cheveux, dont la teinte disait une généreuse assistance chimique – un roux entre le bordeaux et l'ocre cramé –, lui dégageaient le visage dans un fouillis artistique du dernier chic. Les faux cils et le trait épais d'eye-liner noir avaient disparu. Curieusement, l'absence de maquillage faisait paraître ses yeux plus grands et ses traits plus délicats. Elle avait la peau cireuse, des cernes sombres sous les yeux, des rides sur le front et on remarquait les tendons de son cou. Difficile de croire qu'elle ne s'était pas encore offert une petite réfection plastique. Elle n'en était pas moins la séduction incarnée. Il y avait quelque chose de vif dans son maintien, une délicatesse nerveuse. Elle semblait savoir qui j'étais, m'appela par mon prénom avec une cordialité artificielle et me tendit la main.

– Kinsey ! Comme c'est gentil ! Quelle surprise incroyable ! Stéphie m'a prévenue que tu étais là. Ça fait une éternité !

– Bonjour, Dixie. Tu es superbe. Je n'étais pas sûre que tu te souviendrais de moi.

– Comment aurais-je pu t'oublier ? s'exclama-t-elle. Je suis navrée que tu aies raté Eric.

Elle me dévisagea sans même un soupçon d'intérêt. Comme elle, j'étais en jean, mais le mien avait une coupe sans style – le genre qu'on porte pour laver les voitures ou retirer les cheveux qui bouchent l'évacuation de la baignoire. Elle était montée dans l'échelle sociale et avait acquis une sorte d'élégance indéfinissable. Inutile de porter des diamants quand le plastique fait l'affaire. Sa veste était froissée comme le sont les tissus de luxe... le lin et la soie... vous savez comment c'est, ce genre de merdes.

Elle regarda sa montre, qu'elle portait tournée à l'intérieur du poignet. Montre années quarante d'époque, un misérable morceau de cristal entouré d'éclats de diamants sur un bracelet-lanière noir. J'en avais vu de rudement plus jolies à la braderie – ceci pour vous montrer à quel point je m'y connais. La sienne était sans doute une pièce d'exception, reconnaissable au premier regard par ceux qui fréquentent les mêmes boutiques chic.

– As-tu envie de boire quelque chose ? C'est presque l'heure du cocktail.

Ma montre indiquait 4 : 10.

– Pourquoi pas ?

Je faillis lancer une plaisanterie sur les crèmes de menthe frappées, mais un Noir en jaquette blanche était apparu comme par enchantement, plateau d'argent à la main. Son barman personnel ? L'histoire devenait intéressante.

– Que désires-tu ? me demanda-t-elle.

– Un chardonnay me semblerait parfait.

– Nous serons dans le patio, dit-elle sans s'adresser précisément à son fidèle serviteur.

Bigre, bigre. Encore un message chiffré connu des anonymes de la classe ancillaire. Je notai que Dixie n'avait pas besoin de préciser ce qu'elle prendrait.

Je la suivis à travers la salle à manger aux dalles de pierre. La table consistait en un losange de merisier, avec assez de chaises pour un dîner de douze couverts. Quelque chose me dérangeait, et il me fallut un moment pour savoir quoi. Il n'y avait pas de marches, pas de différences de niveaux, pas de tapis ici ou là, et aucune trace de moquette. Je songeai à Eric et à son fauteuil roulant : cela expliquait peut-être la nudité des sols.

Une autre chose m'étonnait : Dixie ne s'était pas encore enquise des raisons de ma présence inopinée devant sa porte. Peut-être m'avait-elle attendue pendant toutes ces années, répétant ses réponses à de nombreuses conversations imaginaires. Elle avait toujours su qu'elle s'envoyait en l'air avec Mickey, alors que moi, je venais de le découvrir, ce qui lui donnait l'avantage. Je croise rarement le fer avec des femmes. Les crêpages de chignon verbaux ont quelque chose d'incongru, mais empreint d'une lascivité indéniable. Je pensai à tous les films qui flattent les fantasmes masculins en montrant des femmes qui se battent comme des chattes de gouttière et s'agrippent par les cheveux en se roulant par terre. Je n'avais jamais eu l'occasion de m'y essayer, mais qui sait ? Je me sentais de plus en plus en prise directe avec mon « for intérieur » rancunier.

Dixie ouvrit une porte vitrée coulissante et nous passâmes dans un grand patio intérieur. Sol en pierre lisse, espace bordé d'arbres de six mètres de haut piqués dans d'énormes pots en terre cuite. Dans les branches se pressaient des chardonnerets qui pépiaient à qui mieux mieux en sautant de tige en tige. On remarquait des meubles de jardin rembourrés disposés avec art, ainsi qu'une table en verre et quatre fauteuils garnis de coussins épais. Tout semblait immaculé. Je me demandai où les petits zoizeaux lâchaient leurs petites crottes vertes et blanches.

– En fait, c'est à la fois une volière et une serre, me dit-elle. Les plantes sont des spécimens de protées et de broméliacées. Importés d'Amérique du Sud.

Je marmonnais « Magnifique », faute de mieux. Dans mon idée, les broméliacées combattaient l'acidité gastrique. Elle fit un geste en direction de sièges qui invitaient à la conversation. Des effluves de cuisine parvenaient jusqu'à mes narines. Une odeur d'ail et d'oignons sautés s'attardait dans l'air comme un parfum somptueux. Peut-être l'un de ces serviteurs anonymes et corvéables à merci allait-il apparaître avec un plateau de douceurs et d'amuse-gueules offerts à ma gourmandise et dont je ne ferais qu'une bouchée.

Dès que nous fûmes assises, l'homme revint avec des verres sur son plateau. Il nous donna à chacune une minuscule serviette en papier en cas de haut-le-cœur. Dixie carburait au gin-martini sec, servi dans un verre de style années quarante. Quatre olives vertes étaient embrochées sur un cure-dent, comme des grains de boulier. Nous avalâmes chacune une gorgée de nos libations respectives. Mon chardonnay présentait une saveur délicate, avec une longue note finale de vanille qui s'attardait en bouche et n'avait sans doute rien à voir avec la bouteille à bouchon vissé du Stop 'n' Shop du quartier. Je la regardai garder le gin sur sa langue comme un breuvage eucharistique. Elle posa son verre avec un tintement léger et sortit de sa poche de blazer un paquet de cigarettes et un petit briquet en or. Elle alluma sa cigarette et inspira la fumée avec un recueillement laissant entendre que fumer était un autre sacrement. Surprenant mon regard, elle ouvrit la bouche pour laisser s'échapper une épaisse langue de fumée qu'elle réaspira goulûment.

– Tu ne fumes plus ? me demanda-t-elle.

Je secouai la tête.

– J'ai arrêté.

– Bravo ! Moi, je n'y renoncerai jamais. Toutes ces histoires de nocivité sont passablement assommantes. Tu fais aussi de l'exercice sans doute.

Elle pencha la tête d'un air songeur, jouant les grandes rêveuses.

– Voyons voir. La mode est à quoi en ce moment ? Tu t'adonnes à la musculation, décréta-t-elle en pointant un doigt vers moi.

– Et je cours aussi cinq jours par semaine. Ne l'oublie pas, répliquai-je en pointant à mon tour mon doigt dans sa direction.

Elle avala une autre gorgée de sa boisson.

– Stéphie me dit que tu cherches Mickey. Il a disparu ?

– Pas que je sache, mais j'aimerais le contacter. Le seul numéro de téléphone que j'aie n'est plus attribué. As-tu eu de ses nouvelles dernièrement ?

– Pas depuis des années.

Un sourire se forma sur ses lèvres et elle inspecta ses ongles.

– C'est une drôle de question, reprit-elle. Je n'en reviens pas que tu me la poses. Il y a sûrement des gens bien mieux placés pour le savoir.

– Par exemple ?

– Shack, pour commencer. Et l'autre flic… Lit quelque chose. Ils étaient comme cul et chemise.

– Je viens d'interroger Shack. C'est lui qui m'a donné ton adresse. Roy Littenberg est mort. J'ignorais qu'Eric et toi habitiez toujours dans le coin.

Elle m'étudia un moment à travers la fumée de sa cigarette. Miss Dixie n'était pas une idiote et je la voyais qui analysait la situation.

– Pourquoi cette idée brusquement ?

– Pourquoi quoi ?

– Tu as autre chose en tête.

Je me penchai vers mon sac et sortis la lettre de la poche extérieure.

– J'ai reçu ta lettre, dis-je.

– Ma lettre, répéta-t-elle d'un ton mécanique, les yeux fixés sur l'enveloppe.

– Celle que tu m'as envoyée en 1972, lui précisai-je. Mickey l'avait fourrée dans une boîte avec du courrier qui avait dû arriver le même jour. Il a omis de la faire suivre, si bien que je ne l'ai lue qu'aujourd'hui.

Pour une fois, je parus bénéficier de son entière attention.

– Tu plaisantes ?

– Non.

Je tenais la lettre comme un marteau de commissaire-priseur dans une vente muette. J'enchéris.

– Je ne savais pas que tu t'envoyais mon époux bien-aimé. Tu veux qu'on en parle ?

Elle se mit à rire, puis se reprit. Ses dents, parfaites à présent, me firent penser à des sabots de chevaux blancs articulés au fond de sa bouche.

– Désolée. Je suis désolée. Ne le prends pas mal, mais tu es tellement gourde dès qu'il s'agit des hommes...

– Merci. Tu sais le prix que j'attache à ton opinion.

– Ce n'est pas une tare. La plupart des femmes n'ont aucune idée de ce qu'ils sont en réalité.

– Mais toi, si ?

– Cette question !

Elle m'étudia au-dessus du ruban de fumée de sa cigarette ; elle me jaugeait. Elle s'interrompit et se pencha pour déposer un cylindre de cendre dans un cendrier en cristal placé sur la table basse devant elle.

– Quelle est votre théorie, mamz'elle Dixie, si je peux me permettre de vous le demander ? dis-je en prenant l'accent du Sud.

– Profite d'eux avant qu'ils ne profitent de toi, dit-elle avec un mince sourire.

– Charmant. Romantique en diable. Je note, ajoutai-je en faisant semblant d'écrire dans la paume de ma main.

– Charmant, non, mais réaliste. Au cas où tu ne l'aurais pas remarqué, la plupart des hommes se foutent pas mal du romantisme. Ce qui les intéresse, c'est ce qu'il y a dans ta petite culotte, un point c'est tout. Que puis-je te dire d'autre ?

– Ça couvre à peu près le problème. Une question pourtant... Pourquoi lui ? Il y avait des douzaines de policiers au Honky-Tonk à l'époque.

Elle hésita, s'interrogeant manifestement sur la posture à adopter.

– C'était un très bon coup, dit-elle enfin sans l'ombre d'un sourire.

– Je ne te demandais pas de lui donner une note. Je veux seulement savoir ce qui s'est passé.

– Pourquoi t'énerver ? Tu as l'air si… si agressive. Finalement, c'est toi qui l'as plaqué ; alors tu t'en fous, non ?

– Fais-moi ce plaisir, insistai-je. Pour ma gouverne.

Son épaule gracile se souleva en un geste délicat.

– Lui et moi étions ensemble bien avant que vous fassiez connaissance. Il a arrêté un moment, et puis il est revenu. Pourquoi y attacher de l'importance ? Nous n'étions absolument pas amoureux. Je l'admirais peut-être, mais je ne peux pas dire qu'il me plaisait. Il avait une sorte de charme brutal, mais là encore je ne t'apprends rien. Je ne parlerais même pas d'une liaison au vrai sens du mot. Plutôt une dépendance sexuelle, un service mutuel qu'on se rendait. Moi, c'est certain. Lui, je ne sais pas. C'était pathologique. Il ne pouvait sans doute pas s'en empêcher ni moi non plus.

– Oh, je t'en prie. Ne me sors pas ces conneries de dépendance sexuelle. Quelle foutaise… Il ne t'est jamais venu à l'idée que les vœux du mariage voulaient dire quelque chose ?

– Pour toi, pas tellement. Jusqu'à ce que la mort nous sépare ? Moi en tout cas, je suis toujours mariée et tu ne peux pas en dire autant. Ou est-ce que je me trompe ? Mes excuses. Tu aurais pu épouser quelqu'un d'autre et avoir une tripotée de mômes. Je t'aurais bien posé la question, mais je ne vois pas d'alliance.

– Étais-tu avec lui la nuit où Benny Quintero est mort ?

Son sourire s'évanouit.

– Oui.

Net. Pas d'hésitation, pas d'émotion. Direct.

– Pourquoi ne me l'a-t-il pas dit ?

– Tu tenais vraiment à savoir ?

– Cela aurait aidé. Je ne sais pas trop comment j'aurais réagi, mais sans doute autrement.

– Je ne crois pas. Tu étais si sûre de toi et de ton bon droit.

Franchement odieuse. Mademoiselle Je-sais-tout. Mickey voulait t'épargner.

– Et pourquoi ça ?

– Il était fou de toi. Ça m'étonne que t'aies à le demander.

– Étant donné qu'il te baisait…

– Tu connaissais son passé le jour où tu l'as épousé. Croyais-tu sérieusement qu'il deviendrait monogame ?

– Pourquoi as-tu pris sur toi de parler alors que Mickey t'avait fait promettre de ne rien dire ?

– J'avais peur qu'il en prenne plein la gueule… Ce qui est arrivé en fin de compte.

– Eric savait-il pour Mickey ?

Elle eut un soupçon d'hésitation.

– Nous avons conclu un arrangement…

– Je ne te parle pas de maintenant. Savait-il à l'époque ?

Elle tira longuement, délibérément, sur sa cigarette tandis qu'elle élaborait sa réponse.

– La vie était difficile pour Eric. Il avait eu du mal à s'adapter à son retour.

– Autrement dit : non.

– Il n'y avait rien d'affectif entre Mickey et moi. Pourquoi faire de la peine inutilement ?

– Et si vos conjoints respectifs avaient su à quoi s'en tenir à votre sujet ? Puisqu'il n'y avait pas d'amour… puisqu'il ne s'agissait que d'un simple dépannage sexuel, comme tu le prétends… pourquoi ne pas nous le dire ?

Elle resta silencieuse, me fixant d'un air ahuri.

– La question n'a rien d'une hypothèse. Je veux vraiment savoir, insistai-je. Pourquoi ne pas être honnêtes avec nous si votre liaison avait si peu d'importance ? (J'attendis.) D'accord, je vais t'aider. Tu veux la réponse ? La voilà. Parce que nous vous aurions fichu un coup de pied au cul à chacun et que ç'aurait été terminé. Eric, je ne sais pas, mais moi, je ne supporte pas l'infidélité.

– Peut-être certains aspects de la loyauté t'ont-ils toujours échappé, m'asséna-t-elle.

Je fermai les yeux un instant. J'avais envie de relever les

pieds de devant de son fauteuil et de la faire basculer en arrière, juste pour le plaisir d'entendre le bruit sourd de sa tête contre le sol en pierre. Au lieu de quoi je me récitai en silence des bribes d'articles du Code pénal qui me revenaient en mémoire : *… blessures et coups volontaires non qualifiés, meurtre et autres crimes et délits volontaires… toute personne qui aura porté volontairement des coups ou commis des violences ou voies de fait ayant entraîné…*

Je souris.

– Tu penses que c'était loyal de vous payer notre tête ? De satisfaire tes caprices à nos dépens ? Si tu penses que c'est *ça*, la loyauté, t'es vraiment baisée dans ta tête !

– Inutile d'être grossière.

Une voix résonna à l'autre bout du patio :

– Excusez-moi. Dixie ?

Nous levâmes toutes deux la tête. Stéphie se tenait dans l'embrasure de la porte.

Pour une fois, Dixie parut gênée et rougit.

– Oui, Stéphie. Qu'y a-t-il ?

– Mme Yablonsky est là. Voulez-vous la voir maintenant ou dois-je lui fixer un autre rendez-vous ?

Dixie exhala une bouffée de fumée avec impatience, puis elle écrasa son mégot.

– Faites-la attendre dans mon bureau. J'arrive dans une minute.

– Certainement. Pas de problème.

Stéphie referma la porte coulissante, nous observant un moment avant de s'éloigner.

– Bon, ça suffit comme ça ! me lança Dixie. Je vois que tu prends plaisir à monter sur tes grands chevaux. Tu as toujours aimé te prévaloir de ton sens moral.

– En effet. Et, dans ce cas précis, je suis bien placée pour le faire valoir.

– Finis ton verre, je ne te retiens pas.

– Merci. C'était amusant. Tu n'as pas changé du tout.

– Toi non plus, me renvoya-t-elle.

CHAPITRE 7

J'avais parcouru la moitié de l'allée, me dirigeant vers la route, lorsque je vis un véhicule arriver en sens inverse. C'était un monospace personnalisé, d'un modèle que je ne connaissais pas, luisant, noir et caréné, avec Eric Hightower au volant. Je ne jurerais pas que je l'aurais reconnu si je ne m'étais pas attendue plus ou moins à le voir. Je ralentis au pas et donnai un coup de Klaxon en baissant la vitre de la Volkswagen. Il se rangea à ma hauteur et s'immobilisa, baissant lui aussi sa vitre. Son débardeur découvrait ses épaules musclées et ses biceps lisses et bronzés. À l'époque du Honky-Tonk, il avait le regard perpétuellement vitreux, et sa peau les lividités d'un garçon qui mélangeait ses médicaments avec de l'alcool, du LSD et de l'herbe, tout cela avec une redoutable compétence. En ces jours lointains, il avait une barbe maigrichonne et laissait tomber ses cheveux noirs et raides sur ses épaules ou les rassemblait en queue de cheval nouée avec un bout de chiffon.

L'homme qui m'examinait d'un air interrogateur du haut de son monospace avait recouvré la santé. Son crâne maintenant rasé était aussi lisse que celui d'un nouveau-né. Disparus, la barbe et le regard larmoyant. J'avais vu des photos d'Eric en uniforme avant son départ pour le Vietnam : jeune et beau, vingt et un ans, amplement épargné par la vie. Après deux séjours là-bas, on avait vu revenir dans le monde des vivants un garçon qui n'avait plus que la peau sur les os et était terriblement abîmé, hargneux et replié sur lui-même. Il semblait tourner beaucoup de choses dans sa tête, mais rien qu'il fût capable de nous expliquer. Et aucun de nous n'osait l'interroger. Il suffisait de regarder son visage pour savoir qu'il avait vu l'enfer et ne supporterait pas de se livrer un tant soit peu. Avec le recul, je crois qu'il craignait notre jugement alors que, de fait, c'était ce que nous voyions dans ses yeux qui nous effrayait. Plutôt détourner le regard qu'endurer cette souffrance.

– Que puis-je faire pour vous ? demanda-t-il.

– Bonjour, Eric. Je suis Kinsey Millhone. On traînait ensemble il y a des années au Tonk, à Colgate.

Je vis ses traits s'éclairer et un large sourire se dessiner sur son visage tandis qu'il me remettait.

– Mais bien sûr ! Sans blague ! Comment vas-tu ?

Il passa son bras gauche par la fenêtre et nos doigts s'effleurèrent brièvement en guise de poignée de main, nos véhicules nous empêchant d'en faire plus. Ses yeux noirs étaient limpides. À l'époque où il buvait, il était maigre comme un clou, mais l'âge lui avait apporté les huit kilos qui lui manquaient. La réussite lui allait bien. Il se dégageait de lui une impression de solidité et d'assurance.

– Tu as l'air en pleine forme, lui dis-je. Qu'est-il arrivé à tes cheveux ?

Il se regarda dans le rétroviseur et passa la main sur son crâne lisse.

– Ça te plaît ? Ça me fait drôle. L'idée m'en a pris il y a un mois et je ne sais pas trop si j'aime.

– Moi, si. C'est mieux que la queue de cheval.

– Ça, c'est vrai ! Quel bon vent t'amène ?

– Je cherche mon ex-mari et je pensais que tu aurais peut-être une idée.

Cette version me semblait un peu tirée par les cheveux et je m'attendais à des questions, mais il ne releva pas.

– Magruder ? Je ne l'ai pas vu depuis des années.

– C'est ce que Dixie m'a dit. J'ai interrogé le vieux pote de Mickey, Shack, dernièrement et on a parlé de vous. Tu te souviens de Pete Shackelford ?

– Vaguement.

– Il pensait que tu saurais, mais je n'en ai pas l'impression, hein ?

– Désolé, dit-il. Tu as des ennuis ?

– Je ne sais pas trop. Il semblerait que j'aie une dette envers lui et je voudrais en avoir le cœur net.

– Je peux demander autour de moi, si tu veux. Je vois toujours certains types au club de gym. On ne sait jamais.

– Merci, mais je pense pouvoir me débrouiller. Je vais appeler son avocat et, si ça ne donne rien, j'ai d'autres possibilités. Je connais sa façon de raisonner. Mickey prend toujours la tangente.

Nos regards se croisèrent et je sentis une communication muette s'établir entre nous, telle l'ombre rapide d'un nuage dans le ciel. Il parut penser soudain à autre chose et me montra d'un geste large le terrain boisé qui nous entourait de toutes parts.

– Alors, qu'en dis-tu ? Dix hectares et l'emprunt complètement remboursé. À moi. Enfin… à moitié, compte tenu de la législation californienne sur les biens domaniaux.

– Superbe. Tu as bien réussi.

– Merci. Mais on m'a aidé.

– Dixie ou les AA ?

– Je dirais les deux.

Une camionnette de plombier apparut dans l'allée, puis s'arrêta derrière le monospace d'Eric. Il se retourna, fit signe au conducteur qu'il l'avait vu et qu'on n'y passerait pas la journée et se tourna de nouveau vers moi.

– Si tu faisais demi-tour pour revenir à la maison ? On pourrait dîner tous ensemble et nous raconter notre vie.

– Ce serait avec plaisir, mais le moment est mal choisi. Dixie a des gens à voir et j'ai moi-même quelques petites choses à régler. Peut-être une autre fois. Je t'appelle et on fixe une date.

Je passai en première.

– Super. On fait ça. Promis ?

– Parole de scout.

Le conducteur de la camionnette lui donna un coup de Klaxon impatient. Eric se retourna et lui fit de nouveau signe.

– En tout cas, ravi de t'avoir vue. Sois sage !

– Toi aussi !

Il remonta sa vitre et je le vis donner un coup d'accélérateur avec une manette placée sur son volant. Ce fut le seul détail qui me rappela qu'il avait été amputé des deux jambes. Il klaxonna en s'éloignant et je poursuivis mon chemin, chacun filant dans une direction opposée.

Pendant le trajet du retour, je réfléchis à la nature de la divine comédie. Deux de mes certitudes les plus chères venaient de basculer en quelques heures. Du fait de la brièveté de notre mariage, j'avais toujours cru à la fidélité de Mickey. Il s'avérait que je me trompais et que cet *a priori* était à rayer du dossier, en même temps que le peu de confiance que je pouvais encore entretenir. J'avais aussi soupçonné, enfin… disons-le franchement : j'avais eu la conviction que Mickey avait joué un rôle dans la mort de Benny Quintero et il apparaissait que non, et que cette idée elle aussi était à rayer. Coupable d'infidélité, innocent d'homicide. Quelqu'un de doué aurait pu en faire les paroles d'une ballade de style country. D'une certaine façon, Dixie avait mis le doigt dessus. Voulais-je vraiment avoir le fin mot de cette histoire merdique ? Je n'avais sans doute pas le choix. Restait à savoir à quoi cela me servirait.

À peine arrivée au bureau, je saisis l'annuaire qui pesait des tonnes et cherchai la rubrique « avocats » dans les pages jaunes. Je parcourus la liste d'un doigt jusqu'au nom de Mark Bethel, bien en vue dans un encadré à part. On lisait SPÉCIALISTE EN DROIT PÉNAL et, sous cet intitulé, les précisions suivantes : *Drogue, Violences, Armes, Abus d'autorité, Infractions à la circulation routière, Vols/Escroqueries, Voies de fait, Violences conjugales et Délits sexuels*, ce qui, à mon sens, faisait le tour de la question – les meurtres exceptés, bien sûr. Mark Bethel avait été l'avocat de Mickey quand celui-ci avait démissionné de la police, initiative qu'il avait prise sur son conseil. Je n'avais jamais raffolé de Mark et, après le départ subit de Mickey, il y avait eu peu de raisons que nos chemins se croisent. Lorsqu'on se rencontrait par hasard en ville, on se saluait avec une cordialité de commande, de sa part comme de la mienne. Un vieille histoire nous liait, une de ces alliances inconfortables qui subsistent plus par la forme que par le contenu. Malgré mes réserves à son égard, je devais reconnaître ses qualités professionnelles, même s'il avait délaissé sa clientèle au cours des dernières années pour briguer une charge publique : comme beaucoup d'autres républicains, il visait le siège de sénateur laissé vacant par Alec Cranston aux prochaines élections de novembre. Ces dix dernières années, ses ambitions politiques avaient commencé à se préciser. Il s'était allié à l'appareil local du parti et s'en était fait bien voir en se dépensant sans compter dans la campagne de Deukmejian pour le poste de gouverneur en 1982. Il avait ouvert sa résidence de Montebello pour d'innombrables dîners fastueux destinés à collecter des fonds pour le parti. Il s'était présenté, avec succès, au conseil du comté, puis il avait été élu à la Chambre des représentants de l'État. En bonne logique, son objectif suivant aurait dû être le Congrès, mais il avait sauté cette étape et s'était présenté aux primaires pour un siège au Sénat. Sans doute estimait-il avoir acquis un profil politique suffisant pour récolter les voix nécessaires et devancer Ed Zschau. Sans grande chance, à mon avis, mais qu'en savais-je après tout ? Je déteste les politiciens ; ils mentent encore plus que moi et avec bien moins d'imagination. Bethel avait l'avantage d'avoir épousé une femme qui possédait une fortune personnelle.

Je savais, de source bien informée, que Laddie Bethel finançait le plus gros de sa campagne. Elle s'était fait un nom sur la scène artistique locale et récoltait des fonds pour de nombreux organismes de bienfaisance. Quelque cause qu'elle défendît, elle n'hésitait pas à m'adresser des demandes de dons avec enveloppe-retour jointe. Y figurait inévitablement une série de montants à entourer : 2 500 $, 1 000 $, 500 $ et 250 $. S'il s'agissait d'une soirée habillée – « tenue de soirée facultative », cela au cas où celle de jour aurait été chez le teinturier –, on me proposait aussi de retenir une « table » pour mes copines à 1 000 $ le couvert. C'était vraiment mal connaître ma radinerie innée, celle qui me faisait décoller le timbre de l'enveloppe pré-affranchie. En attendant, Mark avait toujours un bureau et une secrétaire dans son ancien cabinet juridique.

Je composai son numéro ; sa secrétaire décrocha avec un « Veuillez ne pas quitter » instantané.

Le temps de la rassurer, elle était déjà ailleurs. J'eus droit à une version jazz de *Scarborough Fair*.

Puis elle reprit la ligne :

– Merci d'avoir attendu. Judy à l'appareil. Vous désirez ?

– Bonjour, Judy. Kinsey Millhone. Je suis une vieille amie de Mark. Je crois vous avoir rencontrée à la réception de Noël des Bethel il y a deux ans. Mark est-il là par hasard ?

– Oh, bonjour Kinsey. Bien sûr que je me souviens de vous, dit-elle. Non, il est à une réunion de comité, sans doute pour la journée. Voulez-vous le rappeler demain matin ou puis-je vous dépanner ?

– Peut-être. J'essaie de contacter mon ex-mari, Mickey Magruder. C'était un de ses clients.

– Oh, je connais Mickey, me répondit-elle (et je me demandai illico si c'était au sens biblique).

– Savez-vous si Mark aurait son adresse et son numéro de téléphone actuels ?

– Ne quittez pas, je vérifie. Je sais que nous avons quelque chose car il a appelé il y a deux mois environ et que je l'ai eu au bout du fil.

J'entendis des pages crisser pendant qu'elle feuilletait son répertoire.

– Ah, nous y voilà.

Elle me donna une adresse dans Sepulveda, mais avec un autre numéro que le mien. C'étaient les mêmes chiffres, mais dans un ordre différent. Du pur Mickey. Dans sa semi-paranoïa, il lui avait donné la bonne information, mais en changeant l'ordre des chiffres pour qu'on ne puisse pas le trouver. L'adresse, c'est personnel, estimait-il, et le téléphone est fait pour vous simplifier la vie, pas celle d'autrui. Si on ne pouvait pas l'appeler, il n'en avait rien à faire. J'ignore comment il se débrouillait pour recevoir son courrier ou se faire livrer une pizza. Ces problèmes ne l'intéressaient pas dès que sa vie privée entrait en ligne de compte. J'entendis de nouveau la charmante voix de

Judy, et le numéro de téléphone qu'elle me donna correspondait à celui que j'avais dans mon répertoire.

– Autant le rayer, lui dis-je. Je l'ai essayé un peu plus tôt, et il n'est pas attribué. Je pensais que Mickey avait peut-être déménagé ou changé de numéro.

Je l'entendis qui hésitait.

– Je ne devrais sans doute pas vous le dire. Mark ne supporte pas que je parle d'un client, alors surtout ne lui dites rien…

– Cela va de soi.

– Quand Mickey a appelé… ce devait être à la mi-mars… c'était pour emprunter de l'argent. Pas à moi, bien sûr… Mais c'est ce que j'ai appris, après que Mark lui a parlé. D'après Mark, Mickey devait vendre sa voiture parce qu'il ne pouvait plus payer les frais d'entretien ni l'assurance, sans parler de l'essence. Il avait des problèmes d'argent dont même Mark ne pouvait pas le sortir.

– Ça ne me dit rien qui vaille. Mark lui a-t-il prêté de l'argent ?

– Je ne peux pas l'affirmer. Peut-être que oui. Mark avait toujours misé sur Mickey.

– Pourriez-vous vérifier dans vos doubles de messages si Mickey a laissé un numéro où Mark pourrait le joindre ?

– Oui, si vous voulez, mais je me rappelle le lui avoir demandé à ce moment-là, et il m'a répondu que Mark le connaissait.

– De sorte que Mark aurait peut-être un autre numéro ?

– C'est possible. Je peux lui poser la question et lui dire de vous rappeler.

– Vous feriez ça ? Il peut me passer un coup de fil demain et nous aviserons.

Je lui laissai mon numéro et nous raccrochâmes.

Ma soirée n'eut rien de bien spécial : dîner avec Henry à la Rosie's Tavern, à deux pas de la maison, après quoi je me mis au lit avec un livre et lus jusqu'au moment où je m'endormis, sans doute dix bonnes minutes après.

Je neutralisai la sonnerie du réveil avant qu'elle ne se déclenche. Puis je me lavai les dents, enfilai mon survêtement et sortis faire quatre kilomètres de jogging. L'habituel brouillard de printemps enveloppait la piste cyclable qui longeait la plage ; le ciel déployait une grisaille uniforme, se fondant avec l'océan à l'horizon comme si l'on avait tendu un voile de plastique transparent entre les deux. La température était idéale, un peu fraîche, avec un fond d'humidité. Je me sentais légère et vigoureuse et courais avec une singulière sensation de bonheur.

De retour à la maison, je me douchai, m'habillai et avalai un petit déjeuner, puis je sautai dans ma voiture et pris la route de San Felipe, le reçu de la société de garde-meubles en poche. J'avais fait un effort vestimentaire, ce qui, dans mon cas, reste toujours très modéré. Je ne possède qu'une robe – noire, sans col, avec des manches longues – et un corsage plissé. Je n'ai jamais eu de vêtement plus passe-partout que ce modèle en tissu entièrement synthétique, garanti infroissable (mais sans doute inflammable). Une fois que je l'ai enfilé, je peux accepter les invitations aux cocktails les plus snobinards, passer pour un parent ou un ami éploré à n'importe quel enterrement, me produire au tribunal, espionner sans me faire repérer, bousculer des clients, interroger des témoins hostiles, trafiquer avec des criminels connus ou me faire passer pour une femme active avec emploi rémunérateur et non pas une mouche du coche travaillant en indépendante et vouée aux jeans, cols roulés et tennis.

Avant de partir, j'avais pris quelques minutes pour remplir un formulaire type inspiré de ma période d'emploi à la California Fidelity Insurance. Tout en roulant plein sud sur la 101, je peaufinai le personnage d'employée pointilleuse de l'administration que j'endosse quand je me fais passer pour ce que je ne suis pas. Le métier de détective privé allie à parts égales l'ingéniosité, la détermination et l'obstination, avec une dose appréciable de talents de comédien en plus.

Il me fallut quarante-cinq minutes pour arriver à San Felipe. Sur le trajet, le paysage consista pour l'essentiel en vergers d'agrumes et d'avocats, en vastes étendues de champs cultivés et en stands de vente occasionnels de – quoi d'autre sinon : citrons, oranges et avocats. Je repérai les entrepôts du garde-meubles deux kilomètres avant d'y arriver. Ils se trouvaient juste à la sortie de la route principale, alignement sans fin de bâtiments d'un étage couvrant l'équivalent de deux pâtés de maisons. L'architecture de l'ensemble évoquait une prison californienne neuve, avec projecteurs et hautes clôtures fermées par des chaînes.

Je franchis le portail. Tous les bâtiments étaient identiques – parpaings et porte aveugle – et assortis de larges élévateurs et d'une rampe de chargement à chaque extrémité. Toutes les unités portaient une lettre et un numéro dont je ne compris pas vraiment la logique. Les portes de chaque section semblaient avoir un code de couleurs, à moins qu'il ne s'agît d'une coquetterie de l'architecte. Dessiner un ensemble qui faisait songer à des paquets de gâteaux secs mis bout à bout n'avait sûrement rien d'exaltant. Je longeai plusieurs allées. Des flèches m'indiquèrent le bureau central devant lequel je me garai. Puis je descendis de ma voiture.

La porte vitrée donnait sur une aire de service de six mètres sur six environ et coupée au milieu par un comptoir. Des meubles de rangement, visiblement de location, et un bureau en bois sans rien de particulier occupaient l'espace situé à l'extrémité du comptoir. Rien qui indiquât une société stratifiée, coiffée par son département administratif. L'unique individu de service semblait cumuler les fonctions de réceptionniste, secrétaire et directeur d'entreprise. Il était assis devant une machine à écrire, un crayon entre les dents, et tapait un mémo avec deux doigts. La soixantaine finissante, visage poupin et crâne dégarni, lunettes demi-lune sur le bout du nez. Son ventre protubérant me fit penser à un bébé singe étroitement collé à la poitrine de sa mère.

– Chuis à vous dans une minute, dit-il en continuant de taper.

– Prenez votre temps.

– Comment vous épelez « chans cœur » ?

– S-a-n-s trait d'union c-e dans l'o u-r.

– Vous êtes chûre du trait d'union ? Cha me paraît pas bon.

– Sûre et certaine.

Quand il eut fini, il se leva, ôta les carbones et rangea l'original et les doubles dans des chemises bleues assorties. Il s'approcha du comptoir en remontant la ceinture de son pantalon.

– Je voulais pas vous faire attendre, mais j'étais dans un passage émouvant, m'expliqua-t-il. Quand les affaires sont calmes, j'écris des histoires pour mon petit-fils. Le gamin a à peine deux ans et lit comme un chef. Il adore les petits livres que son papy écrit rien que pour lui. C'est l'histoire d'un ver de terre nommé Frétillant. Moi, ça m'amuse beaucoup et si vous voyiez sa frimousse s'illuminer ! Je me dis qu'un jour je les ferai publier dans les règles. J'ai une amie qui m'a proposé de s'occuper des illustrations, mais on m'a dit que ce n'est pas une bonne idée. Les gens de New York doivent préférer demander à leurs artistes maison.

– Vous me l'apprenez, dis-je.

Il rougit légèrement et le ton de sa voix devint timide.

– Vous ne connaîtriez pas un agent qui y jetterait un coup d'œil ?

– Non, mais si j'entends parler de quelqu'un, je vous préviendrai.

– Ce serait chouette. En attendant, que puis-je pour vous ?

Je lui montrai mon badge de la California Fidelity Insurance, où figurait une vieille photo de moi et le tampon de la société. Il regarda la photo, puis mon visage.

– Vous devriez vous faire faire une nouvelle photo. Celle-ci ne vous rend pas justice. Vous êtes bien plus mignonne.

– Vous croyez vraiment ? Merci. À propos, je me présente, Kinsey Millhone. Et vous êtes… ?

– George Wedding.

– Ravie de vous connaître.

– J'espère que vous ne vendez pas de polices. J'aimerais pas vous décevoir, mais je suis assuré jusqu'aux yeux.

– Je ne vends rien, mais j'aurais besoin d'un service.

J'hésitai. J'avais une histoire toute prête. Je pensais lui montrer la réclamation où le propriétaire d'une maison énumérait plusieurs articles irrécupérables après une inondation due à une rupture de tuyaux de plomberie. Naturellement, il n'y avait pas un mot de vrai dans tout ça, mais j'espérais qu'il réagirait avec assez d'indignation pour éclairer ma lanterne. Je voulais l'adresse et le numéro de téléphone donnés par Mickey quand il avait loué le box de rangement. Cela me permettrait de comparer l'information aux faits déjà en ma possession et, donc, de trouver (peut-être) où diable il se cachait. Pendant le trajet, j'avais imaginé des détails propres à rendre l'histoire crédible, mais je me trouvais soudain incapable de jouer le jeu. Car telle est la vérité du mensonge : on mène tellement en bateau un malheureux prêt à tout avaler qu'il fait figure d'idiot pour ne pas avoir compris qu'on le dupait. Il y a dans le mensonge le même côté déplaisant que dans les farces où la « victime » se sent une idiote à ses propres yeux, et ridicule à ceux de tout le monde. Je veux bien mentir à des bureaucrates bouffis de suffisance, sous la menace d'un couteau, ou quand tout le reste échoue, mais j'avais du mal à mentir à un brave homme qui écrivait les aventures d'un ver de terre pour son petit-fils.

George attendait patiemment la suite. Je pliai en deux la fausse réclamation de façon à laisser dépasser quelques centimètres du haut de la page, et seulement les lignes du formulaire comportant le nom, l'adresse et le numéro de téléphone de « John Russell ».

– Vous voulez savoir la vérité ?

– Ce serait sympa, dit-il d'un ton neutre.

– Eh bien, voilà. En fait, j'ai été virée par la CFI il y a trois ans. Je suis actuellement détective privée, et je cherche un homme à qui j'ai été mariée autrefois. (Je lui montrai le nom de John Russell.) Ce n'est pas son vrai nom, mais je soupçonne l'adresse d'être plus ou moins exacte. Mon ex mélange les chiffres pour se protéger.

– Ça a un rapport avec la police ? Parce que mes dossiers sont confidentiels, sauf si vous avez une ordonnance du tribunal. Si vous pensez que ce type utilisait une unité d'entreposage à des fins illégales… pour fabriquer de la drogue, par exemple… vous pourriez me convaincre. Sinon, rien à faire.

J'aurais presque pu jurer que George m'invitait à lui raconter des bobards, puisqu'il m'expliquait comment le persuader de m'ouvrir ses dossiers. Cependant, ayant embrassé la cause de la vérité, je me dis qu'il valait mieux ne pas en démordre.

– Vous me compliquez les choses, lui renvoyai-je. J'aimerais pouvoir vous affirmer le contraire, mais cette affaire n'a rien à voir avec des activités illégales… du moins à ma connaissance. Euh… Comment dire ? C'est difficile. Je ne suis pas habituée. Nous nous sommes quittés ennemis et je viens d'apprendre que je me suis gravement trompée à son égard. Je n'aurai pas la conscience tranquille tant que je n'aurai pas réglé cette affaire avec lui. Je sais que ça paraît tordu, mais c'est vrai.

– Vous avez fait quoi ? me demanda-t-il.

– Ce n'est pas ce que j'ai fait. C'est ce que je n'ai pas fait, lui répondis-je. Il était impliqué dans un meurtre… enfin, pas un meurtre, un homicide est plus exact. Le problème, c'est que je n'ai pas attendu sa version des faits. Je suis partie du principe qu'il était coupable et je l'ai quitté. Et je me sens moche. Je m'étais engagée « pour le meilleur et pour le pire » et je lui ai donné « le pire ».

– Et alors ?

– Et alors, j'essaie de retrouver sa trace pour lui faire mes excuses. Je peux peut-être réparer les dégâts… si ce n'est pas trop tard.

Le visage de George exprimait la prudence personnifiée.

– Je ne vois pas très bien ce que vous attendez de moi.

Je lui tendis le formulaire, penchant la tête pour en lire l'en-tête en même temps que lui. Du doigt, je lui indiquai les lignes intéressantes.

– Je pense que c'est en partie exact. J'ai deux versions de cette adresse. Si la vôtre confirme celle-ci ou si vous en avez encore une autre, je réussirai sans doute à déterminer laquelle est la bonne.

Il étudia le nom et l'adresse.

– Je me souviens de ce type. Un arriéré de paiements. On a vidé son unité et tout mis en vente.

– C'est bien ce qui m'inquiète. Je pense qu'il a des ennuis. Croyez-vous pouvoir m'aider ?

Je le vis hésiter. Je laissai le bloc sur le comptoir, tourné vers lui. Je le vis relire le texte imprimé. Il gagna un meuble de rangement, passa en revue les étiquettes sur le devant des tiroirs et ouvrit le troisième en partant du haut. Il en sortit un classeur volumineux et le posa en travers du tiroir ouvert. Puis il mouilla son pouce et commença à le feuilleter. Il trouva la page qu'il cherchait, ouvrit les anneaux, retira une feuille de papier, la recopia et me tendit le renseignement sans un mot.

CHAPITRE 8

Je revins au bureau, où je passai le reste de la journée à payer des factures, rappeler les gens qui avaient laissé un message et mettre mon courrier à jour. De Mark Bethel, rien. Je ferais une nouvelle tentative s'il ne se manifestait pas rapidement. Je fermai mon bureau à 4 heures et demie, glissant mon plan des rues de Los Angeles dans la poche extérieure de mon sac. Je laissai ma voiture à sa place et me rendis à pied à la bibliothèque publique, où je passai au crible le secteur délimité par les trois numéros différents de Sepulveda que Mickey avait indiqués comme domicile. L'étude du plan ne permettait pas de déterminer lequel des trois faisait le mieux l'affaire. J'allais devoir y faire un saut. Il était temps d'en avoir le cœur net, peut-être même d'avoir une discussion tous les deux. Un bon petit magot dormait sur mon compte épargne. Je voulais proposer à Mickey de l'aider si son orgueil ne lui interdisait pas d'accepter. Je repassai au bureau prendre ma voiture et fis le court trajet jusqu'à la maison. Sans même avoir connaissance des détails, l'idée du rôle que j'avais joué dans sa dégringolade me rendait malade.

J'arrivai à l'appartement et y trouvai deux messieurs sur le paillasson. Je sus en un éclair que c'étaient des inspecteurs en civil : tenue impeccable, visage rasé, expression neutre et attentive. L'incarnation même de la loi en cet après-midi de mai. Une décharge électrique me parcourut le corps. Elle me laissa des fourmis dans les mains et j'eus la sensation que la peau de ma nuque se mettait soudain à clignoter COUPABLE-COUPABLE-COUPABLE avec l'insistance d'une enseigne au néon. Ma première idée fut que Teddy Rich avait signalé l'effraction, qu'on avait dépêché un policier sur les lieux et que celui-ci avait fait venir un technicien qui avait relevé les empreintes. Les miennes étaient apparues à l'intérieur et à l'extérieur de la trappe du chien, sur le bord du bureau, sur la poignée de la porte de derrière et dans des endroits si nombreux que je ne m'en souvenais même plus. J'avais passé deux ans dans la police et exerçais l'activité de D.P. depuis lors. (J'avais aussi été arrêtée à une occasion, mais je ne souhaite pas en parler maintenant, merci.)

Tout cela pour vous préciser que mes empreintes figuraient au fichier, et que l'ordinateur allait me localiser au domicile de Teddy Rich. Les policiers me demanderaient ce que je fichais là et qu'est-ce que j'allais bien pouvoir leur répondre ? Existait-il une explication plausible ? Je n'en voyais aucune. Le chien ne manquerait pas de me repérer lors d'une présentation de suspects, s'accrochant à ma jambe de pantalon, aboyant joyeusement, sautant après moi et me léchant les chaussures pendant qu'on me passerait les menottes et m'emmènerait. Je pourrais tenter de plaider coupable sur-le-champ ou attendre la condamnation et m'en remettre à la clémence du tribunal.

J'hésitai, mes clés à la main. La police avait sûrement des affaires plus pressantes à régler ; pourquoi même aurait-elle pris la peine d'envoyer quelqu'un sur les lieux ? C'était absurde. Et rien ne prouvait que ces types étaient des policiers. Teddy avait peut-être compris et envoyé deux voyous me fracasser les coudes, les genoux et autres articulations idoines.

– Bonjour ! lançai-je d'un ton un tantinet trop allègre. C'est moi que vous cherchez ?

Ils paraissaient à peu près du même âge : proches de la quarantaine, bien propres, musclés, l'un blond, l'autre brun. Le blond tenait un attaché-case à la main gauche comme s'il faisait du porte-à-porte. Il parla le premier :

– Mademoiselle Millhone ?

Il portait une chemise écossaise rouge sous une veste sport en tweed et avait la pomme d'Adam comprimée par le nœud d'une cravate unie rouge. Son pantalon de toile noire était froissé à l'entrejambe, révélant une trop longue station en voiture.

– Elle-même.

Il me tendit sa main droite.

– Je m'appelle Felix Claas, dit-il. Voici mon associé, John Aldo. Nous sommes inspecteurs de police à Los Angeles. Nous aimerions vous parler.

Aldo me tendit deux cartes professionnelles et un étui qu'il ouvrit pour me montrer son insigne. L'inspecteur Aldo était un grand type musclé, disons… un mètre quatre-vingt-dix, cent vingt kilos. Cheveux bruns un peu hirsutes, yeux foncés sous de larges sourcils noirs qui se rencontraient à la naissance de l'arête du nez. Il portait un pantalon en polyester et sa veste de sport était pliée avec soin sur son bras. Sa chemisette en coton laissait voir des avant-bras couverts d'une masse de poils luisants. On l'imaginait plus à l'aise en survêtement. J'avais retenu qu'il s'appelait « John », mais je remarquai sur sa carte qu'il orthographiait son prénom à l'italienne, Gian, et procédai mentalement à la rectification de rigueur. Sous l'effet de l'appréhension, j'avais déjà oublié le nom du premier inspecteur. Je jetai un nouveau coup d'œil à leurs cartes de visite. Felix Claas était le blond, Gian Aldo le brun.

Claas reprit la parole, avec un sourire sympathique. Ses cheveux blonds semblaient humides, avec une raie sur le côté et ramenés droit derrière les oreilles. Ses sourcils et ses cils, d'un blond platine presque invisible, faisaient ressortir le bleu de ses yeux. Il avait des lèvres charnues et d'un rose inattendu. Et une fossette au menton.

– Belle ville que vous avez là ! dit-il. Dès que nous avons franchi la limite du comté, j'ai senti ma tension baisser d'un cran !

– Merci. Nous sommes gâtés. C'est comme ça toute l'année. Nous avons parfois du brouillard venu de l'océan pendant les mois d'été, mais on grille à midi et il est difficile de se plaindre.

Cela avait-il un rapport avec une vieille affaire à moi ?

L'inspecteur Aldo se glissa dans la conversation.

– On a discuté avec l'inspecteur Robb. J'espère qu'on ne vous dérange pas au mauvais moment ?

– Absolument pas. C'est parfait. Vous êtes des amis à lui ?

– Non, pas du tout. On l'a eu au téléphone, mais on a fait

sa connaissance juste aujourd'hui. Un type sympa à première vue.

– Absolument super. Ça fait des années que je connais Jonah, dis-je. De quoi s'agit-il ?

– Une affaire sur laquelle on travaille. On aimerait vous parler à l'intérieur, si vous n'avez pas d'objection.

L'inspecteur Claas fit chorus.

– Ça ne devrait pas prendre longtemps. Quinze, vingt minutes. Nous serons aussi brefs que possible.

– Bien sûr, entrez donc.

Je me retournai et introduisis la clé dans la porte.

– Vous attendiez depuis longtemps ? leur lançai-je par-dessus mon épaule.

– Une heure environ. Nous avons essayé de vous appeler à votre bureau, mais on nous a répondu que vous étiez partie. Nous avons dû vous rater de peu.

– J'avais des courses à faire, dis-je, agacée de me sentir tenue de leur fournir une explication.

Je franchis le seuil, eux sur mes talons. Ces dernières années, plusieurs enquêtes m'avaient conduite à Los Angeles. Une affaire dont je m'étais occupée pour la California Fidelity Insurance m'avait exposée à une bande de mauvais coucheurs. Sans doute y avait-il un lien. Le milieu de la criminalité forme un substrat particulier, d'où les mêmes noms refont régulièrement surface. Il est toujours intéressant de découvrir ce que concoctent les canailles.

Je pris un instantané mental de mon appartement, vaguement consciente de l'impression qu'il devait produire sur des inconnus. Minuscule, immaculé, aussi chiche d'espace qu'un intérieur de bateau avec ses écoutilles et ses meubles encastrés. Kitchenette à droite ; bureau et sièges à gauche. Moquette bleu roi à longues mèches, un escalier en colimaçon conduisant à une mezzanine. Je posai mon sac sur un des tabourets du comptoir de la cuisine et fis les six pas qui me séparaient du séjour.

Les deux inspecteurs attendaient respectueusement dans l'entrée.

– Asseyez-vous, leur dis-je.

– Merci, dit Aldo. C'est rudement chouette chez vous. Vous vivez seule ?

– Il se trouve que oui.

– Vous avez du pot. Ma copine est une vraie plouque. Il n'y a pas moyen de garder la maison nickel comme chez vous.

Claas s'assit sur le petit canapé coincé dans le retrait de la baie vitrée, posant son attaché-case par terre à côté de lui. Si tous deux parlaient volontiers, Claas se montrait plus réservé, presque guindé dans sa façon de s'exprimer, tandis qu'Aldo paraissait décontracté. L'inspecteur Aldo prit place dans un des fauteuils de metteur en scène assortis, ce qui me laissait l'autre. Je m'assis, me sentant manœuvrée avec subtilité, mais sans pouvoir dire exactement pourquoi. Aldo s'avachit dans son siège, jambes écartées, mains pendantes entre les genoux. La toile du fauteuil s'incurva et crissa sous son poids en porte à faux. Il avait des cuisses monstrueuses, et son postérieur paraissait à la fois lymphatique et intimidant. Claas lui décocha un regard noir, sur quoi il rectifia la position et se redressa.

L'attention de Claas se reporta sur moi.

– À ce que nous comprenons, vous étiez mariée à un ancien inspecteur de la brigade des mœurs nommé Magruder.

Je tombai des nues.

– Mickey ? En effet. C'est à son sujet ?

Je sentis un petit frisson de peur. Les pièces d'un puzzle se mettaient en place sans que j'en discerne tout à fait le motif. Leur présence était forcément liée à ses ennuis financiers. Peut-être avait-il braqué une banque, arnaqué quelqu'un ou monté une fausse disparition. Peut-être se trouvait-il sous le coup d'un mandat d'arrêt et ces types étaient chargés de remonter sa piste. Je ris pour dissimuler mon inquiétude.

– Que devient-il ?

Claas garda une expression lointaine.

– Malheureusement, M. Magruder a été victime d'une fusillade. Il a survécu… il est vivant, mais son état reste préoccupant. Hier, nous avons enfin eu une information à son sujet. Comme il n'avait aucun papier d'identité sur lui au moment des faits, il a été enregistré sous le nom de John Doe[1] jusqu'à ce que nous découvrions ses empreintes au fichier.

– Vous dites qu'on a tiré sur lui ?

J'eus l'impression de remettre l'aiguille sur le disque pour le réécouter avant l'interruption. Avais-je bien entendu ce qu'il me disait ?

– C'est exact.

– Mais il est hors d'affaire, n'est-ce pas ?

Le ton de Claas se situait quelque part entre la neutralité et le regret :

– Pour être franc, ça ne se présente pas tellement bien. D'après les médecins, son état est stable, mais il est en réanimation. Il n'a jamais repris conscience et, plus ça dure, moins il a de chances de retrouver toutes ses facultés.

Ou aucune fut tout ce que j'entendis. Je me sentis ciller. Mickey mourant ou mort ? L'inspecteur continuait à parler, mais je souffrais d'une perte temporaire de l'audition. Je levai la main.

– Arrêtez. Excusez-moi, mais je n'arrive pas à assimiler.

– Rien ne presse. Prenez votre temps, dit Aldo.

Je respirai profondément, une fois, puis deux.

– Ça ne paraît pas réel. Où se trouve-t-il ?

– À l'UCLA. On l'a mis en réanimation pour l'instant, mais il sera peut-être transféré au comté, suivant son état.

– Il a toujours eu une bonne assurance, si c'est une question d'argent.

L'idée de Mickey à l'hôpital du comté ne me chantait guère. Je continuai d'inspirer profondément, au risque de m'étouffer en essayant de reprendre mon calme.

– Puis-je le voir ?

Il y eut un blanc, puis Claas dit ceci :

– Pas tout de suite, mais nous pourrons probablement arranger ça.

Étonnée par ses réticences, je n'insistai pas.

Aldo me lança un regard inquiet.

1. L'équivalent de Jean Dupont ou Durand.

– Ça va ?

– Oui. Juste la surprise, dis-je. Je ne sais pas comment je m'expliquais votre présence, mais jamais je n'aurais imaginé ça. Je ne peux pas croire qu'il lui soit arrivé quelque chose. Il a toujours été bagarreur, mais il semblait invincible… à moi en tout cas. Que s'est-il passé ?

– C'est ce que nous essayons de déterminer, dit Claas. Il a été touché à deux reprises, une fois à la tête, une autre à la poitrine. Un policier en patrouille dans le secteur l'a découvert gisant sur le trottoir un peu après trois heures du matin. On a retrouvé l'arme, un semi-automatique, dans le caniveau à trois mètres de là. C'est un quartier commercial, avec quantité de bars dans le coin, et M. Magruder a pu être pris dans une rixe. Deux gars de chez nous s'occupent d'interroger les voisins. Aucun témoin jusqu'ici. Pour l'instant, nous remontons la filière et essayons d'avoir une indication sur ses activités avant la fusillade.

– Quand est-ce arrivé ?

– Le quatorze mai, au petit matin. Mercredi de la semaine dernière.

Claas reprit la parole :

– Si ça ne vous ennuie pas, nous aimerions vous poser une ou deux questions.

– Je vous en prie, allez-y.

Je m'attendais à voir l'un des deux sortir un carnet, mais non. Je regardai l'attaché-case du coin de l'œil et me demandai si j'étais enregistrée. Claas avait déjà enchaîné :

– Nous procédons, pour l'instant, par élimination. Il s'agit essentiellement de remplir les blancs, si vous pouvez nous aider.

– Bien sûr. Mais je crains que vos question ne fassent long feu, m'entendis-je répondre, ahurie d'avoir choisi cette expression.

Claas s'éclaircit la gorge. Sa voix avait insensiblement changé de registre. Plus ténue :

– La dernière fois que vous lui avez parlé, votre mari a-t-il fait allusion à des problèmes ? À des menaces, une querelle, quelque chose de ce genre ?

Je m'appuyai au dossier, soulagée.

– Je n'ai pas parlé à Mickey depuis quatorze ans.

Quelque chose passa entre eux, une de ces conversations muettes que les couples mariés apprennent à mener du regard. L'inspecteur Aldo prit la relève :

– Vous possédez un Smith et Wesson neuf millimètres ?

– J'en possédais un à l'époque.

J'allais en dire plus, mais décidai de ne pas faire de zèle, le temps de savoir où ils voulaient en venir. La boîte vide, occupée à l'origine par l'arme, trônait toujours dans le carton près de mon bureau, à moins de deux mètres.

– Pouvez-vous nous dire quand vous l'avez acheté ?

– Je ne l'ai pas acheté. C'est Mickey qui me l'a donné en cadeau de mariage. En août 1971.

– Drôle de cadeau de mariage, fit remarquer Aldo.

– Mickey est un drôle de type, lui renvoyai-je.

– Où se trouve l'arme à présent ?

– Aucune idée. Je ne l'ai pas vue depuis des années. Je crois que Mickey l'a emportée quand il s'est installé à Los Angeles.

– De sorte que vous ne l'avez pas vu depuis environ…

Mon regard passant de Claas à Aldo, je commençai à comprendre ce qui sautait aux yeux. J'avais mis le temps.

– Attendez une minute. C'est cette arme-là qu'on a utilisée ?

– Disons plutôt que c'est votre arme qu'on a trouvée dans le caniveau sur le lieu du crime. Nous attendons encore les conclusions de la balistique.

– Vous ne pensez tout de même pas que j'ai quelque chose à voir là-dedans !

– L'ordinateur a donné votre nom comme détenteur de l'arme. Nous cherchons un point de départ et ça se tient. Si M. Magruder avait l'arme sur lui, quelqu'un a pu s'en emparer pour tirer sur lui.

– Ce qui me blanchit, plaisantai-je.

J'eus envie de me mordre la langue. L'ironie n'est pas la bonne tactique avec la police. Mieux vaut se montrer humble et coopérante.

Un silence s'établit entre eux. Ils avaient paru sympathiques et me faire confiance, mais je savais, par expérience, qu'il existait un écart appréciable entre la version qu'ils m'avaient donnée et celle qu'ils conservaient par-devers eux. Aldo sortit une plaque de chewing-gum de sa poche de veste et la plia en deux. Il en rangea une moitié dans sa poche et ôta l'emballage et le papier d'aluminium de l'autre moitié. Puis il glissa le chewing-gum dans sa bouche. Indifférent, semblait-il, à la scène, mais je n'ignorais pas qu'ils passeraient le trajet du retour à comparer ce qu'ils avaient remarqué, confrontant leurs réactions et intuitions aux informations obtenues.

Claas changea de position sur le canapé.

– Pouvez-vous nous dire quand vous avez parlé pour la dernière fois à M. Magruder.

– À Mickey. Soyez gentils, appelez-le par son prénom. La situation est déjà assez pénible comme ça. Il a quitté Santa Teresa en 1972. Je ne me rappelle pas lui avoir parlé après notre divorce.

– Pouvez-vous nous dire quel genre de contacts vous avez eu depuis.

– Vous m'avez déjà posé cette question. Aucun.

Le regard de Claas s'accrocha au mien, pas trop convaincu, pensai-je.

– Vous ne lui avez pas parlé ces derniers mois, dit-il dans ce qui était moins une question qu'une déclaration pleine de scepticisme.

– Non. Pas une fois. Je ne lui ai pas parlé.

Tandis que l'inspecteur Claas s'efforçait de retenir mon attention, je vis Aldo inspecter discrètement le séjour. Son regard allait d'un objet à l'autre, enregistrant avec méthode tout ce qui se trouvait en vue. Bureau, dossiers, carton, répondeur, bibliothèque. Je l'entendais presque s'ordonner de trouver l'intrus. Je vis son regard revenir au carton. Jusque-là, je n'avais pas soufflé mot des impayés de Mickey au garde-meubles. Je ne voyais franchement pas ce que le fait de ne pas livrer cette information avait de criminel. À quelle justice faisais-je obstruction ? Avec quel malfaiteur m'associais-je ? Je n'avais pas abattu mon ex. Je n'étais pas en garde à vue, je ne témoignais pas sous serment.

Si cela s'avérait utile par la suite, rien ne m'empêcherait de contacter les inspecteurs plus tard, si je me « rappelais » un détail digne d'intérêt. Toutes ces idées me traversèrent l'esprit en une fraction de seconde, tandis que je m'occupais activement de couvrir mes arrières. Peut-être me sentaient-ils sur le gril, en tout cas ils n'ouvrirent pas la bouche. Oh, je ne leur demandais pas de réprimer une exclamation ni d'échanger des regards significatifs.

L'inspecteur Claas se racla de nouveau la gorge.

– Et lui ? A-t-il été en contact avec vous ?

Un soupçon d'agacement, je l'avoue, s'insinua dans ma réponse.

– Cela revient au même, non ? Que je lui aie parlé ou qu'il l'ait fait ? Nous avons divorcé il y a des années. Nous n'avions aucune raison de rester en contact. S'il appelait, je raccrocherais. Je ne veux pas lui parler.

– Pourquoi vous fâcher ? demanda Aldo d'un ton léger, presque provocateur. Le malheureux est K.O.

Je me sentis rougir.

– Désolée. Simplement, c'est comme ça. Nous n'étions pas un de ces couples qui se mettent à roucouler une fois le divorce signé. Je n'ai rien contre lui, mais je n'ai jamais eu envie d'être sa meilleure amie… ni lui mon meilleur ami, pourrais-je ajouter.

– C'est pareil avec mon ex, fit-il remarquer. Mais on n'en a jamais fini, vous savez bien : un reçu qui vous arrive, des nouvelles d'un vieux copain… On se trouve à renvoyer du courrier, même si on a envie de les étriper. Ce n'est pas inhabituel qu'un ex envoie un mot à l'autre en cas de nécessité.

– Mickey n'envoie pas de mots.

Claas changea encore de position.

– Que fait-il ? Il téléphone ?

Je me sentis me figer. Pourquoi s'obstinait-il à enfoncer le clou ?

– Écoutez. Je vous le répète pour la quatrième ou la cinquième fois : Mickey et moi ne nous parlons pas. C'est vrai. Juré, craché. Parole de scout et tout. Nous ne sommes pas ennemis. Nous ne sommes pas en conflit. Simplement, nous n'entretenons pas ce genre de liens.

– Vraiment ? Comme les décririez-vous alors ? Amicaux ? Distants ? Cordiaux ?

– Où voulez-vous en venir ? Je ne vois pas le rapport. Écoutez, messieurs. Réfléchissez deux minutes. Pourquoi irais-je tuer mon ex-mari avec mon propre revolver et laisserais-je l'arme sur les lieux ? Il faudrait que je sois cinglée !

Aldo eut un sourire entendu.

– Il arrive qu'on panique. Allez savoir. Nous, on cherche juste des informations. La moindre piste que vous pourrez nous donner sera la bienvenue.

– Quelle est votre théorie ?

– Nous n'en avons pas, dit Claas. Nous espérons pouvoir éliminer certains points d'interrogation. Nous gagnerions beaucoup de temps si vous coopériez.

– Et je fais quoi, hein ? La coopération, c'est exactement ça, au cas où vous n'en auriez pas l'habitude. Vous faites fausse route. Je ne sais même pas où habite Mickey en ce moment !

Les deux inspecteurs me dévisagèrent.

– Je vous dis la vérité.

La question suivante, l'inspecteur Claas la posa sans avoir besoin de consulter ses notes.

– Pouvez-vous nous dire où vous étiez le vingt-sept mars ?

J'eus un passage à vide.

– Pas la moindre idée. Et vous, vous étiez où ? lui lançai-je.

Je savais que mes mains allaient se mettre à trembler. J'avais les doigts glacés et, sans même y penser, je croisai les bras pour les réchauffer contre moi. Consciente d'avoir l'air butée et sur la défensive, mais je me sentais soudain déstabilisée.

– Avez-vous un agenda où vous pourriez vérifier ?

– Vous savez quoi ? Je pense que nous devrions en rester là. Si vous êtes venus parce que vous croyez que j'ai été impliquée dans une fusillade, vous en parlerez avec mon avocat, car moi, j'en ai assez de ces conneries.

L'inspecteur Aldo parut étonné.

– Hé, du calme ! Pourquoi tout de suite les grands mots ? On ne vous accuse de rien. On échange des informations.

– Et on a échangé quoi, hein ? Moi, je vous en ai donné, mais vous, rien. À moins que la chose m'ait échappé.

Aldo sourit, sans se laisser émouvoir par mon exaspération.

– On vous a dit qu'il était blessé et vous nous avez dit que vous ne lui aviez jamais parlé. D'accord ? On vous dit, vous nous dites. C'est comme un dialogue. Donnant donnant.

– Pourquoi m'avez-vous demandé où j'étais le vingt-sept mars ? De quoi s'agit-il ?

Claas reprit la parole.

– Nous avons vérifié ses factures de téléphone. Il y a eu un appel de trente minutes à votre numéro. Nous pensions que vous aviez discuté tous les deux. Sauf si quelqu'un d'autre habitait ici, or vous avez affirmé que non.

– Montrez-moi, dis-je en tendant la main.

Il se pencha, enfila la main dans son attaché-case entrouvert et en retira une liasse de factures de téléphone qu'il me passa sans rien dire. En haut de la pile se trouvait la facture d'avril de Mickey, avec le détail de ses appels de mars. Je regardai l'en-tête : le numéro de téléphone du compte correspondait bien à celui que j'avais. À cette période, sa facture de février était déjà en souffrance. L'avis de rappel l'informait que, faute d'un règlement dans les dix jours, la ligne serait coupée. Mon œil descendit sur la colonne des appels urbains et longue distance du mois de mars. Elle ne comportait que deux appels, tous deux à Santa Teresa. Le premier en date du 13 mars, au bureau de Mark Bethel. Je le savais déjà par Judy. Le second à mon propre numéro. Pas de doute : l'appel avait été effectué le 27 mars à 13 h 27 et avait duré, comme précisé, trente minutes pleines.

CHAPITRE 9

Je ne sais plus très bien comment j'arrivai au bout de cet entretien. Les inspecteurs finirent par lever le siège, avec des remerciements sonnant faux de leur part pour toute l'aide que je leur avais apportée, et des assurances tout aussi fausses de la mienne que je ne manquerais pas de les contacter directement si j'avais le moindre supplément d'information. À peine la porte refermée, je me précipitai dans la salle de bains, où je montai dans la baignoire vide pour les épier discrètement par la fenêtre. Je restai hors de vue tandis que les inspecteurs Claas et Aldo, bavardant à voix basse, montaient dans une voiture apparemment immatriculée dans le comté et démarraient. J'aurais donné cher pour savoir ce qu'ils se disaient, si la conversation roulait sur Mickey ou moi. Peut-être discutaient-ils de sport, ce dont je me bats les fesses.

Dès qu'ils eurent disparu, je revins à mon bureau et regardai dans mon agenda professionnel à la page du 27 mars. Je n'avais rien noté ce jeudi-là, rien non plus le jour d'avant ni celui d'après : pas de rendez-vous, pas de réunion, aucun fait marquant sur le plan professionnel ou mondain. J'avais dû passer la journée au bureau comme d'ordinaire, à faire Dieu sait quoi. J'avais espéré que mon agenda réveillerait brusquement un souvenir, mais, pour l'instant, je séchais. Tout ce que je savais, c'est que je n'avais parlé à Mickey ni le 27 mars ni à aucun autre jour de ces dernières années. Quelqu'un s'était-il introduit chez moi ? L'idée me fit froid dans le dos, mais, sinon, quelle autre explication pouvait-il y avoir ? Mickey avait peut-être fait mon numéro et eu quelqu'un d'autre. À moins qu'une autre personne ait placé l'appel établissant une communication qui, en réalité, n'avait pas eu lieu. Mais qui donc serait allé à de telles extrémités ? Celui, celle ou ceux qui avaient l'intention d'abattre mon mari et de détourner les soupçons sur moi.

Il plut cette nuit-là, une de ces tempêtes tropicales en provenance de Hawaii qui se déchaînent parfois sans crier gare. Je me réveillai à 2 h 30 du matin en entendant les lourdes gouttes tambouriner sur le vasistas. L'air qui s'engouffrait par la porte ouverte sentait le sel et le gardénia. Mai, en Californie, est plutôt froid et sec. Ensuite, pendant les mois d'été, la végétation dépérit par manque d'humidité, et cette déshydratation progressive rend le chaparral aussi fragile qu'un vieux parchemin. Les collines moutonnantes virent à l'or, tandis que le bord des routes vibre du jaune vaporeux de tous les nuages de moutarde sauvage qui couvrent les accotements. En août, la température avoisine les 30 degrés et le semblant d'humidité qu'il y avait disparaît. Les vents lacèrent les montagnes et se fraient un chemin à travers les canyons. Entre les sans-abris, les vents de Santa Ana et le paysage sec comme de l'amadou, le décor n'attend plus que l'allumette du pyromane. La pluie accorde parfois un temps de répit, retardant d'une semaine ou deux l'inévitable. Paradoxalement, ces précipitations favorisent un mince regain de végétation, qui fournit à son tour à la nature un supplément de combustible.

Lorsque je m'éveillai de nouveau à 5 : 59, la tempête s'était éloignée. Je passai mon survêtement, partis courir et repassai à l'appartement juste le temps de jeter un fourre-tout en toile dans la voiture et de filer au centre de gym. Je fis une heure de musculation, enchaînant les séries d'exercices habituels. Cela ne faisait que deux mois que je m'y étais remise, mais déjà mes épaules et mes biceps se remodelaient.

À 9 heures, j'étais de retour. Je me douchai, pris un petit déjeuner, fourrai un chose ou deux dans ma banane, saisis mon sac, laissai un mot sur la porte de Henry et mis le cap sur Los Angeles. Ça roulait bien, les voitures filant sur la 101 en direction du sud. À cette heure de la journée, on notait une forte circulation de véhicules de service : pick-ups et camionnettes, semi-remorques et camions de déménagement, bus scolaires vides, semi-remorques conduisant leurs chargements de voitures neuves vers les salles d'exposition de Westlake et de Thousand Oaks. Après avoir franchi la colline et amorcé la descente dans la vallée de San Fernando, je vis le voile vaporeux du smog se former déjà. En tout cas, les montagnes de San Gabriel, souvent invisibles, s'offraient au regard ce jour-là. Chaque fois que je passais dans le secteur, de nouveaux chantiers de construction se déployaient. Des villages entiers, semblait-il, occupaient soudain l'arrondi d'une colline, ou c'était un ensemble de petits immeubles en copropriété qui surgissait derrière un rideau d'arbres. Des panneaux affichaient la présence de nouvelles agglomérations aux noms inconnus jusque-là.

Deux avions jaune vif de la surveillance aérienne décrivaient des cercles dans le ciel, volant l'un derrière l'autre et concentrant leur attention sur nous autres, en bas. Les bas-côtés étaient jonchés de détritus et à un moment je dépassai une de ces spirales de vieux pneus qui défient l'entendement. À Sherman Oaks, je tournai à droite pour m'engager sur l'autoroute de San Diego. Les appels d'air incessants des véhicules fouettaient le feuillage des arbres sur les accotements. Plusieurs grands immeubles de bureaux bouchaient la vue avec le manque de considération des spectateurs qui ne veulent rien rater du défilé. Je sortis à Sunset Boulevard et continuai plein est jusqu'à ce que le campus de l'UCLA apparaisse sur ma droite. Je tournai dans Hilgard, puis de nouveau dans Le Conte, et filai vers Tiverton, où je pris un ticket de parking. Il n'y avait aucune place libre sur l'aire extérieure. J'entamai ma descente vers les niveaux en sous-sol, tournant sans fin jusqu'au moment où je repérai enfin un emplacement vide au C–1. Je fermai ma voiture à clé et remontai en ascenseur. La grande dalle de gazon et béton desservait à la fois la clinique ophtalmologique Jules-Stein et le CHU d'UCLA. Obliquant vers la porte principale, je pénétrai dans le hall d'entrée, accueillie par des murs de granit poli et un tapis gris ton sur ton agrémenté d'une bande rose sale sur les bords. Des gens attendant des nouvelles de parents ou d'amis en salle d'opération encombraient l'aire de réception. Deux adolescentes en short et tee-shirt jouaient aux cartes par terre. Il y avait des bébés dans des chaises hautes et un jeune enfant écarlate et moite de transpiration dormait dans une poussette. D'autres personnes lisaient des journaux ou bavardaient à voix basse, tandis qu'un flot continu de visiteurs traversait et retraversait le hall. Les sièges et les bacs à plantes étaient du genre modules gris et trapus. À gauche, la boutique de cadeaux se signalait par un revêtement d'une teinte inédite, entre le mauve et le rose orchidée. Une grande vitrine proposait des compositions florales au cas où on serait venu voir un patient sans petit bouquet de fleurs.

Droit devant, au-dessus du comptoir, le mot RENSEIGNEMENTS s'étalait en gros. J'attendis mon tour, puis je demandai à une Mme Lewis, l'informatrice bénévole chargée de l'accueil des visiteurs, le numéro de chambre de Mickey Magruder. Largement septuagénaire, la dame, avec des paupières qui rappelaient celles d'une tortue. L'âge avait dessiné des plis couchés dans la peau fragile de ses joues, et ses lèvres ratatinées s'arrondissaient comme le haut d'une bourse aux cordons tirés. Elle jeta un coup d'œil rapide à ses dossiers et secoua plusieurs fois la tête d'un air navré :

– Je ne vois personne de ce nom. Quand a-t-il été admis ?

– Le quatorze. Peut-être l'a-t-on enregistré sous le nom de Michael. Comme sur son certificat de naissance.

Elle nota le nom et consulta un autre registre. L'arthrite lui déformait les doigts, mais elle avait une écriture distinguée.

– Mon Dieu, je ne sais pas quoi vous dire. Pensez-vous qu'il ait déjà pu quitter l'hôpital ?

– J'en doute. On m'a dit qu'il était dans le coma en unité de soins intensifs.

– Vous savez, on a très bien pu l'envoyer à l'hôpital de Santa Monica, dans la 16e Rue. Voulez-vous que je les appelle ?

– Je vous en serais reconnaissante. J'ai fait tout le trajet en voiture depuis Santa Monica et je ne voudrais surtout pas repartir sans l'avoir trouvé.

Je la regardai, passive, composer le numéro et parler à quelqu'un à l'autre bout du fil. Quelques instants après, elle raccrocha. Elle n'avait apparemment pas eu de succès.

– Ils n'ont aucun dossier à ce nom là-bas. Vous pourriez essayer Saint John's ou Cedars-Sinaï.

– Je suis quasiment sûre qu'on l'a conduit ici. J'ai parlé à des inspecteurs de la police hier, et c'est ce qu'ils m'ont dit. Il a été admis aux premières heures, mercredi matin. Il avait été victime de deux coups de feu et on l'a amené immédiatement aux urgences.

– Je crains que nous ne soyons pas plus avancées. Tout ce qu'on me donne, c'est le nom du patient, son numéro de chambre et le service dans lequel il se trouve. Je n'ai aucun renseignement sur les admissions.

– À supposer qu'il ait été transféré, on vous l'aurait signalé, non ?

– Normalement, oui.

– Écoutez… Y a-t-il une autre personne à qui je puisse m'adresser ?

– Je ne vois pas qui, sauf si vous voulez parler à quelqu'un de l'administration.

– Ne pouvez-vous pas vérifier auprès des soins intensifs ? Peut-être que si vous décriviez ses blessures, ils sauraient où il est.

– En fait, dit-elle d'un ton réticent, il y a bien une assistante sociale chargée des traumatismes. On l'aurait certainement alertée si le patient avait été victime de voies de fait. Voulez-vous que je l'appelle ?

– Oui, je vous en prie. Je vous en serais infiniment reconnaissante.

Pendant ce temps, les gens commençaient à faire la queue derrière moi, impatients d'obtenir un renseignement et exaspérés d'attendre. Mme Lewis parut hésiter, mais elle reprit le combiné et passa un appel interne. Au bout de deux phrases, sa voix devint inaudible, et elle détourna légèrement la tête pour m'empêcher de lire sur ses lèvres. Quand elle raccrocha, elle ne me regardait pas vraiment.

– Si vous voulez bien attendre… Ils ont dit qu'ils envoyaient quelqu'un.

– Il y a un problème ?

– Pas à ma connaissance. Pour le moment, l'assistante sociale n'est pas dans son bureau… sans doute quelque part à l'étage. L'infirmière des soins intensifs essaie de la trouver et de me la passer.

– Vous me confirmez donc qu'il se trouve bien ici ?

– Dites voir, jeune fille, maugréa l'homme derrière moi. Un peu à nous.

Mme Lewis parut s'affoler.

– Je n'ai pas dit ça. Tout ce que je sais, c'est que l'assistante sociale pourrait vous renseigner si vous voulez l'attendre pour lui parler. Allez juste vous asseoir…

– Merci. Vous ne m'oublierez pas ?

– Ne vous inquiétez pas, je m'en charge ! lança le type d'un ton exaspéré.

Comme j'avais trop l'esprit ailleurs pour m'embarquer dans un échange d'aménités, je ne relevai pas. Je me dirigeai vers un siège vide. Pendant le trajet jusqu'à L.A., je n'avais pas vu la chose sous cet angle. Je m'étais imaginée au chevet de Mickey, je me rachetais, je réparais. Maintenant sa paranoïa latente déteignait sur moi. Lui était-il arrivé quelque chose ? Les inspecteurs Claas et Aldo ne m'auraient-ils pas tout dit ? La possibilité qu'il ait été admis sous un faux nom n'était pas à écarter non plus. Comme les célébrités, les victimes d'actes criminels bénéficient souvent d'un surcroît de protection. Mais alors, qu'allais-je bien pouvoir inventer pour le dénicher sous sa fausse identité ? En tout cas, je ne bougerais pas de là tant que je n'aurais pas retrouvé sa trace.

Quelqu'un avait laissé un exemplaire en lambeaux du *Sunset Magazine*. J'entrepris de le feuilleter, cherchant désespérément à calmer mon anxiété. Je devais « faire le vide ». Il me fallait de la sérénité, un moment de calme, pour déterminer à qui j'allais botter les fesses et avec quelle dose d'énergie. Je m'arrêtai sur un article sur la construction d'une terrasse en brique, soubassement compris. Toutes les dix ou quinze secondes, je levais les yeux, regardais la pendule, observais les visiteurs, les malades et le personnel de l'hôpital qui entraient dans le hall, émergeant de la cafétéria par les portes à claire-voie vitrées. Vous deviez impérativement creuser le périmètre délimité sur une profondeur de quinze centimètres, ajouter une couche de gravier, puis une couche de sable, avant de poser les briques. Mon choix se porta sur le motif à chevrons pour mon espace à l'air libre imaginaire. Trente minutes s'écoulèrent. Je lus de bout en bout tous les articles sur l'horticulture, puis je jetai un coup d'œil aux recettes basses calories à base de levain et de fruits frais. On ne me ferait plus jamais avaler quelque chose à conserver sous une serviette humide avant cuisson.

Quelqu'un s'assit sur le siège à côté du mien. Je levai les yeux et découvris Gian Aldo ; il semblait d'une humeur massacrante. La vieille peau de la réception avait dû cafter.

– Je l'aurais parié ! Qu'est-ce qui vous prend ? On me téléphone qu'il y a une bonne femme qui fait tout un esclandre pour extorquer le numéro de la chambre de Mickey à une malheureuse bénévole qui ne se doute de rien !

Je sentis mes joues s'enflammer.

– Je ne fais pas « tout un esclandre ». Je n'ai même pas élevé la voix. Je suis venue voir comment il allait. Où est le mal ?

– Nous avons demandé qu'on nous prévienne si quelqu'un demandait la chambre de Magruder.

– Comment l'aurais-je su ? Je suis bouleversée, malade d'inquiétude. La loi me l'interdit ?

– Ça dépend de votre but. Qui dit que vous n'étiez pas l'agresseur ? Vous y avez réfléchi ?

– Évidemment que j'y ai réfléchi, mais je n'ai pas tiré sur Mickey. Je me faisais un sang d'encre à son sujet et j'ai pensé que je me sentirais mieux si je le voyais.

Ses sourcils noirs se rejoignirent et je vis qu'il faisait un gros effort pour se dominer.

– Vous auriez dû nous prévenir. On vous aurait attendue en bas et ça vous aurait évité de perdre votre temps et autres ennuis.

– Votre principal souci, je n'en doute pas.

– Écoutez, j'étais en pleine réunion quand on a passé l'appel.

Rien ne m'obligeait à faire du zèle. J'aurais pu vous laisser mariner. Vous ne l'auriez pas volé. (Son regard traversa la salle.) En fait, mon principal souci est de protéger Magruder. Je suis sûr que vous comprenez ce qu'il risque, puisque nous n'avons pas la moindre idée de qui l'a flingué.

– Je comprends.

Je voyais la situation de son point de vue. Il y avait une enquête en cours, et je leur avais mis des bâtons dans les roues en ne tenant aucun compte des règles. Mick étant mon ex et l'arme trouvée sur le lieu du crime m'appartenant, mon apparition inopinée à l'hôpital la fichait mal.

– Désolée. Je meurs d'impatience d'avoir des nouvelles et je viens vous gêner dans votre travail. J'aurais dû vous appeler. C'est entièrement ma faute.

– Ça va, n'en parlons plus. (Il jeta un regard à sa montre.) Il faut que je reparte au boulot, mais, si vous voulez, je peux vous accompagner une minute ou deux aux soins intensifs.

– On ne me laissera pas le voir seule ?

– Non, dit-il. D'abord, il est toujours inconscient. Ensuite, je suis responsable de sa sécurité. Je réponds de lui devant le service, alors il n'y a pas de si ni de mais, ni rien. Désolé de paraître brutal, mais c'est la consigne.

– Alors, allons-y, dis-je en réprimant une bouffée de rébellion.

De toute évidence, je n'avais aucune marge de manœuvre. Cet individu était officiellement le gardien des lieux. Il était plus important de voir Mickey que de ruer dans les brancards ou de plaider ma cause.

Je me levai en même temps que lui et traversai le hall à sa suite avec la docilité d'un chien dressé au pied. Nous tournâmes à droite au bout du couloir, sans mot dire. Il appuya sur le bouton de l'ascenseur. En l'attendant, il tira un paquet de chewing-gum de sa poche et m'offrit une tablette. Je refusai. Il en prit une pour lui, en coupa une moitié, ôta le papier et fourra le chewing-gum dans sa bouche. Les portes de l'ascenseur s'ouvrirent. J'entrai après lui, et nous restâmes face à la porte le temps de la montée. Pour une fois, je ne me préoccupai pas de mémoriser le trajet. Inutile de concocter un plan pour trouver Mickey toute seule. Si je tentais la moindre manœuvre, l'inspecteur Aldo m'arrêterait séance tenante.

Nous pénétrâmes dans le service de soins intensifs 7-E, où l'on semblait connaître de vue l'inspecteur. Tandis qu'il échangeait quelques mots avec les infirmières à l'accueil, j'en profitai pour me repérer. Il régnait une atmosphère curieuse : les lumières légèrement tamisées, le niveau de bruit assourdi par le tapis à motifs beige et gris. Il y avait bien une dizaine de lits, chacun dans un espace visible depuis le poste des infirmières. De minces rideaux verts et blancs, la plupart tirés, séparaient les lits. C'étaient donc là les patients qui hésitaient entre la vie et la mort, retenus à la vie par un fil des plus ténus. Le sang et la bile, l'urine, le liquide céphalo-rachidien : toute une cartographie du parcours et du débit des fluides corporels tandis que l'âme voyageait. Parfois, entre deux souffles, un patient s'éclipsait pour rejoindre l'immense fleuve dont nous sommes tous issus et auquel nous devons tous retourner.

Aldo me rejoignit et me pilota jusqu'au lit où gisait Mickey. Je ne le reconnus pas, bien qu'un coup d'œil à Aldo m'ait assuré que c'était bien lui. Il était sous assistance respiratoire. Une large bande de sparadrap lui rayait la moitié inférieure du visage. Il avait la bouche ouverte, reliée à un ventilateur par un tuyau bleu translucide, à peu près du diamètre d'un tuyau d'aspirateur. La moitié supérieure du lit était relevée, comme pour l'exposer en vitrine en permanence. Il était allongé près d'un bord, touchant presque les rails latéraux qu'on avait remontés pour l'empêcher de tomber, comme les montants d'un lit d'enfant. Un casque de gaze lui couvrait la tête. L'impact de la balle lui avait fait les yeux au beurre noir, gonflés et meurtris comme après un pugilat. Il avait le teint cireux. Un tuyau fiché dans le dos d'une de ses mains dispensait les solutions de nombreux sacs accrochés à un goutte-à-goutte. Je pouvais compter une à une les gouttes de cette réincarnation du supplice de l'eau inventé par les Chinois, mais cette fois pour sauver des vies. Un second tuyau sortait de dessous les couvertures et aboutissait à un grand flacon d'urine qui se remplissait sous le lit. Les quelques poils que j'aperçus sur ses bras paraissaient gras et clairsemés. Sa peau luisait d'un mince film de sueur. Des années de surexposition au soleil apparaissaient peu à peu, comme l'image d'un cliché immergé dans le bain de développement. Je distinguai un fin duvet au bord de ses oreilles. Ses yeux n'étaient pas entièrement clos. À travers leurs fentes étroites, je le vis suivre un film invisible, ou les lignes d'un texte. Où son esprit vagabondait-il alors que son corps gisait dans une immobilité parfaite ? Je bloquai mes émotions en me concentrant sur le matériel qui entourait le lit : un chariot, un lavabo, une petite poubelle en acier inoxydable à couvercle s'ouvrant au pied, une fauteuil à roulettes, un distributeur de gants en latex et une boîte de serviettes en papier, tous articles utilitaires qui ne parlaient guère de mort.

La présence de l'inspecteur Aldo donnait un air d'irréalité à nos retrouvailles. La poitrine de Mickey se soulevait et retombait à un rythme régulier, avec une sorte de mugissement qui obligeait ses poumons à se remplir. Sous sa chemise de nuit d'hôpital, je vis l'extrémité d'un drain de gaze blanche. Quand je l'avais rencontré, il avait trente-six ans. Il en avait maintenant presque cinquante-trois, l'âge de Robert Dietz. Pour la première fois, je me demandai si ma liaison avec Dietz n'avait existé que pour réparer ma rupture avec Mickey. Mes mécanismes psychiques profonds s'exposaient-ils aussi crûment ?

J'observai le visage de Mickey, puis je le regardai respirer, vérifiant par moments le brassard du tensiomètre fixé à un de ses bras. À intervalles réguliers, il se gonflait et se dégonflait, alternant gémissement et chuintement. Les données numériques s'inscrivaient alors sur l'écran placé au-dessus de sa tête. Sa tension paraissait stable, 12,5-8, son pouls battait à 74. Il est gênant de retrouver le souvenir d'un amour après la mort des sentiments, de la passion et du romantisme, de l'émotion à fleur de peau et de la fougue sexuelle. Il ne reste plus alors qu'à se demander quel démon vous a prise. Mickey m'avait paru solide comme un roc, sûr de lui, un homme dont j'admirais la compétence, dont je respectais les opinions, dont j'enviais l'assurance. Je l'avais idéalisé sans même me rendre compte qu'en réalité je prenais l'image que je projetais sur lui pour une vérité solide comme le granit. Je ne comprenais pas que j'avais cherché en lui les qualités dont je manquais ou que je n'avais pas encore exploitées. J'aurais nié jusqu'à mon dernier souffle que je cherchais une figure paternelle, or cela crevait les yeux.

Je repris conscience de la présence d'Aldo, qui contemplait Mickey comme moi, dans le même silence. Que pouvions-nous dire, sinon des lieux communs et des évidences ? Je me décidai enfin à parler :

– Votre travail vous attend. Merci pour tout.

– À votre disposition, dit-il.

Il redescendit avec moi et m'escorta pendant que je traversai l'hôpital, puis la dalle du parvis. J'appuyai sur le bouton de l'ascenseur, il attendit en policier consciencieux qu'il était.

– Ne vous inquiétez pas, ça va, dis-je en lui signifiant son congé.

– Ça ne me dérange pas, dit-il (genre : cause-toujours-mabelle).

Quand l'ascenseur arriva, j'entrai et lui fis un petit geste d'adieu au moment où les portes se refermaient. Je retrouvai ma voiture, ouvris la portière, mis le contact et passai en marche arrière. Le temps de remonter les trois boucles qui me conduisirent au rez-de-chaussée, il m'attendait dans sa voiture près de la sortie, le moteur au point mort. Je sortis du parking, pris la direction de Tiverton et tournai à gauche en atteignant Le Conte. Il en fit autant, roulant à la même allure que moi vers l'autoroute. Il tenait à m'avertir qu'il menait le jeu, comme je ne le savais que trop. Je comprenais son désir de s'assurer de mon départ, mais j'avais l'impression d'être le méchant d'un film de western reconduit à la sortie de la ville. Je surveillai sa voiture dans mon rétroviseur, bien qu'il ne fît aucun effort pour se cacher. Tournant à gauche dans Sunset Boulevard pour filer vers le nord et la 101, nous formions à nous deux une escorte motorisée, compteur bloqué à quatre-vingt-quinze à l'heure. Allait-il me suivre jusque chez moi ?

J'observai la succession des boulevards et des avenues : Balboa, White Oak, Reseda… Enfin quoi ? Cet homme ne faisait donc confiance à personne ? Il ne croyait tout de même pas que j'allais faire demi-tour et revenir à l'UCLA ? À Tampa, je le vis se pencher pour prendre son micro de radio, répondant à un appel, semblait-il. Sans doute était-ce urgent, car il se rabattit brutalement sur la droite, coupant deux files avant de prendre la bretelle de sortie. Je continuai à la même vitesse, les yeux collés au rétroviseur pour voir s'il réapparaissait. L'inspecteur Aldo était un faux jeton, et je ne tenais pas à le trouver sur mon chemin au moment où j'allais tenter une petite échappée. Winnetka, DeSoto, Topanga Canyon… Il semblait avoir abandonné. Pour une fois, mes anges étaient d'accord. Personne n'est parfait, soupira l'un ; amen, conclut l'autre.

Je sortis à l'embranchement suivant.

CHAPITRE 10

Mickey avait été malin de donner une adresse dans Sepulveda. D'après le *Thomas Guide* de Los Angeles, ce boulevard existe sous d'innombrables variantes. Il semblerait qu'il naisse à l'extrémité nord de la vallée de San Fernando. Il se développe ensuite vers le sud, souvent collé à l'autoroute de San Diego, jusqu'à Long Beach. Les panneaux Sepulveda Nord et Sepulveda Sud ne cessent d'annoncer au conducteur les fractions perpétuellement changeantes de l'artère au rythme des communes qu'elle traverse. On a ainsi Sepulveda Boulevard Est et Ouest, Sepulveda Lane, Sepulveda Place, Sepulveda Street, Sepulveda Eastway, Sepulveda Fire Road Est, Sepulveda Westway. En jonglant avec les chiffres, Mickey avait l'assurance que personne ne mettrait jamais le doigt sur son adresse exacte. Le fait est que je me trouvais en possession de trois versions du même nombre à quatre chiffres : 2805, 2085 et 2580.

Je classai ces adresses par ordre numérique, commençant par 2085, puis 2580 et enfin 2805. Je partais du principe que, même si l'état de ses finances l'avait forcé à vendre sa voiture, il fallait bien qu'il se déplace. Il pouvait utiliser une bicyclette ou les transports publics pour faire les trajets entre chez lui et son lieu de travail – sauf, naturellement, s'il avait aussi perdu son emploi. Sans doute faisait-il ses courses près de chez lui, quitte à se rabattre sur les restaurants du coin quand il se sentait trop paresseux pour se préparer quelque chose, c'est-à-dire (si on se fiait aux souvenirs du passé) les trois quarts du temps. D'après les inspecteurs, l'agression s'était produite dans un quartier commercial, avec une quantité de bars à proximité. Dans mon esprit, une image se formait déjà. Mickey n'ayant jamais eu une âme de propriétaire, j'orientai mes recherches vers des appartements de location, et rien de luxueux – je le connaissais.

Je maraudai à travers les interminables pâtés de maisons de Sepulveda que j'avais retenus. Sans être L.A. dans ce qu'il a de pire, l'endroit n'avait rien de spectaculaire. Des panneaux d'affichage encombraient le paysage. D'innombrables poteaux téléphoniques coupaient l'horizon, déployant des rangées compactes de fils dans toutes les directions. Je longeai des stations-service, une boutique de photocopie et impression, trois cliniques vétérinaires, un 7-Eleven, un établissement de vente de pneus en discount. Les numéros grimpaient, d'une station de lavage de voitures à une entreprise de signalisation lumineuse, d'un bâtiment en construction à une station de graissage express et à un atelier de carrosserie. Dans ce secteur, quand on n'était pas dans la vente de bois au détail ou la restauration rapide, on pouvait toujours acheter du cuir en discount ou s'approvisionner en farces et attrapes au Party Smarty pour ses soirées festives.

C'est seulement en arrivant au 2800 à Culver City que j'eus l'intuition d'entrer dans son territoire. L'immeuble d'appartements de deux étages en forme de « H » du 2805 se caractérisait par un enduit de plâtre brut peint d'un gris sans joie, des balcons affaissés et des portes vitrées coulissantes manifestement difficiles à ouvrir. Des taches en forme de stalactites marbraient le stuc le long de la toiture. Des herbes folles poussaient dans les fentes du béton. Un fossé à sec et encombré de pierres et de détritus longeait la façade exposée au sud. La clôture grillagée qui délimitait le périmètre se laissait aller contre le flanc de la résidence dans un fouillis d'arbustes morts.

Je continuai de rouler, inventoriant les ressources du carrefour le plus proche : un magasin de matériel électronique, un labo photos, un magasin de peinture, une supérette, une salle de billard, un café ouvert vingt-quatre heures sur vingt-quatre, deux bars et un restaurant chinois, le type de cuisine préféré de Mickey. Avisant une allée, je profitai de la première interruption du flot de voitures pour faire demi-tour et me retrouver sur le côté droit de la rue, devant le 2805. Je dénichai une place à deux portes de là, coupai le contact et restai assise dans la voiture, à m'imprégner de l'« atmosphère », si le terme n'est pas trop présomptueux. L'immeuble proprement dit ressemblait comme deux gouttes d'eau à celui qu'occupait Mickey à l'époque de notre première rencontre. J'avais été ahurie, tout comme maintenant, par son indifférence à son environnement. La pancarte apposée sur le devant spécifiait *Studios et appartements 1 & 2 chambres* ENFIN DISPONIBLES, comme si c'était la dernière nouvelle du jour.

L'aménagement paysager consistait en un bouquet de bananiers dont les feuilles vert foncé abîmées donnaient l'impression d'avoir été taillées à coups de machette. Dans ce secteur, la circulation était dense, et je me pris à observer les voitures filant dans les deux sens, me demandant si l'inspecteur Aldo allait passer par là et m'épingler sur les lieux. À cette seule idée, je me tortillai sur mon siège. Pas qu'il m'aurait interdit de faire une apparition, mais il se fâcherait s'il l'apprenait.

Je remis le contact et déboîtai. Je fis une moitié de pâté de maisons et tournai à droite à la première occasion, puis de nouveau à droite, dans l'allée qui longeait l'arrière de la rangée d'immeubles et finissait en impasse au fossé. Quelqu'un avait écrasé le grillage déjà gauchi de façon à pouvoir franchir la limite du terrain et se faufiler dans le fossé. Je m'arrêtai près des poubelles et fis un autre demi-tour, de façon à faire face à l'entrée de l'allée. Il me fallut une minute pour saisir ma banane sur le siège arrière et y transférer mon jeu de crochets, une mini-torche électrique, ma trousse d'outils miniatures et une paire de gants en latex. Je bouclai ma banane autour de ma taille, verrouillai les portières de la voiture et sortis.

Marchant sans bruit, je pris le passage qui séparait l'immeuble de Mickey de la résidence voisine. Le soir on ne devait rien y voir, l'éclairage extérieur étant du genre pendouillant, voire carrément absent. Une rangée de compteurs d'eau peints en gris pointait le long du mur, une vraie plaie pour les tibias. Avec un petit effort – c'est-à-dire en sautant et me baissant en une sorte de danse de Zoulou – je réussis à jeter un coup d'œil par les fenêtres, à travers les barreaux en fer forgé qui les protégeaient des cambrioleurs. Je vis pour l'essentiel des chambres à peine assez grandes pour un lit double king-size. Les occupants semblaient utiliser les rebords de fenêtre pour exposer tout un assortiment d'objets intimes : boîtes de gâteaux, instantanés dans un cadre, pots de mayonnaise pleins à ras bord de préservatifs dans leur emballage alu. Dans un module, quelqu'un cultivait avec amour un joli plant de marijuana.

L'immeuble de Mickey n'avait pas de hall d'entrée, mais un renfoncement dans la cage de l'escalier de devant abritait une série de boîtes à lettres en métal, avec les noms soigneusement imprimés en relief sur de petits morceaux de ruban en plastique rouge, bleu et jaune. Même Mickey ne pouvait tourner le règlement de la poste. En comptant les boîtes, je sus qu'il y avait vingt appartements répartis sur trois niveaux, mais rien ne me permit de savoir combien de ces appartements étaient des modules à une et deux chambres et combien étaient des studios. Mickey occupait le 2-H. Le gérant se trouvait au rez-de-chaussée, au 1-A, juste à ma droite. HATFIELD, B & C, lisait-on sur la boîte. Je résolus d'effectuer une petite reconnaissance dans l'appartement de Mickey avant toute prise de contact.

Je montai l'escalier principal jusqu'au premier et suivis l'enfilade de portes d'entrée et de fenêtres de séjour panoramiques qui enjolivaient chaque appartement. À l'étage, il n'y avait pas de barreaux. L'appartement de Mickey occupait l'angle à l'arrière de l'immeuble, à droite. Un X en plastique jaune vif signalant le lieu du crime barrait la porte. Un avis officiel menaçait tout contrevenant de sanctions horribles et innombrables en cas d'intrusion. Le balcon contournant l'angle et continuant sur l'arrière de l'immeuble, les fenêtres de derrière donnaient sur le passage en bas et sur le fossé à droite. On avait plaqué un autre escalier sur la façade, sans doute pour se mettre en conformité avec les normes de sécurité contre l'incendie. Mickey y avait sûrement vu un avantage, mais un inconvénient aussi. Bien qu'il permît à un éventuel intrus d'accéder à ses fenêtres en toute discrétion, cet ajout lui offrait aussi une porte de sortie aisément utilisable. En me penchant sur la balustrade, je vis ma

Volkswagen en bas tel un coursier fidèle, si proche que j'aurais pu sauter et m'éloigner ventre à terre en une seconde.

Toutes les vitres coulissantes de l'appartement étaient fermées. Le connaissant, je savais qu'il avait inséré d'épaisses chevilles en bois dans le rail intérieur pour empêcher la fenêtre de s'ouvrir sur plus de quinze centimètres. La serrure de sa porte d'entrée ne semblait pas se distinguer de celle des appartements voisins. Le gérant décourageait sans doute toute tentative visant à remplacer le modèle standard par un système plus fiable. Je jetai un coup d'œil alentour. L'allée était déserte et je ne vis signe d'aucun locataire. J'enfilai mes gants en latex et m'armai de mon crochet. Un ami de Houston m'avait envoyé dernièrement un petit bijou : un crochet à pile qui, une fois qu'on dominait le sujet, se révélait très performant. Il m'avait fallu un moment pour acquérir le tour de main, mais je m'étais exercée sur la porte de Henry jusqu'à en connaître le maniement sur le bout des doigts.

La porte céda à mes sollicitations en moins de quinze secondes, sans faire plus de bruit qu'une brosse à dents électrique. Je rangeai le crochet dans ma banane, décollai une extrémité de la bande jaune et franchis le seuil, me retournant juste le temps de recoller la bande par l'ouverture avant de refermer la porte derrière moi. Je consultai ma montre et m'accordai trente minutes de fouille. Si un voisin avait observé l'effraction, il faudrait à peu près ce temps-là à la police de L.A. pour intervenir.

On ne voyait pas grand-chose à l'intérieur. Les rideaux étaient tirés et l'immeuble de six étages de l'autre côté de l'allée cachait le soleil. Mickey fumait toujours. Des effluves rances flottaient dans l'air, l'odeur de tabac froid ayant imprégné la moquette, les doubles rideaux et tous les sièges capitonnés. J'inspectai les mégots abandonnés dans le cendrier avec quantité d'allumettes suédoises. C'étaient tous des filtres des Camel qu'il fumait depuis la nuit des temps, et aucun ne portait de traces incarnat révélatrices d'une présence féminine. Un volume de poche d'Elmore Leonard traînait sur le bras du canapé, ouvert au milieu. Mickey m'avait fait connaître Elmore Leonard et Len Deighton. Je lui avais parlé à mon tour de Dick Francis, encore que je n'eusse jamais su s'il avait pris autant de plaisir que moi à lire cet auteur britannique. Les murs portaient un revêtement de frisette de pin, presque collante de résidus de goudron de cigarettes. Le séjour et la salle à manger formaient un angle droit. Le mobilier manquait de grâce : des trucs trop rembourrés, ce qu'on achète au marché aux puces ou ramasse sur le trottoir comme un clochard les jours de collecte. Une déchiqueteuse s'appuyait contre un mur, mais on en avait vidé le bac. Dans l'univers de Mickey, pas un bout de papier, pas un reçu, pas un élément de correspondance ne devait aller à la poubelle sans avoir d'abord été coupé en morceaux infimes. Sans doute vidait-il le bac à intervalles répétés, dans des poubelles différentes, afin d'empêcher un cambrioleur s'introduisant chez lui de reconstituer des documents vitaux. Aucun doute en tout cas sur ce point : ce type était cinglé.

Je passai dans la salle à manger, longeant quatre chaises dépareillées et une table en bois brut jonchée de courrier. Je m'arrêtai pour examiner les lettres qui s'empilaient à un bout. Je veillai à ne pas trier les enveloppes, malgré ma propension naturelle à mettre en deux tas factures et prospectus publicitaires. Plusieurs relevés de comptes attirèrent mon regard, mais il n'y avait pas de lettres personnelles, pas de catalogues, pas de factures de cartes de crédit. Ses factures utilitaires ne m'intéressaient pas. Qu'avais-je à faire de sa consommation d'électricité ? Je brûlais, en revanche, de mettre la main sur une facture de téléphone, mais n'en trouvai aucune. Celles-là, la police les avait prises. Je saisis la poignée de relevés bancaires et les glissai dans mon jean, à l'intérieur de ma petite culotte, où ils me firent une gaine en papier qui crissait. Je les étudierais plus tard, une fois de retour chez moi. Aucune des autres factures ne semblant devoir retenir mon attention, je les laissai là où elles étaient. Inutile d'accroître les statistiques fédérales des condamnations pour ouverture de correspondances adressées à des tiers.

À l'extérieur de la salle à manger, j'entrai dans une sorte de cuisine de bord, si exiguë qu'en deux pas je touchai le mur du fond. Plaque chauffante, mini-réfrigérateur, évier, four à micro-ondes. L'unique fenêtre de la cuisine était minuscule et donnait sur l'allée. Sur le plan de travail trônait un bocal à poissons, dans lequel il jetait les pochettes d'allumettes glanées au fil de ses soirées, carte routière de ses virées de bar en bar. Les placards du haut révélaient un modeste assortiment d'assiettes et de tasses en mélamine, plus les produits de base : céréales déshydratées, lait en poudre, sucre, quelques condiments, serviettes en papier et deux bouteilles intactes de bourbon, de l'Early Times. Les placards du bas étaient bourrés de conserves : potages, haricots, Spam, thon à l'huile, tamales, Spaghetti-O's, compote de pommes, lait UHT. Dans l'espace de rangement sous l'évier, je découvris une bouteille de bourbon vide dans la poubelle. Comblant le moindre espace libre entre la tuyauterie, je dénombrai cinq cubitainers de cinq litres d'eau minérale. Les réserves de survie de Mickey au cas où la guerre éclaterait ou si les extraterrestres envahissaient L.A. Le réfrigérateur débordait de trucs qui empestaient. Mickey y avait rangé des aliments sans les envelopper correctement, ce qui donnait des morceaux de cheddar tout durs et noircis, une pomme de terre verdissante hérissée de germes qui ressemblaient à des verrues et une demi-tomate desséchée qui se racornissait.

Je revins sur mes pas. À gauche du séjour s'ouvrait la porte de la chambre prolongée par une penderie et une salle de bains trop petite. Les habituels caleçons et tee-shirts, chaussettes et mouchoirs remplissaient la commode. Le tiroir de la table de chevet contenait quelques articles intéressants : un diaphragme et un petit vaporisateur d'eau de Cologne avec un bout d'étiquette indiquant son prix collé au-dessous. L'eau de Cologne semblait provenir des grands magasins Robinson's, à en croire le bout d'étiquette. J'ôtai le capuchon et en humai une bouffée. On n'avait pas lésiné sur le muguet qui, je me le rappelais, avait embaumé les premiers jours de notre idylle. La mère de Mickey avait dû porter à peu près le même parfum. Je me souvins des lèvres de mon ex au creux de mon cou quand j'en mettais moi-même. Je reposai la bouteille. Il y avait un petit paquet de la taille d'une plaquette de chewing-gum enveloppé d'un mouchoir en papier. Je défis le papier et en sortis une mince chaîne en or enfilée dans l'anneau d'un petit médaillon également en or et portant une rose en émail absolument minuscule au milieu. Je ne voudrais pas paraître cynique, mais Mickey m'avait donné à peu près le même au bout de notre première semaine de liaison. Il y a des hommes comme ça : ils trouvent un gadget ou un truc qui marche une fois – le coup de la rose rouge pour soliflore – et recyclent cette émouvante attention chaque fois qu'une femme nouvelle se présente.

Dans une housse de teinturier, il avait suspendu deux uniformes bleu foncé avec des écussons aux manches. Je glissai une main sous la housse et inspectai un des écussons bleu ciel. Les mots *Pacific Coast Security* étaient brodés en or tout autour du bord. La penderie abritait aussi deux vestes de sport, six chemises de ville, quatre jeans, deux pantalons en coton clair et un pantalon foncé, ainsi qu'un blouson de cuir noir que je connaissais bien, oh oui ! Ce blouson, Mickey le portait la première fois que nous étions sortis ensemble – et le portait encore la première fois qu'il m'avait embrassée. Je vivais toujours avec tante Gin, et il était hors de question d'entrer faire nos bêtises à l'intérieur. Mickey m'avait plaquée contre la porte de la caravane, le cuir de son blouson émettant un crissement caractéristique. Le baiser avait duré si longtemps que nous nous étions laissés glisser le long du montant de la porte. J'étais Eva Marie Saint avec Marlon Brando dans *Sur les quais* – un des plus inoubliables baisers de l'histoire du cinéma encore aujourd'hui. Pas comme les scènes d'amour de maintenant où vous regardez le type enfoncer sa langue dans la gorge de la fille en essayant d'éveiller son réflexe de régurgitation. J'étais prête à faire l'amour là, sur le paillasson, sauf que tout le camp de caravanes en aurait profité et que ç'aurait fait mauvais genre, nous le savions, et nous aurait exposés à une arrestation.

Je secouai la tête et refermai la porte de la penderie, parcourue par un frisson de volupté jusqu'à la chute de mes reins. Je m'intéressai à la porte suivante, qui semblait donner sur le balcon de derrière. Cette fois, la serrure était neuve. La clé n'était pas insérée dans le pêne, mais ne se trouvait sûrement pas loin. Sans vouloir faciliter la tâche à un intrus, Mickey tenait à garder la clé à portée de main en cas d'incendie ou de tremblement de terre. Je me retournai, sans rien fixer de spécial, me rappelant ses ruses. Je m'agenouillai et tâtai le bord de la moquette. En arrivant à l'angle, je tirai sur la partie dégagée de la plinthe. Je la soulevais et sortis la clé de sa cachette. J'ouvris la porte de derrière et la laissai provisoirement entrebâillée.

Je revins dans la chambre et m'arrêtai pour examiner le séjour. La police avait sûrement procédé à une première reconnaissance des lieux, apposant ensuite les scellés en prévoyant une fouille plus complète. J'essayai de voir l'endroit comme elle l'avait vu, puis l'examinai de nouveau en fonction de mon expérience personnelle. Avec Mickey, ce qui était visible comptait moins que ce qui ne l'était pas. Cet homme restait en état d'alerte permanent, et ses craintes, à mon humble avis, n'avaient pu que s'intensifier durant ces quatorze dernières années. Faute de conflit mondial, il vivait une insurrection civile par anticipation : des hordes incontrôlables qui prendraient l'immeuble d'assaut, feraient irruption dans chaque module pour réclamer en vociférant des vivres, de l'eau et autres denrées précieuses comme du P.Q. Où étaient donc ses armes ? Comment avait-il envisagé de se défendre ?

Je tentai d'abord ma chance dans la cuisine, tapotant les plinthes en quête d'endroits sonnant creux. Je l'avais vu installer d'autres « caches », des logements dotés d'une façade en trompe-l'œil où l'on pouvait dissimuler de l'argent liquide, des armes et des munitions. Je commençai par l'évier. Je sortis tous les cubitainers d'eau, mettant au jour le « plancher » et le mur du fond en contre-plaqué maculé. Je promenai le faisceau lumineux de ma petite torche de haut en bas et de droite à gauche. J'aperçus quatre vis, une à chaque coin, qu'on avait enfoncées pour les fondre dans le panneau. Je défis ma banane, ouvris ma trousse d'outils miniatures, en sortis un tournevis à pile et entrepris d'ôter les vis en question. On risque le syndrome du canal carpien en opérant avec un tournevis classique. Une fois les vis retirées, une pression légère suffit à faire céder la cloison, révélant un espace de quinze à vingt centimètres de profondeur. Quatre armes de poing étaient fixées à un râtelier sur la paroi du fond, boîtes de munitions comprises. Je remis le panneau en place avec soin et poursuivis la fouille. Je m'estimais en mission d'enquête. Comme les inspecteurs du LAPD, j'avais essentiellement pour objectif de déterminer pourquoi on avait tiré sur Mickey. Je ne voulais rien prendre, sauf en cas de nécessité. Autant ne toucher à rien dans la mesure du possible.

Une demi-heure plus tard, j'avais mis au jour trois petites niches aménagées derrière les boîtiers des interrupteurs du séjour. Chacune contenait un lot de papiers d'identité : certificat de naissance, permis de conduire, carte de Sécurité sociale, cartes de crédit, espèces. Emmett Vanover. Delbert Amburgey. Clyde Byler. Ces noms ne me rappelant rien, je supposai qu'il les avait inventés ou empruntés à des personnes décédées sur lesquelles il avait trouvé des renseignements dans divers registres d'état civil. Chaque faux document portait la photo de Mickey. Je laissai tout en place et poursuivis mon travail. J'avais aussi constaté que le dos du canapé était démontable et offrait un espace assez grand pour s'y cacher. La frisette, quoique de mauvaise qualité, était solidement fixée aux murs, mais je dénichai pourtant d'étroits rouleaux de billets neufs de vingt dollars à chaque extrémité des grosses tringles à rideaux en métal du séjour et de la salle à manger. Près de douze cents dollars d'après un calcul rapide.

Dans la salle de bains, je retirai une longueur de PVC de cinq centimètres de diamètre dans une saignée du mur à côté des tuyaux d'eau. Elle contenait une poignée de pièces d'or. Là non plus, je ne touchai à rien, réinsérant le tuyau dans son emplacement d'origine. Le seul endroit où je fis chou blanc fut une de ses caches préférées, à savoir l'évacuation de la baignoire. Il aimait percer un trou dans le clapet d'obturation et faire passer une chaîne à travers la bonde. Il fixait l'objet qu'il souhaitait dissimuler à la chaîne, qu'il laissait ensuite pendre dans le tuyau de vidange avec les cheveux visqueux et la mousse de savon. Il réservait habituellement cette cache pour sa clé de coffre-fort. Je pris une minute pour me pencher sur le bord de la baignoire. Une chaîne reliait bien le clapet au trop-plein, mais lorsque j'éclairai la vidange, rien ne pendait dans le trou. Dans l'os, ma vieille. Je me consolai en pensant que je n'avais pas si mal réussi par ailleurs. Mickey avait probablement d'autres caches – peut-être de nouvelles qui ne m'étaient même pas venues à l'idée – mais je ne pouvais pas faire mieux dans le temps que je m'étais imparti. Pour l'instant, le moment était venu de quitter les lieux.

Je sortis par la porte de derrière, que je refermai derrière moi avec la clé de Mickey. Je glissai celle-ci dans ma poche, enlevai mes gants en latex, les rangeai dans ma banane et tirai la fermeture Éclair. Puis je descendis et frappai à la porte du gérant. J'avais présumé que B & C Hatfield étaient un couple, mais les occupants se révélèrent être deux sœurs. La femme qui m'ouvrit devait être octogénaire.

– C'est à quel sujet ?

La taille ample, elle avait aussi une poitrine généreuse. Elle portait une robe d'été en coton sans manches, dont les couleurs avaient presque entièrement passé. Le tissu me rappela de vieilles couvertures matelassées – un imprimé à fleurs dans des tons bleu et rose pâle en forme de sac. Un nuage de talc saupoudrait ses seins moelleux ; on aurait dit deux dômes de pâte à pain en train de lever dans une jatte. Le haut de ses bras avait perdu toute fermeté, et je vis qu'elle avait roulé ses bas au-dessous du genou. Elle portait des pantoufles, dont l'une fendue en croissant sur le côté intérieur pour ne pas comprimer un oignon.

– Madame Hatfield ? dis-je.

– Cordia, dit-elle prudemment. Je peux vous renseigner ?

– Je l'espère. J'aimerais vous parler de Mickey Magruder, le locataire du 2-H.

Elle me fixa de ses yeux bleus larmoyants.

– Il a été abattu la semaine dernière.

– Je suis au courant. J'arrive de l'hôpital, où je suis passée le voir.

– Vous êtes l'inspecteur de police ?

– Je suis une ancienne amie.

Son regard bleu et pénétrant s'arrêta un moment sur moi.

– À vrai dire, je suis son ex-femme, rectifiai-je en réponse à son regard.

– Je vous ai vue vous garer dans l'allée pendant que je donnais un coup de balai à la buanderie.

– Ah, dis-je.

– Tout allait bien au moins ?

– Où ça ?

– Au 2-H. Chez M. Magruder. Vous êtes restée là-haut un bon moment. Trente-deux minutes à ma montre.

– Parfait. Pas de problème. Naturellement, je ne suis pas entrée.

– Ah bon ?

– À cause des scellés.

– On a mis une affiche aussi. Un avis de la police sur les sanctions.

– J'ai vu.

Elle attendit. Malgré mon désir de poursuivre, je me retrouvais muette. Un court-circuit m'avait coupé l'inspiration à mi-chemin entre vérité et mensonges. Je me sentais comme une actrice qui a oublié son texte. Absolument incapable d'enchaîner.

– La location vous intéresse ? me souffla-t-elle.

– La location ?

– Du 2-H. Je suppose que c'est pour ça que vous êtes montée ?

– Oh… oui, naturellement ! Bien situé. J'aime le quartier.

– Ça ne m'étonne pas. Eh bien, peut-être qu'on pourra vous prévenir s'il se libère. Puis-je vous demander d'entrer pour remplir le formulaire ? Vous me paraissez toute chamboulée. Ça vous dirait, un verre d'eau ?

– Avec plaisir.

J'entrai dans l'appartement et me retrouvai directement dans la cuisine. J'eus l'impression d'avoir dérapé dans un autre univers. Un ragoût de poulet mijotait sur le brûleur du fond de la cuisinière. Une seconde femme, à peu près du même âge, était assise à une table ronde de style rustique, un jeu de cartes à la main. À droite, j'aperçus un ensemble salle à manger classique : table et chaises en acajou, vaisselier assorti garni de plats. Le plan au sol ne correspondait manifestement pas à celui de chez

Mickey. Le thermostat devait être coincé à vingt-sept, et la télévision trônant sur le plan de travail de la cuisine hurlait les cotations de la Bourse à plein volume. Ni Cordia ni sa sœur ne semblaient se soucier de l'écran.

– Je vais vous chercher le formulaire, reprit-elle. Voici ma sœur, Belmira.

– En y réfléchissant, pourquoi ne pas emporter le formulaire chez moi ? Je vous le renverrai rempli. Ce sera plus simple.

– Comme vous voudrez. Asseyez-vous donc.

Je tirai une chaise et m'installai en face de Belmira, qui mélangeait un jeu de tarots. Cordia alla jusqu'à l'évier et laissa couler l'eau du robinet avant de remplir un verre. Elle me le donna, puis se dirigea vers un tiroir d'où elle sortit le formulaire. Elle revint à son fauteuil, me tendit le papier et s'empara d'un ouvrage de tricot multicolore, un rectangle de quinze centimètres de large sur quarante de long.

Je bus mon eau en faisant durer le plaisir. Étudiant le formulaire avec attention et essayant de me ressaisir. Qu'est-ce qui me prenait ? Ma carrière de menteuse patentée semblait sérieusement ébranlée. Pendant ce temps-là, aucune des deux sœurs ne s'étonnait de me voir encore là.

– Belmira prétend qu'elle est sorcière, annonça Cordia. Encore que ça reste à prouver, à mon avis. (Elle jeta un regard vers la salle à manger.) Dorothy doit être là quelque part. Tu sais où elle est, Bel ? Ça fait une heure que je ne l'ai pas vue.

– Aux toilettes, répondit Bel, et se tournant vers moi : Je n'ai pas bien saisi votre nom…

– Oh, excusez-moi. Je m'appelle Kinsey. Ravie de faire votre connaissance.

– Moi aussi.

Elle avait le cheveu rare, une brume neigeuse et rebelle laissant voir de nombreuses plaques de cuir chevelu rose. Sa robe d'intérieur en tissu imprimé foncé tombait sur ses épaules étroites et osseuses et découvrait des avant-bras plats et fragiles qui me firent penser à des manches de louche.

– Comment vous sentez-vous aujourd'hui ? demanda-t-elle avec timidité en mettant le jeu en tas.

Elle avait quatre dents en or.

– Bien. Et vous-même ?

– Très bien. (Elle tira une carte du paquet et la tint en l'air pour que je voie.) Le Valet de pique. C'est vous.

– Bel ! lui lança Cordia.

– Mais c'est vrai ! C'est la deuxième fois que je le sors. J'ai battu le jeu et je l'ai tiré au moment précis où elle est entrée. Et je viens de le ressortir !

– Alors, tire autre chose. Ça ne l'intéresse pas.

– Parlez-moi de vos noms, dis-je. Je ne les avais jamais entendus.

– Une invention de maman. Nous étions six filles et elle a suivi l'ordre alphabétique : Amelia, Belmira, Cordelia, Dorothy, Edith et Faye. Il ne reste plus que Cordi et moi.

– Et Dorothy ?

– Elle ne va pas tarder. Elle adore la compagnie.

Cordia reprit la parole :

– Encore une minute et Bel vous tire les cartes ! Je vous préviens : une fois qu'elle est lancée, c'est dur de l'arrêter. Faites juste comme si elle n'était pas là. Moi, c'est mon système. Ne vous inquiétez pas, elle ne vous en voudra pas.

– Mais si, protesta faiblement Bel.

– Vous vous y connaissez en bonne aventure ? lui demandai-je.

– Pas spécialement, déclara Cordia à sa place. Mais même le hérisson aveugle tombe sur un gland de temps en temps !

Elle avait repris son tricot et le tenait vers la lumière, la tête légèrement penchée, tandis que les mailles se formaient dans le va-et-vient des aiguilles. Le bandeau de tricot s'étalait sur son ventre.

– Je fais une genouillère, au cas où vous vous demanderiez.

Ma tante Gin m'avait appris à tricoter quand j'avais six ans, sans doute pour m'occuper en début de soirée. À l'en croire, cette activité exerçait la patience et favorisait une bonne coordination de l'œil et de la main. En l'observant, je vis que Cordia avait lâché quelques mailles environ six rangs plus bas. Tels de minuscules matelots passés par-dessus bord, les boucles s'éloignaient dans le sillage du tricot à chaque nouveau rang. Je m'apprêtais à le lui signaler lorsqu'un grand chat blanc apparut dans l'encadrement de la porte. Il avait le museau aplati des persans. Il s'immobilisa en me voyant et me dévisagea, apparemment étonné. J'avais déjà vu un chat dans son genre : des poils longs, une blancheur immaculée, un œil vert, l'autre bleu.

Bel sourit en le voyant.

– La voilà !

– C'est Dorothy, dit Cordia. Nous l'appelons Dort, pour faire plus court. Croyez-vous en la réincarnation ?

– Je n'ai jamais pu me faire une idée.

– Nous non plus, jusqu'au jour où ce chaton a débarqué. Dorothy a toujours juré qu'elle resterait en contact avec nous dans l'Au-delà. Elle nous a répété des années durant qu'elle trouverait bien le moyen de revenir. Et puis, vous n'en croirez pas vos oreilles, la chatte de la voisine a mis bas exactement le jour où elle est morte. C'était la seule femelle de la portée et elle ressemble comme deux gouttes d'eau à Dort. Les poils blancs, un œil bleu, l'autre vert. La même personnalité, le même comportement. Sociable, toujours à se mettre en avant, indépendante.

– La chatte pète exactement comme le faisait Dorothy. Sans bruit, mais c'est une infection. Il y a des fois où on est forcées de se lever et de quitter la pièce !

Je montrai le tricot.

– Il me semble que vous avez lâché des mailles, dis-je en me penchant pour toucher du doigt les points en perdition. Si vous avez un crochet, je vous les rattrape.

– Vous feriez ça ? Merci mille fois. Vous avez de meilleurs yeux que moi, forcément. (Cordia se pencha et farfouilla dans son sac à ouvrage.) Voyons voir si j'ai votre bonheur. Ceci vous irait-il ?

Elle me montra un crochet à ouvrage.

– C'est parfait !

Tandis que je m'attelai à la tâche minutieuse consistant à remonter les mailles rang par rang, la chatte traversa la pièce comme si elle marchait sur des œufs et me sauta sur les genoux.

Je lâchai le tricot en poussant un cri. Dorothy pesait ses dix kilos. Elle tourna son derrière vers moi et dressa sa queue en l'air comme un manche de pompe à main, exhibant son troufignon et me malaxant de ses coussinets.

– Elle ne fait jamais ça ! Je me demande ce qui lui prend. Sans doute que vous lui plaisez, dit Belmira en retournant ses cartes.

– J'en suis tout émue.

– Dites-moi, regardez un peu. Le dix de carreau inversé…

Bel étalait les cartes pour voir ce que le sort me réservait. Le dix de carreau rejoignit les autres cartes dans une configuration mystérieuse. La carte qu'elle m'avait attribuée, le Valet de pique, venait d'être recouverte par la Lune.

Je libérai une de mes mains et rabattis la queue de Dorothy, la maintenant sous mon bras droit pendant que je montrais les cartes.

– Celle-ci veut dire quoi ?

Je pensais que la Lune aurait une bonne influence, mais révisai cette idée à la vue du regard échangé par les deux sœurs.

– Je vous avais prévenue, dit Cordia.

– La Lune signifie des ennemis cachés. Le danger, les ténèbres, la terreur. Pas très bon.

– Sans blague ?

Elle désigna une carte.

– Le dix de carreau, lorsqu'il est inversé, signifie obstacles, difficultés, intrigues. Et cette carte, le Pendu, représente ce que vous pouvez attendre de mieux.

– Elle n'a pas envie d'écouter ça, Bel.

– Si, si. Je peux tenir le coup.

– Cette carte vous couronne.

– C'est-à-dire… si j'ose le demander ?

– Eh bien, le Pendu vous veut du bien. Il représente la sagesse, les épreuves, le sacrifice, l'intuition, la divination, la prophétie. C'est ce que vous souhaitez, mais il n'est pas à vos côtés pour l'instant.

– Elle essaie de m'aider avec mon tricot. Tu pourrais au moins attendre qu'elle ait fini !

– Je peux faire les deux, dis-je.

Encore que la présence de Dorothy compliquât la tâche, à vrai dire. La chatte effectua un mouvement de rotation sur mes genoux et parut s'intéresser maintenant à mon haleine. Elle tendit délicatement son museau. Je m'interrompis pour lui souffler dans la gueule.

– Cette carte, c'est quoi ? demandai-je tandis qu'elle frottait sa tête contre mon menton.

– Le Cavalier de bâtons qui est placé à vos pieds. Il représente vos atouts, ce que vous devez exploiter. Savoir-faire, courage, aptitude professionnelle, hostilité, colère, guerre, destruction.

– J'aime assez cette histoire de colère.

– Oh, il n'y a pas qu'elle ! s'exclama Bel. Si on additionne, vous êtes coincée. Vous voyez cette carte ? Elle signifie douleur, chagrin, larmes, tristesse, désolation.

– Fichtre !

– Comme vous dites ! Moi, je dirais que vous y êtes jusqu'au cou sans rouleau de P.Q., résuma Belmira en retournant une autre carte.

Dorothy me grimpa sur la poitrine en ronronnant. Elle mit sa figure face à la mienne et nous nous regardâmes au fond des yeux. Puis je revins au jeu de tarots. Même moi, qui ne croyais pas à toutes ces fariboles, je voyais dans quel pétrin je m'engluais. Outre le Pendu, il y avait un gars encombré de massues, plus un autre olibrius face contre terre avec dix épées plantées dans le dos. La carte du Jugement ne me disait rien qui vaille non plus, et puis il y avait le neuf de pique qui montrait un type d'allure loufoque cramponné à un bâton de commandement, huit autres gourdins alignés derrière lui. Cette carte était suivie d'un cœur transpercé de trois glaives avec de la pluie et des nuages au-dessus.

Pour l'instant, j'avais réussi à sauver les mailles à la baille, et je passai le bras autour de Dorothy pour rendre l'ouvrage à Cordia. Jugeant qu'il était temps de revenir aux choses sérieuses, je lui demandai si elle pouvait me parler de Mickey.

– Je peux pas dire que je savais grand-chose de lui. Il était extrêmement réservé. Il travaillait comme vigile, jusqu'au moment où il a perdu son emploi en février. Je le voyais partir avec son uniforme. Un bel homme, je dois le reconnaître.

– Que s'est-il passé ?

– À quel sujet ?

– Comment a-t-il perdu son emploi ?

– Il buvait. Vous devez le savoir si vous étiez sa femme. À neuf heures du matin, il empestait l'alcool. Je ne crois pas qu'il buvait à cette heure-là. C'étaient les restes de la nuit, les vapeurs de l'alcool lui ressortaient par la peau. Il marchait toujours droit et pas une fois je ne l'ai entendu s'emmêler dans ses mots. Il ne faisait pas de bruit, et il n'était pas méchant. Toujours très courtois. Mais il ne remontait pas la pente.

– Cette histoire me désole. Je savais qu'il buvait, mais pas au point de laisser la boisson empiéter sur son travail. Cela ne lui ressemble pas. Il était dans la police autrefois, quand je l'ai épousé.

– Tiens donc, dit-elle sans s'émouvoir.

– Voyez-vous encore quelque chose à me dire à son sujet ?

– C'était un homme tranquille, il ne recevait pas. Payait son loyer au jour dû, sauf ces derniers mois. Pas de visiteurs, sauf un individu peu recommandable, avec des chaînes partout et tout le bataclan.

J'oubliai Dorothy.

– Des chaînes ?

– Un de ces motards en métal et cuir noir. Il se prenait pour un cow-boy et roulait les mécaniques quand il marchait. À croire qu'il avait des éperons, avec le boucan qu'il faisait !

– Que venait-il faire ici ?

– Aucune idée. Dort ne l'aimait pas. Il était très malpoli. Il lui expédiait un coup de pied quand elle voulait flairer ses bottes.

– Mon Dieu ! s'exclama Bel. Le Roi des cognes… de nouveau inversé. Pas bon du tout, ça.

Je levai la tête avec curiosité.

– Le Roi des cognes ?

– Je n'ai pas dit des cognes. J'ai dit des coupes. Le Roi

des coupes signifie un homme fourbe, perfide : mauvais coups, dépravation, scandale, au choix.

Avec un temps de retard, j'éprouvai un pincement d'inquiétude.

– À propos… pourquoi avez-vous cru que j'étais de la police quand j'ai frappé ?

Cordia leva la tête.

– Parce qu'un policier a téléphoné dans la matinée pour prévenir qu'un inspecteur passerait à deux heures cet après-midi. Nous avons pensé que c'était vous, à cause du temps que vous avez passé là-haut.

Mon cœur eut un petit hoquet, et je jetai un coup d'œil à ma montre. Presque 2 heures.

– Il faut que j'y aille et que je vous laisse retourner à vos occupations, dis-je. Euh… vous ne pourriez pas me rendre un petit service ?

Bel retourna la carte suivante.

– Ne vous inquiétez pas. Nous ne parlerons pas de votre visite.

– Merci infiniment.

– Je vous fais sortir par l'autre porte, enchaîna Cordelia. Comme ça, vous retrouverez l'allée sans vous faire voir. Les inspecteurs se garent devant l'entrée… En tout cas, ils l'ont fait la dernière fois.

– Si je vous laissais un numéro de téléphone ? Pour pouvoir me contacter s'il y a du nouveau, dis-je.

J'inscrivis mon numéro au dos de ma carte de visite. Cordia écrivit à son tour leur numéro sur le bord du formulaire de location. Ni l'une ni l'autre n'élevèrent d'objection à ma requête. Vu mon tarot, elles pensaient sûrement qu'un peu d'aide ne serait pas du luxe.

CHAPITRE 11

Sur le trajet de retour, je m'arrêtai à un McDonald's et m'offris un Big Mac au fromage, une portion de frites et un Coca médium. Le temps d'ôter un poil de Dorothy resté sur une de mes lèvres, je conduisis d'une main tout en mangeant de l'autre, sans cesser de pousser des petits gémissements de plaisir. Lamentable, cette vie où l'on vous met la mal-bouffe et l'activité sexuelle sur le même piédestal. Là aussi, pour ce qui me concerne, la première prend nettement le pas sur la seconde. À 4 h 15, j'étais de retour à Santa Teresa. Le seul message sur le répondeur émanait de Mark Bethel, qui se décidait enfin à répondre à mon appel du lundi après-midi à 11 h 30 le matin du mercredi.

Je composai son numéro, prenant le temps de baisser ma fermeture Éclair de jean pour récupérer le courrier de Mickey coincé dans ma culotte. Bien entendu, Mark était absent, et je me retrouvai en train de discuter avec Judy.

– Zut ! Je suis désolée de l'avoir manqué. J'arrive de Los Angeles. J'ai des nouvelles de Mickey et il se peut que j'aie besoin de son aide. Je ne bouge pas de l'après-midi. Si jamais il peut m'appeler, je serais ravie de lui parler.

– Je crains qu'il ne soit absent pour la journée, Kinsey, mais si vous voulez, vous pouvez le joindre à sept heures ce soir au Lampara, dit-elle, parlant d'un théâtre du centre-ville.

– Qu'est-ce qu'il fait là ? demandai-je en jouant les innocentes.

Mark Bethel figurait sur la liste des quatorze candidats républicains en piste pour les primaires du 3 juin, dans une douzaine de jours à peine. J'avais entendu dire qu'on en avait invité quatre à s'exprimer dans le cadre d'un débat parrainé par la Ligue pour un gouvernement équitable.

– Il s'agit d'un débat public entre Robert Naylor, Mike Antonovitch, Bobbi Fiedler et Mark sur les enjeux des élections.

– Ça ne manquera pas d'être passionnant, dis-je.

Non mais, de qui se moquait-on ? Le secrétaire d'État de la Californie, March Fong Eu, prévoyait le plus faible renouvellement des intentions de vote en quarante-six ans. De tous les candidats cités par Judy, seul Mike Antonovitch, conseiller général conservateur du comté de Los Angeles, avait un atome de chance de passer. Naylor était un parlementaire de Menlo Park, l'unique représentant du Nord de la Californie en course jusqu'à l'arrivée d'Ed Zschau. Ce dernier faisait figure de favori. Le bruit courait que le *San Diego Union*, le *San Francisco Chronicle*, le *San Francisco Examiner* et le *Contra Costa Times* allaient tous le soutenir. Pendant ce temps-là, Bobbi Fiedler, parlementaire de la vallée de San Fernando et politicienne chevronnée, s'était vu couper l'herbe sous le pied lorsqu'elle avait dû s'expliquer devant une chambre de mise en accusation sur de prétendus pots-de-vin versés à un autre candidat en échange de son abandon. Les accusations s'étant révélées sans fondement, l'affaire avait été classée, mais ses partisans avaient perdu leur combativité et elle avait du mal à reprendre de la vitesse. Quant à Mark, c'était sa deuxième tentative pour une élection à l'échelon de l'État et il s'occupait activement d'injecter l'argent de Laddie dans des spots télévisés où il se vantait de mener sa campagne en gardant les mains propres. Comme si on s'en souciait ! La seule idée d'assister à un débat politique soporifique suffisait à me plonger, moi aussi, dans le coma.

– Mark se prépare depuis des jours entiers, poursuivait Judy. Surtout pour la proposition de loi cinquante et un. L'IPP, l'Initiative poches profondes.

– Je vois.

– Et aussi les propositions quarante-deux et quarante-huit. Elles lui tiennent très à cœur.

– C'est bien normal, dis-je.

J'écartai quelques papiers sur mon bureau, exhumant les programmes des candidats cachés sous la feuille de chou locale et une pile de courrier. La proposition 48 plafonnait les retraites des fonctionnaires. Bâillements et ronflements. La 42 autoriserait l'État à émettre 850 millions de dollars en obligations pour reconduire l'emprunt d'accession à la propriété en faveur des anciens combattants californiens.

– J'ignorais que Mark était un ancien combattant, dis-je pour faire la conversation.

– Mais si ! Il s'est engagé juste après l'université. Je vous envoie un exemplaire de son CV.

– Ne prenez pas cette peine, protestai-je.

– Ce n'est rien du tout. J'en fais partir des flopées au courrier. Vous savez, il a été blessé et a reçu la médaille militaire.

– Ah bon ? Je l'ignorais totalement.

Tandis que Judy continuait à babiller, je cherchai la page des bandes dessinées et lus *Dr Rex Morgan*, au moins tout aussi passionnante. Judy s'interrompit.

– Flûte ! On m'appelle sur l'autre ligne. Il faut que je réponde au cas où ce serait lui.

– Pas de problème.

Dès que j'eus raccroché, je mis les pieds sur mon bureau et reportai mon attention sur le courrier que j'avais subtilisé. Je pris le coupe-papier et fendis les enveloppes. Les relevés bancaires indiquaient des dépôts réguliers de salaire jusqu'à la fin février, puis rien jusqu'à la fin mars, date à laquelle il s'était mis à déposer de petites sommes tous les quinze jours. Des indemnités de chômage ? Je ne me rappelais plus la procédure. Il y avait sans doute une période d'attente pendant laquelle on examinait et approuvait le dossier. Toujours est-il que ses versements ne suffisaient pas à couvrir ses dépenses mensuelles et qu'il devait puiser la différence sur son compte d'épargne. Le solde actuel était d'environ 1 500 dollars. J'avais trouvé du liquide caché sur les lieux, mais aucun signe de son livret. Ce n'aurait pas été mal de le trouver. Pourquoi diable n'y avais-je pas pensé lors de ma première fouille ? Tant pis, on se contenterait des relevés mensuels.

En comparant les virements de son livret d'épargne sur son compte courant, je vis ses liquidités se transvaser de l'un dans l'autre, puis disparaître subrepticement. Des chèques débités montraient qu'il avait tenté de payer ses factures dans la mesure du possible. Son loyer s'élevait à 850 dollars par mois, le dernier terme ayant été payé le 1er mars, d'après le chèque débité. Pendant la seconde moitié de février et les trois premières semaines de mars, on relevait trois retraits en espèces, d'un total de 1 800 dollars. Ce qui paraissait curieux au vu de problèmes pécuniaires suffisamment sérieux pour ne pas ficher l'argent en l'air. La police détenait sans doute le relevé d'avril, de sorte que je ne savais pas s'il avait payé son loyer le 1er du mois ou non. Quelque chose me disait que ses impayés au garde-meubles dataient de cette période.

En avril, il comptait déjà une facture de téléphone non payée, et on avait dû lui couper la ligne avant qu'il ait eu le temps de se renflouer. Les espèces de la cache représentaient probablement ses dernières cartouches, une réserve à laquelle il ne voulait pas toucher, sauf en dernier recours. Peut-être prévoyait-il de prendre le large une fois qu'il aurait épuisé toutes ses autres ressources.

Le 25 mars, on notait un dépôt de 900 dollars en un seul versement. Probablement la vente de sa voiture. Deux jours plus tard, le 27, un modeste dépôt de 200 dollars lui avait permis de régler ses factures de gaz et d'électricité. Je remarquai que l'apparition de ces 200 dollars coïncidait avec la date de l'appel téléphonique passé chez moi. On l'aurait payé pour se servir de son téléphone ? Plutôt bizarre. En tout cas, il pensait pouvoir retarder son éviction pendant encore un mois ou deux, ensuite… Ensuite, quoi ? Prendre ses réserves en espèces et ses faux papiers et quitter l'État ? Quelque chose me chagrinait. Mickey ne jurait que par l'épargne. Selon lui, tout le monde devait mettre six bons mois de revenus de côté à la banque… ou sous le matelas, ce qui paraissait plus sûr. Il se montrait si catégorique en la matière que j'avais toujours appliqué ce principe depuis. Il avait sûrement un compte d'épargne ailleurs. Avait-il mis son argent dans une assurance-vie ou un fonds de pension de la compagnie qui l'employait ? Et en plus, j'ignorais pourquoi on l'avait viré. Ivresse pendant les heures de service ? Après avoir réfléchi un moment, j'appelai les Renseignements de Los Angeles et obtins le numéro de Pacific Coast Security à Culver City. À mon avis, je disposais d'assez d'informations pour arriver à mes fins. Je connaissais sa date de naissance et son domicile actuel. Son numéro de Sécurité sociale m'aurait donné un atout de plus, mais je ne me rappelais que les quatre derniers chiffres : 1776. Mickey tâchait toujours d'avoir des numéros correspondant à la signature de la Déclaration d'indépendance.

Je fis le numéro de Pacific Coast Security et écoutai le téléphone sonner, cherchant ce que j'allais bien pouvoir dire, sûrement pas la vérité en l'occurrence. Lorsqu'on prit l'appel, je demandai le service du personnel. Au ton de sa voix, la femme qui me répondit semblait avoir fini sa journée et être presque rendue chez elle. On approchait de 5 heures et je la surprenais sans doute en train de ranger son bureau.

– Mme Bird à l'appareil, service du personnel, annonça-t-elle.

– Oh, bonjour. Ici, Mme Weston, des services de comptabilité du Centre médical d'UCLA. Nous vous appelons au sujet d'un patient admis en réanimation. Il semblerait que ce soit un employé de la Pacific Coast Security, et nous nous demandions si vous pourriez vérifier qu'il est bien couvert par son assurance.

– Certainement, dit-elle. Le nom de l'employé ?

– Magruder. M-A-G-R-U-D-E-R. Prénom, Mickey. Vous l'avez peut-être inscrit sous le nom de Michael. Initiale du deuxième prénom : B. Domicilié au 2805 Sepulveda Boulevard ; date de naissance, 16 septembre 1933. Admis aux urgences le 14 mai. Nous n'avons pas son numéro de Sécurité sociale en entier, mais nous serions ravis si vous pouviez nous le communiquer.

La femme souffla un grand coup dans mon oreille.

– Nous sommes au courant. Le pauvre. Malheureusement, comme je l'ai dit aux inspecteurs, M. Magruder ne travaille plus pour nous. Son contrat a pris fin le 28 février.

– « Pris fin » au sens de « a été résilié » ?

– C'est exact.

– Eh bien, si je m'attendais… Pour quelle raison ?

Elle marqua un temps.

– Je ne suis pas habilitée à en parler, mais cela a un rapport avec la b-o-i-s-s-o-n.

– Vraiment pas de chance. Où en est son assurance médicale ? La couverture aurait-elle pu être prolongée par hasard ?

– Pas d'après nos dossiers.

– Tiens, c'est bizarre. Il avait une carte d'assurance dans son portefeuille à l'admission et nous avions l'impression qu'il était toujours couvert. Est-il employé par une autre société de la région ?

– Ça m'étonnerait. Nous n'avons pas été contactés pour une demande de références.

– Et la caisse de chômage ? A-t-il fait une demande d'indemnités ? Parce que, dans ce cas, il pourrait bénéficier des PECI.

Parfaitement, des PECI. Trop blasées que nous étions pour appeler les prestations en cas d'invalidité par leur nom.

– Je n'en ai aucune idée. Il faudra que vous voyiez chez eux.

– Et l'argent de son fonds de pension ? Y avait-il une retenue à la base ?

– Je ne vois pas le rapport, dit-elle.

Elle commençait à être sur la défensive, flairant sans doute une manœuvre.

– Vous le verriez si vous aviez une idée des sommets déjà atteints par sa note de frais, lui répliquai-je d'un ton sec.

– Je crains de ne pas pouvoir en parler. D'autant que la police est impliquée. Elle a beaucoup insisté. Nous ne devons parler à personne de quoi que ce soit à son sujet.

– C'est comme nous. On nous a demandé de prévenir l'inspecteur Aldo si quelqu'un demandait même son numéro de chambre.

– Vraiment ? Ils ne nous ont rien dit de tel. Peut-être parce qu'il ne travaille plus chez nous depuis si longtemps…

– Estimez-vous vernis. Nous, c'est l'alerte rouge ! Connaissiez-vous personnellement M. Magruder ?

– Bien sûr ! Nous ne sommes pas une grosse société.

– Ça a dû vous faire un choc.

– Vous imaginez ! C'était vraiment un homme adorable. Je ne vois vraiment pas qui a pu lui faire une chose pareille.

– Une abomination, dis-je. À propos, son numéro de Sécurité sociale… Nous avons les quatre derniers chiffres… 1776… mais l'employée des urgences n'a pas réussi à comprendre ce qu'il disait et elle a raté la première partie. Il nous faut juste les cinq premiers chiffres pour notre dossier. L'administratrice est extrêmement pointilleuse

Elle parut étonnée.

– Il était conscient ?

– Oh… ma foi, je ne sais pas, maintenant que vous posez la question. Il a dû reprendre momentanément conscience. Comment aurions-nous autant de données sinon ? (Je la sentis se tâter.) Vous lui rendriez un fier service, ajoutai-je pieusement.

– Un instant.

Il y eut un cliquetis de clavier d'ordinateur, une seconde après elle me lisait les cinq premiers chiffres.

– Merci. Vous êtes un amour, dis-je en les notant. Je vous suis infiniment reconnaissante.

Il y eut un blanc, puis sa curiosité l'emporta.

– Comment va-t-il ?

– Je regrette, mais je n'ai pas l'autorisation de divulguer cette information. Il faut que vous demandiez au personnel médical. Je sais que vous comprenez l'obligation de confidentialité dans ce genre d'affaires, surtout ici, à l'UCLA.

– Bien entendu. Absolument. Eh bien, j'espère qu'il se remettra. Donnez-lui le bonjour d'Ingrid.

– Je n'y manquerai pas.

Une fois qu'elle eut raccroché, j'ouvris mon tiroir de bureau et en sortis un paquet neuf de fiches lignées. Un peu d'écriture s'imposait. J'entrepris de noter tout ce qui me venait en tête, sans réfléchir, une idée par fiche, les empilant au fur et à mesure. J'avais beaucoup de retard à rattraper, des jours entiers de questions qui s'étaient accumulées. Je connaissais certaines réponses, mais fus forcée de laisser le plus souvent des blancs. Autrefois, je croyais pouvoir garder tout en tête, mais la mémoire a une façon bien à elle d'élaguer et de gommer, d'éliminer tout ce qui ne lui semble pas utile sur le moment. Plus tard, il suffit parfois d'un détail bizarre, incongru, pour que tous les éléments du puzzle s'emboîtent comme par magie. Le seul fait de poser le crayon sur le papier déclenche l'étincelle qui oblige le cerveau à faire le rapprochement. Elle ne jaillit pas toujours sur-le-champ, mais sans le geste de les noter, les données disparaissent.

Je regardai ma montre. Elle indiquait 18 : 05 et j'étais si recrue de fatigue que mes vêtements avaient commencé à me faire mal. Je débranchai la sonnerie du téléphone, montai l'escalier, me déshabillai, envoyai valser mes chaussures, m'enveloppai dans une couverture matelassée et m'endormis.

Je me réveillai à 21 : 15 avec l'impression qu'il était minuit. Je me redressai dans mon lit en bâillant, ne sachant plus où j'en étais. Plombée de fatigue. Je repoussai les couvertures et me penchai sur la balustrade. En bas, sur mon bureau, le voyant de mon répondeur clignotait avec allégresse. J'en aurais pleuré, prête que j'étais à repartir sous la couette et à dormir jusqu'au matin.

J'enfilai un peignoir et descendis pieds nus les marches en tâtonnant. J'appuyai sur PLAY et écoutai un message de Cordia Hatfield, la gérante de l'immeuble de Mickey. « Kinsey, pourriez-vous nous appeler à votre retour. Il y a quelque chose qui, nous pensons, devrait vous intéresser. »

Elle avait téléphoné à 20 : 45, je ne risquais rien à rappeler. Je composai le numéro, Cordia décrocha avant même la première sonnerie.

– Allô ?

– Cordia, c'est vous ? Ici Kinsey Millhone, je vous appelle de Santa Teresa. Le téléphone n'a même pas sonné !

– Chez nous, si. Écoutez, je vous ai appelée parce que cet inspecteur est passé peu après votre départ. Il est resté un bon bout de temps là-haut, au 2-H, et, quand il a eu fini, il est redescendu droit ici. Il n'avait pas l'air content du tout et il a demandé si quelqu'un était entré. Nous avons joué les idiotes. Dieu sait s'il a insisté, mais nous n'avons pas pipé mot.

– Bravo. Était-ce le grand brun ? L'inspecteur Aldo ?

– Oui, celui-là. Nous ne sommes plus toutes jeunes. Comment pourrions-nous savoir avec tous nos neurones qui disparaissent ? Nous ne lui avons pas vraiment menti, mais j'ai bien peur que nous n'ayons un peu éludé. Je lui ai dit que j'étais parfaitement capable de collecter les chèques du loyer et d'appeler le plombier si les toilettes sont bouchées, mais que je ne passais pas mon temps à espionner les locataires. Ce qu'ils font, ça les regarde. Ensuite, je lui ai montré mon pied en lui disant : « Avec cet oignon, encore heureux que je puisse me déplacer. Je ne me vois pas me traîner dans les escaliers. » Du coup, il a changé de sujet.

– Qu'est-ce qui le tracassait ?

– D'après lui, il manquait quelque chose, mais il n'a pas voulu dire quoi. Il avait un carton plein de trucs avec lui et m'a dit qu'ils avaient enlevé les scellés. « Pour ce que ça sert ! » qu'il a dit. Il en avait gros sur la patate, croyez-moi.

– Merci de m'avoir prévenue.

– C'est bien normal. Je vous ai surtout appelée pour vous dire que vous pouviez visiter l'appartement, mais que ça ne durerait pas. Les propriétaires font des pieds et des mains pour éjecter M. Magruder. L'inspecteur a sûrement prévenu la société de gestion et ils savent qu'il est dans le coma. Ils ont sauté sur l'occasion, profitant de son état. Si c'est pas une honte ! En tout cas, si la location vous intéresse toujours, vous devriez jeter un coup d'œil.

– Pourquoi pas ? Je serais ravie. Quel moment vous arrangerait ?

– Le plus tôt serait le mieux. Vous n'êtes qu'à deux heures de route.

– Vous voulez dire… ce soir ?

– À mon avis, vous feriez bien. Les propriétaires lui avaient déjà signifié de payer dans les trois jours ou de partir. Autrement dit, le shérif pourrait faire changer la serrure dès demain matin.

– On n'a aucun recours pour l'en empêcher ?

– Pas à ma connaissance.

– Si je payais ce qu'il doit, plus le prochain loyer ? Cela annulerait-il la procédure ?

– J'en doute. Une fois qu'un locataire commence à payer en retard ou à ne plus payer du tout, les propriétaires aiment autant faire libérer les lieux et y mettre quelqu'un d'autre.

Je songeai au trajet et levai les yeux au ciel d'incrédulité.

– Si seulement je l'avais su lors de mon passage !

– Dites donc, si vous venez, vous feriez mieux de vous presser. Enfin, moi ce que j'en dis, c'est pour vous.

– Cordia, il est déjà presque neuf heures et demie. Si je viens ce soir, le temps de prendre une chose ou deux et de faire le plein, je n'arriverai sans doute pas avant minuit.

Inutile de lui signaler que j'étais presque à poil.

– Ce n'est pas trop tard pour nous. Bel et moi n'avons besoin que de quatre heures de sommeil, si bien qu'on reste debout jusqu'à pas d'heure. L'avantage de venir maintenant, c'est que vous aurez tout votre temps et pas un chat pour vous déranger.

– Les voisins de Mickey ne verront pas que c'est allumé ?

– Personne ne fait attention. La plupart de ces gens-là travaillent et sont au lit à dix heures, en général. Et si ça vous fait trop tard, vous pouvez toujours dormir chez nous. Nous avons le seul F 4 de l'immeuble. C'est Dort qui occupe la chambre d'amis, mais je suis sûre que ça ne la dérangera pas. Nous avons beaucoup parlé de vous après votre départ.

J'abandonnai toute résistance et inspirai un bon coup.

– D'accord, j'arrive. À tout à l'heure.

J'enfilai mon jean, mon pull à col roulé et mes tennis ; légères et silencieuses, c'étaient les chaussures idéales pour le travail de nuit. Au moins, j'étais déjà entrée chez Mickey et savais à quoi m'attendre. J'avais gardé la clé de sa porte de derrière, mais pensai à me munir de mon crochet en cas de besoin. N'ayant pas l'intention de reprendre la route aux premières heures de l'aube, je sortis mon fourre-tout et y rangeai le tee-shirt démesuré qui me sert de chemise de nuit. J'ai toujours une brosse à dents, du dentifrice et des sous-vêtements de rechange dans mon sac à bandoulière. L'espace restant du fourre-tout accueillit le matériel : des gants de latex, mon crochet à pile, une chignole et des mèches, un tournevis, des ampoules, une pince ordinaire et une pince à bec fin, une loupe et un miroir de dentiste, ainsi que deux torches électriques, l'une normale, l'autre dotée d'une longue tige coudée pour permettre d'éclairer les endroits inaccessibles si chers à Mickey. Il me semblait avoir découvert la plupart de ses caches, mais je ne voulais rien laisser au hasard, d'autant que c'était ma dernière possibilité de fureter. Je pris aussi un second fourre-tout en toile, plié et rangé dans le premier. Je prévoyais de confisquer ses armes illégales et de les garder chez moi jusqu'à ce qu'il me fasse connaître ses intentions.

Je m'arrêtai dans une station-service pour faire un plein. Pendant que le type nettoyait le pare-brise et vérifiait l'huile, j'entrai dans l'« espace boutique » et m'achetai un gros sandwich qui me voulait sûrement du mal – fromage et viande indéfinissable – et un grand gobelet en polystyrène expansé rempli d'un café qui n'avait qu'une vague odeur de brûlé. J'achetai un carton de lait à part, jetai un peu du liquide noir, remplis le gobelet à ras bord de lait, puis y ajoutai deux sachets de sucre, juste pour être sûre de maintenir mon cerveau dans l'état de vigilance requis.

À 10 h 10, je filais sur la route toutes vitres ouvertes, dans un gémissement continu de moteur. Ma Volkswagen peinait pour se maintenir à un 100 km/h constant. Je dînai tout en conduisant et réussis, Dieu sait comment, à ne pas me renverser de café dessus. Il y avait une quantité étonnante de voitures, au milieu desquelles s'intercalaient des semi-remorques et des camions de livraison, tous, moi comprise, roulant à des vitesses insensées. La nuit qui nous enveloppait multipliait ce sentiment d'urgence, phares et feux arrière formant des motifs qui ne cessaient de se transformer. Dans la partie du trajet entre Santa Teresa et Olvidado, la lune s'était immobilisée au-dessus de l'eau comme un globe d'albâtre coiffant une pyramide de lumière. Le long du rivage, les vagues ressemblaient à des perles brassées par le ressac. Une odeur d'algues dérivait dans l'air telle une brume. Des villages côtiers surgissaient et disparaissaient au fil des kilomètres. Le flanc des collines, visible au loin le jour, n'était plus qu'un serpent de points lumineux.

Je pris la montée de Camarillo jusqu'en haut et redescendis dans la partie la plus occidentale de la vallée de San Fernando. On ne voyait aucune étoile. La pollution lumineuse de Los Angeles illuminait le ciel d'une clarté fantomatique, sorte d'aurore boréale ouatée de smog. Je coupai plein sud par la 405 jusqu'à National, pris la rampe de sortie et filai vers l'est. À Sepulveda, je tournai à gauche et ralentis, repérant enfin l'immeuble de Mickey dans le paysage nocturne peu familier. Je me garai dans la rue, prenant mon sac et mon fourre-tout. Je verrouillai les portières et priai le ciel qu'on ne me démantèle pas le châssis, les roues et le moteur et que la voiture soit encore là le lendemain matin.

Il y avait de la lumière dans la cuisine des Hatfield. Je frappai à la porte et Cordelia m'ouvrit. Comme Bel dormait, raide comme la justice dans son fauteuil, Cordia et moi discutâmes en chuchotant pendant qu'elle me montrait la chambre d'amis et le cabinet de toilette attenant. Dorothy nous suivait avec une grâce de chaton, s'assurant qu'elle était bien le centre de la conversation. Je dus m'arrêter plus d'une fois pour la gratter derrière les oreilles. Je jetai mon sac à bandoulière sur le lit. Dorothy s'empressa d'en faire son territoire, usant de ses dix kilos pour l'aplatir et en écrabouiller le contenu. La dernière vision que j'en eus fut celle d'une poule couvant un plein panier d'œufs.

CHAPITRE 12

Je pris l'escalier principal et suivis le balcon en m'éclairant avec ma grosse torche électrique. L'obscurité enveloppait les deux appartements que je longeai ; les fenêtres coulissantes ouvertes devaient donner sur des chambres. Je tournai à l'angle et me glissai chez Mickey par la porte de derrière en utilisant la clé que j'avais subtilisée. Après un instant d'hésitation, je décidai de refermer la porte. D'ordinaire, je l'aurais laissée entrebâillée pour me permettre de fuir précipitamment en cas de besoin, mais je me sentais inquiète et n'aimais pas l'idée que quelqu'un puisse entrer à mon insu. Je traversai l'appartement jusqu'au séjour. Seul un rai de lumière arrivant du balcon entre les doubles rideaux de la salle à manger en « L » éclairait la pièce. Je tenais le rayon de la torche comme une épée, fendant l'ombre. Depuis mon passage, le technicien chargé de relever les empreintes avait manié activement ses brosses, laissant des résidus de poudre sur d'innombrables surfaces. Je fis une brève incursion dans le coin salle à manger et dans la cuisine, puis je revins en jetant un coup d'œil à la chambre et à la salle de bains pour m'assurer que j'étais bien seule.

Une fois dans le séjour, je croisai étroitement les doubles rideaux et enfilai mes gants de latex. Bien que la police soit venue faire son travail, je ne tenais pas à laisser la preuve de mon passage sur les lieux. Je me plais à penser que ma petite expédition chez Ted Rich *via* la porte du chien m'avait donné une leçon. J'allumai le plafonnier, prenant le temps de changer l'ampoule de 60 watts de Mickey contre celle de 200 watts que j'avais apportée. Même un coup d'œil rapide montrait que l'inspecteur Aldo était passé par là. Les placards de la cuisine béaient. Tout le courrier avait disparu et on avait renversé le bocal de pochettes d'allumettes sur la table de la salle à manger. Je m'imaginai la police triant la collection en quête d'indices, notant avec soin les bars et les restaurants fréquentés par Mickey. En réalité, seule la moitié des pochettes provenait d'endroits où il était allé. Les autres lui avaient été rapportées de voyages, une habitude datant de l'adolescence, où il en collectionnait des centaines qu'il collait dans des albums. Pourquoi diable les gamins se passionnent-ils pour de pareilles idioties ?

Je me remis au travail, vidant méthodiquement les coffres-forts miniatures qu'il avait aménagés derrière les plaques des interrupteurs. Les trois jeux de faux papiers d'identité, les cartes de crédit et le liquide partirent dans mon sac. Je restai un bon moment dans sa cuisine, passant le contenu des tiroirs au peigne fin, vérifiant l'intérieur, le dos et le dessous des tiroirs. De nouveau je retirai les cubitainers d'eau de dessous l'évier et dévissai le panneau du fond. Cette fois, j'ôtai les armes du râtelier qu'il avait bricolé et les mis dans mon sac avec les papiers.

Dans la chambre, je défis la literie, enlevant le couvre-lit en chenille et les draps. Petite poissarde que je suis, je pris le temps de chercher les traces éventuelles d'excès sexuels récents, mais sans succès. J'ôtai le matelas et l'inspectai avec soin, cherchant la preuve qu'il avait défait, puis recousu une couture. Bonne théorie, résultats nuls. Je me couchai sur le dos et me faufilai sous le lit, où j'arrachai l'espèce de tulle qui protégeait le fond de son sommier à ressorts. Je promenai le rayon de ma lampe sur toute la surface, zéro. Je remis le matelas en place, puis je refis le lit. Plus mal encore qu'à l'hôtel, un petit boulot que j'avais fait dans mon jeune temps.

Je fis tout le périmètre de la moquette à quatre pattes, décollant section après section sans trouver grand-chose, sauf un mille-pattes qui me flanqua une peur bleue. J'essayai le tiroir de la table de nuit. Le diaphragme avait disparu, de même que le flacon d'eau de Cologne et le paquet de mouchoirs en papier avec le cœur en émail et la chaîne d'or. Tiens, tiens, tiens.

Sa dernière conquête avait dû entendre parler de l'agression. Elle n'avait pas perdu de temps à escamoter toute trace de leur liaison. Sans doute avait-elle la clé et s'était-elle introduite entre mon premier passage et celui-ci. Quelqu'un de l'immeuble ? Une piste à explorer.

Je passai trente bonnes minutes dans la salle de bains, où je soulevai le couvercle de la cuvette des toilettes et vérifiai à l'aide de mon miroir de dentiste et de la torche à tige coudée que rien n'était caché sous le rebord. *Nada*. Je sortis tous les objets de toilette de l'armoire à pharmacie et décrochai ladite armoire des pitons qui la maintenaient pour voir s'il avait aménagé un vide dans le mur. Eh bien, non. Je vérifiai l'intérieur de la tringle de douche et l'armoire de toilette au cas il y aurait eu de fausses façades ou des panneaux cachés. Je dévissai la ventilation du chauffage et tapotai les plinthes en quête d'endroits qui auraient sonné creux. J'enlevai le revêtement plastique sous le lavabo. Les pièces d'or n'avaient pas bougé. Elles partirent dans mon sac et je remis le tuyau en place. Allez savoir ce que ferait le prochain locataire si l'on découvrait la fausse tuyauterie à une époque ultérieure. Dans la partie creuse du rouleau de papier-toilette, je découvris un billet de cent dollars.

J'examinai sa penderie, fouillant ses poches, inspectant l'arrière de la rangée de vêtements suspendus au cas où il aurait installé un faux mur. Rien. Les innombrables poches à fermeture Éclair de son blouson de cuir noir étaient toutes vides. Au fond de la penderie, je mis la main sur son répondeur, qu'il avait sans doute débranché lorsque sa ligne avait été « coupée ou mise hors service ». J'ouvris le capot, mais la police avait apparemment pris la cassette. Je découvris une cache supplémentaire derrière la plaque de l'interrupteur de la penderie. Dans une mince saignée remontant le long d'un étai, Mickey avait caché une enveloppe format n° 10 cachetée. Je la fourrai dans mon sac, remettant son examen à plus tard.

Il me restait une autre cache à vider, que j'avais réservée pour la fin. Je revins dans le séjour et éteignis le plafonnier. Puis j'allai d'une fenêtre à l'autre, scrutant l'obscurité. Il était 2 h 30 du matin et la plupart des fenêtres des voisins étaient noires.

J'aperçus ici ou là un peu de lumière, mais les rideaux étaient tirés et personne n'épiait par l'entrebâillement. Je ne repérai aucun mouvement dans le voisinage immédiat. Il n'y avait presque plus de bruit de circulation.

Je défis les deux paires de rideaux de leurs crochets et descendis les tringles. J'en dévissai les extrémités, dirigeai le rayon de la torche à l'intérieur et pris les billets. Je remis les tringles et raccrochai les rideaux, prise d'une anxiété soudaine. Je relevai la tête. Avais-je entendu du bruit ? Et si l'on avait ôté les scellés pour m'appâter et que l'inspecteur Aldo m'attendait dehors, tout émoustillé de me prendre la main dans le fourre-tout bourré d'outils de casseur, d'armes et de faux papiers. Je laissai le plafonnier éteint, m'en tenant au seul rayon de ma lampe de poche pour me déplacer dans l'appartement, rassemblant prestement mon matériel, m'assurant que je ne laissais aucune trace. Pendant tout ce temps, j'avais le sentiment d'avoir négligé quelque chose qui crevait les yeux, mais je savais qu'il était trop risqué de revenir en arrière pour essayer de voir de quoi il s'agissait. Obsédée par l'idée de filer, je faillis ne pas entendre crisser le revêtement de l'allée en bas et le hoquet assourdi d'une motocyclette qui s'immobilisait en douceur. Je me rendis compte avec un temps de retard que j'avais bien enregistré le ronronnement amorti de la moto lorsqu'elle avait longé la rue devant l'immeuble. Le motard devait avoir coupé le moteur à l'entrée de l'allée et continué en roue libre. Je m'approchai de la fenêtre de derrière et en écartai à peine les rideaux. De l'endroit où je me trouvais, je ne voyais pas grand-chose, mais j'avais la quasi-certitude qu'on marchait dans l'allée. Je fermai les yeux et écoutai. Trente secondes plus tard résonna un claquement assourdi de bottes sur les marches de l'escalier, accompagné d'un cliquetis à chaque pas. Le type arrivait par l'escalier de secours. Peut-être un locataire ou un voisin. J'éteignis ma petite torche et suivis la progression de l'inconnu tandis qu'il contournait l'arrière de l'immeuble et arrivait devant la porte d'entrée de Mickey. J'avais espéré l'entendre continuer son chemin. Au lieu de quoi, il y eut un coup à la porte et un chuchotement rauque :

– Hé, monsieur Magruder… Ouvrez… C'est moi.

Je traversai la chambre de Mickey et me dirigeai vers la porte de derrière, cherchant fébrilement la clé dans ma poche de jean. Ma main ne tremblait pas, à la différence du reste de mon corps, au point que je n'arrivais pas à trouver le trou de la serrure. Je craignais d'utiliser ma torche car le type se trouvait à présent devant la fenêtre de la chambre de Mickey, où les coups devinrent plus précis, un bruit de métal comme si on tapait sur la vitre avec une bague.

– Putain, ouvrez et magnez-vous !

Il avait fait les quelques pas qui le séparaient de la porte de devant, sur laquelle il se remit à cogner. Cette fois, c'était du rap méchant et il semblait ébranler les cloisons.

– Ta gueule, connard ! cria par sa fenêtre le voisin d'à côté, dont la chambre devait être contiguë à celle de Mickey. Y a des gens qui essaient de dormir, ici !

Le type, à la porte, lui répondit quelque chose encore pire que le mot commençant par « en » et que je ne répéterai pas. Le cliquetis se dirigea vers la fenêtre de la chambre du voisin, où je visualisai un poing fracassant le carreau. Car j'entendis incontestablement l'impact du coup et la dégringolade de verre brisé qui s'ensuivit, puis le couinement estomaqué du locataire. Je profitai de cet instant émouvant, digne d'une illustration de carte de vœux, pour diriger un bref rayon de lumière sur la serrure. Je tournai la clé et m'apprêtai à franchir le seuil quand je m'arrêtai net. Je ne pourrais jamais plus revenir dans cet appartement. En début de matinée, l'assistant du shérif arriverait et l'on changerait les serrures. Même si je réussissais à m'y faufiler, je ne souhaitais pas prendre ce risque. Toutes les caches ayant été dûment nettoyées, il ne restait qu'un seul objet de valeur. Je posai par terre les deux fourre-tout et revins à la penderie de Mickey, où je décrochai le blouson de son portemanteau et l'enfilai, puis j'attrapai les deux sacs et sortis par la porte de derrière, m'arrêtant à peine le temps de la refermer à clé.

J'avais descendu la moitié de l'escalier de secours lorsqu'une silhouette apparut au-dessus de moi. Une tignasse jaune maïs, une longue figure osseuse, des épaules maigres et un torse creux dans un blouson en denim dont on avait découpé les manches se penchaient par-dessus la rampe en fer. Je passai un des fourre-tout par-dessus mon épaule, serrai l'autre contre moi et descendis les marches deux par deux tandis que le type en blouson se dirigeait vers le palier. J'arrivai au bas des marches au moment précis où il commençait à descendre. J'entendais chacun de ses pas à cause du bruit de quincaillerie de ses bottes, sans doute enjolivées de chaînes. Je courus sur la pointe des pieds, m'écartant du mur au maximum, veillant à ne pas me cogner dans les compteurs d'eau près de l'immeuble.

L'appartement du gérant était plongé dans l'obscurité à présent, mais Cordia, comme promis, n'avait pas verrouillé la porte de derrière. J'en tournai le bouton et entrai prestement. Le fourre-tout que je portais à l'épaule se prit dans l'encadrement de la porte et me retarda un court instant. Je me libérai d'un coup sec et jetai les deux fourre-tout dans la pièce. Au moment précis où je faisais demi-tour pour fermer la porte, Dorothy se faufila dehors par l'entrebâillement. Elle avait dû arriver à toute allure pour voir ce qui se passait et n'avait pu résister à l'appel de la liberté. Une fois dehors, elle s'immobilisa, stupéfaite de se retrouver seule dans l'obscurité glaciale de la nuit. J'entendis un bruit sourd et un juron retentissant. Le type s'était sûrement pris les pieds dans un compteur d'eau et étalé les quatre fers en l'air. Je l'entendis jurer pendant qu'il se remettait debout et arrivait sur nous en boitant, fou furieux. S'il tombait sur Dorothy, il allait lui tordre le cou et l'envoyer bouler par-dessus la clôture, l'obligeant à se réincarner Dieu sait sous quelle forme. Je la saisis par la queue et la tirai en arrière tandis qu'elle se débattait pour trouver une prise sur le béton, toutes griffes sorties. Je la halai malgré ses couinements dans l'obscurité de la cuisine et fermai et verrouillai la porte du même geste.

Je me laissai tomber par terre, agrippai la chatte contre moi en respirant par saccades tandis que mon cœur continuait à cogner fort. Le cliquetis des pas se rapprocha et s'immobilisa devant la porte des Hatfield. Le type y expédia un coup de pied assez fort pour se faire mal. Il devait avoir une torche électrique sur lui, car un rai de lumière balaya aussitôt le mur du fond, fouillant un instant la table de cuisine. Le faisceau lumineux hachura la pièce. À un moment donné, je me rendis compte qu'il s'était mis sur la pointe des pieds pour essayer d'éclairer d'en haut la zone obscure où j'étais accroupie. Pendant ce temps-là, Dorothy tentait d'échapper à mon étreinte et, à force de se tortiller, réussit à se libérer. Je plongeai, elle esquiva. Elle me lança un regard haineux et mit un point d'honneur à s'éloigner d'un pas gracieux vers la salle à manger, en plein dans le rayon de la torche électrique. Il y eut un silence pénible, interminable. Je crus qu'il allait enfoncer la porte, mais il revint sans doute sur cette idée. Finalement, j'entendis le crissement de ses bottes qui s'éloignaient dans le passage.

Je m'effondrai contre la porte, prête à entendre la moto démarrer et s'éloigner dans un hurlement de moteur dans la nuit. Il n'y eut aucun bruit rassurant de ce genre. Je finis par me relever, les jambes encore tremblantes, récupérai mes deux fourre-tout et traversai subrepticement la salle à manger en direction de la chambre à coucher. L'éclairage du hall d'entrée dispensait généreusement sa lumière. Les portes des deux autres chambres étaient closes ; protégées par le cocon de leur ouïe déficiente, Cordia et Belmira n'avaient pas été réveillées par le vacarme. Une fois dans la chambre d'amis, j'envoyai valser mes chaussures et m'allongeai sur le lit, toujours emmitouflée dans le blouson de Mickey. Dorothy s'était déjà installée. C'était son oreiller à elle, et je n'en eus pas l'entière jouissance, juste quelques misérables centimètres sur le bord. Toujours ulcérée, elle se sentit obligée d'effectuer une toilette intégrale pour laver l'outrage d'avoir été saisie par la queue avec si peu d'égards. Les rideaux de la chambre étaient fermés, mais je me surpris à les fixer, redoutant le poing qui fracasserait la vitre. Le va-et-vient régulier de la langue de Dorothy finit par révéler ses vertus apaisantes. La chaleur de mon corps réveilla l'odeur personnelle de Mickey qui imprégnait la doublure du vêtement. Fumée de cigarette et Aqua Velva. Je cessai de trembler et finis par m'endormir, les pattes de Dorothy douillettement nichées dans mes cheveux.

L'odeur du café me réveilla. Je portais toujours le blouson de Mickey, mais quelqu'un avait déposé une épaisse couverture tricotée sur mes jambes. Je levai la main au-dessus de ma tête et tâtai l'oreiller, mais point de Dorothy. La porte était à peine entrouverte. Le soleil illuminait les rideaux. Je regardai ma montre et vis qu'il était près de 8 heures. Je m'assis sur le bord du lit et me passai une main dans les cheveux en bâillant. Je n'avais plus l'âge de chahuter à des heures indues. J'allai dans la salle de bains et me brossai les dents, pris une douche et me rhabillai. Au bout du compte, j'avais à peu près le même air qu'en arrivant.

Assise à la table de la cuisine, Belmira regardait un *talk show* lorsque je fis enfin mon apparition. C'était une petite chose menue, terriblement fluette, si minuscule que ses pieds touchaient à peine le sol. Ce jour-là, elle portait un tablier de soubrette immaculé sur une robe d'intérieur à imprimé blanc et rouge. Elle écossait des petits pois, la passoire sur les genoux, un sac en papier posé à côté d'elle, le bord retourné pour rester ouvert. Juchée sur le plan de travail, Dorothy léchait le beurre dans le beurrier.

Bel m'adressa un sourire timide.

– Le café est là-bas, dit-elle. L'adjoint du shérif vient d'arriver avec le serrurier et Cordia est montée pour les faire entrer. Avez-vous bien dormi ?

– Pas mon content, mais comme un loir.

J'allai vers la cafetière, un vieux modèle à chaussette qui trônait sur la cuisinière. Il y avait une tasse sur le plan de travail, à côté d'un carton de lait. Je me versai une tasse de café et ajoutai du lait.

– Un œuf vous dirait-il ? Nous avons aussi des céréales. Cordi a fait du porridge avec des raisins secs. C'est notre petit déjeuner habituel. Il y a de la cassonade dans la boîte en métal si vous en voulez.

– Je crois que je vais monter voir si je peux mettre la main sur des voisins de Mickey avant qu'ils partent au travail. Je pourrais toujours prendre mon petit déjeuner une fois l'adjoint reparti. (En arrivant à la porte, je me retournai.) A-t-elle parlé d'une moto garée dans l'allée ?

Belmira fit signe que non.

J'emportai ma tasse de café et me dirigeai vers l'escalier. La voiture de police du shérif stationnait le long du trottoir, non loin de ma Volkswagen, encore intacte, semblait-il. Il faisait beau et froid, et déjà l'accumulation matinale des gaz d'échappement embaumait l'air. Je longeai le balcon du premier. Quelques voisins s'étaient attroupés pour regarder le serrurier à l'œuvre. Peut-être certains y voyaient-ils un rappel salutaire des vertus de la ponctualité en matière de loyer. La plupart paraissaient prêts à partir au travail, sauf une femme en peignoir et savates, elle aussi avec son café du matin à la main. Tels des badauds ralentissant devant un accident sur l'autoroute, ils ne perdaient pas une miette du spectacle, à la fois rebutés et fascinés par la vision du malheur d'autrui. Ce comportement me rappelait vaguement les incendies qui avaient ravagé les contreforts des collines de Santa Teresa en 1964. Pendant les longues soirées voilées de fumée, les gens formaient des groupes dans la rue, buvant une bière et bavardant tandis que les flammes dansaient sur la montagne au loin. La catastrophe paraissait annuler les barrières sociales habituelles, au point qu'il régnait presque une atmosphère de fête.

Cordia Hatfield surveillait la scène d'un regard attentif, campée dans l'embrasure de la porte, un chandail blanc jeté sur les épaules. Sa robe d'intérieur à carreaux bleus et blancs, une vraie housse, lui arrivait aux chevilles, et son oignon jaillissait de sa sempiternelle paire de pantoufles. Elle se retourna quand je m'approchai.

– Je vois que vous avez trouvé votre café. Avez-vous passé une bonne nuit ?

– Super, sauf que Dorothy ne voulait pas lâcher l'oreiller.

– Elle n'a jamais été très prêteuse. Mais quand elle est revenue, elle a tenu à avoir son ancienne chambre. Nous voulions la garder fermée comme chambre d'amis, mais elle a refusé d'aller dans son plat jusqu'à ce qu'on cède.

Le voisin de Mickey, un type d'une quarantaine d'années,

sortit de son appartement, enfilant une veste en tweed sur un tee-shirt bleu roi style Superman. Ses cheveux bruns luisants lui arrivaient à la taille. Il portait de grandes lunettes à monture de métal et verres jaunes. Une moustache et une courte barbe en collier mettaient en valeur une denture étincelante et au grand complet. Il portait un jean fendu aux genoux et délavé, et des bottes de cow-boy à semelles compensées de sept bons centimètres. J'aperçus derrière lui la fenêtre brisée de sa chambre, rafistolée avec du carton et un zigzag dentelé de bande isolante argentée.

– Hé, madame Hatfield. Comment nous sentons-nous aujourd'hui ?

– Bonjour, dit-elle. Fraîche comme une rose. Qu'est-il arrivé à votre fenêtre ? Il faudra me la réparer.

– Désolé. Je m'en occuperai. J'ai appelé un vitrier à Olympic, et ils ont dit qu'ils passeraient voir. Mickey est expulsé ?

– Je le crains, dit-elle.

Sa présence n'étant manifestement plus nécessaire, l'adjoint du shérif regagna sa voiture et partit là où le devoir l'appelait. Le serrurier fit signe à Cordia. Elle s'excusa, et tous deux entrèrent dans l'appartement pour discuter. Le voisin d'à côté, qui avait fait halte pour observer la procédure, saluait à présent un couple qui sortait du troisième appartement de ce côté-là. Tous étaient en tenue de ville. La femme chuchota quelque chose à son mari et tous deux continuèrent vers l'escalier. Le voisin de Mickey m'adressa un petit signe de tête poli, soudain conscient de ma présence.

– Bonjour, comment allez-vous ? marmonnai-je.

– Bien, merci. C'est quoi, cette histoire à la con ? Le mec est dans le coma et on le fout à la porte ?

– J'ai l'impression que les propriétaires n'ont pas d'états d'âme.

– C'est le moins qu'on puisse dire ! Alors, comment va Mickey ? Vous êtes une copine à lui ?

– Dans un sens, oui. Nous avons été mariés.

– Sans blague ! Ça remonte à quand ?

– Au début des années soixante-dix. Ça n'a pas duré. À propos, je me présente. Kinsey. Et vous êtes…

– Ware Beason, dit-il. Tout le monde m'appelle Wary.

L'annonce de mes liens conjugaux avec Mickey continuait de le laisser pantois.

– Une ex… C'est génial ! Mickey ne m'en a jamais dit un mot.

– Nous ne sommes pas restés en contact. Et vous ? Il y a longtemps que vous le connaissez ?

– Il habite ici depuis près de quinze ans. Et moi six. On se croise de temps en temps au Lionel's Pub et on boit quelques bières. Il donne à manger à mon poisson si on a un cacheton quelque part.

– Vous êtes musicien de métier ?

Wary haussa les épaules avec une certaine timidité.

– Je suis aux claviers dans un groupe. Surtout en fin de semaine dans le coin, mais il m'arrive de me déplacer. Je travaille aussi comme serveur dans un café bio à National. À ce que je comprends, vous êtes au courant de ce qui est arrivé ?

– Oui, mais par un pur hasard. Je ne savais même pas qu'il avait des ennuis jusqu'au début de cette semaine. J'habite à Santa Teresa. J'ai essayé de l'appeler de là-bas, mais sa ligne n'était plus en service. Je n'y ai pas attaché tellement d'importance jusqu'à ce que deux inspecteurs de police viennent m'apprendre qu'on lui avait tiré dessus. J'ai été horrifiée.

– Moi aussi ! Je pense qu'il leur a fallu un moment pour le trouver. Ils ont sonné chez moi vers sept heures du matin. Lundi. Un grand brun ?

– C'est ça même. C'est celui à qui j'ai parlé. Je suis partie tout de suite au cas où j'aurais pu faire quelque chose.

– Comment se sent-il ? Vous l'avez vu ?

– Il est toujours dans le coma, et on ne peut guère se prononcer. J'y suis passée hier et il ne m'a pas fait tellement bonne impression.

– Putain ! Sale histoire. J'aurais dû y aller moi aussi, mais j'ai tout le temps remis à plus tard.

– Inutile d'essayer sans d'abord en informer les flics. On ne peut le voir qu'avec leur autorisation, et ils laissent quelqu'un avec vous au cas où vous tenteriez de le débrancher.

– Seigneur ! Pauvre mec. Je n'arrive pas à y croire.

– Moi non plus, dis-je. À propos, c'était quoi, tout ce raffut cette nuit ? Vous avez entendu ? On aurait dit que quelqu'un pétait les plombs et passait sa rage contre les murs.

– Vous voulez rire ! C'est après moi qu'il en avait. Et voyez un peu le travail : un coup de poing dans le carreau ! J'ai cru qu'il allait me tomber dessus, mais il s'est tiré.

– Qu'est-ce qui l'avait mis dans un état pareil ?

– Allez savoir. C'est un pote à Mickey. En tout cas, il veut le faire croire. Mickey ne semblait jamais tellement ravi de le voir.

– Il se pointait souvent ?

– Tous les quinze jours. Ils devaient avoir une affaire en train, mais je ne vois vraiment pas quoi.

– Ça durait depuis combien de temps ?

– Oh, deux, trois mois. Autant le dire franchement : je n'avais jamais vu ce mec avant.

– Connaissez-vous son nom ?

Wary secoua la tête

– Non. Mickey ne nous a jamais présentés. Il avait l'air gêné qu'on les voie ensemble, et qui ne l'aurait pas été ?

– À ce point ?

– C'est un mec pas net, une ordure ambulante. Chaque fois que je vois l'émission sur le suspect le plus recherché d'Amérique, j'essaie de voir si je ne l'aperçois pas.

– Vous parlez sérieusement ? Vous pensez que la police le recherche ?

– Peut-être pas maintenant, mais ça ne tardera pas. Quel connard…

– C'est curieux. Mickey n'a jamais pu encaisser les voyous. Il était à la brigade des mœurs à un moment. Nous travaillions dans le même service, à Santa Teresa.

– Vous êtes flic aussi ?

– Je l'étais. Maintenant je suis D.P.

– Détective privée ?

– Pour vous servir.

– Oh, je vois. Vous enquêtez.

– Pas officiellement, non, mais cette histoire me chiffonne.

– Écoutez, moi aussi. Si je peux vous aider en quoi que ce soit, vous me le dites.

– Merci. Votre ordure ambulante pourrait-elle avoir tiré sur Mickey ? Moi, il me paraît bon pour l'asile.

– Non, je ne crois pas. Si c'était lui qui avait tiré, il ne viendrait pas taper comme un sourd chez Mickey en pensant le trouver. Le mec qui a tiré sur Mickey a sûrement cru qu'il l'avait tué. (Il jeta un regard à sa montre.) Faut que je me tire. Vous êtes là encore pour combien de temps ?

– Je ne sais pas. Une heure, je dirais.

– Je peux vous offrir un petit déjeuner ? C'est là où je vais. Il y a un endroit au coin de la rue. Ça ne vous prendra pas plus de trente minutes si vous devez repasser ici.

Je soupesai rapidement le pour et le contre. Ça m'ennuyait de quitter les lieux, mais je n'avais vraiment rien de plus à y faire. Wary se révélerait peut-être utile. Mais surtout, je mourais de faim. J'acquiesçai, puis m'octroyai une courte pause pour dire à Cordia où j'allais.

Wary et moi descendîmes l'escalier principal en bavardant.

– Si vous voulez, me dit-il sans y attacher autrement d'importance, après le petit déjeuner je vous montrerai l'endroit où on lui a tiré dessus. C'est à deux rues d'ici.

CHAPITRE 13

Je saute la conversation du petit déjeuner. Rien de plus assommant que d'écouter des gens qui font connaissance. Nous parlâmes de tout et de rien. Nous échangeâmes de brefs aperçus amplement remaniés de nos autobiographies respectives, des anecdotes sur Mickey, des théories sur les mobiles de l'agression. Pendant ce temps, je m'aperçus que Wary Beason me plaisait, mais je m'empressai de l'effacer de mon esprit. Si cavalier que cela puisse paraître, je ne pensais pas, sérieusement, être amenée à le revoir. C'est comme le passager assis à côté de vous dans un vol intérieur ; on peut communiquer, même lorsque la rencontre n'a aucune importance ni conséquence irréversible.

J'appréciai son geste lorsqu'il me montra l'endroit où on avait tenté d'abattre Mickey, un bout de trottoir anonyme devant un magasin de numismatique et bijouterie. La pancarte de la vitrine parlait de pièces de collection, de timbres rares, de montres de gousset, d'objets anciens et de stocks de monnaie. « Nous proposons aussi des prêts à faible taux », avait-on ajouté. Je voyais mal Mickey négocier un emprunt à 3 heures du matin.

Wary garda le silence pendant que je m'attardais une minute, le temps de repérer les commerces environnants. Il y avait une salle de billard en face. Les inspecteurs y avaient sûrement traîné leurs guêtres. Ainsi qu'au McNalley's, un bar à quelques mètres de là.

– Vous disiez aller prendre un verre à l'occasion avec Mickey au Lionel's. C'est loin d'ici ?

– Dans la direction opposée, dit-il avec un geste.

– Mickey aurait-il pu s'y trouver plus tôt ce soir-là ?

– Hors de question. Il était interdit de séjour au Lionel's tant qu'il n'aurait pas réglé son ardoise.

Il ôta ses lunettes et nettoya les verres jaunes avec son ourlet de tee-shirt. Il les examina à la lumière en les tenant par la monture, vérifiant s'il restait des traces, puis il remit ses lunettes et attendit ma question suivante.

– Où était-il, alors ? Vous avez une idée ?

– En tout cas pas au McNelley's, parce que c'est là que j'étais. Je sais que les flics ont fait tous les bars de la rue. Ils n'ont rien appris... à ce qu'ils disent.

– Il était dehors dans un but précis, et il était à pied.

– Pas forcément. Enfin, je veux dire... avoir vendu sa voiture ne l'obligeait pas à crapahuter. Quelqu'un aurait pu passer le prendre pour l'emmener quelque part. Boire un verre ou dîner. N'importe où.

– Une minute. Vous rappelez-vous quand il a vendu sa voiture ?

– Il y a deux mois.

– Vous voulez dire... vers la fin mars ?

– À peu près. Mais toujours est-il que personne ne l'a vu sortir de l'immeuble ce soir-là.

– Vous avez une théorie ?

– Eh bien, partons de l'hypothèse qu'il se trouvait dans la voiture de quelqu'un d'autre. Ils sortent dîner ou boire un pot et restent jusqu'à la fermeture. À deux heures du matin, ils rentrent à Culver City. Il...

– ... ou elle, lançai-je aussitôt.

Wary sourit.

– C'est juste... La personne qui a tiré a pu déposer Mickey au coin de la rue, puis continuer jusqu'au carrefour suivant comme si elle rentrait chez elle. Notre tireur se gare, attend dans le noir, le temps que Mickey fasse la longueur du pâté de maisons. Au moment où il arrive à sa hauteur, il ou elle tire et – *boom !* – lui envoie deux pruneaux. Il ou elle jette l'arme et file avant que quelqu'un ait eu le temps de réagir.

– Vous croyez vraiment à ce scénario ?

Il haussa les épaules.

– Tout ce que je dis, c'est que c'est possible. Les flics ont ratissé tous les bars et billards dans un rayon de dix rues. On n'a vu Mickey nulle part, mais eux savent qu'il avait bu *quelque part* car il avait quatorze grammes d'alcool dans le sang.

– Qui vous l'a dit ?

– L'inspecteur, le brun, y a fait allusion.

– Tiens donc ! C'est intéressant. Ils ont dit ce qu'ils en avaient déduit ?

– Non, et je n'ai pas pensé à demander. Mickey avait toujours un verre dans le nez. Il frôlait sans doute les huit grammes n'importe quel jour de la semaine.

– Il était donc légalement ivre ?

– Légalement alcoolo serait plus exact. Pendant un temps, il s'est rangé. Il s'est mis à l'eau, mais ça n'a pas duré. En février, il a pris une cuite, et je crois que c'est à ce moment-là qu'il s'est fait virer de son boulot. Il a essayé de se reprendre après ça, mais sans grand succès. Il tenait bon un jour ou deux, puis il remettait ça. Mais je reconnais qu'il a vraiment essayé. Simplement, il n'était pas assez fort pour y arriver tout seul.

Une sorte d'impatience me prenant soudain, j'eus besoin de bouger. Je me remis à marcher. Wary me suivit et me rattrapa.

– Et cette femme qu'il voyait ?

Il me jeta un coup d'œil bizarre, surpris et gêné à égalité.

– Comment êtes-vous au courant ?

– Un petit oiseau me l'a dit, lançai-je en me tapotant la tempe. Savez-vous qui c'était ?

– Absolument pas. Je ne l'ai jamais rencontrée. Mickey veillait au grain.

– C'est-à-dire ?

– Peut-être craignait-il que j'essaie de la lui piquer.

– L'avez-vous vue de vos yeux ?

– Au passage. Pas assez longtemps pour la reconnaître. Elle montait toujours par l'escalier de secours pour entrer.

– Elle avait une clé à elle ?

– Certainement. Mickey ne laissait jamais ses portes ouvertes. Des fois, elle arrivait avant qu'il rentre du boulot.

– Qu'avait-elle comme voiture ? Vous n'avez jamais vu de véhicule stationner derrière l'immeuble ?

– Jamais regardé. C'étaient ses oignons à lui. Pourquoi je m'en serais mêlé ?

– Venait-elle souvent ?

– Oh, je dirais toutes les deux ou trois semaines. Je ne voudrais pas être grossier, mais les murs de l'immeuble ne sont pas franchement insonorisés. Je dois dire que la consommation d'alcool de Mickey n'a jamais paru entraver ses performances.

– Qui vous dit que c'était lui ? N'aurait-il pas pu prêter son appartement à quelqu'un d'autre ? Peut-être à un ami en mal de coin discret pour ses fredaines ?

– Non, non. C'était bien lui. Ma main au feu. Il sortait avec cette femme depuis au moins un an.

– Comment savez-vous que c'était la même ? Il en avait peut-être toute une tripotée.

– C'est possible.

– Elle habiterait l'immeuble ?

– Notre immeuble à nous ? Ça m'étonnerait ! Mickey se serait senti piégé par quelqu'un vivant si près. Il aimait sa liberté. Il ne supportait pas qu'on sache ce qu'il faisait. Tenez, disons les week-ends où il n'était pas là… je lui posais des questions, bien sûr. Bon week-end ? T'étais où ? Ce genre de trucs bêtes. Mickey ne répondait pas. Si on insistait, il changeait de sujet.

– Et depuis l'agression ? Pensez-vous que la femme soit passée ?

– Je ne pourrais pas le jurer. Je pars au boulot à quatre heures et je ne rentre pas avant minuit. Elle a pu passer pendant mon absence. D'ailleurs, vous m'y faites penser, je crois que je l'ai entendue hier. Et de nouveau cette nuit aussi, avant que le zigoto à la moto rapplique. Quel connard ! Le vitrier dit que j'en aurai pour cent dollars de réparation.

– Wary, c'est moi que vous avez entendue cette nuit. Je suis passée prendre ses affaires personnelles avant qu'on ait le temps de changer les serrures. Je soupçonne sa petite amie d'y avoir fait un saut, car deux accessoires intimes que j'avais repérés manquaient à l'appel.

Nous étions arrivés à l'immeuble. Il était temps de reprendre la route. Je le remerciai de son aide, notai son numéro de téléphone, puis lui donnai ma carte de visite professionnelle avec le numéro de téléphone de mon domicile au dos. Nous nous quittâmes au bas des marches.

Je regardai Wary monter, puis retournai chez les Hatfield récupérer les deux fourre-tout. Elles me proposèrent de rester pour le repas, mais je terminais tout juste mon petit déjeuner et étais impatiente de rentrer. Nous prîmes congé. Je me répandis en remerciements, incluant Dot dans l'expression de ma gratitude, n'osant pas être malpolie au cas où ses sœurs auraient eu raison avec leur histoire de réincarnation.

Leur porte se referma derrière moi et, au moment précis où je me dirigeais vers ma voiture, mon regard tomba par le plus grand des hasards sur la rangée de boîtes à lettres sous l'escalier. Le courrier débordait de celle de Mickey. Je la fixai, ahurie. La police avait manifestement oublié de faire main-basse sur son contenu. Combien d'articles des Codes civil et pénal avais-je déjà violés ? Une infraction de plus ne modifierait sûrement pas beaucoup ma condamnation. Je tâtai le fond de mon sac, sortis mon jeu de crochets et reportai mon attention sur la serrure. Celle-ci aurait capitulé devant une épingle à cheveux, article que je n'ai pas sur moi, figurez-vous. J'extirpai le paquet de courrier et l'inspectai rapidement. L'envoi le plus volumineux consistait en un hebdomadaire bon marché surdimensionné dédié aux us et techniques de survie : petites annonces pour mercenaires, articles sur la législation des armes à feu en souffrance, affaires que l'État tentait d'étouffer, droits du citoyen. Je remis le magazine dans la boîte de façon à ne pas attirer l'attention. Quant aux deux enveloppes restantes, je les fourrai dans mon sac pour plus ample examen. Autant vous le dire tout de suite : elles se révélèrent anodines, à mon immense déception. J'ai horreur de risquer la prison pour du courrier de troisième catégorie.

J'arrivai à Santa Teresa à 1 : 35, ramassai le journal du matin sur le paillasson et entrai. Je déposai le journal sur le comptoir, lâchai les deux fourre-tout par terre et partis vers mon bureau. Plusieurs messages m'attendaient sur mon répondeur. Je les écoutai, prenant des notes, consciente qu'il était sans doute temps de justifier mes émoluments. Afin de faire bouillir la marmite, je repris la voiture jusqu'au cabinet et consacrai le reste de l'après-midi à m'occuper des clients en attente. À n'importe quel mois de l'année, il m'arrivait de jongler avec quinze ou vingt affaires plus ou moins urgentes. Même si j'avais de l'argent à la banque, je ne pouvais me payer le luxe de laisser tomber les dossiers en cours. Je venais de passer trois jours à tenter d'éclaircir la situation de Mickey, mon travail professionnel exigeait une sérieuse remise à jour. J'avais des gens à rappeler, des honoraires à vérifier et à entrer dans ma comptabilité. De nombreuses factures attendaient d'être dactylographiées et adressées à qui de droit, accompagnées des rapports afférents qu'il me fallait rédiger tant que mes notes étaient encore fraîches. J'avais aussi quelques lettres comminatoires à écrire pour essayer de secouer les payeurs indolents (tous avocats, je le souligne), plus des factures personnelles à régler.

Je vérifiais mon emploi du temps des jours suivants lorsque je me rappelai le coup de téléphone passé du numéro de Mickey au mien le 27 mars. Je n'avais jamais consulté mon agenda au cabinet pour voir où je me trouvais ce jour-là. Comme mon organiseur à la maison, la page de ce jeudi-là était vierge. De même que les 26 et 28, de sorte qu'aucun déclic ne vint activer le souvenir.

À 5 h 30, je bouclai tout et regagnai mon appartement à ce qui équivaut à l'heure de pointe à Santa Teresa – autrement dit, il me fallut un quart d'heure pour rentrer au lieu des dix minutes habituelles. Le soleil avait fini par percer la brume marine qui s'attardait et la chaleur qui régnait à l'intérieur du véhicule me rendait de plus en plus somnolente. J'allais devoir expier mes activités nocturnes. Je me garai au bas de la rue et poussai le portail. L'appartement dégageait une impression de confort douillet et je me sentis soulagée d'être chez moi. Les montagnes russes émotionnelles des derniers jours m'avaient plongée dans un état d'âme indéfinissable, une lassitude arborant le visage de la déprime. Quelle qu'en fût l'origine, je me sentais écorchée vive. Je posai mon sac sur le tabouret et contournai l'extrémité du comptoir pour gagner la kitchenette. Je n'avais rien avalé depuis le petit déjeuner. J'ouvris le réfrigérateur et contemplai les rayons vides. Songeant aux placards de Mickey, je m'aperçus que mes réserves de vivres n'étaient guère plus affriolantes que les siennes. Absurde de s'être mariés en étant à la fois trop pareils et trop différents. Très vite après ce mariage, j'avais commencé à comprendre que c'était un cheval échappé… du moins du point de vue de quelqu'un d'aussi foncièrement craintif que moi. Ce qui m'apparaissait comme sa dispersion et son manque d'exigence envers lui-même me mettait mal à l'aise. Ma tante Gin m'avait appris la modération – dans ma façon d'être, sinon dans mon choix de jurons. Au début, l'hédonisme de Mickey m'avait séduite. Je me rappelai mon impression de soulagement, au bord de l'éblouissement, devant sa voracité, son amour de l'alcool, son appétit sexuel insatiable. Ce qu'il m'apportait, c'était l'autorisation tacite d'explorer ma sensualité jusque-là endormie. Je me projetais dans son mépris de l'autorité et j'étais fascinée par son insolence envers le système alors même qu'il faisait un métier voué au maintien de l'ordre. Moi aussi, j'avais volontiers transgressé les limites du comportement social admis. À l'école primaire, puis au collège et au lycée, je me moquais souvent des horaires et séchais volontiers les cours, attirée par les mauvais éléments de la classe, en partie parce qu'ils incarnaient mon esprit de contestation et de révolte. Malheureusement, vers l'âge de vingt ans, au moment où je rencontrai Mickey, j'avais déjà amorcé mon retour de ces zones marginales, à la limite d'une conduite répréhensible. Alors que Mickey commençait à enlacer ses mauvais démons, je m'éloignais déjà des miens.

Aujourd'hui, quinze ans après, il m'est impossible de décrire combien je m'étais sentie vivante pendant cette courte période.

Pour le dîner, je me fis un sandwich fromage-piment-olives, puisant à la concoction divine estampillée Kraft qu'on trouve en pot. Je coupai le pain en quatre bandes égales, croûte comprise, et utilisai une section de Sopalin à la fois comme serviette de table et assiette. J'accompagnai cette saine entrée d'un verre de chardonnay et me sentis pleinement revigorée. Après quoi, je fis une boule de ma vaisselle et la jetai à la poubelle. Débarrassée du souper et de la corvée de vaisselle, j'installai les deux fourre-tout sur le comptoir et déchargeai mon matériel et le butin que j'avais subtilisé chez Mickey la nuit précédente. J'étalai les divers articles, espérant que leur vue déclencherait l'étincelle d'une nouvelle interprétation.

On frappa à la porte. Je saisis le journal et l'ouvris en grand sur les objets, comme si on me surprenait en pleine lecture, soucieuse que j'étais de rattraper l'actualité. Je gagnai la porte, jetai un coup d'œil par le judas et aperçus mon propriétaire dans la petite véranda avec à la main une assiette de brownies faits maison, protégée par un film étirable. Henry est un boulanger à la retraite qui officie désormais comme traiteur pour les thés des veuves du troisième âge du quartier. Il fournit régulièrement aussi le restaurant de Rosie de toute une série de viennoiseries : pains pour sandwichs, petits pains, tartes et gâteaux. J'avoue que sa venue ne me réjouissait pas outre mesure. Bien que je l'adore, je ne lui dis pas tout de mes travaux nocturnes.

J'ouvris la porte. Nous nous congratulâmes pendant qu'il entrait. J'essayai de l'orienter vers le canapé dans l'espoir de distraire son attention, mais je n'eus pas le temps d'ouvrir la bouche qu'il se penchait et fermait le journal pour faire de la place pour l'assiette. Et découvrir les quatre armes de poing, les paquets de faux papiers, cartes de crédit et billets. Tout portait à croire que je m'étais reconvertie dans le braquage de banques pour gagner ma croûte.

Il posa l'assiette sur le comptoir.

– C'est quoi, ce fourbi ?

Je mis la main sur son bras.

– Ne pose pas de questions. Moins tu en sauras, mieux ça vaudra. Il va falloir que tu me fasses confiance.

Il me jeta un regard perplexe, avec une expression dans les yeux que je ne lui connaissais pas : un mélange de confiance et de suspicion, de curiosité et d'inquiétude.

– Mais je veux savoir.

Je n'eus qu'une fraction de seconde pour décider ce que j'allais lui dire.

– C'est à Mickey. J'ai subtilisé tout ce matériel parce qu'un adjoint du shérif devait passer changer les serrures de ses portes.

– Pourquoi ?

– On l'expulse. J'avais une chance de fouiller l'appartement et je ne pouvais pas la laisser passer.

– Mais tout ça, c'est quoi ?

– Aucune idée. Écoute, je sais comment son cerveau fonctionne. Mickey est paranoïaque. Il a tendance à cacher tout ce qui a de la valeur. J'ai fouillé méthodiquement son appartement et c'est ce que j'ai trouvé. Je ne pouvais pas laisser ça là-bas.

– Ce sont des armes volées ?

– Ça m'étonnerait. Mickey en avait toujours. Selon toute vraisemblance, elles sont déclarées.

– Mais tu n'en es pas certaine. Mickey ne t'a pas donné son feu vert. Tu risques de t'attirer des ennuis, non ?

– Euh… oui. Mais je ne peux pas me poser la question, pas maintenant. Je ne savais pas quoi faire sinon. On le fichait à la porte. Ces trucs étaient cachés dans les murs, derrière des panneaux, dans de faux tuyaux de la salle de bains. Et pendant ce temps, il est à l'hôpital, complètement déconnecté de tout ça.

– Et ses affaires, qu'en fait-on ? Il a des meubles tout de même ?

– Des tonnes. Je pense proposer de les faire mettre en garde-meubles, le temps de voir s'il se rétablit.

– As-tu parlé aux médecins ?

– Ils ne me diront rien. La police veille au grain. De toute façon, j'ai dit et répété que nous n'avions pas été en contact depuis des années. Je ne peux pas rappliquer maintenant pour demander des rapports quotidiens sur son état, comme si je me rongeais les sangs. Ils ne me croiront jamais.

– Mais tu disais que tu ne t'en mêlerais pas.

– Je sais. Et je ne m'en mêle pas. Enfin… si, un peu. Pour l'instant, je ne sais même pas de quoi il retourne.

– Alors, n'y touche pas.

– Trop tard. Et puis, c'est toi qui as dit que je devais vérifier.

– Mais tu n'écoutes jamais.

– Eh bien, cette fois, je t'ai écouté.

– M'écouteras-tu si je te dis de ne pas t'en mêler ?

– Bien sûr. Une fois que je saurai de quoi il s'agit.

– Kinsey, c'est l'affaire de la police. Tu ne peux pas ne pas leur parler de tout ce bazar. Tu dois appeler ces inspecteurs…

– Non. Je ne veux pas. C'est hors de question. Je n'aime pas ces types.

– Au moins, ils peuvent être objectifs.

– Moi aussi.

– Vraiment ?

– Oui, *vraiment*. Henry, ne fais pas ça.

– Ça quoi ?

– Tu désapprouves ma conduite. Ça me démolit.

– Tu l'as cherché.

Je m'interdis de répondre. Je me sentais butée et agressive. J'étais déjà mouillée jusqu'au cou et sans porte de sortie.

– Je vais réfléchir.

– Tu ferais mieux d'agir, Kinsey. Je me fais du souci pour toi. Je sais que tu es bouleversée, mais ça ne te ressemble vraiment pas.

– Tu sais quoi ? Ça ne me ressemble pas : c'est moi. Exactement moi. Une menteuse et une voleuse. Et tu veux que je te dise ? Je n'ai aucun scrupule. Strictement aucun remords. Et j'ajouterais que j'aime ça. Je me sens vivante !

Une ombre fugitive traversa son visage, et son expression familière parut battre hâtivement en retraite. Il resta silencieux un instant, puis il reprit :

– Très bien, dit-il avec douceur. Dans ce cas, je suis sûr que tu n'as pas besoin de mes sermons.

Il partit avant que j'aie eu le temps de répondre. La porte se referma sans bruit derrière lui. Resta l'assiette de brownies. Ils étaient encore tièdes car l'air embaumait le chocolat et la condensation voilait de buée le film transparent. Je ne bougeai pas. Engourdie. L'esprit vide sauf d'une certitude : il fallait que je le fasse. Je l'avais fait. Quelque chose en moi avait changé.

Je sentais l'obstination me crisper les muscles de la figure. Pas question de m'en laver les mains, pas question de me défiler… quel que soit le fin mot de l'histoire.

Je m'assis au comptoir, calant mes pieds sur la barre du tabouret. Je repliai le journal avec soin. Saisis l'enveloppe et la décachetai. À l'intérieur se trouvaient les livrets des deux comptes d'épargne de Mickey, six reçus de caisse, une enveloppe de billet d'avion de chez Delta et un morceau de papier plié. J'examinai d'abord les livrets. Le premier avait affiché un solde de 15 000 dollars, mais le compte avait été fermé et l'argent retiré en janvier 1981. Le second avait été ouvert ce même mois avec un dépôt de 5 000 dollars. C'était, semblait-il, l'argent sur lequel il avait vécu ces derniers temps. Je notai qu'une série de retraits en liquide de 600 dollars correspondait aux dépôts sur son compte en banque, à ceci près : Mickey retirait 600 dollars et en déposait 200, gardant 400 dollars par devers lui pour ses « menus frais », comme il disait. Il devait utiliser cet argent pour ses dépenses courantes : notes de bar, repas à l'extérieur, courses habituelles. Les six reçus de caisse étaient datés des 17 janvier, 31 janvier, 7 février, 21 février, 7 mars et 21 mars. L'encre avait pâli, mais on lisait sans peine le nom de l'établissement : le Honky-Tonk. Je pensai qu'il avait vendu sa voiture à un moment quelconque de la troisième semaine de mars, car il avait déposé 900 dollars sur son compte courant. La perte de son moyen de locomotion pouvait expliquer la brusque interruption de ses visites au bar qu'il avait fréquenté avec régularité tant de vendredis soir. Pourquoi faire le trajet jusqu'à Santa Teresa pour boire un verre alors qu'il y avait tellement de bars dans son quartier ? J'écartai la question pour l'instant puisque rien ne permettait d'y répondre. Avant d'examiner le dernier objet, je sortis mon paquet de fiches et pris quelques notes. Je suis toujours tentée d'omettre cette partie du travail, mais je devais engranger les données alors que j'avais encore tout en tête.

Une fois que j'eus noté ce dont je me souvenais, y ajoutant le détail de ses comptes, les numéros des cartes de crédit, ceux des livrets d'épargne et les dates des reçus, je m'autorisai à poursuivre et à ouvrir l'enveloppe du billet de Delta Airlines, qui piquait ma curiosité. Les coupons de vol avaient été utilisés. Je sortis l'itinéraire et le reçu du passager. Mickey était allé à Louisville, dans le Kentucky, *via* Cincinnati le jeudi 8 mai, rentrant tard dans la soirée du lundi 12. Cette escapade impromptue de cinq jours lui avait coûté plus de 800 dollars, simplement en billet d'avion.

Je m'emparai de la dernière inconnue, un morceau de papier plié, et lus la courte déclaration, datée du 15 janvier 1981. C'était une simple lettre d'accord entre Mickey Magruder et Tim Littenberg, signée de ce dernier qui reconnaissait avoir reçu la somme de 10 000 dollars, un prêt sans intérêt avec paiement en bloc au bout de cinq ans et venant à échéance cinq mois auparavant : le 15 janvier 1986.

Je remballai les armes et les autres éléments, les cachai en lieu sûr et pris mon blouson et mon sac.

CHAPITRE 14

L'artère principale de Colgate compte quatre voies ; elle est bordée de commerces variés, allant du marchand de tapis au coiffeur, avec une station-service toutes les deux rues et un concessionnaire d'automobiles tous les cent mètres. Colgate – étalée, éclectique et sans prétention – offre des logements aux gens qui travaillent à Santa Teresa mais n'ont pas les moyens d'y vivre. Les deux municipalités comptent à peu près le même nombre d'habitants, mais de caractère différent, comme deux sœurs dont la personnalité reflète leur place dans la matrice familiale. Santa Teresa est l'aînée des deux, élégante et prude. Colgate est plus joueuse, moins soucieuse de conformisme, tolérant plus volontiers la différence parmi ses résidents. Peu de ses magasins restent ouverts après 18 heures. Les bars, salles de billard, drive-ins et pistes de bowling forment l'exception.

Le parking du Honky-Tonk n'avait guère changé en quatorze ans. Les voitures, si. Alors que dans les années soixante-dix les clients conduisaient des Mustang et des camionnettes Volkswagen peintes de couleurs psychédéliques, l'éclairage urbain ruisselait à présent sur des Porsche, BMW et Trans Am. En traversant le parking, je ressentis la même sensation grisante que lorsque j'étais célibataire et en chasse. Dûment édifiée, il ne me viendrait plus à l'idée aujourd'hui de fréquenter ce milieu – de faire la tournée des bars, disions-nous alors –, mais je ne m'en privais pas à l'époque. Dans les années soixante et soixante-dix, c'était ainsi qu'on s'amusait. Qu'on rencontrait des mecs. Qu'on couchait. Ce que le Mouvement des femmes avait « libéré », c'était notre attitude par rapport au sexe. Alors qu'avant nous l'utilisions comme monnaie d'échange, maintenant nous couchions gratis. Je suis ahurie à l'idée de toutes les prostituées contraintes de fermer boutique parce que nous accordions nos « faveurs » sexuelles au nom de la liberté de l'individu. Qu'avions-nous donc dans la tête ? Et tout cela pour récolter des piliers de bar affligés de parasites pubiens !

Le Honky-Tonk s'était agrandi, absorbant le périmètre naguère occupé par le magasin de meubles contigu qui annonçait régulièrement des soldes pour liquidation totale tous les six à huit mois. Il y avait la queue devant la porte, où l'un des videurs vérifiait les papiers d'identité en les passant au scanner. Chaque client, une fois le feu vert donné, se voyait estampiller un HT sur le dos de la main droite, les initiales du Honky-Tonk tenant apparemment lieu d'accréditation pour consommer. Cette méthode permettait aux serveurs et barmen de ne pas avoir à vérifier l'âge des clients au visage angélique qui commandaient un rhum-Coca – l'équivalent du gilet d'entraînement du consommateur d'alcool débutant.

Dûment estampillée, je m'avançai dans le brouillard de fumée de cigarettes ambiant, tâchant de me faire une idée de l'âge et de la surface financière de la foule qui s'entassait à l'intérieur. Il y avait un solide contingent de jeunes étudiants, le teint frais, naturels et spontanés, leur ingénuité et leurs erreurs de jugement ne leur ayant pas encore joué de tours. Le reste consistait en solitaires chroniques, les mêmes célibataires vieillissants et femmes divorcées qui se jaugeaient du regard depuis la première fois que j'y avais mis les pieds.

Le sol était couvert de sciure, comme avant. Entre les lambris peints de couleur foncée et le plafond en étain embouti, les murs exposaient de vieilles photographies en noir et blanc montrant ce qu'avait été Colgate soixante ans auparavant : bucolique, non défigurée, un moutonnement de collines à perte de vue. Ces images étaient violemment éclairées par des enseignes de bière criardes, dont les néons rouge et vert coloraient des pâturages et des couchers de soleil aujourd'hui enfuis.

On remarquait aussi d'innombrables photos de célébrités et habitués locaux, des instantanés pris le jour de la Saint-Patrick, au réveillon du Nouvel An, et en d'autres occasions où le Tonk fermait ses portes au public pour accueillir des soirées privées. Je repérai deux photos en 18 × 24 de Mickey, Pete Shackelford et Roy Littenberg. La première les montrait en tenue, au repos lors d'un défilé : visages solennels, droits dans leurs bottes, ne plaisantant pas avec l'ordre public. Sur la seconde, c'étaient de vieux routiers désabusés, des types aux yeux marqués par l'âge qui souriaient au-dessus des cigarettes et des verres, se tenant familièrement par l'épaule. Roy Littenberg était le plus vieux, de dix bonnes années. Sur les trois, Roy était mort et la vie de Mickey ne tenait plus qu'à un fil. Existait-il un moyen de les faire revenir comme par la magie de ces souvenirs et de la fumée de cigarette – trois policiers fantômes, visibles aussi longtemps que je ne me retournerais pas pour tenter de les regarder en face.

Deux longues salles étroites se déployaient côte à côte, bordées de box en bois. Chacune avait son installation de stéréo indépendante, une déferlante de musique agressant les sens pendant que j'allais de l'une à l'autre. La première abritait le bar, la deuxième la piste de danse avec des tables autour. La troisième salle, qu'on avait rajoutée, était assez grande pour accueillir six billards, tous occupés. Les types jouaient au Foosball et aux fléchettes. En un va-et-vient continu, des groupes de « filles » entraient dans les toilettes-dames et en ressortaient après s'être retouché les yeux ou avoir remonté leurs gaines. Je les suivis, profitant d'une cabine libre pour utiliser les lieux. J'entendis deux femmes dans la cabine voisine : l'une vomissait son dîner tandis que l'autre l'encourageait. « C'est bien. Inutile de forcer. Tu te débrouilles comme un chef. Ça va venir. » Si je n'en avais pas entendu parler à mon époque, j'aurais cru que la Boulimie était un État balte de constitution récente.

Quand je sortis de la cabine, quatre femmes faisaient la queue et trois s'activaient devant les glaces. J'attendis qu'il y ait un lavabo libre et me lavai les mains, un œil sur mon reflet. La lumière fluorescente donnait à ma peau, par ailleurs irréprochable, un aspect maladif, accentuant les poches sous les yeux. Mes cheveux ressemblaient à un paillasson de chaume. Je n'avais pas mis de rouge à lèvres, mais à la réflexion ça valait mieux car il aurait sans doute jauni mon teint. Je portais le blouson en cuir noir de Mickey en guise de talisman, le même jean fatigué et un pull à col roulé noir, ayant seulement troqué mes tennis ordinaires contre mes boots habituels. En réalité, je gagnais du temps, évitant le moment de me positionner sur un tabouret au bar pour m'offrir un verre. Les deux jeunes femmes émergèrent de la cabine, toutes deux d'une minceur de liane. Celle qui avait dégobillé sortit une brosse à dents pré-enduite de pâte dentifrice et procéda au récurage. Dans cinq ans, les sucs gastriques lui auraient rongé l'émail des dents, si elle n'avait pas rendu l'âme avant.

Je quittai les toilettes-dames, longeant la piste de danse à droite. Je m'aventurai au bar, où je commandai une bière pression. En l'absence de tabouret libre, je bus ma bière debout, en solitaire, faisant celle qui attend quelqu'un. De temps en temps, je regardais ma montre, avec une impatience visible : je n'allais pas y passer la nuit, non ? Je suis sûre que beaucoup de gens à proximité ne se laissaient pas entièrement duper par ce manège. Quelques types me jaugeaient de loin, non pas que j'aurais été « canon », mais parce que je représentais de la viande fraîche attendant d'être calibrée et estampillée.

Je mis mon ego dans ma poche et essayai d'inspecter les lieux avec le regard de Mickey. Qu'est-ce qui lui avait pris de prêter cet argent à Tim Littenberg ? Il n'était pas homme à prendre de tels risques. Il préférait garder ses avoirs en liquide, quitte à faire l'impasse sur les intérêts. Les dépôts à la Société d'épargne et de crédit des tringles à rideaux lui convenaient mieux. Tim Littenberg ou son père avaient dû lui faire un baratin hallucinant. À moins que la nostalgie n'ait eu son mot à dire. Lit et sa femme n'avaient jamais eu le sens de l'argent. Ils vivaient d'une paie à l'autre à découvert, endettés, jouant au maximum de leurs cartes de crédit. Si Tim avait eu besoin d'une aide financière, ils n'avaient probablement pas d'argent à lui prêter. Quel qu'en fût le mobile, Mickey l'avait probablement dépanné. Signé en bonne et due forme, l'emprunt était arrivé à échéance. Je n'avais vu aucune trace d'un quelconque remboursement. Bizarre. Mickey avait manifestement besoin d'argent, et le Honky-Tonk faisait très clairement des affaires.

Près du mur, un tabouret se libéra et je m'y glissai. Mes yeux revinrent sans le vouloir sur les photographies encadrées et j'étudiai la plus proche de moi. Encore les Trois Mousquetaires. Sur celle-ci Mickey, Shack et Lit étaient assis au bar, verres levés, buvant à la santé de quelqu'un à leur gauche. On apercevait Dixie à l'arrière-plan, les yeux vissés sur Mickey – un regard à la fois affamé et possessif. Pourquoi n'avais-je rien vu à l'époque ? Étais-je gourde à ce point ? Je plissai les yeux pour mieux voir le cliché, cadrant un visage après l'autre. Lit avait toujours été le plus beau des trois. Grand, une carrure étroite, des bras et des jambes interminables, de longs doigts superbes. Je ne résiste pas à de belles dents, et les siennes étaient blanches et régulières, hormis une canine légèrement en biais qui donnait à son visage un charme juvénile. Il avait un menton ferme, la mâchoire large et osseuse. Sa pomme d'Adam dansait lorsqu'il parlait. La dernière fois que je l'avais vu remontait à quatre ans environ, et juste en passant. Sa tête se dégarnissait. Il devait avoir une petite soixantaine et, d'après ce que m'avait dit Shack, il se débattait déjà contre la mort.

Je pivotai légèrement sur mon tabouret et inspectai les lieux, espérant voir Tim. Je n'avais jamais rencontré le fils de Lit. À l'époque où j'étais mariée avec Mickey et fréquentais ses parents, il était déjà grand et parti de chez lui. Il était entré dans l'armée en 1970 et, pendant la période en question, il se trouvait au Vietnam. En ce temps-là, beaucoup de membres de la police de Santa Teresa venaient de l'armée, étroitement soudés par la communauté militaire et partisans de la présence américaine en Asie du Sud-Est. La guerre avait usé la patience de la population, mais pas dans ce milieu. J'avais vu des photos de Tim que ses parents faisaient circuler. Il paraissait toujours crasseux et satisfait, cigarette aux lèvres, le casque rejeté en arrière, le fusil posé à plat sur les genoux. Lit lisait des fragments de ses lettres où il racontait ses exploits. Moi, il me donnait l'impression d'une tête brûlée aimant la provocation, un brin trop enthousiaste, un gosse de vingt ans perpétuellement défoncé, qui aimait tuer les « Jaunes » et s'en vanter plus tard auprès de ses amis, à son retour. Il avait été traduit en justice après avoir été mis en cause dans un épisode particulièrement révoltant au cours duquel deux bébés vietnamiens avaient été tués. Lit n'avait plus dit grand-chose après et, lorsque Tim avait été rendu sans gloire à la vie civile, il n'avait plus parlé de son fils. Peut-être espérait-il que le Honky-Tonk permettrait à Tim de retrouver une place dans la société.

Mon regard s'arrêta presque aussitôt sur un type que j'aurais juré être lui. Il avait dans les trente-cinq ans, à peu près mon âge, et affichait une certaine ressemblance avec Roy Littenberg. La même figure maigre, les mêmes mâchoires et le menton en galoche très reconnaissables. Il portait une chemise violet foncé et une cravate mauve unie sous une veste sombre, un jean et des rangers. Je l'avais surpris dans une conversation avec une serveuse – sans doute lui passait-il un savon car elle paraissait contrariée. Elle avait des cheveux noirs raides, extrêmement brillants sous la lumière, coupés au carré, avec une frange courte qui lui barrait le front. Ses yeux étaient soulignés d'un trait d'eye-liner noir et elle portait un rouge à lèvres très vif. Je lui donnai la trentaine, peut-être plus si on la voyait de près. Elle fit un signe de tête affirmatif, le visage impassible, et s'éloigna, venant vers moi. Elle transmit la commande au barman, tripotant son carnet pour dissimuler son agitation. Les mains tremblantes, elle alluma une cigarette, aspira une longue bouffée, puis rejeta la fumée en un jet mince. Elle laissa la cigarette dans un cendrier sur le bar.

Je pivotai légèrement dans sa direction.

– Bonjour. Je cherche Tim Littenberg. Est-il par ici ?

Elle m'observa, son regard tombant sur mon blouson, puis revenant, perplexe, sur mon visage.

– La chemise violette, dit-elle en me le montrant du pouce.

Tim s'était retourné pour accueillir un type en veste de tweed, et je le vis faire signe au barman de servir un verre à l'arrivant aux frais de la maison. Ils se serrèrent la main et Tim lui tapota le dos avec un geste d'amitié, sans doute très superficielle. Roy Littenberg avait été blond. Son fils était brun. Il avait des lèvres boudeuses et des yeux plus sombres que son père, profondément enfoncés dans les orbites, barrés d'ombre. Son sourire, quand il se dessinait, n'allait jamais jusqu'aux yeux. Il ne cessait d'observer ce qui se passait dans une salle ou dans l'autre. Il devait évaluer en permanence l'état de ses clients, jaugeant leur âge, leur degré d'ébriété, attentif à chaque explosion de rires et échange bruyant pour y déceler une possibilité de bagarre. Depuis l'ouverture, les consommateurs devenaient plus décontractés et moins inhibés, plus agressifs à mesure que l'alcool coulait.

Je le regardai s'approcher du bar ; il s'arrêta à un mètre de moi. À côté, la serveuse se tourna brusquement avec son plateau pour éviter de le toucher. Le regard de Tim l'effleura, puis partit ailleurs, rencontra le mien, se détourna, puis revint sur moi. Cette fois ses yeux s'immobilisèrent.

Je souris.

– Bonjour. Vous êtes bien Tim ?

– Oui, c'est moi.

– Kinsey, dis-je en lui tendant la main. J'ai connu votre père il y a des années de ça. J'ai été désolée d'apprendre son décès.

On se serra la main. Tim eut un bref sourire, peut-être attristé, impossible de l'affirmer. Il était mince, comme son père, mais alors que Lit respirait la cordialité et la bonne humeur, son fils se tenait sur la défensive.

– Puis-je vous offrir un verre ?

– Merci, mais ça va pour l'instant. Ça marche bien, dites-moi. Il y a toujours autant de monde ?

– Le jeudi est un bon jour. On recharge les accus pour le week-end. C'est la première fois que vous venez ?

Il s'efforçait de faire la conversation en restant sur la réserve. Le visage légèrement détourné, il regardait ailleurs, poli, mais n'éprouvant aucun désir immodéré de faire plus ample connaissance.

– J'y venais il y a longtemps. C'est comme ça que j'ai connu votre père. C'était un homme fantastique. (Cette remarque ne parut pas susciter de réaction particulière.) Vous êtes le gérant ?

– Le propriétaire.

– Vraiment ? Oh, excusez-moi. Je ne voulais pas vous froisser, dis-je. Je vois que vous avez l'œil à tout.

Il haussa les épaules avec indifférence.

– Vous devez connaître Mickey Magruder ?

– En effet, je connais Mickey.

– J'ai appris qu'il avait une participation dans l'affaire et j'espérais le trouver ici. Encore un autre policier de cette époque. Votre père et lui étaient copains.

Tim semblait distrait.

– Les Trois Mousquetaires, c'est ça ? Je ne l'ai pas vu depuis des semaines. Si vous voulez bien m'excuser…

– Naturellement.

Je le regardai traverser la salle jusqu'à la piste, où il s'interposa dans une dispute entre une femme et son compagnon. Le type ne cessait de s'affaler contre elle et elle s'efforçait de l'empêcher de s'effondrer. D'autres couples sur la piste s'appliquaient à les éviter. La femme finit par le pousser, exaspérée et gênée à la fois par son état. Le temps que Tim arrive à leur hauteur, un de ses videurs était apparu, et il entreprit de conduire l'homme vers la porte, lui maintenant le coude dans une prise bien connue de la police urbaine et des mères de famille lorsque leurs moutards trépignent dans les grands magasins. La femme fit un détour par une table et attrapa son blouson et son sac à main, prête à suivre le mouvement. Tim l'intercepta. S'ensuivit une courte discussion. J'espérai qu'il la persuadait de rentrer en taxi.

Quelques minutes après, il reparut à côté de moi.

– Désolé pour l'incident.

– J'espère qu'il ne rentre pas en voiture.

– Le videur lui a pris ses clés, dit-il. On va le laisser se dégriser au fond et veiller ensuite à ce qu'il rentre entier chez lui. Il a tendance à importuner les gens quand il boit trop. Mauvais pour les affaires.

– Je m'en doute.

Son sourire dévia sur ma gauche. Il me donna une petite tape sur le bras.

– Je ferais mieux d'aller voir ce qu'il devient. J'espère qu'on se reverra ?

– Comptez sur moi.

Il y eut à peine une seconde de flottement dans sa façon de s'exprimer, par ailleurs fluide.

– Tant mieux. Si vous voulez quoi que ce soit, demandez à Charlie.

Il capta le regard du barman et me désigna. Celui-ci hocha la tête. Sur quoi Tim disparut.

J'attendis environ une minute, puis je posai mon verre de bière à moitié plein sur le bar et me frayai un chemin jusqu'aux cabines téléphoniques payantes de la porte du fond, près du bureau. Je voulais savoir où le trouver quand il ne travaillait pas. J'aurais pu traîner là jusqu'à la fermeture et le suivre ensuite, mais j'optai pour une tactique plus directe. Je sortis l'annuaire et cherchai son adresse et son numéro de téléphone à *Littenberg, Tim et Melissa.*

Me penchant sur la gauche, je jetai un coup d'œil dans le couloir obscur, où je vis trois portes ne portant aucune indication en plus de celle qui conduisait au bureau. Un des aides-serveurs arriva de dehors, suivi d'une bouffée d'air froid. Je me redressai, insérai une pièce dans la fente et composai un numéro, écoutant une voix féminine pré-enregistrée me donner l'heure, la minute et la seconde. Je fis *mmm-mmm, mmm-mmm*, l'air intéressée au plus haut point. L'aide-serveur disparut au coin du couloir, en direction du bar.

Le silence régnait. Je raccrochai le combiné et m'avançai dans le couloir, ouvrant chaque porte l'une après l'autre. La première révéla un cagibi : balais, bidons de quatre litres de désinfectant, linge de cuisine empilé sur les étagères. La deuxième était celle des vestiaires du personnel, équipée de casiers en métal et de deux lavabos, auxquels s'ajoutaient plusieurs petits canapés trapus et une quantité de cendriers, pleins pour la plupart. Aucune trace du poivrot ; je me demandai où il était passé. La troisième porte était fermée à clé. Je posai ma tête contre le battant, écoutai, mais n'entendis rien.

Le bureau de Tim se situait juste en face. Je traversai le couloir en deux pas et saisis la poignée avec précaution. Je la tournai lentement sur la droite et l'entrouvris à peine. Tim était assis à son bureau, me tournant le dos, au téléphone. Je ne pus rien saisir de la conversation. J'espérai sincèrement qu'il ne s'occupait pas de passer un contrat contre moi. Je refermai doucement la porte, lâchant peu à peu la poignée de façon à ne produire aucun déclic ni grincement. Il était temps de filer. Je ne tenais pas à ce qu'on me trouve là. Je repartis dans le couloir principal, scrutant le terrain à droite et à gauche. Aucune trace de système d'alarme : pas de rayons infrarouges non activés, pas de digicode à la porte de derrière. Bon à savoir.

Je fis le trajet de retour l'œil vissé au rétroviseur. Rien, mais absolument rien ne permettait de penser que le coup de téléphone de Tim avait un rapport avec moi. D'accord, il avait filé droit dans son bureau après que j'eus mentionné le nom de Mickey, mais de là à se croire dans un film policier de série B. Pourquoi aurait-il voulu ma peau ? Je n'avais rien fait. Je n'avais pas dit un mot des 10 000 dollars qu'il devait. Je réservais la chose pour ma prochaine visite. Et peut-être les avait-il remboursés, après tout.

Il n'était que 10 heures du soir : circulation dense sur l'autoroute et aucune voiture suspecte. Tim, ne me connaissant ni d'Eve ni d'Adam, ne pouvait pas savoir où j'habitais ni quel type de voiture je conduisais. Et puis, il n'y a pas de gangsters à Santa Teresa… du moins pas à ma connaissance.

En arrivant près de chez moi, je fis le tour du pâté de maisons en cherchant une place qui ne soit pas plongée dans l'obscurité. Je ne remarquai qu'une voiture inconnue, une Jaguar de couleur sombre garée contre le trottoir en face de mon appartement. Je continuai jusqu'au coin, tournai vers Bay Street, m'arrêtai et attendis pour m'assurer que personne ne m'avait suivie. Puis je descendis, verrouillai la portière et refis à pied la moitié du pâté de maisons. Je me sentais idiote, mais préférai me fier à mon intuition. Évitant le portail dont les gonds auraient grincé, je traversai le jardin du voisin en longeant la clôture en bois. Peut-être étais-je en effet idiote, mais on ne se refait pas.

Quand j'atteignis l'extrémité du garage de Henry, je haussai la tête au-dessus de la clôture et jetai un coup d'œil. J'avais laissé la lumière de derrière allumée, mais ma petite véranda était à présent plongée dans le noir. Tout était éteint chez Henry aussi. Un peu de brume semblait s'attarder dans l'herbe, comme de la fumée. J'attendis sans bouger, laissant mes yeux s'habituer à l'obscurité. Comme presque toujours, même la nuit la plus noire comporte une dose de lumière ambiante. Les branches d'un arbre emprisonnaient la lune. Des éclaboussures de lumière formaient un motif irrégulier sur le sol. Au bout d'un moment, les grillons se remirent à chanter.

Je quadrillai mentalement le jardin de Henry en sections et les scrutai une à une. Rien à ma gauche immédiate. Rien près de sa véranda de derrière. Rien près de l'arbre. Le garage projetait un triangle noir dans le patio, cachant une partie de son mobilier de jardin. Pourtant, j'aurais pu jurer que je distinguais une forme : la tête et les épaules de quelqu'un assis dans un de ses fauteuils en bois des Adirondacks. Henry peut-être, mais je ne le pensais pas. Je disparus derrière le haut de la clôture, revins sur mes pas et traversai de nouveau le jardin du voisin jusqu'à la rue. Mes boots en cuir n'étant pas faits pour marcher sur la pointe des pieds dans l'herbe humide, je glissais mais espérai ne pas me retrouver sur les fesses.

Une fois dans la rue, je dus ôter une crotte de chien collée à mon talon, de crainte de me faire repérer rien qu'à l'odeur. Je farfouillai au fond de mon sac et trouvai enfin ma torche miniature. Abritant le rayon de lumière de ma paume, je balayai la Jaguar. Les quatre portes étaient verrouillées. Pour un peu, je me serais attendue à lire HITZ R US[1] sur la plaque d'immatriculation personnalisée. Elle annonçait seulement DIXIE. Tiens donc. J'abordai la cour en venant cette fois du jardin du voisin, à gauche de celui de Henry, remontant d'abord son allée, puis décrivant un large cercle le long des plates-bandes de derrière. D'où j'étais, je vis les contours de sa tignasse ébouriffée. Elle devait mourir d'envie de fumer. Tandis que je l'observais, son besoin de cigarette l'emporta sur la prudence. J'entendis le déclic d'un briquet. Elle leva une main protectrice vers sa figure, approcha la flamme de l'extrémité d'une cigarette et inspira avec

1. « Les contrats, c'est nous. » Parodie du célèbre magasin de jouets « Toys R Us » *[NdT]*.

un soupir de soulagement presque audible. Pas d'arme, en tout cas, à moins de savoir tirer avec le pied.

Je m'étais approchée du fauteuil.

– Fais gaffe, Dixie. N'allume jamais ! Tous les tireurs embusqués du quartier t'ont maintenant dans leur ligne de mire.

Elle s'étrangla et sauta presque de son siège en tournant vivement la tête. Elle agrippa le bras du fauteuil, et son sac, qu'elle avait sur les genoux, tomba par terre. Je vis la cigarette voler dans l'obscurité, le bout embrasé décrivant un arc du plus bel effet avant de s'éteindre dans l'herbe humide. Elle avait de la chance de ne pas l'avoir avalée et péri d'étouffement.

– Putain, merde ! Tu m'as flanqué une de ces trouilles ! s'écria-t-elle, folle furieuse.

– Qu'est-ce que tu fiches là ?

La main sur la poitrine, elle essayait de calmer les battements affolés de son cœur. Elle se plia en deux, incapable de reprendre son souffle. Curieux, mais la possibilité d'un accident cardiaque me laissait de bois. Si son cœur lâchait, elle mourrait. Inutile de compter sur moi pour lui faire du bouche à bouche. Elle portait une espèce de combinaison de vol, un vêtement d'une seule pièce agrémenté d'une fermeture Éclair sur le devant. Les manches retroussées à mi-bras contrebalançaient l'allure avachie du vêtement trop grand pour elle, mettant en valeur sa minceur d'elfe. Elle se pencha pour ramasser son sac en forme de besace de facteur avec bandoulière en cuir.

Elle le fourra sous un bras. Porta une main à son front, puis à sa joue.

– Il faut que je te parle, dit-elle encore sous le choc.

– Il ne t'est pas venu à l'idée de téléphoner d'abord ?

– Je pensais que tu allais me rembarrer.

– Du coup, tu attends dans le noir ? Tu es complètement givrée ou quoi ?

– Je suis désolée. Je ne voulais pas te faire peur. Le vieux monsieur de la maison était debout quand je suis arrivée il y a une heure. Je l'ai aperçu dans la cuisine quand j'ai fait le tour, alors j'ai dévissé l'ampoule de la véranda. Je ne voulais pas qu'il me voie et se demande ce que je fichais là.

– Justement, qu'est-ce que tu fous ici ? J'aimerais bien le savoir.

– Pouvons-nous aller à l'intérieur ? Je te promets de ne pas rester longtemps. Je n'ai pas pris de blouson et je gèle.

Un éclair d'exaspération me traversa.

– Eh bien, allons-y, dis-je.

Je traversai la cour. En arrivant à la véranda, je donnai un tour à l'ampoule à vis et la lumière revint. Dixie me suivit docilement. Je sortis mes clés et ouvris la porte.

Je pris le temps de me déchausser.

– Essuie-toi les pieds, lui lançai-je d'un ton sec avant d'entrer dans le séjour.

– Oh, excuse-moi. Bien sûr.

Je tirai un tabouret de cuisine à son intention, puis je fis le tour du comptoir et récupérai une bouteille de cognac dans le placard aux alcools. Je sortis deux verres à moutarde et dévissai le bouchon, nous servant deux doigts d'alcool à toutes les deux. Renversant la tête en arrière, j'expédiai le contenu du verre au fond de ma gorge. J'avalai le feu liquide, ma bouche s'ouvrit grand, des flammes invisibles en jaillirent. Bon Dieu, c'était infâme, mais ça soulageait. Je frissonnai sans le vouloir, comme lorsque j'avale du NyQuil sans respirer. Je me sentais plus calme quand je levai les yeux sur elle. Elle avait fait cul sec, comme moi, mais elle semblait plus rodée à ce genre de sport.

– Merci. Ça fait du bien. J'espère que ça ne te gêne pas si je prends une cigarette, dit-elle en cherchant dans son sac comme si elle avait ma permission.

– Tu peux fumer dehors. Je ne veux pas que tu fumes à l'intérieur.

– Oh, pardon, dit-elle, et elle rangea le paquet.

– Et cesse de t'excuser, ajoutai-je.

Elle était venue pour quelque chose. Alors qu'elle accouche.

–Vas-y ! lui ordonnai-je comme à un chien prêt à montrer un tour.

Elle ferma les yeux.

– Ce que nous avons fait Mickey et moi est inexcusable. Tu as tous les droits d'être en colère. J'ai été odieuse lundi, quand tu es venue à la maison. Je te fais mes excuses, mais j'étais prise de court. J'ai toujours cru que tu avais reçu ma lettre et décidé de ne pas réagir. Je pense que ça me faisait plaisir de te reprocher ton manque de solidarité. C'était dur d'y renoncer.

Elle rouvrit les yeux et me regarda.

– Continue.

– C'est tout.

– Non, ce n'est pas tout. Quoi d'autre ? Si c'était tout ce que tu voulais, tu pouvais m'envoyer un mot.

Elle hésita.

– Je sais que tu as croisé Eric au bas de l'allée en repartant. Je te suis reconnaissante de ne pas avoir parlé de Mickey et moi. Tu aurais pu me causer beaucoup d'ennuis.

– Les ennuis, c'est toi qui en as causé. Je n'avais rien à voir là-dedans.

– J'en suis bien consciente. Je sais. Mais je n'ai jamais vraiment su si Eric était au courant.

– Il n'en a jamais parlé ?

– Pas un mot.

– Tant mieux pour toi. À ta place, je n'insisterais pas.

– Fais-moi confiance !

Je me sentis me dédoubler, une partie de moi pleinement présente, l'autre observant de loin. Ce qu'elle avait dit jusque-là était vrai, mais il y avait forcément autre chose. Dépourvue de mon talent inné de menteuse invétérée, elle ne put s'empêcher de rougir légèrement, un cercle rose vif apparaissant sur chaque joue.

– Mais quoi ? demandai-je. Tu veux l'assurance que je la bouclerai définitivement ?

– Je sais bien que je ne peux pas te le demander.

– Exact. En revanche, je ne vois pas l'utilité d'en parler. Tu me crois ou tu ne me crois pas, mais ce n'est pas parce que tu m'as « causé du tort » que je te rendrai la pareille. Autre chose ?

Dixie secoua la tête.

– Il faut sans doute que j'y aille. (Elle ramassa son sac et entreprit de chercher ses clés.) Je sais qu'il t'a invitée à dîner. Eric a toujours eu de l'amitié pour toi…

« A eu ? » me demandai-je.

– Il tient beaucoup à ce que tu viennes et j'espère que tu accepteras. Il pourrait trouver bizarre que tu refuses l'invitation.

– Laisse tomber. Je ne vous ai vus ni l'un ni l'autre pendant quatorze ans, pourquoi cela semblerait-il bizarre ?

– Réfléchis-y, juste ça. Tu veux bien ? Il a dit qu'il t'appellerait sans doute en début de semaine.

– D'accord. J'y réfléchirai, mais je ne garantis rien. Ça me paraît gênant.

– Mais non. (Elle se leva et me tendit la main.) Merci.

Je la lui serrai, tout en me demandant à ce moment précis si nous avions conclu une sorte de pacte tacite. Elle se dirigea vers la porte et se retourna, la main sur la poignée.

– Et tes recherches sur Mickey ? Tu avances ?

– Le lendemain du jour où je t'ai vue, j'ai trouvé deux inspecteurs de la LAPD sur mon paillasson. On lui a tiré dessus la semaine dernière.

– Il est mort ?

– Il est vivant, mais dans un sale état. Il ne survivra peut-être pas.

– Mais c'est affreux ! Horrible ! Que s'est-il passé ?

– On ne sait pas. C'est pour ça qu'ils sont venus jusqu'ici. Pour me poser des questions.

– Ils ont arrêté quelqu'un ?

– Pas encore. Tout ce que je sais, c'est ce qu'eux-mêmes m'ont dit jusqu'ici. On l'a retrouvé gisant sur le trottoir, à deux rues de chez lui. Mercredi de la semaine dernière. Depuis, il est dans le coma.

– Je… je ne sais pas quoi dire.

– On ne te demande rien.

– Tu me tiendras au courant si tu apprends quelque chose ?

– Pourquoi le ferais-je ?

– Je t'en prie, insista-t-elle d'une petite voix.

Je ne pris pas la peine de lui répondre. Puis elle disparut alors que je fixais encore la porte des yeux. Je lui en voulais de croire qu'elle avait le même droit que moi d'éprouver du chagrin. Mais surtout, je me demandais ce qu'elle mijotait.

CHAPITRE 15

Le vendredi matin, je me réveillai à 5 : 58, apathique et comme en dehors du coup. Tous mes os imploraient un supplément de sommeil, mais je repoussai drap et couvertures et saisis mon survêtement. Je me brossai les dents et passai un peigne dans mes cheveux qui rebiquaient dans tous les sens, comme électrisés. Je fis halte près du portail pour les étirements indispensables. Commençai par une marche rapide, puis enchaînai sur une petite foulée en atteignant le parc du front de mer qui suit Cabana Boulevard.

Le ciel matinal était encombré d'une couverture nuageuse dense et l'air embrumé. L'absence de la totalité du spectre solaire privait le paysage de la chaleur des rouges et des jaunes et le réduisait à une palette assourdie de tons froids : bleus, gris, taupe, beige, vert fumeux. Le vent soufflant de la plage apportait l'odeur des pilotis du débarcadère et des algues. Tout en courant, je sentais mon brouillard intérieur se dissiper. L'exercice intense est la seule défonce légale que je connaisse… sauf l'amour, bien entendu. Quel que soit votre état intérieur, une seule solution : courir, marcher, faire du vélo, du ski, de la musculation, et soudain l'optimisme renaît et la vie retrouve ses couleurs.

Revigorée par mon jogging, je pris ma voiture et allai au club de gymnastique, rarement bondé à cette heure car les inconditionnels de l'exercice avant le boulot sont déjà venus et repartis. Peinte en gris pierre de fusil, et avec son revêtement de sol industriel de la même couleur que l'asphalte du parking dehors, la salle affiche un style spartiate. D'immenses miroirs tapissent les murs. Une odeur de caoutchouc et d'aisselles en sueur imprègne l'air. Des hommes à divers stades de forme physique forment le gros de la clientèle. Les femmes qui se risquent en ce lieu se répartissent surtout en deux catégories : les enragées de la minceur extrême qui se flagellent quotidiennement, et les femmes plus laxistes qui rappliquent après toute période de congé à excès gastronomiques. Celles-ci ne font jamais long feu, mais c'est déjà ça. Mieux vaut se donner un peu de mal dans la vie que pas du tout. Je me situais quelque part entre les deux.

J'attaquai avec des extensions et des mouvements circulaires des jambes, les muscles en feu au fil des enchaînements. Abdominaux, fessiers, puis muscleur pectoral et extenseur, ensuite muscleur des épaules et des bras. Au début d'une série d'exercices, la simple quantité de fragments du corps à faire travailler, multipliée par la longueur des séries répétées, a de quoi décourager, mais on se prend bizarrement au jeu... même si l'on souffre. En un rien de temps je me retrouvai aux deux derniers appareils, alternant biceps et triceps. Je ressortis en sueur et survoltée. Parfois, j'en viendrais à me démancher le bras à force de me donner des petites tapes de félicitations.

De retour à la maison, je branchai la cafetière électrique, fis le lit, pris une douche, m'habillai et avalai un bol de céréales au lait écrémé. Puis je m'assis avec mon café et attaquai la lecture du journal local. D'habitude, à mesure que la journée s'écoule, mon idylle avec la forme s'efface devant mon goût pour les plaisirs solitaires, surtout en matière de bouffe. Les teneurs en lipides précipitent ma chute, tout ce qui comporte du sel, des additifs, du cholestérol, des nitrates. Accompagné de pain et frit dans l'huile ou sauté au beurre, tartiné de fromage crémeux, badigeonné de mayonnaise, ruisselant de jus de viande : quel produit de base ne se trouverait pas amélioré d'être ainsi accommodé comme il se doit ? Le temps de lire le journal, je défaillais presque de faim et dus avaler encore plus de café pour tuer mon appétit. Après quoi, une grosse noix de beurre de cacahuètes croquantes léchée à même la cuiller régla le problème pendant que je m'installais à mon bureau. Je décidai de faire l'impasse sur les affaires du cabinet puisque j'avais consciencieusement liquidé la paperasse en retard la veille.

Je posai la carte de visite de l'inspecteur Aldo devant moi et passai un coup de fil à Mark Bethel. Honnêtement, j'avais abandonné l'espoir de l'avoir en personne au téléphone. Il avait sûrement fait un saut à Los Angeles pour les besoins de sa campagne. Je parlai de Mickey à Judy, qui entonna aussitôt l'habituelle litanie de doléances, scandalisée, bouleversée et ahurie par les incertitudes de l'existence.

– Mark peut-il faire quoi que ce soit ? s'enquit-elle.

– C'est la raison de mon appel. Pourriez-vous lui demander d'interroger l'inspecteur Aldo pour savoir ce qu'il en est ? Moi, ils ne me diront rien, mais lui aura peut-être plus de succès puisqu'il est l'avocat de Mickey, ou l'était en tout cas.

– Vous pouvez compter sur lui. Avez-vous un numéro ?

Je le lui donnai et ajoutai le nom de l'inspecteur Felix Claas pour faire bonne mesure. Je lui donnai aussi l'adresse de Mickey à Culver City.

– Je note tout ça, dit-elle. Il doit appeler quand il aura fini. Peut-être réussira-t-il à contacter l'inspecteur Aldo avant de quitter Los Angeles.

– Merci. Ce serait génial.

– C'est tout ?

– Oh, encore une chose. Pouvez-vous demander à Mark ce que vont devenir les factures de Mickey ? Je suis sûre qu'elles s'empilent et je ne voudrais pas qu'elles compromettent encore plus son crédit.

– Compris. Je lui poserai la question. Il aura sûrement une idée. Je lui dis de vous rappeler dès son retour.

– C'est inutile, sauf s'il a une question. Dites-lui simplement de quoi nous avons parlé et il pourra voir sur place.

Je restai à ma table, perplexe quant à la suite des opérations. Une fois de plus, je sortis les objets que j'avais subtilisés chez Mickey et les examinai l'un après l'autre. Facture de téléphone, enveloppe du billet de Delta Airlines, reçus du Honky-Tonk, livrets d'épargne, faux papiers. Emmett Vanover… Delbert Amburgey… Clyde Byler, tous avec leurs faux renseignements personnels et une photo de Mickey collée en bonne et due place. Je repris le billet d'avion, émis au nom de Magruder. Les coupons de vol manquaient – utilisés pour le trajet, sans doute –, mais l'enveloppe renfermait encore le reçu et l'itinéraire du passager. C'était un billet circulaire plutôt coûteux pour un type au chômage. Et alors ? Il avait peut-être des raisons personnelles d'aller à Louisville. Difficile de savoir quand on ne s'est pas parlé pendant des années. Je posai le billet sur le bureau à côté des autres articles, changeant plusieurs fois leur disposition, comme si un scénario pouvait naître de leur juxtaposition correcte.

Quand j'étais gamine, ma tante Gin ne cessait de m'acheter des cahiers d'activités. Le papier était toujours de mauvaise qualité, les jeux et les devinettes ayant pour but de me faire tenir une heure tranquille, sans la déranger. Je m'allongeais sur le sol de la caravane avec mon gros feutre et une boîte de crayons de couleur. Tantôt on vous demandait de trouver et d'encercler certains mots dans une grille de lettres, tantôt de chercher des objets précis cachés dans une illustration compliquée. Ce que je préférais, c'était « relie les points », un exercice consistant à relier entre eux, par ordre croissant, des points numérotés sur une page. La langue dépassant au coin des lèvres, je progressais laborieusement de point en point jusqu'au moment où une image s'ébauchait. Je devins si forte à cet exercice que je pouvais fixer les espaces entre les nombres et voir l'image sans même poser le crayon sur le papier. Ce n'était pas sorcier car il s'agissait en général de formes simples : un ours en peluche, un wagon ou un caneton, ce genre de bêtises. Néanmoins, je me rappelle encore la joie soudaine qui m'envahissait au moment où la lumière se faisait. Je n'imaginais guère, à cinq ans, que je me formais déjà à mon futur métier.

De fait, j'avais sous les yeux une version plus élaborée du « relie les points ». Si je comprenais l'enchaînement des divers éléments, j'aurais sans doute une idée de ce qui se passait dans la vie de Mickey. Pour l'instant, il me manquait les liens entre les faits. À quoi s'occupait-il pendant les mois qui avaient précédé l'agression ? La police s'était posé les mêmes questions, mais je détenais peut-être le renseignement qui lui manquait... puisque je l'avais volé. Aux termes de la morale rudimentaire que je semblais adopter, rien ne m'empêchait de postuler le prix de Citoyenneté en « partageant » ledit renseignement avec l'inspecteur Aldo. En principe, je ne pratique pas la rétention d'information quand la police est dans le coup. En revanche, si je creusais un peu plus avant, je résoudrais peut-être l'énigme toute seule, retrouvant l'exultation de la découverte. Rien n'égale le moment où tout se met en place. Pourquoi donc livrer une pièce du puzzle si je pouvais le terminer moyennant juste un petit effort ? (Telles sont les arguties dans lesquelles tombe Mlle Millhone lorsqu'elle manque à ses devoirs de citoyenne.)

Je saisis mon sac et me mis à en trier le contenu, tombant sur le numéro de téléphone de Wary au dos d'une carte de visite. Et si Mickey lui avait parlé du voyage ? Je saisis le téléphone et appelai Los Angeles. Il n'était que 10 h 15. Avec un peu de chance je l'attraperais avant qu'il parte prendre son petit déjeuner. J'eus la vision des lunettes à monture de métal de Wary et de ses cheveux bruns lui tombant jusqu'à la ceinture. Deux sonneries. Trois. Lorsqu'il se décida à répondre, je sus au son de sa voix que je le tirais d'un profond sommeil.

– Salut, Wary. Comment allez-vous ? Je ne vous réveille pas au moins ?

– Non, non, dit-il avec vaillance. C'est qui à l'appareil ?

– Kinsey, de Santa Teresa. (Silence.) L'ex de Mickey.

– Oh, oui, tout à fait. J'y suis. Désolé de ne pas avoir reconnu votre voix. Comment allez-vous ?

– Bien. Et vous ?

– Super. De quoi s'agit-il ?

Je l'entendis qui bloquait sa mâchoire pour réprimer un bâillement.

– Juste une question rapide. Mickey vous a-t-il parlé d'un voyage qu'il aurait fait à Louisville, dans le Kentucky ?

– Un voyage ?

– C'était il y a quinze jours. Il est parti le huit mai et rentré le douze.

– Oh, ça. Je le savais parti, mais il ne m'a jamais dit où. Qu'est-ce qu'il fichait là-bas ?

– Comment le saurais-je ? Je comptais sur vous pour me le dire ! Vu l'état de ses finances, je n'arrive pas à comprendre qu'il soit parti cinq jours. Le billet d'avion coûte la peau des fesses, avec sans doute les repas et un motel par-dessus le marché.

– Impossible de vous dépanner. Tout ce que je sais, c'est qu'il a bougé, mais il n'a jamais dit pourquoi. Je ne savais même pas qu'il avait quitté l'État. Et le mec n'aimait pas l'avion. Je le vois mal le prendre pour aller quelque part.

– Y avait-il des gens avec qui il discutait ? Quelqu'un de l'immeuble à qui il aurait pu en parler ?

– Peut-être. Mais je ne crois pas. Il n'était pas du genre à copiner et à se confier. Après qu'on lui a coupé sa ligne, il avait pris l'habitude d'appeler de chez moi. Comme à crédit si vous voulez, mais il m'a toujours remboursé rubis sur l'ongle. Je peux retrouver les numéros si ça peut vous aider.

Je fermai les yeux et marmonnai quelques petites oraisons.

– Wary, je vous en serais éternellement reconnaissante.

– C'est cool ! Je pose le téléphone pour aller voir sur mon bureau.

J'entendis un bruit sec et j'imaginai le combiné sur sa table de nuit tandis qu'il s'éloignait, sans doute les fesses à l'air. Une bonne minute s'écoula, puis il reprit le téléphone.

– Vous êtes toujours là ?

– Et comment !

– J'ai l'enveloppe sous les yeux. Comme ils facturent le quinze, c'était dans le courrier d'hier et je ne l'ai pas encore ouvert. Je sais qu'il a passé des appels hors État car il m'a laissé dix dollars en disant qu'il paierait la différence quand la facture arriverait.

– Vraiment. Avez-vous pu saisir la conversation ?

– Pas un mot. Je sortais toujours de la pièce quand il téléphonait. C'était sans doute personnel. Vous le connaissez. Il ne donnait jamais d'explications, surtout quand il s'agissait de son travail. Il était chiche d'information même dans le meilleur des cas.

– Qu'est-ce qui vous fait penser qu'il s'agissait de travail ?

– Son attitude, je crois. J'appellerais ça le style flic. Je le voyais à son physique, à sa façon de se tenir. Même en mauvaise posture, il connaissait son métier.

Je l'entendis remuer des papiers.

– Je continue à regarder, dit-il d'un ton distrait. Vous avez du nouveau ?

– À propos de Mickey ? Pas dernièrement. Bien sûr, je pourrais appeler Aldo, mais je n'ose pas demander.

– Ah, voilà… nous y sommes. Oh. Il y en a juste un. En date du sept mai. Regardez donc. Vous avez raison, il a téléphoné à Louisville. (Il me lut le numéro appelé.) En fait, il a appelé deux fois le même numéro. Le premier rapidement, moins d'une minute. Il a passé le plus long, dix minutes, peu après.

Je fixai mon appareil avec perplexité.

– C'était sûrement important pour qu'il saute dans un avion dès le lendemain.

– C'est un homme d'action, me fit-il remarquer. Écoutez, je dois raccrocher pour pisser un coup, mais comptez sur moi pour vous rappeler si j'ai une idée.

– Merci, Wary.

Après avoir raccroché, je me perdis dans la contemplation du téléphone, m'efforçant de « faire le vide », comme nous disons en Californie. 10 h 20 ici… soit 13 h 20 dans le Kentucky. Dépourvue de tout indice sur la personne qu'il avait appelée, je ne pouvais imaginer aucun prétexte. Il faudrait improviser au fil de la conversation. Je fis le numéro.

– Lycée de garçons de Louisville, Terry à l'appareil. Vous désirez ?

Lycée de garçons ? Terry avait une voix juvénile – sans doute une étudiante qui travaillait au bureau de l'établissement. J'étais si ahurie que j'en restai coite.

– Erreur de numéro, lâchai-je enfin, et je raccrochai.

Avec un temps de retard mon cœur se mit à battre la chamade. Qu'est-ce que ça voulait dire ?

Je pris deux bonnes inspirations et refis le numéro.

– Lycée de garçons de Louisville, Terry à l'appareil. Vous désirez ?

– Pourrais-je parler à l'adjoint du proviseur ?

– Mme Magliato ? Un instant.

Elle me mit en attente ; dix secondes plus tard, on prenait l'appel.

– Ici, Mme Magliato. Puis-je vous être utile ?

– Je l'espère. Je suis Mme Hurst, des bureaux de General Telephone à Culver City, en Californie. Votre numéro a été appelé de Culver City le sept mai, et l'imputation des frais de la communication fait l'objet d'un litige. L'appel a été facturé au nom de Magruder, prénom Mickey ou Michael. M. Magruder affirme ne jamais avoir passé cet appel, et on nous a demandé d'identifier son correspondant. Pourriez-vous nous éclairer ? Nous vous en serions très reconnaissants.

– Répétez-moi le nom ?

Je l'épelai.

– Ça ne me dit rien. Ne quittez pas, je vais demander si quelqu'un se rappelle lui avoir parlé.

Je me retrouvai de nouveau à attendre. J'écoutai une station de radio locale, mais le volume était trop bas pour pouvoir entendre ce qu'on racontait. La directrice adjointe reprit la ligne.

– Non, je suis désolée. Personne de chez nous n'a eu quelqu'un de ce nom au téléphone.

– Et le proviseur ? Aurait-il pu prendre directement l'appel ?

– D'abord, ce n'est pas il mais elle, et je lui ai déjà posé la question. Le nom ne lui dit strictement rien.

Je songeai aux faux papiers et les rapprochai.

– Euh… et les noms d'Emmett Vanover, Delbert Amburgey et Clyde Byler ?

Je les répétai avant qu'elle ait eu le temps de répondre, ce qui parut l'excéder.

– Je suis certaine de n'avoir parlé à aucune de ces personnes. Je me souviendrais de ces noms.

– Pourriez-vous demander au personnel du bureau ?

Elle soupira.

– Un instant, dit-elle. (Elle posa la main sur le micro et je l'entendis transmettre la question. Un bruit de voix étouffé s'ensuivit, puis elle ôta sa main.) Personne n'a parlé à aucun d'entre eux non plus.

– Donc personne n'a appelé de Culver City ?

– Non-on, scanda-t-elle sur deux notes.

– Ah. En tout cas, merci de m'avoir accordé un peu de votre temps.

Je raccrochai, le temps de réfléchir. À qui Mickey avait-il parlé pendant dix minutes ? Certainement pas à elle, me dis-je. Je me levai et regagnai la cuisine, où je sortis un couteau à beurre et le pot de Jif extra-croquant. J'en pris l'équivalent d'une cuiller à soupe sur la lame et m'en tartinai le palais, aplatissant le tout avec la langue jusqu'à ce qu'il soit recouvert d'une fine couche sirupeuse à souhait. « Allô ? Mme Kennison à l'appareil », dis-je tout haut, d'une voix qui ne me ressemblait pas du tout.

Je revins au téléphone et recomposai le numéro. Lorsque Terry répondit, je lui demandai le nom de la bibliothécaire du lycée.

– Vous voulez dire Mlle Calloway ?

– Oui, c'est ça. J'avais oublié. Pourriez-vous me la passer ?

Terry le fit avec plaisir, et dix secondes plus tard je débitai ma petite histoire, mais cette fois avec une variante.

– Madame Calloway ? Ici, Mme Kennison, du bureau du procureur de Culver City, en Californie. Votre numéro a été appelé de Culver City le sept mai, facturé au nom de Magruder, prénom Mickey ou Michael…

– Oui, je l'ai eu au téléphone, dit-elle avant même de me laisser finir.

– Ah bon ? Mais c'est merveilleux !

– Je ne sais pas si je parlerais de « merveilleux », mais c'était agréable. Il m'a paru sympathique, s'exprimant bien, courtois.

– Vous rappelez-vous l'objet de son appel ?

– Ça remonte à une quinzaine de jours seulement. J'approche peut-être de l'âge de la retraite, mais je ne suis pas gâteuse… enfin, pas encore.

– Pourriez-vous me le dire ?

– À condition de comprendre ce que le bureau du procureur

vient faire là-dedans. Toute cette histoire m'a l'air louche. Comment avez-vous dit que vous vous appeliez ? Parce que je le note et j'entends bien vérifier.

Je déteste les gens qui réfléchissent. Qu'ils s'occupent donc de leurs affaires et répondent à mes questions !

– Mme Kennison.

– Et les raisons de votre appel ?

– Je regrette, mais je ne suis pas libre de le dire. Il s'agit d'une affaire judiciaire couverte par le secret de l'instruction.

– Je vois, dit-elle, son ton démentant ses paroles.

– Pouvez-vous me dire ce que voulait M. Magruder ?

– Pourquoi ne pas le lui demander ?

– M. Magruder a été victime d'une agression. Il se trouve actuellement dans le coma. Je ne peux pas vous en dire plus sous peine d'être accusée de non-respect de l'ordonnance du tribunal.

L'explication parut la satisfaire.

– Il essayait de retrouver la trace d'un ancien élève du lycée.

– Pouvez-vous me donner son nom ?

– Quel est votre prénom déjà ?

– Kathryn. Kathryn Kennison. Si vous voulez, je vous donne mon numéro ici et vous me rappelez.

– C'est idiot. Vous pourriez être n'importe qui, répliqua-t-elle d'un ton sec. Bon, qu'on en finisse. Que voulez-vous ?

– Toute information que vous pouvez me donner.

– Le garçon s'appelait Duncan Oaks, de la promotion 1961. Une classe exceptionnelle. Nous parlons encore de ce groupe d'élèves.

– À ce que je comprends, vous occupiez déjà le poste de bibliothécaire ?

– En effet. Je suis entrée ici en 1946.

– Connaissiez-vous Duncan Oaks personnellement ?

– Tout le monde connaissait Duncan. Il a été mon assistant pendant ses deux premières années de collège. En troisième année, il a été photographe et président de la promotion, vraisemblablement élu pour succéder…

– Il paraît être absolument remarquable.

– Il l'était.

– Et où se trouve-t-il maintenant ?

– Il s'est lancé dans le photo-journalisme et a travaillé pour un des journaux locaux, le *Louisville Tribune*, qui n'existe plus depuis longtemps, hélas. Il est mort en mission au Vietnam. Le *Trib* a été absorbé par un de ces satanés groupes de presse l'année suivante, en 1966. Bon, maintenant, qui que vous soyez et quoi que vous cherchiez, j'estime en avoir assez dit.

Je la remerciai et raccrochai, pas plus éclairée qu'avant. Je pris quelques notes et utilisai le capuchon du stylo-bille pour racler le beurre de cacahouète collé à mon palais. Une recherche généalogique pour une succession ? Mickey avait-il accepté une affaire pour arrondir ses fins de mois ? Il avait certainement les qualifications voulues pour travailler comme D.P., mais que faisait-il à ce moment précis et pour le compte de qui ?

J'entendis frapper à la porte et me penchai assez pour voir Henry qui essayait de regarder à l'intérieur par le judas. J'éprouvai un remords soudain au souvenir du soir précédent. Il nous arrive rarement de ne pas être d'accord, Henry et moi. Dans le cas présent, il avait raison. Je n'avais pas à garder par-devers moi des informations pouvant être utiles à la police. J'allais me reprendre, et vraiment, j'en étais quasiment sûre. Lorsque j'ouvris la porte, il me tendit une pile d'enveloppes.

– Ton courrier.

– Henry, je suis désolée. Ne sois pas en colère contre moi.

Je jetai le courrier sur mon bureau et le serrai dans mes bras pendant qu'il me tapotait le dos.

– C'est ma faute, dit-il.

– Non, non. C'est la mienne. Tu as entièrement raison. Je ne voulais rien entendre.

– Ça n'a aucune importance. Tu sais que je me fais du souci pour toi. Qu'est-il arrivé à ta voix ? Tu es en train de t'enrhumer ?

– Je viens de manger quelque chose et c'est resté collé dans mes dents. Je vais appeler l'inspecteur Aldo aujourd'hui même pour lui dire ce que j'ai trouvé.

– Je me sentirais mieux, avoua-t-il. Je te dérange ? On peut remettre ça à plus tard si tu es en plein travail.

– Remettre quoi ?

– Tu avais dit que tu me déposerais. Le type du garage a appelé pour dire que la Chevy était prête.

– Désolée. Bien sûr ! Il aura fait durer le plaisir. Laisse-moi juste prendre mon blouson et mes clés.

Pendant le trajet, je détaillai la situation à Henry tout en ayant désagréablement conscience de ne pas être, même là, tout à fait franche avec lui. Je ne lui mentais pas carrément, mais j'omis des fragments de l'épisode.

– À propos, lui dis-je. Est-ce que je t'ai parlé de l'appel passé de chez moi ?

– Quel appel ?

– Je ne crois pas y avoir fait allusion. Ça me laisse perplexe.

Je lui exposai les faits, ce coup de téléphone de trente minutes passé de chez Mickey à mon appartement à la fin mars.

– Je jure ne jamais l'avoir eu au téléphone, mais une chose est sûre, les inspecteurs ne m'ont pas crue.

– Quelle date dis-tu ?

– Le vingt-sept mars, en début d'après-midi, treize heures trente. J'ai vu la facture de mes propres yeux.

– Tu étais avec moi, lança-t-il aussitôt.

– Tu es certain ?

– Évidemment ! C'était le lendemain du tremblement de terre qui a expédié les boîtes de peinture sur ma voiture. J'ai appelé la compagnie d'assurances et tu m'as suivi jusqu'au garage. L'expert nous y a rejoints à treize heures quinze pour le constat.

– C'était ce jour-là ? Comment fais-tu pour avoir une telle mémoire ?

– J'ai l'estimation, dit-il, sortant le document de sa poche. La date figure dessus.

L'incident me revint d'un coup. Aux premières heures du matin du 27 mars, il s'était produit une série de vibrations, une succession de secousses aussi bruyantes qu'un troupeau de chevaux traversant la pièce au galop. Je dormais profondément et m'étais réveillée dans un lit qui semblait avoir la danse de

Saint-Guy. Les chiffres brillamment éclairés de mon réveil indiquaient 2 : 06. Les portemanteaux cliquetaient et toutes les vitres des fenêtres cognaient comme si quelqu'un tambourinait pour entrer. J'avais bondi du lit, enfilant mon survêtement et mes chaussures de jogging. La secousse s'était arrêtée au bout de quelques secondes, bientôt suivie d'une autre. J'entendis un fracas de verre dans l'évier. Les murs craquaient sous les oscillations. Quelque part en ville, un transformateur avait explosé et l'obscurité m'avait enveloppée aussitôt.

J'avais attrapé mon sac et descendu tant bien que mal l'escalier en colimaçon tout en tâtonnant dans le fond de mon sac, à la recherche de ma lampe de poche. Je l'avais trouvée et allumée. Le rayon n'éclairait que faiblement, mais assez pour me guider. Des sirènes s'étaient mises à hurler au loin. Puis le tremblement cessa. J'avais profité de ce répit pour décrocher mon blouson en jean et sortir. Henry traversait le patio. Il était muni d'une torche électrique de la taille d'un porte-voix qu'il m'avait braquée en pleine figure. Nous avions passé l'heure suivante serrés l'un contre l'autre dans le jardin, craignant de rentrer à l'intérieur avant de savoir tout danger écarté. Le lendemain matin, il constatait les dégâts sur son coupé cinq portes.

Je l'avais suivi jusqu'au garage et ramené à la maison au bout d'une heure. Quand j'étais rentrée à l'appartement, mon répondeur clignotait. J'avais appuyé sur REPLAY, mais entendu seulement un sifflement qui avait duré jusqu'à la fin de la bande. Cela m'avait contrariée, mais sans plus. J'avais cru à une farce et ne m'étais pas inquiétée. Henry se tenait à mes côtés et avait entendu la même chose que moi ; d'après lui, il s'agissait d'un incident technique survenu au moment où l'on avait rétabli le courant. J'avais rembobiné la bande pour effacer le sifflement et n'y avais plus pensé. Jusqu'à maintenant.

CHAPITRE 16

Dès mon retour, j'appelai l'inspecteur Aldo, grillant d'impatience de claironner mon innocence sur ce point mineur. Dès qu'il prit l'appel et se présenta, j'attaquai.

– Bonjour, inspecteur Aldo. Kinsey Millhone à l'appareil. De Santa Teresa.

Gaie et mutine, faisant ami-ami avec la police.

Comme je m'embarquais dans mon explication, il me coupa net :

– Ça fait plusieurs jours que j'essaie de vous joindre, dit-il d'un ton abrupt. Ceci pour votre gouverne. Je sais pertinemment que vous êtes entrée dans l'appartement en dépit des scellés. Je ne peux pas le prouver pour l'instant, mais si je trouve un atome de preuve, nous vous accuserons de suppression ou dissimulation de preuves et de résistance à un agent de la police judiciaire agissant dans l'exercice de ses fonctions, tous délits punissables d'une amende n'excédant pas mille dollars ou d'une peine d'emprisonnement dans une prison du comté n'excédant pas un an. C'est clair ?

Comme j'ouvrais la bouche pour me défendre, il raccrocha violemment. Je pressai l'interrupteur à mon tour et remis le combiné en place, la bouche sèche comme du papier de verre. Une telle bouffée de culpabilité et de mortification brûlante m'envahit que je me crus catapultée dans une ménopause précoce. Je posai une main sur ma joue enflammée, me demandant comment il savait que c'était moi. Après tout, je n'étais pas la seule coupable de bris de scellés. La petite amie fantôme de Mickey avait pénétré dans les lieux entre mes deux visites, filant avec son diaphragme, son collier et son flacon d'eau de Cologne. Malheureusement, outre le fait que j'ignorais qui elle était, je ne pouvais le signaler sans m'accuser du même coup.

Je passai le reste de la journée à raser les murs comme un chien penaud. Jamais on ne m'avait tancée aussi vertement depuis que tante Gin m'avait surprise à fumer, à titre expérimental, une Viceroy quand j'avais huit ans. Dans le cas présent, je m'étais si fortement investie dans les problèmes de Mickey que je ne pouvais me laisser mettre des bâtons dans les roues. J'avais espéré récolter des informations auprès d'Aldo sur l'état actuel de son enquête en l'éclairant sur l'appel téléphonique. Or sa confiance en moi avait manifestement pris un tel coup dans l'aile qu'il ne me dirait jamais rien.

J'employai le début de la soirée à faire un sort à une assiette de friands à la viande de bœuf chez Rosie. Elle me recommandait vivement un *vese porkolt*, qui (traduit du hongrois) se révéla être un ragoût de cœur et de rognons. Bourrelée de remords, j'étais prête à avaler mes propres abats, mais mon estomac se révolta à l'idée de ces organes vitaux de petit cochon mijotant dans des graines de carvi. Je passai l'après-dîner à ranger mon bureau à la maison, expiant mes fautes en me transformant en fée du logis. Quand le sol se dérobe sous vos pas, le ménage constitue l'antidote idéal à tous les maux.

J'attendis qu'il soit près de minuit pour retourner au Honky-Tonk. Je portais la même tenue que le soir précédent puisqu'elle était déjà amplement boucanée et devrait, de toute façon, passer au nettoyage. Il faudrait que j'aère le blouson de Mickey pendant des jours sur le fil d'étendage. On était vendredi soir et, si ma mémoire ne me jouait pas des tours, les fêtards devaient s'entasser pour célébrer avec ardeur la fin de la semaine. Je vis au passage que le parking était plein comme un œuf. Je tournai dans les rues voisines et réussis à me caser au moment précis où une Ford décapotable déboîtait. Je fis à pied un pâté de maisons et demi dans ce quartier peu éclairé de Colgate. Cette zone n'abritait autrefois que des maisons individuelles. Maintenant le petit commerce en avait investi un bon tiers : un tapissier, un réparateur automobile et un salon de beauté.

Comme la rue n'avait pas de trottoir, je marchai au milieu de la chaussée, puis je coupai par le petit parking réservé au personnel, près de la sortie de secours.

Je fis le tour de l'établissement jusqu'à l'entrée, où la file d'attente semblait se composer à peu près à égalité de couples et de personnes seules. Je tendis mon permis de conduire au videur et le regardai le passer au scanner. J'acquittai les cinq dollars de prix du couvert et reçus l'onction encrée au dos de la main droite.

En traversant la salle de devant, je fus obligée de me frayer un chemin entre les fumeurs invétérés qui enchaînaient cigarette sur cigarette, agglutinés sur quatre épaisseurs au bar – des types à l'affût essayant de paraître bien plus branchés qu'ils ne l'étaient en réalité. De l'autre salle arrivait la musique d'un orchestre – en chair et en os ce soir-là. Je ne le voyais pas, mais j'entendais le martèlement sourd de la mélodie (ou ce qui en tenait lieu), les haut-parleurs en transformant le rythme en pulsations tribales. On ne comprenait pas un mot des paroles, mais elles exposaient à coup sûr des émois de potaches dans des couplets aux rimes approximatives. Sans doute s'agissait-il d'un orchestre local, jouant tout le répertoire du coin – cela pour vous donner une idée. Je suis tombée sur ce genre de prestations sur des chaînes câblées locales, des émissions diffusées à 3 heures du matin juste pour torturer les insomniaques occasionnels de mon espèce.

Je regrettais déjà de ne pas être restée chez moi. J'aurais fait demi-tour et filé si Mickey n'avait pas jugé bon de venir là lui-même six vendredis de suite. Impossible d'imaginer ce qui l'attirait. Compter les boissons, calculer les bénéfices de Tim et évaluer son chiffre d'affaires ? Peut-être que Tim s'était dit sans le sou, clamant qu'il n'avait pas assez d'argent pour rembourser le prêt. Rien d'impossible, d'ailleurs, si le barman de Tim s'en fourrait plein les poches. Les barmen ont leurs petites techniques, et un enquêteur chevronné, assis au bar, peut bavarder avec d'autres consommateurs tout en effectuant un audit visuel. Si le barman fraudait le fisc, Mickey aurait eu tout intérêt à repérer la procédure et à le signaler à qui de droit. On pouvait parfaitement aussi imputer la présence de Mickey à un autre mobile – une femme, par exemple, ou le besoin de fuir ses difficultés financières à L.A. Et puis un gros buveur n'a pas vraiment besoin d'un prétexte pour s'installer dans un bar, où qu'il soit.

Je procédai à mon tour d'horizon habituel. On s'entassait à toutes les tables, les box contenant mal des consommateurs serrés parfois à quatre sur la même banquette. Sur la portion de piste de danse que je voyais depuis mon point d'observation, la foule des corps en mouvement était si dense qu'il ne fallait pas songer s'y glisser. Tim restait invisible, mais je vis en revanche la serveuse aux cheveux de jais, progressant avec difficulté à travers la cohue devant moi. Elle tenait son plateau en l'air pour protéger les verres vides de la bousculade des clients. Elle portait un gilet de cuir sur rien du tout, les bras longs et nus, le décolleté en « V » du vêtement révélant autant qu'il cachait. Le noir artificiel de ses cheveux contrastait vivement avec la pâleur laiteuse de sa peau. Un rouge à lèvres foncé lui barrait le visage, donnant à sa bouche quelque chose d'inquiétant. Elle se pencha vers le barman, hurlant sa commande pour dominer le vacarme ambiant.

Il y a un phénomène que j'ai remarqué en conduisant sur l'autoroute. Tournez la tête pour regarder un autre conducteur, et il tournera la sienne pour en faire autant. Peut-être une survivance de la nuit des temps, où le fait d'être observé signifiait qu'on courait le risque d'être tué et dévoré. Eh bien, c'est ce qui se produisit. Peu après que je l'eus repérée, elle se retourna instinctivement et surprit mon regard. Ses yeux tombèrent sur le blouson de Mickey. Je regardai ailleurs, mais pas avant de l'avoir vue changer d'expression.

Après quoi je pris soin de l'éviter et centrai mon attention sur ce qui se passait près de moi. Des relents de marijuana me parvenaient par intermittence, mais je n'arrivais pas à en déceler l'origine. J'entrepris de regarder les mains des gens, car les adeptes du joint tiennent rarement celui-ci comme une cigarette ordinaire. Le fumeur moyen coince sa cigarette dans l'angle formé par l'index et le majeur, la portant à ses lèvres la paume ouverte. Le fumeur de joint forme un « O » avec le pouce et l'index, le pétard au milieu, les trois derniers doigts en éventail de façon à ce que la paume abrite le joint allumé. S'agit-il de le protéger du vent ou des regards indiscrets, je n'ai jamais pu l'établir. Ma période de fumeuse de joints est révolue depuis longtemps, mais le côté rituel semble perdurer. J'ai vu un fumeur demander un joint simplement en formant ce « O » et en le pressant contre ses lèvres, signalant par ce geste : on se fait une petite fumette, ma belle ?

J'entrepris de contourner le bar, allant de table en table, mine de rien, jusqu'à ce que je repère le type avec un joint à la bouche. Il était seul et occupait un box au fond de la salle, près du couloir qui conduisait aux téléphones et aux toilettes. La petite trentaine, un visage long et maigre qui me parut familier. Le genre que je trouvais séduisant à vingt ans : silencieux, perdu dans ses pensées, avec un petit quelque chose de dangereux. Il avait des yeux clairs et rapprochés. Sa moustache et son bouc ajoutaient à son aspect à la limite du laisser-aller. Il portait une veste large de couleur kaki et un bonnet de marin. Une frange de cheveux pâles lui descendait largement au-dessous du col. Il semblait avoir roulé sa bosse : quelque chose dans sa façon de se tenir, ses épaules voûtées, le léger sourire entendu qui lui effleurait les lèvres.

Tim Littenberg émergea du couloir du fond et s'arrêta dans l'encadrement, le temps de rajuster ses poignets de chemise. Les deux hommes, le fumeur de joint et le propriétaire du bar, s'ignorèrent avec une indifférence qui, selon moi, sonnait faux. Leur attitude me rappelait celle des amants illicites qui se croisent par hasard en société. Sous l'œil suspicieux de leurs conjoints respectifs, ils s'appliquent à éviter tout contact, claironnant ainsi leur innocence. Croient-ils. Le seul problème, c'est que le manque de naturel flagrant de leur manège ne les en rend que plus suspects. Tous ceux qui les connaissent sauront à quoi s'en tenir. Or on ne pouvait se méprendre sur cet air de connivence entre l'homme à l'intérieur du box et Tim Littenberg. Tous deux semblaient observer la serveuse aux cheveux de jais, qui paraissait tout aussi consciente de leur présence.

En un rien de temps elle contourna le bar et arriva au box. Tim s'éloigna sans la regarder. Le type au joint se pencha, prenant appui sur ses coudes. Il tendit une main qu'il posa sur la hanche de la fille. Lui fit signe de s'asseoir. Elle se glissa sur la banquette en face de lui, son plateau entre eux comme si la vue des verres vides pouvait lui rappeler qu'elle avait autre chose à faire. Il prit sa main libre et commença à lui parler avec insistance. Je ne voyais pas la tête de la fille, mais d'où j'étais elle ne parut pas se détendre ni prendre plaisir à ce qu'il lui disait.

– Vous connaissez ce type ? dit une voix dans mon oreille droite.

Je me retournai et découvris Tim qui me serrait de près, sa voix se parant d'une intimité étrange dans le fracas de la musique et le volume des conversations.

– Qui ça ? demandai-je.

– Le mec que vous observez dans le box du fond.

– Il me rappelle quelqu'un, lui confiai-je. Mais surtout, j'essayais de me rappeler où étaient les toilettes.

– Je vois.

Je lui lançai un coup d'œil furtif et regardai aussitôt dans la direction opposée pour échapper à l'intensité de son intérêt.

– Vous vous souvenez de Shack, l'ami de Mickey ?

– Naturellement. On s'est parlé au début de la semaine.

– C'est son fils, Scottie. La serveuse est sa petite amie, Thea. Au cas où vous vous poseriez la question, ajouta-t-il avec un soupçon d'ironie.

– Sans blague, c'est Scott ? Pas étonnant que sa tête me dise quelque chose ! Je l'ai vu en photo. Si je comprends bien, vous êtes restés amis ?

– Bien sûr. Ça fait des années que je connais Scottie. Je ne veux pas de drogue dans mon bar, mais comme je ne tiens pas à en faire toute une histoire, je l'ignore quand il fume un joint.

– Ah.

– Ça m'étonne de vous revoir ici. Vous cherchez quelqu'un en particulier ou je peux faire l'affaire ?

– J'espérais trouver Mickey. Je vous l'ai dit hier soir.

– Exact. Vous me l'avez dit. Puis-je vous offrir une autre bière ?

– Peut-être quand j'aurai fini celle-ci. Pour le moment, c'est parfait.

Il se pencha, m'enleva mon verre et en but une gorgée.

– Elle est tiède. Laissez-moi vous en donner une autre dans un verre frappé.

Il attira l'attention du barman et leva le verre, indiquant qu'il en voulait un autre. Tim portait un costume bleu marine et une chemise rouge sang. Les chevrons en diagonale de sa cravate, bleu marine et rouge, s'inscrivaient sur un fond bleu clair. Le parfum âpre et musqué de son après-rasage imprégnait l'espace qui nous séparait. Ses pupilles étaient comme deux têtes d'épingles et sa peau luisait. L'air impatient et distrait de la veille avait fait place à des gestes au ralenti, réfléchis, comme s'il progressait dans un marécage. Tiens, tiens, tiens. Il marchait à quoi ? Je sentis une mince crête d'inquiétude se hérisser le long de ma colonne vertébrale, comme une chatte en présence d'inconnus.

Une chope de bière arrivait dans ma direction, passant de main en main comme pour combattre un incendie. Tim me la donna d'une main, tandis que son autre main me pressait le milieu du dos. Il me serrait de trop près, mais la pression de la foule m'empêchait de protester. Je mourais d'envie de reculer, mais la place manquait.

– Merci, dis-je.

De nouveau, il se plia en deux et posa sa bouche tout près de mon oreille.

– Vous lui voulez quoi, à Mickey ? Ça fait deux fois que vous venez.

– Il m'a prêté son blouson. J'aurais voulu le lui rendre.

– Vous avez une histoire, tous les deux ?

– Ça ne vous regarde pas.

Tim se mit à rire et son regard se détourna pour se poser sur Thea, qui se levait à ce moment précis. Scott Shackelford contemplait la table, pinçant entre ses doigts le joint à peine visible. Thea saisit son plateau et se fraya un chemin vers le bar.

évitant soigneusement le regard de Tim. Peut-être lui en voulait-elle, furieuse de ses remarques de la veille. Je n'avais pas envie de la bière, mais ne voyais pas où la poser.

– Je reviens, dis-je.

Tim me retint.

– Où allez-vous ?

– Me faire une ligne. Ça vous va ?

De nouveau il se mit à rire, mais d'un rire où je ne perçus rien de joyeux.

Je jouai des coudes dans la cohue, priant le ciel qu'il se désintéresse de ma personne pendant mon absence. Chemin faisant, je posai mon verre sur la première surface plane que j'aperçus.

Les toilettes connaissant une accalmie éphémère, je m'y retrouvai seule. Je gagnai la fenêtre et l'entrouvris. Un courant d'air glacé m'arriva en pleine figure, et je vis la fumée s'échapper à l'extérieur. Le silence me revigora. Je me sentis refuser l'idée de retourner dans la salle. Si la fenêtre avait été plus basse, je me serais éclipsée. J'entrai dans une cabine et fis pipi, histoire de ne pas rester inactive.

Comme je me savonnais les mains dans le lavabo, la porte s'ouvrit derrière moi et Thea entra. Elle gagna le lavabo voisin et entreprit de se laver les mains, comme si elle n'avait pas de temps à perdre. Je ne crus pas à un effet du hasard, d'autant qu'elle aurait pu aller dans les vestiaires du personnel, à côté. Elle saisit mon reflet dans la glace et m'adressa un sourire blême, feignant de remarquer soudain ma présence.

– Bonjour, dit-elle.

Je répondis de même, lui laissant le soin de définir le ton de l'entretien puisqu'elle en avait pris l'initiative.

Je tirai une serviette en papier et me séchai les mains. Elle en fit autant. S'ensuivit un silence. Puis elle reprit la parole :

– Il paraît que vous cherchez Mickey ?

Je me concentrai sur ce que je faisais, espérant qu'elle ne devinerait pas mon intense curiosité.

– J'aimerais lui parler. Vous l'avez vu ce soir ?

– Je ne l'ai pas vu depuis des semaines.

– Ah bon ? C'est bizarre. On m'a dit que d'habitude il venait ici le vendredi.

– C'est-à-dire… pas ces temps-ci. Je ne sais pas ce qu'il fait. Peut-être est-il en voyage.

– Ça m'étonnerait. Il me l'aurait dit.

Elle sortit un rouge à lèvres de sa poche et fit apparaître le bâton, qu'elle passa sur ses lèvres. Un jour, j'ai lu un article dans une revue de beauté quelconque – sans doute en attendant le dentiste et dans l'espoir de me changer les idées – où l'auteur analysait la façon dont les femmes usent leur tube de rouge à lèvres. Le bout aplati signifiait une chose, en biais une autre. Je ne me souvenais plus de la théorie, mais je notai que le sien était aplati, la pâte se rapprochant dangereusement du métal.

Elle revissa le tube et reboucha l'étui, tout en pressant les lèvres pour étaler uniformément la couleur. Elle rectifia une petite bavure à la commissure des lèvres, puis étudia son reflet. Elle rabattit ses cheveux charbonneux derrière ses oreilles. Sans paraître spécialement intéressée, elle poursuivit sur le sujet tandis que je me gardais bien de l'aider.

– Et qu'est-ce que vous lui voulez ?

Du bout de la langue, elle ôta une légère trace de rouge sur ses deux dents de devant.

– C'est un ami.

Elle m'examina avec intérêt.

– C'est pour ça que vous avez son blouson ?

– Nous sommes très très amis, précisai-je, puis je m'examinai à mon tour. Vous reconnaissez le blouson ?

– On peut dire que ça ressemble au sien. Je l'ai remarqué quand vous étiez là l'autre soir.

– Hier soir, rectifiai-je comme si elle ne le savait pas.

– Ah bon. Il vous l'a donné ?

– Prêté. C'est pour ça que je le cherche… pour le lui rendre, dis-je. J'ai essayé de l'appeler, mais sa ligne est coupée.

Elle prit un stylo à mascara et se pencha vers le miroir pendant qu'elle se passait la brosse sur les cils, laissant de petites particules de noir. Puisqu'elle allait aux renseignements, je pouvais peut-être en faire autant.

– Et vous ? lui demandai-je. Vous êtes une de ses amies ?

Elle haussa les épaules d'un geste indifférent.

– Je le sers quand il vient et on bavarde.

– Donc, rien de personnel.

– J'ai un copain.

– C'est lui ?

– Qui ça ?

– Le type avec un bonnet de marin, assis dans le box juste là-bas ?

Sa main s'immobilisa.

– Ma foi, oui. Pourquoi me posez-vous cette question ?

– J'avais envie de partager un joint quand je vous ai vue vous asseoir. C'est un mec du coin ?

Elle eut un signe de tête négatif.

– Non, de L.A.

Il y eut un silence, puis elle dit :

– Depuis quand sortez-vous avec Mickey ?

– Difficile à dire exactement.

– Alors, c'est récent, dit-elle en transformant sa demande en constat afin de couper court aux questions.

J'entrepris de faire bouffer mes cheveux, comme elle un peu plus tôt. Je m'approchai du miroir pour vérifier un maquillage des yeux tout à fait imaginaire, me passant le plat d'une phalange le long du bord inférieur de l'œil. Elle attendait toujours ma réponse. Je la regardai sans comprendre.

– Excusez-moi, lui dis-je. Vous me demandiez quelque chose ?

Elle sortit un paquet de Camel sans filtre de son jean et en tira une cigarette. Elle l'alluma avec la flamme d'une allumette suédoise qu'elle gratta sur son talon.

– J'ignorais qu'il sortait avec quelqu'un.

– Qui ça ? Mickey ? Ne me dites pas que ça vous étonne. Coureur comme il est ! C'est une partie de son charme.

Je visualisai le cendrier de l'appartement de Mickey, les innombrables mégots de Camel sans filtre et la tripotée d'allumettes suédoises. Les mêmes.

– Ce qu'il peut être cachottier. Seigneur ! Pas moyen de savoir ce qu'il a en tête ni ce qu'il fabrique en ce moment.

– Je ne l'imaginais pas comme ça, dit-elle.

Elle se tourna et s'appuya contre le lavabo, son poids sur une hanche.

Enflammée par le sujet, j'enchaînai les mensonges en y glissant méthodiquement une parcelle de vérité.

– Croyez-moi, continuai-je. Mickey ne répond jamais franchement sur rien. Il est invivable.

– Ça ne vous dérange pas ?

– Non. Avant, j'étais jalouse, mais à quoi bon ? La monogamie, il ne connaît pas. Alors, autant laisser courir. Il en est resté au stade étudiant, dans un sens. C'est à prendre ou à laisser. Il a toujours quelqu'un à se mettre sous la main.

– Vous habitez L.A. ?

– Je suis le plus souvent par ici. Mais chaque fois que j'y vais, je m'arrête chez lui.

Les informations que je lui distribuais au compte-gouttes paraissaient la tracasser.

– Il faut que j'y retourne, dit-elle. Si vous le voyez, dites-lui bonjour de la part de Thea. (Elle laissa tomber sa cigarette par terre et l'écrasa.) Tenez-moi au courant si vous le trouvez. Il me doit de l'argent.

– On est dans le même sac, fillette ! lui lançai-je.

Thea sortit de la pièce. Je dois avouer que j'eus un sourire satisfait lorsqu'elle claqua la porte derrière elle. Je m'aperçus dans la glace. « Espèce de petite garce », lançai-je à mon reflet.

Je m'appuyai un instant contre le lavabo, essayant d'amalgamer les informations que je lui avais soutirées. Thea ignorait tout de l'agression, sinon rien ne l'aurait obligée à essayer de me faire parler. Elle espérait sans doute qu'il était en voyage, ce qui aurait expliqué en grande partie qu'il ne lui ait pas donné signe de vie. Peut-être renseignait-elle la police d'une façon ou d'une autre. Vous ne trouverez personne d'aussi peu rationnel qu'une femme qui en veut. Elle n'hésitera pas à coucher à droite et à gauche pour renseigner son mec régulier, mais malheur à celui qui en ferait autant pour en savoir plus long sur elle ! Étant donné que la ligne de téléphone de Mickey était coupée, elle avait dû faire un saut en voiture chez lui pour récupérer ses affaires personnelles. L'idée que lui et moi étions ensemble ne l'avait visiblement pas réjouie. Comment réagirait Scottie Shackelford s'il découvrait qu'elle se faisait Mick ? À moins qu'il ne soit au courant. Auquel cas… avait-il pris des mesures pour mettre fin à cette situation ?

CHAPITRE 17

Je sortis des toilettes-dames, m'arrêtai dans l'encadrement du couloir menant au bar et jetai un regard à gauche. Scott Shackelford avait quitté le box. Je le repérai au comptoir, il bavardait avec le barman, Charlie. La foule commençait à s'éclaircir. L'orchestre avait depuis longtemps rassemblé ses instruments et plié bagage. On approchait de 1 h 45 et les types en mal de partenaire lançaient l'offensive de la dernière chance sur les quelques femmes seules n'ayant pas trouvé preneur. Les aides-serveurs entassaient les verres sales dans des poubelles en plastique. Thea se trouvait à présent au bar avec Scott, à additionner ses pourboires à l'aide d'une calculette. Je remontai la fermeture Éclair du blouson de Mickey. En me dirigeant vers la porte principale, je me rendis compte que Thea m'observait.

L'air glacé faisait du bien après l'atmosphère confinée et enfumée du bar. Il sentait le terreau mouillé et les aiguilles de pin. L'artère principale de Colgate était déserte, tous les magasins du coin ayant baissé depuis beau temps leur rideau pour la nuit. Je traversai le parking pour rejoindre ma voiture, les mains dans mes poches de jean, la bandoulière de mon sac à l'épaule droite. L'éclairage urbain éclaboussait le trottoir de taches de lumière pâle, n'en rendant que plus dense l'obscurité ambiante. Quelque part derrière moi, j'entendis la basse profonde d'un moteur de moto. Je tournai la tête, juste à temps pour voir un motard s'engager dans l'allée conduisant à l'arrière du bar. Ahurie, je revins sur mes pas, me demandant si je n'avais pas la berlue. Je l'avais juste entrevu, mais j'aurais juré que c'était le type qui avait débarqué dans la nuit de mercredi chez Mickey, à L.A. Pendant que je l'observais, il coupa le moteur et, toujours en selle, entreprit de slalomer entre les poubelles. L'éclairage blafard qui signalait la porte de secours révéla ses cheveux jaunes et ricocha sur les chromes de la moto. Il souleva sa moto pour la caler sur la béquille centrale, mit pied à terre et partit en direction de l'entrée principale, contournant le bâtiment dans un cliquetis de métal, blouson au vent. C'était bien la même silhouette : grand, maigre, carrure osseuse, poitrine creuse.

Je m'empressai de le suivre, ralentissant en arrivant à l'angle pour éviter de lui rentrer dedans. Le temps que j'arrive, il avait dû entrer dans le bar. Le videur m'aperçut et regarda sa montre d'un geste théâtral. La quarantaine, un début de calvitie, un ventre confortable, il portait une veste sport qui lui boudinait les épaules et les bras. Je lui montrai ma main estampillée, preuve que j'avais le feu vert pour entrer.

– J'ai oublié quelque chose, dis-je. Vous me laissez juste faire un saut ?

– Désolé, ma p'tite dame. C'est fermé.

– Il est juste deux heures moins dix. Il y a encore des tonnes de gens à l'intérieur. Cinq minutes, promis juré.

– Une heure trente dernier carat. Pas de sursis.

– Mais je ne veux pas consommer. Juste un truc que j'ai laissé. Deux minutes et je ressors. S'il vous plaît, oh, s'il vous plaît !

Je me mis au garde à vous et joignis les mains comme une petite fille faisant sa prière.

Je le vis réprimer un sourire, puis il me fit signe d'entrer en levant les yeux au ciel avec indulgence. Ça laisse perplexe de voir à quelles extrémités on peut pousser un homme en jouant les Lolita. Je m'arrêtai et le regardai, comme prise d'une pensée subite.

– Oh, à propos… le type qui vient d'entrer ?

Il me fixa sans réagir, jugeant en avoir assez fait.

– À peu près de cette taille, dis-je ma main au-dessus de la tête. Une veste en jean et des éperons. Il est arrivé à moto il y a moins d'une minute.

– Et alors ?

– Pouvez-vous me dire son nom ? Je l'ai rencontré avant-hier soir et j'ai oublié. Ça me gêne terriblement de le lui demander et j'espérais que vous sauriez.

– C'est un copain au patron. Une fripouille à la manque. Vous avez rien à faire à traîner avec un petit merdeux pareil.

– Tim ? Quel rapport avec lui ?

Il regarda de nouveau sa montre.

– Vous entrez, oui ou non ? demanda-t-il cette fois avec exaspération. Parce que, officiellement, on est fermé ! Je ne dois laisser passer personne après l'heure limite.

– J'y vais, j'y vais. J'en ai pour une seconde. Désolée de vous embêter comme ça.

– Duffy quelque chose, marmonna-t-il. Une gentille fille comme vous devrait avoir honte.

– Ça, je vous garantis que j'ai honte. Plus que vous ne l'imaginez !

Une fois à l'intérieur, j'abandonnai mon numéro de gourde et étudiai les visages en vue. On avait éteint les lumières du plafond et les aides-serveurs empilaient les chaises sur les tables. Le barman fermait sa caisse et les fêtards invétérés semblaient comprendre le message. Thea et Scott occupaient un box. Tous deux avaient des cigarettes et un verre : le dernier pour la route, pour maintenir leur taux d'alcoolémie. Je traversai la salle de devant, évitant d'attirer l'attention sur ma personne. Tu parles ! Trois mecs seuls procédèrent à l'inspection de rigueur, me jaugeant des pieds à la tête, puis regardèrent ailleurs avec une grossièreté qui me révolta.

Je pris la direction du couloir du fond, partant de l'hypothèse que Duffy Quelquechose se trouvait dans le bureau de Tim puisque je ne l'avais vu nulle part ailleurs. Je longeai les toilettes-dames et les téléphones payants et tournai à droite dans le petit vestibule. La porte des vestiaires du personnel était ouverte et révéla la présence de deux serveuses assises sur le canapé qui fumaient tout en changeant de chaussures. Toutes deux levèrent les yeux vers moi, l'une prenant le temps d'ôter sa cigarette.

– On peut vous aider ?

Sa bouche évacua une volute de fumée qui dessina un SOS [1].
– Je cherche Tim.
– En face dans le vestibule.
– Merci.

Je battis en retraite, perplexe. Je ne pouvais pas frapper à sa porte. Je n'avais aucun prétexte pour justifier ma présence et ne tenais pas à me faire voir du motard. Je jetai un regard vers la porte, puis revins aux deux filles.

– Il n'y a pas quelqu'un avec lui ?
– Personne d'important.
– Je n'ose pas les déranger.
– Si c'est pas trop mignon ! Frappez un bon coup et entrez ! Ce n'est pas sorcier.
– Ce n'est pas si important. J'aime autant pas.
– Bon, ça suffit. Donnez-moi votre nom et je le préviens que vous êtes là.
– Non, ne bougez pas. C'est bon. Je le verrai tout à l'heure.

Je repartis prestement, tournai à l'angle et sortis par l'arrière. Je fis quelques pas, puis me retournai pour voir. Si l'avant du bâtiment ne comptait qu'un niveau, l'arrière comportait un étage. Je vis de la lumière. Les ombres parurent se déplacer, comme si on bougeait, mais je n'aurais pu l'affirmer. Que se passait-il là-haut ? Impossible de le savoir, sauf à trouver un prétexte pour me glisser à l'intérieur.

En attendant, j'aurais donné beaucoup pour entendre ce que le motard racontait à Tim. D'après l'endroit où se situait le bureau de Tim, je savais que toute fenêtre donnant sur l'extérieur se trouvait forcément à l'autre bout, sur ma gauche. Je réfléchis, me demandant s'il était sage d'essayer d'écouter aux portes. L'obscurité enveloppait l'angle du bâtiment et je ne voyais pas d'autre solution que de me glisser dans l'espace étroit qui séparait le Honky-Tonk de l'immeuble voisin. L'exploit ne garantissait pas seulement une crise de claustrophobie, mais la nécessité de massacrer des hordes d'araignées à poil ras grandes

1. *Same old shit*, dans l'argot des G.I., signifiant, en gros, « toujours la même rengaine » *[NdT]*.

comme la main. Avec ma chance habituelle, les rebords de fenêtre seraient trop hauts pour me permettre de voir quoi que ce soit, et les conversations trop basses pour saisir des révélations en valant la peine. À mon avis, c'est mon respect des araignées qui fit pencher la balance.

Mon choix se porta donc sur un examen rapproché de la motocyclette. Je sortis ma lampe de poche et la braquai sur l'engin. La marque : Triumph. La plaque d'immatriculation manquait, mais, la loi l'exigeant, le numéro se trouvait forcément quelque part. Je tâtai le siège en espérant déclencher un mécanisme qui révélerait un compartiment de rangement quelconque. Pendant que j'effectuais mes recherches, la porte s'ouvrit bruyamment et les deux serveuses sortirent. Je fourrai la lampe dans ma poche et m'intéressai à la rue, comme si j'attendais quelqu'un. Elles s'éloignèrent sur ma droite, plongées dans leur conversation, traversant mon champ de vision sans s'étonner le moins du monde de ma présence. Dès qu'elles eurent disparu, j'éteignis la lampe et la glissai dans mon sac.

Dans la rue, les derniers clients se dispersaient en direction de leurs voitures. J'entendis des portières claquer, des moteurs tousser et se mettre à tourner. Je renonçai à mes recherches et décidai de regagner ma voiture. Je parcourus les deux pâtés de maisons en petite foulée, mon sac me cognant la hanche. En arrivant à la Volkswagen, j'ouvris la portière et me glissai derrière le volant. Mis le contact, fis tourner le moteur et allumai mes phares. Effectuai un demi-tour tout à fait illégal et revins en direction du Tonk.

Arrivée en vue du bar, j'éteignis mes phares et me rangeai sur la droite. Je garai la voiture dans l'ombre projetée par un buisson de genévrier. Je m'enfonçai dans mon siège, surveillant la sortie de secours par-dessus le bord du rétroviseur latéral. Le motard fit son apparition dix minutes après environ. Il enfourcha sa moto, releva la béquille en donnant un mouvement vers l'avant et se laissa retomber de tout son poids sur le kick pour enclencher le moteur. Il actionna la poignée des gaz d'une main, enchaînant les coups d'accélérateur jusqu'au moment où la moto demanda grâce dans un rugissement. Il garda un pied à terre pendant qu'il la faisait pivoter et démarra avec un brutal dérapage de la roue arrière. Je le regardai négocier le feu et tourner à gauche dans la rue principale. Le temps de pouvoir le suivre, il avait facilement cinq carrefours d'avance. En l'espace de quelques minutes, je l'avais perdu de vue.

Je maraudai un moment, me demandant s'il avait tourné dans une rue latérale voisine. Le secteur consistait essentiellement en pavillons. Des vergers d'agrumes bordaient les portions de chaussée entre les lotissements et les galeries marchandes. L'hôpital communal de Colgate se dressa sur ma droite. Je pris à gauche en direction de l'autoroute, mais ne vis aucun signe du feu arrière du motard. S'il s'était engagé sur la 101, il était déjà à demi rendu et je n'avais pas la moindre chance de le rattraper. Je me garai le long du trottoir et coupai le contact. Je baissai ma vitre et penchai la tête dehors, guettant le vacarme distant de la motocyclette dans l'air immobile de la nuit. D'abord rien, et puis… faiblement… je distinguai le *rat-a-tat-tat* à un volume beaucoup plus réduit. On ne pouvait détecter avec précision d'où venait le bruit, mais le motard n'était pas loin. En présumant que ce fût lui.

Je remis la Volkswagen en marche et déboîtai une fois de plus. La route, à cet endroit, avait quatre voies, et la seule rue visible partait à gauche. Une pépinière occupait l'angle. BERNARD HIMES SERRES & PÉPINIÈRE : *Arbres, Rosiers, Fruitiers, Arbustes ornementaux.* La rue décrivait une courbe le long de la pépinière, puis filait de nouveau sur la droite. Pour autant que je me souvienne, elle se terminait en impasse, et tout véhicule s'enfonçant jusque-là était obligé de faire demi-tour. La Société de bienfaisance de Santa Teresa avait ses locaux dans la partie la plus reculée de ce cul-de-sac, de même que les Services de contrôle vétérinaire du comté. On trouvait, sinon, des bâtiments à vocation commerciale : une société de construction, un dépôt d'outillages lourds, des entrepôts.

Je pris à gauche, roulant doucement, cherchant des deux côtés de la rue la trace du motard. En dépassant la pépinière sur ma droite, je crus voir une lueur, comme dans un effet stroboscopique, dans l'épaisseur des spécimens d'arbres. Je plissai les yeux pour mieux voir, mais l'obscurité paraissait toujours aussi opaque et on n'entendait aucun bruit. Je continuai à rouler, suivant la rue jusqu'au cul-de-sac, soit à peu près un demi-mile. La plupart des propriétés que je longeai étaient plongées dans l'obscurité, ou faiblement éclairées pour décourager les cambrioleurs. J'aperçus à deux reprises des véhicules de sociétés de gardiennage garés sur un côté. J'imaginai des vigiles en uniforme faisant le guet, peut-être aidés de chiens d'attaque. Je revins sur la route principale sans avoir la preuve que le motard était passé par là. Il était maintenant plus de 2 heures. Je pris la rampe d'accès sud à la 101. Les voitures se raréfiaient, et je rentrai à l'appartement sans l'avoir revu.

Dieu merci, le lendemain était un samedi, et je ne me sentais pas tenue de faire de l'exercice. Je rabattis les oreillers sur ma tête, coupant le bruit et la lumière. Pelotonnée sous ma couette dans une obscurité artificielle, je me sentais comme un petit animal à fourrure. À 9 heures, je me décidai à sortir de mon terrier. Je me brossai les dents, pris une douche et me lavai les cheveux pour évacuer la fumée de la nuit. Puis je descendis l'escalier en colimaçon et mis en route une cafetière avant d'aller chercher le journal du matin.

Mon petit déjeuner terminé, j'appelai Jonah Robb chez lui. J'avais fait la connaissance de Jonah quatre ans auparavant, quand il était affecté au service des recherches dans l'intérêt des familles à la police de Santa Teresa. Je vérifiais les allées et venues d'une femme qui se révéla, par la suite, décédée. Jonah vivait séparé de sa femme, essayant de s'accommoder de leur étrange attachement qui avait commencé au lycée et n'avait cessé de battre de l'aile depuis. Au cours de leur vie commune, ils s'étaient séparés si souvent qu'à mon avis il ne savait plus combien de fois. Camilla le manipulait comme un yo-yo. D'abord, elle l'avait fichu dehors ; puis elle l'avait repris ou abandonné pendant de longues périodes où il lui arrivait de ne pas voir ses filles durant des mois. C'est au cours d'une de leurs longues séparations que nous avions entamé une liaison. À un moment donné, j'avais fini par comprendre qu'il ne reprendrait jamais sa liberté. Je mis fin à toute relation intime et nous redevînmes amis.

Il avait été promu lieutenant depuis et travaillait maintenant aux Homicides. On restait copains, mais je ne l'avais pas croisé depuis des mois. J'étais tombée sur lui, la dernière fois, sur les lieux d'un meurtre et il m'avait avoué que Camilla était enceinte – d'un autre naturellement.

– De quoi s'agit-il ? me demanda-t-il une fois que j'eus décliné mon identité.

Je le mis au courant de la situation. Les inspecteurs du LAPD l'avaient informé de l'agression, mais il n'en savait pas plus. Je lui donnai une version tronquée de mes rapports avec eux et y ajoutai un supplément d'information : l'argent que Tim devait à Mickey, l'apparition du motard à son appartement de Culver City et de nouveau au Honky-Tonk.

– Tu as son numéro d'immatriculation ? me demanda Jonah.

– Il n'avait pas de plaque. Je pense qu'il s'agit d'une moto volée, mais je n'en ai pas la preuve. Je ne peux jurer qu'il soit lié à la fusillade, mais sa présence aux deux endroits ne me paraît pas fortuite, d'autant qu'il a dit être un ami de Tim. Peux-tu demander à la Circulation de garder un œil sur ce coco ? J'aimerais infiniment savoir qui c'est et ce qu'il vient faire dans cette histoire.

– Je vais voir ce que je peux faire et je te rappelle, dit-il. Et cette arme qu'on a retrouvée sur les lieux ? Elle t'appartient vraiment ?

– Je le crains, dis-je. C'était un cadeau de mariage de Mickey, qui l'avait achetée à son nom. Par la suite, nous avons rectifié le nom sur la déclaration. C'est un amour de Smith & Wesson que je n'avais pas revu depuis le printemps 72, c'est-à-dire quand je suis partie. Peut-être que Mickey l'avait sur lui et que l'agresseur l'a pris.

– Comment va-t-il ?

– Aucune nouvelle. Je vais essayer d'appeler, mais, pour être franche, je n'ose pas demander de crainte que les nouvelles ne soient pas bonnes.

– Ce n'est pas moi qui te jetterai la pierre. Ça fout les jetons. Autre chose ?

– Quelle est la réputation du Honky-Tonk ? Qu'est-ce qu'on y fricote ?

– Rien à ma connaissance. Tu soupçonnes quelque chose ?

– Je ne sais pas. La drogue peut-être, dis-je. J'y suis allée deux fois et l'endroit ne me semble pas net. Sans doute que je me demande dans un coin de mon esprit si Mickey suspectait quelque chose aussi. Il a dû y aller pour asticoter Tim à propos de l'argent qu'il lui devait. Mais pourquoi y être retourné ?

– Je vais demander autour de moi. Il est possible que les gars des Mœurs aient des détails que j'ignore. Parle-moi de toi. Comment va la vie en ce moment ?

– Du feu de Dieu, si l'on considère qu'on me soupçonne d'avoir trucidé mon ex-mari. À propos, comment va Camilla ?

– Énorme ! Le bébé est pour le quatre juillet et, d'après l'amniocentèse, c'est un garçon. Nous ne tenons plus en place.

– Elle vit avec toi ?

– Provisoirement.

– Ah.

– Oui, je sais. Son fumier de copain l'a laissée choir dès qu'il a su qu'elle était enceinte. Elle n'a personne d'autre.

– Pauvre chérie, dis-je sur un ton dont l'ironie lui échappa.

– En tout cas, ça me donne l'occasion de passer du temps avec les filles.

– Tu m'en diras tant ! Enfin, c'est ta vie. Bonne chance !

– Il va m'en falloir, dit-il avec un humour caustique.

Mais il avait l'air rudement gai pour un type qui se fait écraser les couilles dans la portière.

Lorsqu'il eut raccroché, j'appelai UCLA et demandai les soins intensifs. Je déclinai mon identité à la femme qui me répondit et lui demandai des nouvelles de Mickey. Elle me mit en attente. Lorsqu'elle reprit la ligne, une éternité plus tard, je m'aperçus que j'avais cessé de respirer.

– Son état est à peu près stationnaire.

– Merci, dis-je.

Et je raccrochai avant qu'elle ait changé d'avis.

Je passai le gros de la journée dans une frénésie de ménage, armée d'éponges et de serpillières, d'un seau d'eau savonneuse, d'un chiffon à poussière et d'un aspirateur, plus des journaux et du vinaigre pour les vitres à ma hauteur. À 4 heures, le téléphone sonna. Je m'interrompis dans mon labeur, tentée de laisser le répondeur prendre l'appel. Bien entendu, la curiosité l'emporta.

– Hé, Kinsey ? Eric Hightower à l'appareil. J'espère que je ne te dérange pas ?

– Absolument pas, Eric. Comment vas-tu ?

– Ça baigne, dit-il. Dis donc, Dixie et moi organisons une petite réunion : cocktails et zakouskis. Absolument improvisée, juste une vingtaine de personnes, mais nous aimerions t'avoir avec nous. L'heure qui te convient, entre cinq et sept.

J'en profitai pour ouvrir mon courrier, notamment l'enveloppe en kraft envoyée par la secrétaire de Bethel. Avec le CV de l'intéressé à l'intérieur. Je l'expédiai dans la corbeille, puis je le récupérai et le fourrai dans le tiroir du bas.

– Tu veux dire... ce soir ?

– Évidemment ! On a des amis de Palm Springs à la maison, si bien qu'on est coincés. Tu peux te libérer ?

– Je ne sais pas. Je jette un coup d'œil à mon agenda et je te rappelle tout de suite.

– À d'autres ! Je n'en crois pas un mot. Tu essaies de gagner du temps et de te défiler. Il est quatre heures. Tu sautes sous la douche et tu es prête dans une demi-heure. J'envoie la voiture te prendre à quatre heures quarante-cinq.

– Non, non, surtout pas. Je prendrai la mienne.

– Super. À tout à l'heure !

– Je ferai de mon mieux, mais je ne promets rien.

– Si nous ne te voyons pas à six heures, je viens te chercher moi-même !

Dès qu'il eut raccroché, je laissai échapper un gémissement, imaginant la maison, le personnel et tous leurs amis de bon ton. Je préférerais me faire dévitaliser une dent qu'aller à ce genre de réjouissances. Pourquoi n'avais-je pas menti et dit que j'étais prise ? Trop tard maintenant. Je rangeai le matériel de ménage et montai les marches sans entrain. J'ouvris ma penderie et contemplai ma robe. J'éprouve, je dois l'avouer, une fierté quasi névrotique à ne posséder que cette seule et unique tenue. Sauf dans des occasions comme celle-ci. Je sortis la robe de la penderie et la tins dans la lumière. Pas si mal après tout. Sur quoi une idée bien pire me traversa l'esprit : et s'ils étaient tous, *eux*, en jean de grand couturier ? Si j'étais la seule à me pointer dans une robe en tissu synthétique infroissable que des tests scientifiques révéleraient un jour cancérigène ? Finalement, j'aurais l'air d'un vilain petit canard en société. Et pas seulement l'air.

CHAPITRE 18

Je pénétrai dans le parking de la propriété des Hightower peu après 18 heures. La nuit ne tomberait pas avant une bonne heure, mais la maison brillait de tous ses feux. La soirée était fraîche, 16 degrés d'après le bulletin météo que j'avais écouté à mon autoradio. Je garai ma Volkswagen 1974 entre une Jaguar rouge profilée et une Rolls noire trapue et rehaussée de chromes. Elle s'y réfugia avec l'air un peu misérable d'un bébé baleine à bosse nageant avec courage au milieu d'un banc de requins. Dans un éclair d'astuce de dernière minute, j'avais résolu mon dilemme vestimentaire de la façon suivante : ballerines noires, collant noir, jupe noire au ras des fesses, tee-shirt noir à manches longues. J'avais même osé une touche de maquillage : poudre, gloss sur les lèvres et un trait noir estompé à la racine des cils.

Une soubrette entre deux âges, Blanche, en uniforme noir, répondit à la tonalité harmonieuse de la sonnette et m'introduisit dans le hall d'entrée, où elle me proposa de me délester de mon sac. Je déclinai l'offre, préférant m'y accrocher au cas où se présenterait une occasion rêvée de filer à l'anglaise. J'entendis un brouhaha de conversations émaillé de rires qui disent un accès libre et prolongé à l'alcool. La soubrette marmonna une injonction discrète et entreprit de traverser le séjour dans ses souliers professionnels spécialement silencieux. Je traversai la salle à manger à sa suite et entrai dans la cour intérieure protégée par des stores, où quinze à vingt personnes se pressaient déjà, verres et serviettes de cocktail à la main. Une greluche ancillaire circulait avec un plateau de hors-d'œuvre : de microscopiques côtelettes d'agneau à l'extrémité entortillée d'une culotte de dentelle en papier.

Comme toujours dans les réceptions californiennes, on relevait une proportion d'invités habillés bien plus chic que moi et une proportion de quasi-clochards. Les gens très riches semblent maîtriser avec brio le style clodo, arborant des pantalons en coton trop larges, des chemises informes et des chaussures de bateau sans chaussettes. Les un-peu-moins-riches sont tenus de se donner un peu plus de mal, ajoutant une profusion de bijoux en or, faux ou non, au choix. Je déposai mon sac contre le mur derrière un siège proche et restai plantée là, espérant trouver mes repères avant de céder à la panique. Je ne connaissais pas un chat et éprouvais déjà une irrépressible envie de fuir. Si je ne voyais pas Eric ou Dixie dans les vingt secondes, je filais illico.

Un serveur noir en veste blanche apparut à mon côté et me demanda si je désirais boire quelque chose. Grand, des taches de rousseur, la quarantaine indécise, il parlait avec des intonations raffinées tout en gardant une expression distante. Son badge d'identité indiquait STEWART. Je me demandai ce qu'il pensait de la haute société de Montebello et espérai sincèrement qu'il ne me mettrait pas dans le même sac. D'ailleurs, le risque semblait minime.

– Pourrais-je avoir du chardonnay ?

– Certainement. Nous vous proposons du Kistler, du Sonoma-Cutrer et un Beringer cuvée réservée.

– Faites-moi la surprise, dis-je, puis le regardant d'un air interrogateur : Est-ce que je ne vous ai pas déjà rencontré ?

– Chez Rosie. Presque tous les dimanches.

La lumière se fit en moi.

– Troisième box au fond. En général avec un livre.

– C'est exact. J'exerce deux emplois en ce moment et le dimanche est le seul jour qui me reste. J'ai trois enfants à l'université et un quatrième est inscrit pour l'an prochain. En 1991, je redeviendrai un homme libre.

– Quel est votre autre emploi ?

– Démarchage par téléphone. Le patron de la compagnie est

un de mes amis et il me laisse faire des remplacements quand ils cadrent avec mes horaires. De toute façon, le personnel tourne beaucoup et je suis bon, côté baratin. Je reviens tout de suite. Ne bougez pas.

Au milieu de la pièce, j'aperçus Mark Bethel qui discutait avec Eric, accroupi près de son fauteuil roulant. Eric me tournait le dos. Mark avait un visage allongé et commençait à perdre ses cheveux, ce qui lui faisait une tête en crâne d'œuf au front interminable. Ses lunettes à monture d'écaille abritaient des yeux d'un gris lumineux. Sans être beau à proprement parler, il se révélait étonnamment photogénique devant les caméras de télévision. Il avait ôté sa veste de costume et je le vis desserrer son nœud de cravate et remonter les manches de sa chemise blanche impeccable. Le geste laissait entendre que, malgré la rigueur de sa tenue, il n'hésiterait pas à aller au charbon pour ses électeurs. Le genre d'image floue qui referait probablement surface dans un de ses spots publicitaires. Soigneusement orchestrée, sa campagne ne faisait pas dans la dentelle : bébés, troisième âge et bannière étoilée sur fond de musique patriotique. Elle montrait ses adversaires en blanc et noir largement tramé, accompagnés de titres en incrustation du genre de ceux de la presse à scandales stigmatisant leur duplicité. Mentalement, je m'envoyai de petites claques pour me punir de mon cynisme. La femme de Mark, Laddie, et son fils, Malcolm, se tenaient un peu plus loin et bavardaient avec un autre couple.

Laddie incarnait l'épouse idéale de l'homme politique : douce, compatissante, elle jouait des émotions avec tant de subtilité que la plupart des gens ne soupçonnaient jamais le pouvoir qu'elle exerçait. Elle avait des yeux noisette clair ; des mèches blondes striaient ses cheveux châtain, sans doute pour dissimuler toute présence prématurée de gris. Un nez un soupçon trop proéminent la sauvait de la perfection et la rendait ainsi, dans une certaine mesure, plus attachante. N'ayant jamais été obligée de travailler, elle avait voué son temps à plusieurs causes nobles : l'orchestre symphonique, la société de bienfaisance, le conseil des arts et de nombreuses associations caritatives. Comme c'était un des rares visages que je connaissais, j'envisageai de traverser la pièce pour engager la conversation avec elle. Elle au moins ferait semblant de m'écouter, même sans se rappeler exactement qui j'étais.

Encore cinq ans et Malcolm serait beau à tomber. La nature l'avait déjà doté d'une certaine grâce juvénile : des cheveux brun foncé, des yeux noirs, auxquels s'ajoutaient des lèvres pleines et une façon de se tenir nonchalante, les épaules un peu voûtées. Je ne résiste pas à ce genre de beauté masculine, encore que je me tienne sur mes gardes avec les garçons trop renversants car ils se révèlent souvent perfides. Il semblait conscient de son effet sur les femmes, qui, elles, ne laissaient planer aucun doute sur celui qu'il produisait. Il était en rangers, jean délavé, chemise de ville bleu clair et blazer bleu marine. Un garçon équilibré, parfaitement à l'aise, accoutumé à assister aux réceptions données par l'entourage snobinard de ses parents. En l'observant, je le voyais déjà agent de change entamant une prestigieuse carrière, peut-être analyste des marchés. Il finirait dans les débats télévisés des chaînes financières, où il discuterait déficits, marchés émergents et croissance en flèche. En coulisses, la présentatrice, éternelle attaquante, continuerait à le pousser dans ses retranchements en buvant un verre, puis elle le baiserait à mort, opération strictement sans commission ni sanction pour retrait prématuré.

– S'il vous plaît.

Je me retournai. La femme à ma droite me tendait son verre vide, que je pris sans réfléchir. Tout en parlant manifestement dans ma direction, elle réussissait à s'adresser à moi sans me voir. C'était une splendide quinquagénaire émaciée au visage allongé et irréprochable mis en valeur par une crinière rousse ébouriffée. Elle portait un body en soie noire à manches longues et un blue-jean si étroit qu'on se demandait comment elle pouvait respirer. Au vu de son ventre plat, de sa taille de guêpe et de ses hanches microscopiques, je déduisis qu'elle s'était fait faire assez de liposuccions pour créer un être humain entièrement différent.

– Remplissez-moi ça de gin-tonic. Du Bombay Sapphire et sans glace, je vous prie.

– Bombay Sapphire. Sans glace.

Elle se pencha plus près.

– Dites-moi, mon ange. Où sont les chiottes les plus proches ? D'ici une minute, je fais pipi dans mon pantalon.

– Les chiottes ? Voyons voir. (Je tendis le doigt vers les portes coulissantes qui donnaient sur la salle à manger.) De l'autre côté des portes vitrées. À gauche. Première porte à droite.

– Merci mille fois.

Je posai son verre vide sur un palmier en pot, la regardant s'éloigner d'un pas mal assuré sur ses talons de dix centimètres de haut. Elle suivit mes indications et franchit les portes vitrées conduisant à la salle à manger. Tourna à gauche à la première porte, pencha la tête d'un air interrogateur, cogna légèrement à la porte, tourna la poignée et entra. Et se retrouva par le plus grand des hasards dans un placard à linge dont elle ressortit aussitôt, l'air moyennement gêné et profondément perplexe. Elle avisa une autre porte et rectifia son erreur en jetant un coup d'œil alentour pour voir si on l'avait remarquée. Elle frappa et entra, puis fit volte-face, émergeant cette fois d'un placard rempli de matériel stéréo. Flûte. Moi, je dirais que je m'y entends autant en chiottes qu'en gin hors de prix.

Je me faufilai parmi les invités, interceptant au passage Stewart qui revenait avec mon verre de vin. Lorsque je revis la femme, elle m'évita carrément, mais sans doute après avoir glissé deux mots à Dixie sur la nécessité de me signifier mon congé. Entre-temps, une jeune personne fit son apparition avec un autre plateau de hors-d'œuvre, cette fois des pommes de terre nouvelles de la dimension de pièces de cinquante *cents*, coiffées d'un rien de crème aigre et d'une mini-fourmilière de caviar noir. Dans quelques instants, tout le monde allait sentir la marée.

La conversation entre Eric et Mark touchait à sa fin. Je fis signe à Mark de l'autre bout de la pièce et il se dirigea vers moi, s'arrêtant en cours de route pour serrer quelques mains. Le temps qu'il me rejoigne enfin, son expression destinée à la foule avait fait place à un intérêt authentique.

– Kinsey ! Génial. Je me disais bien que c'était vous. J'ai essayé de vous joindre, dit-il. Depuis quand êtes-vous là ?

– Quelques minutes. Je me suis dit qu'on arriverait à se dire deux mots.

– On n'a pas tellement le temps. Laddie nous a engagés pour une autre réception et nous filons. Judy m'a mis au courant pour Mickey. C'est terrible. Comment va-t-il ?

– Pas bien.

– On vit vraiment dans un monde pourri, déclara-t-il en secouant la tête. Comme s'il n'avait pas assez de problèmes comme ça.

– Judy m'a dit que vous lui aviez parlé en mars ?

– En effet. Il m'a demandé de l'aide, d'une façon détournée. Vous le connaissez. À propos, j'ai interrogé l'inspecteur Claas quand j'étais à L.A., mais ça ne m'a guère avancé. Ils ne veulent rien lâcher.

– C'est le moins qu'on puisse dire. Et ils n'apprécient pas ma présence sur les lieux.

– C'est ce que j'ai compris.

Le LAPD lui en avait sûrement raconté de belles.

– Ce qui m'inquiète, pour le moment, ce sont ses factures médicales, dis-je. Pour autant que je sache, il a perdu toute couverture quand on l'a viré.

– Je suis sûr qu'on va pouvoir arranger ça. Le fonds pour les victimes de crimes de sang peut payer, *via* le bureau du procureur. La procédure est certainement en route, mais je ne demande pas mieux que de vérifier. À propos… j'ai fait un saut chez Mickey en rentrant de L.A. Mon idée était de voir sa logeuse au cas où une question se poserait.

– Génial. Parce que l'autre chose qui m'inquiète, c'est son éviction. Le shérif a déjà fait changer les serrures.

– C'est ce qu'on m'a dit. Franchement, je suis surpris de vous voir vous soucier autant de lui. J'étais resté dans l'idée que vous ne lui parliez plus depuis des années.

– En effet, mais il semblerait que j'avais une dette envers lui.

– Comment ça ?

– Vous savez que je le jugeais responsable de la mort de Benny Quintero. Or je viens de découvrir que Mickey se trouvait avec Dixie cette nuit-là.

– On me l'avait dit aussi, mais je n'ai jamais su quel crédit accorder à cette histoire.

– Vous voulez dire qu'ils mentaient ?

– Comment savoir ? J'ai pour règle de m'en tenir aux seuls faits. Mickey ne m'en a jamais parlé, je n'ai pas insisté. Heureusement, nous n'avons pas eu à plaider sur ce point.

Je le vis lancer un regard en direction de Laddie, jugeant leur départ imminent. Laddie avait trouvé Dixie et lui exprimait ses regrets. On échangeait déjà accolades, baisers dans le vide et gracieusetés.

– Il faut que j'y aille, dit Mark. Donnez-moi un jour ou deux. Je vous tiens au courant pour ses factures. Ravi d'avoir eu l'occasion de bavarder un peu.

Il me pressa gentiment l'épaule, puis rejoignit Laddie et Malcolm, qui attendaient dans la salle à manger. Dixie les suivit, visiblement avec l'intention de les raccompagner jusqu'à la porte.

Pendant ce temps, Eric s'était rapproché dans son fauteuil roulant et son visage parut s'illuminer lorsqu'il m'aperçut. Il désigna un fauteuil d'angle et actionna les roues dans cette direction. Je lui fis un signe entendu et le suivis, admirant sa forme physique. Sa chemise polo le moulait étroitement, soulignant ses épaules et son torse, ainsi que ses bras puissants. Une vraie publicité pour un supplément consacré à la musculation. Lorsqu'il fit pivoter son fauteuil, je vis l'endroit où ses cuisses s'arrêtaient, quinze centimètres au-dessus des genoux. Il me tendit la main. Je me baissai et lui effleurai la joue avant de m'asseoir. Son après-rasage embaumait les agrumes et il avait une peau d'une douceur de satin.

– Je ne croyais pas que tu viendrais, dit-il.

– Oh, je ne vais pas m'éterniser. Je ne connais strictement personne sauf Mark et son équipe. Plutôt mignon, le gamin.

– Et intelligent. Dommage, avec le père qu'il a. Il perd son temps.

– Je croyais que tu aimais bien Mark ?

– Oui et non. C'est un poseur, sans la moindre épaisseur, sinon il est parfait.

– Tu donnes envie de voter pour lui ! Que t'a-t-il fait ?

Eric écarta le sujet d'un geste.

– Rien. Laisse tomber. Il m'a demandé de tourner un clip pour sa campagne de pub. Les primaires sont dans dix jours et rien ne vaut un estropié pour récupérer quelques voix de dernière minute.

– Cynique, dis donc ! Tu as l'air pire que moi ! Il ne t'est jamais venu à l'idée qu'il pouvait voir en toi un magnifique exemple de force morale et de réussite, capable de surmonter l'adversité et tout le bataclan ?

– Non. Mon idée à moi, c'est qu'il me voulait dans son équipe dans l'espoir de rameuter d'autres anciens du Vietnam. Il ne jure que par la proposition de loi quarante-deux. En réalité, il a besoin d'une cause parce qu'il patauge. Laddie va faire la gueule s'il prend une pâtée aux élections.

– Et ça change quoi ? De toute façon, je ne le voyais pas vainqueur.

– C'est une chose de perdre, c'en est une autre d'être battu à plate couture. Il n'a pas envie de passer à la trappe avant même d'être en course.

– Ce n'est que de l'argent, c'est fait pour être dépensé. Ma main au feu qu'ils survivront.

– Peut-être.

– Peut-être ? C'est la meilleure ! Qu'est-ce que tu veux dire au juste ?

Je le vis détourner le regard et lever les yeux au moment précis où Dixie revenait.

– Il ne faut pas se fier aux apparences.

– Les Bethel ont des problèmes ?

– Je n'ai pas dit ça.

– Incompatibilité d'humeur ?

– Je n'ai pas dit ça non plus.

– Alors quoi ? Oh, allez… Je ne le répéterai pas. Tu as piqué ma curiosité.

– Mark retombera toujours sur ses pieds. À condition de ne pas divorcer. Il a besoin de l'argent de Laddie pour que ça marche.

– Et elle ? Elle veut quoi ?

– Elle est plus ambitieuse que lui. Elle vise la Maison-Blanche.

– Tu plaisantes !

– Pas du tout. Elle a grandi à l'époque de Jackie Onassis. Pendant que les autres filles jouaient avec leurs poupées Barbie, elle faisait la liste des pièces à retapisser.

– Je l'ignorais.

– Hé, Mark a les dents longues aussi. Entendons-nous. Lui se contenterait sans doute du Sénat, mais elle, elle veut une place dans tous les livres d'histoire. Il ne passera pas ce tour-ci, la compétition est trop féroce, mais dans quatre ans, qui sait ? S'il peut continuer à rallier des appuis, il se présentera sûrement un jour. En attendant, s'il fait figure de perdant, Laddie risque de l'éjecter et d'aller voir ailleurs.

– Et ça suffit pour tenir le ménage la tête hors de l'eau ?

– Jusqu'à un certain point. En l'absence de passion, l'ambition dévorante suffit. De plus, le divorce est un luxe.

– Oh, allons. Des gens qui divorcent, il y en a tous les jours.

– Ceux qui n'ont rien à perdre, oui. Ceux qui peuvent se permettre de placer leur bonheur personnel au-dessus du reste.

– Et sinon ?

– On maintient le *statu quo*. Et puis, qui a envie de refaire sa vie au stade où nous en sommes ? Tu te lancerais la tête la première dans une nouvelle relation de couple ?

– Non.

Eric eut un sourire.

– Moi non plus. Tu t'imagines racontant ta vie une fois de plus, les révélations intimes, la saga familiale à périr d'ennui ? Et après, les mouvements d'humeur, la peur, les malentendus stupides qu'il faut surmonter pendant qu'on apprend à se connaître ? Même si tu acceptes de courir le risque et de jouer franchement le jeu, tu as toutes les chances que le nouvel élu soit la copie conforme de celui que tu viens de larguer.

– Tais-toi, ça me rend malade, renchéris-je.

– Et puis, ce n'est pas la mer à boire. Tu encaisses. Tu regardes ailleurs, et parfois tu n'as pas d'autre choix que de la fermer. Si les deux parties sont motivées, pour quelque raison que ce soit, ça peut marcher.

– Et si l'une ne l'est pas ?

– Alors, t'as un problème et c'est à toi de le résoudre.

CHAPITRE 19

Je saute ici quelques fragments de l'épisode, car, franchement, on n'en a rien à faire. On mangea. On but et on remangea. Je ne me couvris pas de ridicule par quelque maladresse, pet inopiné ou chute malencontreuse. Je discutai avec le couple de Palm Springs, qui se trouva être sympathique, comme la plupart des autres invités. J'écoutai avec un intérêt simulé une interminable discussion sur les Jaguar d'époque et les Rolls Royce de collection, et une autre où chacun raconta où il était au moment du dernier grand tremblement de terre. On notait parmi les réponses : dans le Midi de la France, à la Barbade, aux îles Galapagos. J'avouai que j'étais chez moi, à récurer la cuvette des toilettes, quand je vis remonter une grande giclée d'eau qui m'éclaboussa la figure. J'obtins un franc succès. Impayable, cette nana. Je commençais tout juste à saisir comment on parle aux riches quand survint ce qui suit.

Stewart traversa la cour intérieure muni d'une bouteille de chardonnay et me proposa de remplir mon verre. Je refusai… cela suffisait… mais Dixie se pencha vers lui en lui tendant son verre. Ce faisant, le col de sa chemise en soie s'ouvrit largement le temps d'une seconde, et j'entrevis le collier niché au creux de sa gorge. Sur une chaîne était enfilé un minuscule cœur en or avec une rose en émail au milieu. Je sentis mon sourire vaciller. Par chance, Dixie regardait ailleurs et ne vit pas mon expression changer. Mes joues me brûlaient. Le collier était la réplique exacte de celui que j'avais vu dans le tiroir de la table de nuit de Mickey.

Certes, on pouvait envisager la possibilité – très lointaine –

d'un cadeau donné quatorze ans auparavant, en l'honneur de leur liaison d'alors. Je posai mon verre sur la table voisine et me levai. Personne ne parut faire attention à moi tandis que je traversais la pièce. Je franchis les portes de la salle à manger, où j'aperçus la soubrette qui m'avait ouvert.

– Excusez-moi, dis-je. Où sont les toilettes les plus proches ?

Incapable de parler, même au prix de ma vie, de « chiottes ».

– À droite dans le hall d'entrée. La deuxième porte sur votre droite.

– Je crois que c'est occupé. Dixie m'a dit d'utiliser les siennes.

– La chambre de maître se trouve au bout du coulcir à gauche du hall.

– Merci.

En passant près de la chaise derrière laquelle j'avais rangé mon sac, je me penchai et le pris. Je traversai le séjour et sortis dans le hall, où je tournai à gauche. Je marchais vite, le poids du corps sur les orteils pour éviter de me faire repérer au bruit de mes talons. Grandes ouvertes, les doubles portes de la chambre de maître révélaient une pièce qui faisait deux fois mon appartement. Le sol était toujours en travertin clair. Toutes les couleurs étaient assourdies : lins arachnéens, murs tendus de soie claire. Il y avait deux salles de bains, celle de Monsieur et celle de Madame, une de chaque côté de la pièce. Celle d'Eric était la plus proche, équipée d'une énorme douche pouvant accueillir son fauteuil roulant et d'un bar encastré d'un côté de la cuvette des toilettes. Je rebroussai chemin et entrai dans la seconde.

La coiffeuse de Dixie consistait en une dalle de marbre de plus de quatre mètres qui faisait toute la longueur d'un des murs. Venait un deuxième mur de penderies, un coin douche à parois de verre, une baignoire massive avec jacuzzi, et un dressing room séparé offrant un « U » supplémentaire de portants. Je refermai la porte de la salle de bains derrière moi et entrepris d'inventorier les affaires de Dixie. Je ne dominais plus ma pulsion fouineuse. À croire que je ne pouvais m'empêcher de fourrer mon nez dans les affaires du voisin. Plus je rencontrais d'obstacles, plus je m'amusais. Je dénichai la bouteille d'eau de Cologne au milieu de dix autres flacons posés sur un plateau d'argent. Sur le fond, je découvris la même étiquette en partie déchirée que j'avais vue chez Mickey. Je reniflai l'orifice du vaporisateur. Aucun doute quant au parfum.

Je revins dans la chambre et m'approchai du lit. Ouvris le tiroir supérieur de la première des deux tables de chevet assorties. L'étui du diaphragme trônait en bonne place. Elle continuait donc à se l'envoyer… ou alors elle n'avait jamais arrêté ? Pas étonnant qu'elle se soit sentie nerveuse, rôdant dans mon arrière-cour en quête d'informations sur l'état de Mickey. Elle avait dû se poser des questions sur son silence, sur ce qu'il fabriquait la nuit où elle avait récupéré ses objets personnels. Savait-elle qu'on lui avait tiré dessus ? Et si c'était elle ? Après tout… si elle avait découvert l'existence de Thea. Peut-être m'avait-elle cuisinée juste pour voir si j'étais au courant, va savoir. Je repensai à ma conversation avec Thea au Honky-Tonk. Cette fois, je me demandai si elle avait vu le diaphragme et *tutti quanti*, croyant que c'était le mien tandis que j'estimais que c'était le sien.

Je refermai le tiroir et revins sur mes pas, sortant de la chambre de maître au moment précis où Eric faisait son apparition, se dirigeant vers moi.

– Sensationnelle, la salle de bains, dis-je. La bonne m'a envoyée ici parce que l'autre était occupée.

– Je me demandais où tu étais passée. J'ai cru que tu avais filé.

– Je me repoudrais le nez, dis-je, lançant un regard à ma montre. En fait, il faut que j'y aille, maintenant que tu m'y fais penser. J'ai accepté un rendez-vous à huit heures, et on y est presque.

– Tu as un jules ?

– Inutile de paraître tomber des nues !

Il sourit.

– Excuse-moi. Je me mêle de ce qui ne me regarde pas.

– Peux-tu remercier Dixie pour moi ? Je sais que c'est mal élevé de ne pas le faire personnellement, mais je préfère m'éclipser sans bruit. Des fois, il suffit qu'une personne parte pour déclencher l'exode.

– C'est vrai.

– Merci pour cette invitation. Je me suis bien amusée.

– Il faudra remettre ça. Aurais-tu un moment la semaine prochaine ?

– Un moment ?

– Je pense qu'on pourrait déjeuner, juste nous deux ?

– Ah. Je ne peux pas te répondre au débotté, mais je vérifierai au cabinet et je t'appellerai lundi.

– J'attends ton coup de fil avec impatience.

Intérieurement, je me sentis me ratatiner. D'habitude, je ne me fais pas d'illusions sur le désir que j'inspire, mais il me la jouait au charme, ce qui n'est pas mon genre. Je devins particulièrement volubile tout en battant en retraite. Eric parut s'amuser de mon embarras.

Au moment où je pénétrais dans mon appartement un quart d'heure après, je saisis au vol la fin d'un message sur mon répondeur. Jonah. Je lâchai mon sac et attrapai le téléphone, mais il avait déjà raccroché. Je pressai le bouton PLAY et réécoutai les quelques mots qu'il avait laissés.

« Kinsey, Jonah à l'appareil. Il semble qu'on a trouvé ton gamin. Passe-moi un coup de fil, et je te mets au parfum. Pas très recommandable, ton bonhomme, mais tu dois déjà le savoir. Je ne bouge pas de chez moi. »

Je cherchai son numéro personnel et le composai d'une main impatiente, écoutant les sonneries s'égrener. « Réponds, bon Dieu, réponds… »

– Allô ?

Eh merde ! Camilla.

– Pourrais-je parler au lieutenant Robb ? dis-je. Il m'a laissé un message.

– De la part de qui ?

– Kinsey Millhone.

Silence de mort.

– Il est occupé, dit-elle enfin. Je peux vous aider ?

– Pas vraiment. Il a un renseignement à me communiquer. Pourrais-je lui parler, s'il vous plaît ?

– Une minute, répondit-elle pas franchement ravie.

J'entendis le bruit du combiné quand elle le posa sur la table, puis le claquement de ses talons tandis qu'elle s'éloignait. Après quoi, j'eus droit au fond sonore, domestique et pittoresque, du samedi soir chez Robb. Un bruit de télévision me parvenait d'une pièce éloignée. Plus près du téléphone, une de ses filles, sans doute Courtney, l'aînée, cherchait d'un doigt une mélodie sur un piano désaccordé, sans jamais réussir à jouer sa partie du duo. L'autre fille, dont j'ai oublié le nom, frappait la mauvaise touche, d'où protestations de la première qui reprenait au début. La seconde enfant n'arrêtait pas de dire « Arrête ! », ce que la première refusait avec obstination. Entre-temps, j'entendais Camilla discuter avec Jonah, qui semblait ignorer qu'on l'attendait au bout du fil. De l'eau coulait, de la vaisselle s'entrechoquait. Je savais qu'elle le faisait exprès, m'obligeant à écouter aux portes la charmante saynète familiale destinée à m'édifier.

Je sifflai dans le micro. Je lançai au moins six « ALLO ! » retentissants. Si je raccrochais, je tomberais forcément sur le signal occupé en rappelant. *Pom, pom, pom.* Un pas lourd martela le plancher, venant vers moi. Je hurlai « HÉ !! ! » *Pom, pom, pom.* Les pas s'éloignèrent. Une autre mélodie s'égrenait. Cris aigus des fillettes. Petit bavardage aimable entre mari et femme. Rire enjôleur de Camilla qui taquinait Jonah à propos de Dieu sait quoi. Une fois de plus, je me maudis de ne jamais avoir appris à émettre le coup de sifflet strident qu'on obtient en se fourrant deux doigts entre les dents. Six cents dollars à qui m'enseignerait la technique ! Pensez à tous les taxis hélés avec succès, aux serveurs dont on attire l'attention dans une salle bondée. *Pom, pom, pom.* Quelqu'un s'approcha du téléphone, et j'entendis Jonah s'écrier avec agacement : « Dites donc, qui a laissé débranché ? J'attends un appel. »

Je glapis « JONAH ! », pas assez vite, hélas, pour l'empêcher de remettre en place le combiné.

Je refis le numéro, mais ça sonna occupé. Camilla avait dû se précipiter sur un autre appareil, juste pour m'empêcher de rappeler. J'attendis une minute et réessayai. Toujours occupé. À ma quatrième tentative, j'entendis sonner libre, et de nouveau Camilla décrocha. Cette fois, elle ne prit même pas la peine de dire bonjour. J'entendis le bruit de sa respiration.

– Camilla, dis-je, si vous ne me passez pas Jonah, je saute dans ma voiture et j'arrive.

– Jo-onah ! lança-t-elle d'une voix mélodieuse. C'est pour toi !

– Allô ? entendis-je quatre secondes plus tard.

– Jonah, Kinsey à l'appareil. Je viens de rentrer et j'ai eu ton message. Raconte.

– Écoute, tu vas adorer. Bobbi Deems a épinglé ton motard hier soir en voyant qu'il lui manquait un feu arrière. Le môme s'appelle Carlin Duffy, et il s'avère qu'il roulait avec un permis du Kentucky expiré et des papiers qui l'étaient tout autant. Bobbi lui a filé une citation à comparaître pour ces deux chefs et a mis la moto sous séquestre.

– Où ça dans le Kentucky ?

– Louisville, a-t-elle dit. S'il t'intéresse, tu le trouveras au tribunal dans trente jours.

– Et en attendant ? A-t-il un domicile fixe ?

– Plus ou moins. Il habiterait dans une remise d'entretien à la pépinière près de la 101, à la sortie de Peterson. Apparemment, il paie son loyer en y travaillant à mi-temps, ce que confirme le pépiniériste. En attendant, Bobbi a jeté un œil aux antécédents de cette petite ordure. Il a un casier aussi long que ton bras, arrestations et condamnations remontant jusqu'en 1980.

– Pour quels motifs ?

– Essentiellement des délits mineurs. Il n'a jamais tué personne.

– Tu me rassures, dis-je.

– Voyons voir : mise en danger injustifiée de la vie d'autrui, risque grave causé à un tiers par imprudence, vol, recel, coups et blessures involontaires, tentative d'évasion d'un centre de réadaptation où il purgeait une peine de quatre-vingt-dix jours pour présentation de fausse identité à un agent de l'autorité. Ton gars n'a pas inventé la poudre, mais il a de la suite dans les idées.

– Pas de mandats d'amener lancés contre lui ?

– *Nada.* Pour le moment, on n'a rien à lui reprocher.

– Dommage. Ç'aurait été sympa de le faire épingler pour que je puisse l'interroger.

– Je te fiche mon billet que ça va te démanger. Parce que voici le plus beau. Tu es assise ? Son frère, tu veux savoir qui c'est ? Tu ne devineras jamais.

– Ma langue au chat.

– Benny Quintero.

Je me sentis ciller.

– Tu te fiches de moi ?

– Absolument pas.

– Comment as-tu découvert ça ?

– Ce n'est pas moi, mais Bobbi. Il semblerait que le nom de Benny figurait comme propriétaire du véhicule sur les papiers de la moto, si bien que Bobbi a cuisiné Duffy. Elle avait oublié l'histoire, mais elle se rappelait le nom de Benny. D'après Duffy, ils sont demi-frères. Sa mère avait épousé le père de Benny, qui est mort pendant la Seconde Guerre mondiale. Dix ans après, elle s'est fixée dans le Kentucky, où elle a épousé le père de Duffy. Lui est né l'année suivante, ce qui fait un écart de quinze ans entre les deux garçons. Carlin avait treize ans quand Benny est arrivé en Californie et s'est fait tuer.

– C'est pour cette raison qu'il est ici ?

– Ça, il faudra le lui demander. Mais ça me paraît probable, sauf si tu crois aux coïncidences.

– Je n'y crois pas.

– Moi non plus.

– Et où est-il en ce moment ?

– Certainement pas très loin s'il est à pied.

– Il a pu voler une voiture.

– Possible, je suppose, mais pas dans ses compétences. En tout cas, si tu décides de partir à sa recherche, prends quelqu'un avec toi. L'idée que tu le voies en tête à tête ne me dit rien.

– Tu veux venir ?

– Avec plaisir. Attends une seconde.

Il posa la main sur le micro. Camilla avait dû rester à proximité, ne perdant pas un mot de la conversation, car elle lui cloua le bec avant même qu'il ait eu le temps d'ouvrir la bouche. Il ôta sa main du micro, s'adressant de nouveau à moi :

– Je suis coincé ce soir, mais que penses-tu de lundi ? Ça t'irait ?

– Tu es un chou.

– Tu me rappelles ?

– Cette question !

– Alors, à bientôt.

Dès qu'il eut raccroché, je saisis mon sac et sortis. Comme si j'allais attendre jusqu'à lundi ! Ridicule. Duffy aurait filé depuis belle lurette et je ne pouvais pas courir ce risque. Je m'arrêtai au passage pour prendre de l'essence. La pépinière se trouvait à peine à dix minutes, mais l'aiguille de ma jauge restait collée au zéro et je ne savais pas si j'aurais à rouler longtemps avant de mettre la main sur lui.

Il était 20 h 40 quand je me garai enfin dans le parking de la pépinière. Le terrain couvrait bien cinq à six hectares, pris en sandwich entre l'autoroute d'un côté et la rue latérale dans laquelle j'avais tourné. La jardinerie s'ouvrait juste en face de moi, bâtiment bas vitré aux membrures peintes en blanc qui accueillait une profusion de plantes de plates-bandes, ornementales et d'intérieur, graines, manuels de jardinage, bulbes, herbes, pots et cadeaux à l'intention de « l'être cher aux doigts verts ».

À droite, derrière les chaînes qui formaient une clôture symbolique, j'aperçus une flopée de fontaines et de statues décoratives, de jardinières en céramique, plastique et teck, ainsi que de grands sacs en plastique d'engrais, des paillis, des produits chimiques pour jardin et du terreau. À gauche se déployait une série de serres, tels des baraquements en verre dépoli, et, derrière, rangée d'arbres après rangée d'arbres, une forêt hirsute d'ombres qui s'étendait jusqu'à l'autoroute.

Maintenant que le soleil avait entièrement disparu, la lumière déclinante avait fait place à un noir charbonneux, imprégné d'une odeur de gazon. La zone bordant la rue bénéficiait d'un éclairage généreux, mais la pépinière se perdait dans l'obscurité. Je farfouillai sur la banquette arrière et trouvai un blouson en jean moyennement épais sur lequel je comptais pour me protéger de l'air glacé de la nuit. Je fermai la voiture et entrai dans la jardinerie dont les néons impitoyables déversaient leur lumière fluorescente sur des rangées de sachets de graines et de plantes d'intérieur aux couleurs agressives.

La fille au comptoir portait une blouse vert sapin, avec le nom HIMES brodé sur la poche. Au moment où je refermais la porte, elle donna subrepticement un coup de ventilateur. Elle n'avait pas vingt ans, des cheveux secs de blonde et des joues et un menton ronds tartinés de fond de teint. L'odeur d'une cigarette à la girofle éteinte depuis peu flottait dans l'air.

– Bonjour. Je voudrais voir Carlin. Il est là ?

– Qui ça ?

– Carlin Duffy, le type à la moto qui habite la remise.

– Oh, Duffy. Il n'est pas là. Les flics lui ont piqué sa moto et l'ont mise à la fourrière. Il dit que ça va lui coûter un max pour l'en sortir.

– Pas de pot.

– Il était vraiment furax. Quelle bande de salauds !

– Y a pas pire. Vous êtes copains ?

Elle haussa les épaules.

– Ma mère ne l'aime pas. Elle dit que c'est un glandeur fini, mais je vois pas pourquoi ce serait de sa faute alors qu'il débarque tout juste.

– Depuis quand est-il là ?

– Oh, cinq, six mois. Il a dû arriver juste avant Noël. M. Himes a pris l'autre mec sur le fait, Marcel. Vous le connaissez ?

– Comme ça…

– Marcel a volé plusieurs de ses plantes pour les vendre à la sauvette. M. Himes l'a fichu dehors vite fait dès qu'il s'en est aperçu.

– Et Duffy a été engagé peu après ?

– Tout juste. M. Himes ne se doutait pas qu'on l'arnaquait. Jusqu'au jour où Duffy a acheté une diffenbachia à Marcel et l'a rapportée. Duffy, on ne la lui fait pas. Il a compris tout de suite que c'était glauque. Il a juste payé un ou deux dollars à Marcel et nous les vend… tenez, 12,99 dollars… le prix est collé sur le côté.

– Et Marcel, il a réagi comment ? Je parie qu'il a juré que c'était pas lui, non ?

– Exactement ! Quel con. Il a pris un air complètement effondré et joué les innocents. Mon œil. Il a dit qu'il allait porter plainte, mais je vois pas comment il ferait.

– Sa parole contre celle de Duffy, comme si on allait le croire ! Marcel est noir, non ?

Elle acquiesça.

– Vous savez comment ils sont, dit-elle en levant les yeux au ciel. Duffy, vous le connaissez comment ? s'enquit-elle, s'intéressant soudain à ma personne.

– Par son frère, Ben.

– Duffy a un frère ? Bizarre. Il m'a dit qu'il ne restait plus personne dans sa famille.

– Ça fait des années que son frère est mort.

– Oh, le pauvre !

– À quelle heure revient-il ?

– Sans doute pas avant dix heures.

– Ah, zut…

– Il vous a donné rendez-vous ici ?

– Non. Je l'ai aperçu au Tonk hier soir et puis j'ai perdu sa trace.

– Il y est probablement ce soir, dit-elle, pleine de bonne volonté. Vous voulez l'appeler d'ici ? Vous pourriez demander qu'on le prévienne. Il est copain avec le patron. Je crois qu'il s'appelle Tim.

– Ah bon ? Je connais Tim. Je vais peut-être y faire un saut, puisque c'est à côté. S'il arrive pendant ce temps-là, dites-lui que je suis passée. J'aimerais lui parler.

– À quel sujet ?

– À quel sujet ? répétai-je.

– Au cas où il demanderait…

– C'est une surprise.

CHAPITRE 20

Je roulais au ralenti dans le parking situé en face du Honky-Tonk, lorsque, miracle, j'aperçus une place quelque six rangées plus loin. Il n'était pas encore 9 heures, et les fêtards du samedi soir débarquaient juste. L'ambiance ne commencerait à chauffer qu'à 10 heures, avec l'arrivée de l'orchestre. Je traversai la rue, m'arrêtant à la vue d'une camionnette rouge et blanc qui tournait au ralenti près des poubelles. Aucune trace du conducteur, mais le logo marquant le flanc du véhicule indiquait PLAS-STOCK. Il y avait de la lumière au premier étage du bâtiment. Des ombres mouvantes indiquaient la présence de quelqu'un là-haut.

Poursuivant mon chemin, j'abordai le bar par l'arrière. D'un air désinvolte, je tentai ma chance à la porte de secours, mais elle était fermée. On aurait sans doute eu du mal à réclamer un droit d'entrée si des clients astucieux pouvaient faire le tour et pénétrer gratuitement dans les lieux par l'arrière. Je me dirigeai vers l'entrée de devant. Le videur se rappelait m'avoir vue la veille ; il écarta d'un geste mes papiers d'identité et m'estampilla le dos de la main. C'était mon troisième soir d'affilée dans les lieux, et je me sentais une habituée. Nous y passions quatre soirs sur sept du temps de notre mariage, Mickey et moi, et sans nous poser de questions. Il faisait équipe avec d'autres policiers et tout le monde se retrouvait là après le travail. Comme j'étais avec Mickey, je lui emboîtais tout naturellement le pas. Le Honky-Tonk nous servait de famille, offrant un lieu de rencontre à ceux d'entre nous qui n'avaient pas de port d'attache. Avec le recul, je me rends compte de tout le temps que nous y gaspillâmes, mais peut-être était-ce une façon d'éviter les tête-à-tête, de nous dérober à la vraie construction du mariage : l'intimité. À force de ne plus la pratiquer, la relation de couple me pose toujours autant de problèmes.

J'avisai un tabouret au bar et commandai une bière. Je m'assis le dos à la glace du mur et à son kaléidoscope de bouteilles d'alcool, un coude sur le comptoir, un pied battant la mesure de la musique parfaitement anonyme en bruit de fond. J'aperçus Thea presque au moment précis où elle me repérait. Elle soutint mon regard un instant, les traits tirés, tendue. Le gilet en cuir qui découvrait ses longs bras nus avait disparu. Elle portait à la place un pull à col roulé et un jean hyper-moulant. Sa ceinture argentée se fermait par une boucle en forme de serrure dont le trou dessinait un cœur. L'air soucieux, elle prit la commande d'une table de quatre, puis s'approcha du bar où elle échangea quelques mots avec Charlie avant de se diriger vers moi.

– Bonjour, Thea, dis-je. (De près, je me rendis compte qu'elle était folle de rage.) Vous êtes en colère ?

– Arrêtez de jouer les idiotes. Pourquoi ne m'avez-vous rien dit pour Mickey ? Vous saviez qu'on lui avait tiré dessus et vous n'en avez pas dit un mot !

– Qui vous a mise au courant ?

– Le père de Scottie nous a raconté. Vous m'avez parlé au moins deux fois, vous auriez quand même pu le mentionner !

– Thea, je n'allais pas m'amener comme ça et vous lâcher une nouvelle pareille. Je ne savais même pas que vous sortiez ensemble avant que vous me parliez de son blouson. À ce moment-là, j'avais des raisons de penser que l'affaire n'était pas claire.

Elle lança un regard inquiet à la table proche de la porte du billard où Scottie était installé en face de deux hommes qui nous tournaient le dos. Visiblement, il nous observait depuis l'autre bout de la salle. Comme mû par un signal, il s'excusa auprès de ses compagnons et se leva, puis vint vers nous sans se presser, une bouteille de bière à la main. Je ne pus m'empêcher de remarquer le changement. Il s'était rafraîchi la moustache et avait rasé son bouc. Il était aussi vêtu avec plus de soin – rien d'extraordinaire, mais de l'allure : bottes de cow-boy, jean et une chemise de bûcheron à manches boutonnées au poignet. Je crus qu'il s'était coupé les cheveux, mais il les avait simplement ramenés en arrière et maintenus avec un élastique.

– S'il vous plaît, ne dites rien, murmura Thea. Il me tuerait s'il savait.

– À quelle heure finissez-vous ? Peut-on se voir et discuter après ?

– Où ?

– Disons le café ouvert toute la nuit près de l'autoroute ?

– À deux heures, mais je ne promets rien…

Scottie nous ayant rejointes, nous en restâmes là. Il affichait un sourire avenant, sa voix était aimable :

– Bonjour. Comment allez-vous ? Il paraît que vous êtes une amie de mon père ? Je suis Scott Shackelford.

Il me tendit sa main droite, je la serrai. Pas trace de défonce ni d'ébriété.

– Ravie de vous connaître, renvoyai-je. Tim m'a dit qui vous étiez, mais je n'ai pas eu l'occasion de me présenter.

Il enserra Thea de son bras gauche dans une clé du cou complice, tenant la bouteille de bière juste devant elle. Un geste à la fois naturel et possessif.

– Je vois que vous connaissez Thea. Ça boome, ma biche ? lui demanda-t-il avec un baiser affectueux sur la joue.

Thea lui marmonna une réponse passe-partout sans me quitter des yeux. Elle ne raffolait pas outre mesure de ce quasi-étranglement.

Il se tourna vers moi, le ton à présent teinté d'inquiétude :

– On nous a dit pour Mickey. C'est terrible. Comment va-t-il ?

– Il tient le coup. J'ai téléphoné cet après-midi et l'infirmière m'a dit que son état restait stationnaire.

– Le pauvre type, ça me fait mal pour lui, dit Scott en secouant la tête d'un air peiné. Je ne le connaissais pas bien, mais il venait souvent ici… je ne sais pas. Une semaine sur deux ?

– À peu près, répondit Thea, le visage fermé.

– En tout cas, on ne l'a pas vu depuis un bail.

– J'ai appris qu'il avait vendu sa voiture, ce qui expliquerait qu'il se soit fait plus rare, dis-je.

Je cherchais un prétexte poli pour m'éclipser. J'étais venue uniquement pour trouver Duffy, et il demeurait invisible.

– À propos, continua Scottie, Tim a dit que, si vous passiez, il aimerait vous dire deux mots.

– À quel sujet ?

– Aucune idée.

– Où est-il ?

Il le chercha mollement du regard et fit la moue.

– Je ne sais pas. Je l'ai vu il y a cinq minutes. Sans doute dans son bureau, à moins qu'il ne soit sorti faire quelque chose.

– J'essaierai de le trouver tout à l'heure. Pour l'instant…

– Dites, vous savez quoi ? Mon père et son copain sont à une table au fond. Pourquoi ne pas aller lui dire bonjour ?

Il montrait les deux hommes installés à la table qu'il occupait un peu plus tôt.

– Seigneur ! dis-je en consultant ma montre. J'aimerais bien, mais j'ai un rendez-vous.

– Allez, ne vous faites pas prier. Il sera ravi de vous offrir un verre. Si on vous demande, Thea ou Charlie diront où vous trouver, pas vrai, Thea ?

– Je dois retourner travailler, dit-elle.

Elle se glissa de sous son bras et partit au bar chercher sa commande qui attendait. S'emparant du plateau, elle s'éloigna sans un regard.

Scottie la suivit des yeux.

– Qu'est-ce qui la tracasse ?

– Aucune idée. Écoutez, j'allais aux toilettes. Je vous retrouve dans une minute, mais je ne peux vraiment pas rester longtemps.

– À tout de suite, dit-il.

Scottie partit en direction de la table. Après tout, peut-être avait-il soigné sa tenue par respect pour son père. Pete Shackelford avait toujours été à cheval sur la rigueur de la mise. J'obliquai sur la gauche, en direction des toilettes. Dès que je fus hors de son champ de vision, je pris le couloir conduisant à la sortie de secours. Pas question de prendre un verre avec Shack. Il en savait bien trop long sur mon compte et, selon toute apparence, il avait bien l'intention de dévoiler ma couverture.

En dépassant le petit couloir où se trouvait le bureau de Tim, je m'arrêtai net. On avait jeté une bâche sur les caisses empilées contre le mur. Curieuse, j'y jetai un bref coup d'œil : dix cartons fermés portant le logo de Plas-Stock sur les côtés. Manifestement livrés par la camionnette stationnée à l'extérieur, moteur allumé. Je laissai retomber le coin de la bâche. Les quatre portes du couloir étaient fermées, mais je notai un mince trait de lumière au bas de la troisième porte à gauche. La porte étant fermée à clé quand j'avais vérifié, je ne pus m'empêcher de me demander si elle l'était toujours. Je regardai alentour, mine de rien. Il n'y avait personne dans le couloir et la chose ne me prendrait que deux secondes. Je me rabattis sur la gauche et posai la main sur la poignée, prenant soin de ne pas la faire grincer en la tournant. Ah. Pas fermée à clé. Que cachait-on là de si précieux ?

Je poussai la porte et glissai ma tête dans l'entrebâillement. La surface au sol permettait tout juste d'accueillir une volée de marches et une porte fermée par un verrou à gauche, sans doute un placard. Une faible lueur tombait du haut de l'étroit escalier. J'entrai, refermant sans bruit la porte derrière moi, et entrepris de monter les marches. Mes intentions étaient pures, mais je remarquai que je posais les pieds sur le bord des marches, là où elles avaient le moins de chance de craquer.

Les marches aboutissaient à un palier d'un demi-mètre carré ; une échelle fixée sur un des murs permettait probablement d'accéder au toit. La seule porte, celle du palier, entrouverte, laissait passer une lumière généreuse. Je la poussai. Devant moi s'étendait une immense pièce qui se perdait dans l'ombre et faisait la longueur et la largeur des quatre grandes salles du dessous. Un linoléum recouvrait le sol, usé par endroits par des empreintes de pas qui en avaient définitivement modifié la couleur. Je vis de nombreuses prises de courant le long des murs et cinq ou six grandes surfaces propres. Il régnait dans cet espace la chaleur sèche et dense caractéristique d'une mauvaise isolation. Les murs étaient en contre-plaqué brut. On remarquait une table en bois naturel, deux douzaines de fauteuils pliants et une grande poubelle remplie de détritus. Je me serais attendue à des caisses de vin et de bière empilées le long des murs, mais non, rien. Qu'avais-je imaginé ? De la drogue, des clandestins, de la pornographie pédophile, de la prostitution ? Tout au plus du matériel de restauration cassé et démodé, un vieux juke-box, des vestiges de décorations de réveillons de Nouvel An et de la Saint-Patrick fêtés en des temps largement révolus. Déprimant.

Je traversai la pièce, prenant soin de marcher sur la pointe des pieds. Inutile qu'on se demande en bas qui pouvait bien crapahuter là-haut. Toujours rien d'intéressant. Je laissai la lumière comme je l'avais trouvée et descendis doucement les marches. De nouveau, je posai la main avec prudence sur la poignée et la tournai sans bruit. Personne dans le couloir. Je sortis et refermai la porte, utilisant ma paume de main pour amortir le déclic.

– Vous cherchez quelque chose ?

Tim se tenait dans l'ombre à gauche de la porte.

Je poussai un cri, mes mains tremblèrent violemment, mon sac m'échappa et tomba en répandant son contenu par terre.

– *Merde !*

Tim éclata de rire.

– Désolé. Je croyais que vous m'aviez vu. Qu'est-ce que vous fabriquez ?

Il portait une tenue décontractée : jean et pull en « V ».

– Rien ! Je me suis trompée de porte. (Je me mis à genoux pour essayer de récupérer mes affaires qui semblaient avoir volé partout.) Scottie m'a dit que vous vouliez me voir. Je cherchais votre bureau. Cette porte n'était pas fermée. J'ai tourné la poignée et comme c'était ouvert, je suis entrée. J'ai cru que vous étiez en haut et je vous ai fait un grand « hou hou ».

– Ah bon ? Je ne vous ai pas entendue.

Il s'accroupit. Remettant mon sac d'aplomb, il entreprit d'en rassembler le contenu sous mon regard fasciné. Heureusement, je ne transportais pas d'arme et il ne parut pas voir mon jeu de crochets.

– Je ne comprendrai jamais les femmes, dit-il. Regardez-moi ce bric-à-brac. C'est quoi, ça ?

– Une brosse à dents de voyage. Mon côté maniaque.

Il sourit.

– Et ça ? demanda-t-il, un étui en plastique à la main.

– Des Tampax.

Mon portefeuille, lorsqu'il le ramassa, révéla mon permis de conduire, sur lequel il posa un regard négligent. La photocopie de ma licence de D.P. occupait le porte-cartes transparent opposé, mais, s'il le remarqua, il ne manifesta rien. Il jeta le portefeuille dans le sac. De toute façon, Shack avait déjà dû lâcher le morceau.

– Laissez-moi faire, dis-je, heureuse de bouger pour cacher le tremblement de mes mains. Merci, ajoutai-je en me remettant debout après avoir tout récupéré.

– Vous voulez voir ce qu'il y a là-haut ? Venez, je vais vous montrer.

– Non, vraiment. C'est bon. À vrai dire, j'ai glissé un œil il y a quelques minutes. J'espérais que vous aviez gardé l'ancien juke-box.

– Hélas, non. Je l'ai vendu peu de temps après avoir acheté la boîte. Un espace fantastique, non ? Nous songeons à nous agrandir. Nous l'utilisions comme réserve jusqu'au jour où j'ai pensé qu'on pouvait mieux exploiter une surface pareille. Il ne me reste plus qu'à le mettre aux normes de sécurité incendie… entre autres.

– Qu'allez-vous faire ? Ajouter des tables ?

– Un deuxième bar et une piste de danse. D'abord, il faut défendre le projet auprès de la municipalité de Colgate et à la commission d'urbanisation du comté. De toute façon, ce n'est pas ce dont je voulais vous parler. Si on allait dans mon bureau ? Inutile de rester là debout, à discuter dans le noir.

– Bonne idée. J'ai dit à Scottie que je m'arrêterais à sa table pour prendre un verre avec son père.

– On nous a dit pour Mickey.

– Les nouvelles vont vite.

– Pas autant que vous le croyez. D'après Shack, vous étiez dans la police en des temps lointains…

– Et alors ?

Il attaqua bille en tête.

– Nous pensons que vous enquêtez à titre personnel.

Merci, mon salaud, lançai-je à part moi à Pete Shackelford. J'essayai de moduler ma réponse.

– On a un copain à L.A. qui pourrait vous aider, continuait Tim.

– Tiens donc ! Et qui ?

– Un musicien du nom de Wary Beason. Le voisin de Mickey à Culver City.

Tel un pointer, je sentis mes oreilles se dresser.

– D'où le connaissez-vous ?

– À cause de son orchestre de jazz. Il est venu jouer ici une fois ou deux. Un type très doué.

– Le monde est petit.

– Pas vraiment. Mickey lui a dit qu'on engageait des orchestres, Wary est venu et a passé une audition. Ce qu'on a entendu nous a plu.

– Je suis étonnée que Wary ne vous ait pas téléphoné pour vous mettre au courant.

– Ça nous a étonnés aussi. On a essayé de le joindre, mais sans succès jusqu'ici. On pensait que vous auriez envie de l'interroger si vous alliez à L.A.

– C'est une idée. Puis-je vous poser une ou deux questions pendant que je vous tiens ?

– Allez-y, pas de problème.

– C'est quoi, Plas-Stock ?

Il sourit.

– De la vaisselle en plastique : couverts, assiettes, verres, ce genre de trucs. Nous organisons un grand dîner pour le week-end de Memorial Day. On vous donne une entrée gratuite si ça vous intéresse. Autre chose ?

– Avez-vous remboursé les dix mille dollars que vous devez à Mickey ?

Son sourire perdit de son éclat.

– Qui vous a parlé de ça ?

– Je suis tombée sur une note dans ses papiers. D'après ce que j'ai lu, le remboursement devait se faire en un seul versement le quinze janvier.

– C'est exact, mais comme les affaires étaient difficiles à ce moment-là, il m'a donné un sursis. Je dois le rembourser en juillet.

– S'il vit encore, dis-je. C'est pour cette raison qu'il venait ici ? Pour négocier un accord ?

– Mickey aime boire.

– Je ne comprends pas qu'il vous ait accordé un sursis alors qu'il a lui-même des problèmes financiers.

Il parut surpris.

– Mickey a des ennuis d'argent ? Première nouvelle. La dernière fois que je l'ai vu, il ne se comportait pas comme un type pris à la gorge. Vous pensez que l'agression a un rapport avec ses affaires ?

– Je ne peux pas l'affirmer. Mais je me demandais pourquoi il passait tellement de temps ici.

Tim croisa les bras, s'appuyant contre le mur.

– Ne dites pas que je vous en ai parlé, surtout pas à Scottie, mais si vous voulez mon opinion, Mickey en pinçait pour Thea.

– Et elle, elle s'intéressait à lui ?

– Disons non, si elle est maligne. Scottie n'est pas le genre de type à perdre son temps. (Je le vis lever les yeux vers quelqu'un dans le couloir derrière moi.) Tu me cherches ?

– Charlie a besoin de ton accord pour une facture. Le gars veut son chèque avant de repartir pour L.A.

– J'arrive.

Je jetai un regard par-dessus mon épaule. Une des autres serveuses avait déjà fait demi-tour et elle disparut.

Tim me tapota gentiment le bras.

– J'ai intérêt à régler ça. Vos consommations, c'est la maison qui offre.

– Merci.

Je repartis sur les talons de Tim et, en entrant dans le bar, procédai de nouveau à un court examen des lieux en cherchant Duffy. Toujours invisible. Shack, à la table de Scottie, m'aperçut et agita la main. Cette fois, impossible de me défiler. Shack devait être trop heureux de cette occasion de me descendre en flammes. Scottie se retourna pour voir à qui son père faisait signe, puis m'invita à les rejoindre. Je me sentis l'obstination d'une mule freinant des quatre fers alors même qu'on la pousse en avant.

Shack était assis en bout de table. Il se leva.

– Tiens, regardez-moi qui est là ! lança-t-il. On parlait justement de toi.

– Je n'en doute pas une seconde !

– Assieds-toi, assieds-toi. Prends une chaise.

L'autre type installé avec eux se leva et se laissa retomber sur son siège avec respect, gestuelle comparable à celle du gentleman ôtant son chapeau devant une dame.

– Je ne peux vraiment pas rester longtemps, annonçai-je.

– Mais si, mais si ! insista Shack.

Il se pencha pour saisir une chaise à une table voisine et l'approcha. Je m'assis, résignée. Le regard de Shack se posa sur son fils, ses traits habituellement lourds rajeunis par la satisfaction et la fierté. Il portait une chemise en lainage à carreaux, déboutonnée au col pour ne pas serrer son cou puissant. Son compagnon – cheveux gris coupés ras et teint buriné révélant des années d'exposition au soleil – devait avoir la cinquantaine. Comme Shack, il était bâti en force, avec une carrure massive et un ventre aussi protubérant que s'il en était au sixième mois de grossesse.

Shack le désigna du pouce.

– Je vous présente Del. Kinsey Millhone.

– Bonjour.

Del hocha la tête, puis se souleva de nouveau à demi et me serra la main par-dessus la table.

– Del Amburgey. Ravi de vous connaître, dit-il.

On échangea les inévitables « comment ça va ce soir » et autres inepties, tandis que je gigotais en mon for intérieur, cherchant quelle banalité je pourrais bien sortir.

– Vous êtes d'ici ou simplement de passage ?

– J'habite Lompoc, alors c'est un peu les deux. Je descends à l'occasion voir à quoi vous passez votre temps, vous autres, en ville.

– À pas grand-chose.

Shack intervint :

– Ce n'est pas tout à fait exact. Cette petite dame travaillait dans la police quand je portais la tenue. Maintenant, elle est D.P.…

– C'est quoi, D.P. ? demanda Del.

– Détective privée, expliqua Shack.

Je crus devenir sourde. Il continuait à parler. Je voyais sa bouche remuer, mais on avait coupé le son. Je ne regardais pas Scott, intensément consciente que l'information déclenchait chez lui un état proche de la panique. Son expression ne parut pas changer, mais son visage se ferma. Du coin de l'œil, je vis ses mains posées sur la table, encore détendues, puis ses doigts se serrer négligemment sur sa bouteille de bière qu'il porta à ses lèvres. Hormis ce geste anodin, son corps s'était figé. Je me rebranchai sur les remarques de Shack, me demandant s'il y avait moyen d'arrêter les dégâts.

– … juste au moment où Magruder a quitté la police. C'était en quelle année… 71 ?

– Au printemps 72, précisai-je.

Je savais qu'il connaissait la date exacte. Nos yeux se rencontrèrent brièvement, et je vous garantis qu'il savourait sa vengeance, à me balancer ainsi. Quelle que fût la raison de ma présence, il me livrait aux loups. Autant reprendre le contrôle de la situation, pensai-je, et attaquer de front cette petite ordure.

– C'est quand Mickey et moi nous sommes séparés. J'ai perdu contact avec lui après ça.

– Jusqu'à ces derniers temps, rectifia Shack.

Je le regardai sans relever.

Il poursuivit avec délectation :

– Je crois que ces deux inspecteurs de la LAPD qui sont venus ici t'ont posé des questions. Ils sont passés chez moi hier. Ils semblaient penser que tu n'étais pas étrangère à l'affaire, mais je leur ai dit que je ne voyais pas comment. Je t'ai vue arriver sans crier gare mardi. Je ne pense pas que tu aurais attiré l'attention sur toi si tu lui avais tiré dessus une semaine avant. Tu n'es pas gourde à ce point.

– C'était un piège et tu t'es fait avoir, lui renvoyai-je en souriant, mais d'un ton narquois.

– Qu'est-ce qui t'amène à Colgate ?

– Mickey a prêté dix mille dollars à Tim. Un prêt sans intérêt remboursable en totalité au bout de cinq ans. Je voulais savoir si l'argent avait été versé à l'échéance fixée.

Le pied de Scottie se mit à battre la mesure, ce qui fit tressauter son genou. Il croisa les jambes, essayant de cacher son agitation.

– C'était à quelle date ? demanda Shack, encore assez professionnel pour nier l'évidence.

– Le quinze janvier. À peu près au moment où Mickey a commencé à venir ici, précisai-je. Tu n'étais pas au courant du prêt ?

– Quelqu'un veut boire quelque chose ? Je vais au bar, dit Scottie.

Il s'était levé et ne me quittait pas des yeux.

– Rien pour moi, merci.

– Toi, Papa ? Del ?

– On remet ça. La tournée est pour moi cette fois, dit-il

Il se pencha, extirpant son portefeuille de sa poche arrière droite.

Scott l'arrêta d'un geste.

– Je m'en charge. De quoi avez-vous envie ? La même chose ?

– Avec plaisir.

– Deux, enchaîna Shack.

Après le départ de Scottie, Shack changea de sujet, m'entraînant dans de telles banalités que j'en aurais hurlé. Je supportai trois minutes de bavardage idiot, puis je profitai de l'absence de Scott pour me sortir de mon siège.

– Tu nous quittes ? s'étonna Shack.

– J'ai un rendez-vous. C'était sympa de te voir.

– Surtout pas de précipitation ! lança-t-il.

Je ne répondis pas. Del et moi nous fîmes un signe de tête. Je mis mon sac en bandoulière et tournai les talons, scrutant la foule tout en filant. Toujours aucun signe de Duffy, et c'était tant mieux. Inutile que Tim ou Scottie me voie lui parler.

CHAPITRE 21

Dehors, l'air était glacial. Il n'était même pas encore 10 heures et un flot continu de voitures encombrait l'artère principale de Colgate, les haut-parleurs des voitures montés à plein volume. On s'entassait à quatre ou cinq par véhicule, toutes vitres baissées, tout le monde filant vers quelque activité mystérieuse. J'entendis un concert d'avertisseurs et vis arriver sur ma droite une interminable limousine rose avec un marié et une mariée à son bord. Ils étaient debout sur le siège arrière, la moitié du corps dépassant par le toit ouvrant. La mariée maintenait d'une main son voile qui fouettait l'air derrière elle comme une traîne de fumée. De l'autre, elle brandissait son bouquet, le bras tendu dans un geste imitant celui de la statue de la Liberté. Le marié, plus petit, dix-huit ans à tout casser, arborait un smoking mauve agrémenté d'une chemise à jabot, d'une lavallière violette et d'une large ceinture. Il avait les cheveux courts, et le froid lui rougissait les oreilles. Une cohorte d'autos s'accrochait à la limousine, klaxonnant à qui mieux mieux, décorées pour la plupart de fleurs en papier, serpentins et boîtes de conserve tintinnabulantes. Elles semblaient mettre le cap sur le restaurant mexicain situé dans le même pâté de maisons que le Tonk. D'autres conducteurs et des piétons saluaient ce tableau vivant motorisé de coups de Klaxon et de hurlements de joie.

Je retrouvai ma Volkswagen et m'installai au volant, déboîtant pour m'insérer dans la file de véhicules à la remorque de la procession. Je conduisis lentement, obligée de rouler à une allure de tortue tandis que les voitures se glissaient au compte-gouttes dans le parking du restaurant, attendant une interruption du flot de véhicules venant en sens inverse. Regardant à droite, j'aperçus Carlin Duffy qui marchait la tête baissée, les mains dans les poches de son blouson. Je n'avais vu l'individu que deux fois, mais sa taille et ses cheveux jaunes empêchaient toute méprise. L'aurais-je raté au Tonk ? Il semblait avoir pris la direction de la pépinière, deux kilomètres plus loin. Comme un cadeau du ciel, le type se retourna, la main droite tendue, le pouce en l'air.

Je me rangeai sur le côté et me penchai pour déverrouiller la portière côté passager. Il parut ahuri qu'on veuille le prendre en stop à une heure pareille, surtout une femme.

– Je peux vous emmener jusqu'à la 101 à Peterson. Ça vous va ?

– C'est pas de refus.

Dans un cliquetis d'éperons, il se glissa sur le siège et claqua la portière. Il jeta un regard par-dessus son épaule avec un ricanement moqueur.

– Vous avez vu ces Mexicains ? Quel ramassis de bouffe-haricots ! Le marié a l'air d'avoir treize ans. Il a dû la mettre en cloque. L'aurait mieux fait de garder popol dans sa poche.

– Passionnant, dis-je.

Il me regarda avec intérêt. De près, il avait un visage trop aigu pour être joli garçon ; yeux clairs rapprochés et long nez mince. Une incisive en goguette pointait vers l'extérieur. Les autres dents se chevauchaient en fouillis, certaines d'entre elles couronnées d'or. Ses cheveux devaient leur jaune agressif à l'usage de l'eau oxygénée, les racines viraient déjà au noir. Il empestait un mélange de fumée de bois et de chaussettes de gym sales.

– Je vous ai déjà vue, dit-il.

– Sans doute au Honky-Tonk. J'en sors.

– Moi aussi. J'ai piqué un paquet de blé à des négros au billard. C'est quoi, votre nom ?

– Kinsey. Et vous êtes Carlin Duffy. Je vous cherchais.

Il me jeta un coup d'œil rapide, puis fixa le pare-brise, le visage soudain fermé.

– C'est quoi, ce baratin ?

– Vous connaissez Mick Magruder.

Il parut me jauger et détourna les yeux pour regarder par la vitre, son ton de voix baissant d'un registre, mi-renfrogné, mi-sur la défensive.

– J'ai rien à voir avec cette histoire à L.A.

– Je sais. J'ai pensé qu'on arriverait peut-être à comprendre ce qui s'est passé, juste à nous deux. Vos copains vous appellent Carlin ?

– Non. Duffy. Je suis pas pédé. (Il me glissa un regard malin.) Vous êtes flic, pas vrai ?

– Je l'ai été. Maintenant, je suis détective privée. J'enquête pour mon compte.

– Qu'est-ce que vous me voulez ?

– Je voudrais que vous me parliez de Mickey. De vos rapports avec lui.

– Pourquoi je le ferais ?

– Pourquoi pas ?

– Je sais rien.

– Vous en savez peut-être plus que vous ne le croyez.

Il médita cette idée, et j'eus l'impression de le voir changer de vitesse. Duffy n'était pas le genre de type à donner quelque chose sans rien obtenir en échange.

– Vous êtes mariée ?

– Divorcée.

– Je vais vous dire. On prend un pack de six bières et on rentre chez vous. On parlera autant que vous voudrez.

– Si vous êtes en liberté conditionnelle, enfreindre la réglementation sur les boissons alcoolisées n'arrangera pas votre cas.

Il me lança un regard en biais.

– Qui parle de liberté conditionnelle ? J'ai fait mon temps et je suis libre comme l'air.

– Alors, on va chez vous. J'habite avec une copine et je ne suis pas autorisée à ramener des invités à une heure pareille.

– J'habite nulle part.

– Et puis quoi ! Vous vivez dans la remise de la pépinière de Bernie Himes.

Il donna un coup de pied rageur au plancher, se passant nerveusement la main dans les cheveux.

– Putain ! Comment vous savez ça ?

Je me tapotai la tempe.

– Je sais aussi que vous êtes le frère de Benny Quintero. Vous voulez qu'on en parle ?

J'avais dépassé l'entrée de la pépinière et continuai sur l'autoroute, en direction des montagnes.

– Vous allez où ?

– Acheter à boire.

Je m'arrêtai à un commerce de proximité occupant une ancienne station-service.

– C'est moi qui régale, dis-je en prenant un billet de vingt dollars dans mon sac. Prenez ce que vous voulez.

Il examina le billet, puis le prit, sortant de la voiture en réprimant mal son agitation. Je l'observai par la vitre tandis qu'il entrait dans la boutique et commençait à circuler à travers les rayons. Je ne pourrais rien faire s'il allait jusqu'à la porte de derrière et filait à pied. Sans doute jugea-t-il que ça ne servirait pas à grand-chose : il me suffirait d'aller à la pépinière et de l'y attendre.

Au comptoir, l'employé l'observait d'un œil prudent, prêt à le voir faucher quelque chose, peut-être sortir une arme et exiger le contenu de la caisse. Duffy prit deux packs de six bouteilles de bière dans le présentoir vitré de produits réfrigérés sur le mur du fond, puis s'arrêta dans une travée, le temps d'attraper un grand paquet de chips et deux autres articles. À la caisse, il paya avec mon billet et fourra la monnaie dans sa poche de pantalon.

Lorsqu'il remonta en voiture, son humeur paraissait meilleure.

– Vous avez déjà essayé les réglisses avec la bière ? Je nous ai pris des Good and Plentys et tout un paquet d'un autre truc.

– Je meurs d'envie d'essayer, dis-je. À propos, votre accent, il vient d'où ? Du Kentucky ?

– Oui, m'dame.

– Louisville, je parie. C'est ça ?

– Comment vous avez deviné ?

– L'intuition. Je suis assez bonne à ce petit jeu.

– Plutôt !

Ayant fait la preuve de mes dons, je revins sur la route, tournai à droite dans la rue latérale et entrai dans le parking réservé à la pépinière. Je me garai devant la jardinerie, qui était fermée à cette heure tardive et baignait dans la fluorescence glacée du néon. Je fermai la voiture à clé, pris mon sac à l'épaule et suivis Carlin Duffy qui s'était engagé sur le chemin recouvert de paillis. On avait l'impression de marcher dans un bois profond et dessiné au cordeau ; de larges allées coupaient à travers des rangées d'arbres en caisse de toutes les essences imaginables, espacés à intervalles réguliers. L'obscurité empêchait de les identifier pour la plupart, mais on reconnaissait certains contours. Je distinguai des palmiers et des genévriers, des chênes verts et des pins. Sinon, il s'agissait pour l'essentiel d'arbres dont j'ignorais le nom, des rangées de formes hirsutes qui bruissaient dans le vent.

Duffy semblait indifférent à cet environnement. Il passait d'une allée à l'autre du même pas traînant, le dos rond pour se protéger de la fraîcheur nocturne, tandis que je le suivais docilement à dix pas derrière. Il s'arrêta lorsque nous atteignîmes la remise et chercha ses clés dans sa poche. L'extérieur consistait en planches et en tasseaux, le tout peint en vert foncé. Toiture plate et une seule fenêtre visible. Le verrou s'ouvrit avec un déclic, et Duffy entra. J'attendis qu'il ait allumé et entrai à mon tour. La remise faisait environ dix-huit mètres sur vingt-quatre, divisée en quatre petites pièces hébergeant deux chariots-élévateurs, un mini-bulldozer et une grue qu'on avait sans doute mise à contribution pour planter des arbrisseaux. N'importe quel arbre plus mature aurait exigé un matériel plus lourd, probablement loué en cas de besoin.

Les parois intérieures ne bénéficiaient d'aucune isolation, et le sol en terre battue et mâchefer crissait sous nos pieds. On avait tendu une des pièces de bâches et de couvertures de surplus de l'armée – elles tombaient du plafond en formant une sorte de tente. À l'intérieur, je vis un lit de camp en toile et en bois et, roulé à une extrémité, un sac de couchage. Nous passâmes dans l'abri, où une ampoule nue de 60 watts assurait l'éclairage. Je remarquai aussi un radiateur parabolique, un réchaud à deux plaques et un mini-réfrigérateur à peu près de la taille d'un pack de douze bouteilles de bière. Les vêtements de Duffy pendaient à une série de clous plantés dans la paroi latérale : un jean, un bomber, une chemise en lainage, un pantalon de cuir noir, un gilet de cuir noir et deux sweat-shirts. Méticuleuse comme je suis, je ne pus que m'interroger sur l'absence de sous-vêtements propres visibles et d'un point d'eau où faire sa toilette et se laver les dents. Pas forcément le genre d'individu avec qui on aimerait discuter longuement dans un petit espace confiné.

– Sympa, remarquai-je.

– Ça peut aller. Posez-vous sur le lit, moi, je me mets là.

– Merci.

Il posa le sac des courses sur une caisse d'oranges et saisit le pack. Libérant deux bouteilles, il rangea le reste dans son réfrigérateur miniature, plaçant le surplus sur le dessus. Puis il plongea la main dans une poche, en retira un décapsuleur et ouvrit les deux bières. Il écarta suffisamment sa bouteille pour ouvrir le paquet de chips et une boîte de crème de haricots épicée, qu'il me tendit. Je pris une poignée de chips et les gardai sur les genoux, me servant de crème à même la boîte.

– Vous voulez une assiette en carton ?

– C'est parfait, assurai-je.

Après avoir dégagé le dessus de la caisse, il s'en servit comme tabouret. Il ouvrit sa boîte de bonbons de réglisse et en expédia deux dans sa bouche, aspirant sa bière à travers ses dents avec un petit gémissement de délice. D'ici peu, il allait avoir les dents et la langue plus noires que de la suie. Puis il se pencha et alluma le petit radiateur parabolique. Les filaments rougirent presque aussitôt et le métal commença à émettre de petits crissements caractéristiques. Cette mince nappe d'air surchauffé faisait paraître le reste de la pièce d'autant plus glacial. Je dois avouer que cette pièce dans la pièce ne manquait pas de charme. Cela me rappelait les « maisons » que je me construisais quand j'étais petite, en drapant des couvertures sur des tables et des chaises.

– Comment vous m'avez trouvé ? demanda-t-il.

– Enfantin. Vous vous êtes fait interpeller et convoquer pour feu arrière défectueux. Quand on a cherché votre nom au fichier, votre dossier est apparu dans toute sa splendeur. Vous avez fait beaucoup de prison.

– Vous voulez que je vous dise ? Tout ça, c'est nul à chier. D'accord, je fais parfois des trucs pas très réglos, mais jamais rien de vraiment moche.

– Vous n'avez jamais tué personne.

– Parfaitement. Ni jamais volé personne. Jamais utilisé d'arme… sauf cette fois-là. J'ai jamais touché à la drogue, je suis jamais sorti avec des femmes qui voulaient pas sortir avec moi et j'ai jamais porté la main sur un môme. En plus, j'ai pas fait un seul jour de tôle pour délit fédéral. Toujours à l'échelon de la ville et du comté, en général leur connerie de trois mois de TUP… Mise en danger de la vie d'autrui. Putain, ça signifie quoi ?

– Je ne sais pas, Duffy. C'est à vous de me le dire.

– Décharge accidentelle d'une arme à feu, énonça-t-il avec mépris. (Un délit si anodin que je marquai mon étonnement de l'entendre même le mentionner.) On était le soir du réveillon… ça remonte à deux ans maintenant. Moi, je suis dans ce motel en ville, à prendre du bon temps. Je chahute un peu, comme tout le monde. Je lâche un coup en l'air, et vous savez quoi ? La balle traverse le plafond et se loge dans les fesses de cette pétasse. C'est quand même pas ma faute, hein ?

– Cette question ! renvoyai-je, aussi outrée que lui.

– Et puis la prison, c'est pas si nul. C'est propre, c'est chauffé. Vous avez le volley, des vécés à l'intérieur et votre télé couleurs. La bouffe est infecte, mais les soins médicaux vous coûtent pas un rond. La moitié du temps, je reste à glander. La pression monte et je pète les plombs. La tôle, c'est comme la mi-temps : ça me remet les idées en place.

– Quel âge avez-vous ? demandai-je.

– Vingt-sept ans. Pourquoi ?

– Vous commencez à être un peu vieux pour qu'on vous dise d'aller vous calmer dans votre chambre.

– Probable que non. Mais j'ai l'intention de me ranger, maintenant que je suis ici. N'empêche qu'enfreindre le règlement, c'est le pied. On se sent libre.

– Je comprends ça, dis-je. Vous avez déjà eu un vrai boulot ?

Mes doutes sur son passé professionnel parurent le blesser.

– Je suis conducteur d'engins. J'ai eu mon BTS dans une école professionnelle du Tennessee. Échafaudages, grues, chariots-élévateurs, bulldozers, vous avez le choix. Niveleuses, pelles hydrauliques, pelleteuses, treuils, n'importe quel engin sorti de chez Caterpillar ou John Deere. Vous devriez me voir. Je monte dans la cabine et je m'éclate !

Il passa un moment à imiter le bruit des changements de vitesse, utilisant sa bouteille de bière comme levier pendant qu'il conduisait une chargeuse-pelleteuse imaginaire.

– Parlez-moi de votre frère.

Il posa la bouteille vide à ses pieds et se pencha vers moi, les coudes sur les genoux, le visage animé.

– Benny, y en avait pas deux comme lui. Il s'est mieux occupé de moi que mon père et ma mère. On a toujours tout fait ensemble, sauf quand il est parti à la guerre. J'avais juste six ans à ce moment-là. Je me rappelle quand il est rentré. Il était allé à l'hosto et avait été réformé, à cause de sa tête. Après ça, disait maman, il avait changé. Elle disait qu'il était devenu lunatique et irritable, un peu à côté de la plaque. Moi, j'en avais rien à faire ; en 1971, il a acheté la Triumph : trois cylindres, double arbre à cames. Ça n'avait rien de nouveau à l'époque, mais on prenait son pied. Personne ne tripotait les Harley Davidson en ce temps-là. Pas plus que les japonaises. Juste les BSA et les Triumph.

Il me fit signe de lui passer les chips et la boîte de crème de haricots.

– Pourquoi est-il venu en Californie ?

– Je sais pas bien. À cause de sa pension, je crois, quelque chose avec le ministère des Anciens Combattants qui avait foutu le bordel dans son dossier.

– Mais pourquoi pas au Kentucky ? L'Association des anciens combattants n'y a pas de bureaux ?

Duffy pencha la tête et mastiqua ses chips tout en s'essuyant la bouche d'un revers de main.

– Il connaissait quelqu'un là-bas qui pouvait accélérer les choses. Dites, je nous ai pris des cacahuètes. Passez-moi le sac.

Je poussai le sac en papier vers lui. Il sortit une boîte de cacahuètes et tira l'anneau. Il en versa quelques-unes dans sa paume et quelques-unes dans la mienne.

– Quelqu'un des Anciens Combattants ? demandai-je.

– Il a jamais dit qui c'était, ou alors, je m'en souviens pas. J'étais juste un môme à l'époque.

– Benny est resté combien de temps ici avant sa mort ?

– Je dirais une quinzaine de jours. Ma mère a pris l'avion, a ramené son corps pour l'enterrement et a fait rapatrier sa bécane. Je vais le voir chaque fois que je peux. Au cimetière de Cave Hill, ils ont toute une section pour les anciens combattants.

– Que lui a-t-on dit sur les circonstances de sa mort ?

– Qu'un flic l'avait cogné. Ils s'étaient bagarrés au Honky-Tonk et Benny a fini par y rester.

– Ça a dû être dur.

– Vous pouvez le dire. C'est à ce moment-là que j'ai commencé à avoir des ennuis avec la justice, dit-il. Je suis passé devant le juge des enfants jusqu'au jour où j'ai été assez grand pour être jugé comme adulte.

– Quand êtes-vous arrivé ici ?

– Il y a cinq, six mois. Mon père est mort en septembre. Il avait de l'emphysème, à force de fumer trois paquets par jour. Même à la fin, il s'en foutait de crever, il tirait sur ses mégots alors qu'il était sous oxygène. Maman est morte un mois après. Je crois que son cœur a lâché pendant qu'elle ratissait des feuilles dehors. Moi, j'étais en tôle, je faisais un TUP à la prison du comté de Shelby. Encore une de leurs conneries. J'ai soufflé dans le ballon… quoi, j'avais deux dixièmes de trop. Connards d'enculés. En tout cas, dès que j'ai eu purgé ma peine, je suis rentré chez moi en stop et je me suis retrouvé avec la maison rien que pour moi, plus les meubles, la bécane et un tas de vieilleries. M'a fallu un sacré temps pour faire réparer la bécane.

– Ça a dû vous faire bizarre.

– Pas qu'un peu. Je restais là à glander et à faire ce que je voulais, mais c'était pas marrant. J'ai fini par me sentir seul. En tôle, on a l'habitude d'avoir du monde autour.

– Et alors ?

– Ma mère n'avait jamais touché à rien dans la chambre de Benny. Les vêtements par terre, le lit en foutoir exactement comme quand il était parti pour venir ici. J'ai commencé à regarder, j'ai fait un peu le ménage, trié, jeté. Par curiosité, et aussi parce que je voulais m'occuper. Je suis tombé sur une boîte fermée à clé.

– Une boîte de quel genre ?

– En métal gris, à peu près grande comme ça. (Ses mains indiquèrent un format de trente centimètres sur quinze.) Elle était sous son lit, coincée entre les ressorts du sommier.

– Vous l'avez toujours ?

– Non. M. Magruder l'a prise, il a dû la cacher quelque part.

– Que contenait-elle ?

– Attendez que je me souvienne. Une carte de presse au nom d'un certain Duncan Oaks. Et aussi les plaques d'identité militaire d'Oaks et une photo en noir et blanc de Benny et d'un type qui devait être Oaks, d'après nous.

Duncan Oaks. Encore lui. Je me demandai si Mickey avait mis les objets au coffre. Je notai d'y penser. La prochaine fois que je retournerais là-bas, il faudrait voir si je pouvais bricoler la nouvelle serrure de son appartement. Pour le moment, je n'avais découvert aucune clé de coffre-fort, mais une nouvelle fouille révélerait peut-être des surprises.

– Parlez-moi de vos rapports avec Mickey.

– M. Magruder est un chic type. Je l'aime bien. Avec lui, on ne plaisante pas. Une fois, il m'a fichu une raclée que je suis pas près d'oublier. En plein dans la mâchoire. J'ai toujours une dent de branlante.

Il fit bouger une incisive pour illustrer son propos.

– Pourquoi étiez-vous venu en Californie ? Pour retrouver sa piste ?

– Exact.

– Comment l'avez-vous localisé ? Il y a quatorze ans qu'il s'est installé à Culver City. Et il n'est pas du genre à donner son numéro de téléphone ni son adresse.

– À qui le dites-vous ! Je les ai eus par Tim, le patron du Tonk. J'ai essayé le bar en premier parce que c'est là que mon frère et lui s'étaient bagarrés. Je me disais que quelqu'un se souviendrait peut-être de lui et me dirait où le trouver.

– Pour quoi faire ?

– Le buter, tiens donc ! J'avais appris que c'était lui qui avait bousillé Benny. Après qu'on a eu parlé, j'ai commencé à voir les choses à sa façon.

– C'est-à-dire ?

– D'après lui, il a été victime d'un coup monté, et je suis assez d'accord.

– Comment ça ?

– Il avait un alibi. Il était en train de tringler cette dame mariée, mais comme il ne voulait pas lui attirer d'ennuis, il n'a rien dit. J'ai interrogé ce flic qui a dit qu'il avait tout vu. Ils se sont insultés et bousculés. Mais pas un des deux n'a cogné. Moi, je pense que quelqu'un est arrivé plus tard et a tabassé Benny. Ce qui l'a tué, c'est cette plaque de métal qu'il avait dans la tête. Le sang est allé dans le cerveau, qui a gonflé comme une éponge.

– Vous rappelez-vous le nom du policier ?

– M. Shackelford. Je l'ai vu tout à l'heure au Honky-Tonk.

– Et la photo qui se trouvait dans la boîte ?

– Deux mecs dans la brousse, sans doute au Vietnam. Avec des soldats derrière. Benny était en treillis et avait son gros casque de l'armée qu'il avait décoré avec le symbole de la paix. Vous connaissez… Cette espèce d'os de poulet en « V » avec une tige qui sort en bas. Benny a son sourire défoncé et un bras passé autour de l'autre mec, qui est torse nu. L'autre a une clope qui lui pend aux lèvres. Ses plaques d'identité ressemblent comme deux gouttes d'eau à celles de la boîte.

– Quel genre de type ?

– Vous savez bien… jeune, pas rasé, gros sourcils noirs de

vieux et une moustache noire : crado, le bidasse, quoi. Presque pas de poils sur la poitrine. Un peu tante de ce côté-là.

– Y avait-il des noms ou des dates au dos de la photo ?

– Non, mais c'est Benny aussi sûr que je vous vois. Probablement en 1965, entre le dix août, quand il est parti, et le dix-sept septembre, quand il a été blessé. Benny se trouvait à Ia Drang avec le vingt-septième quand un tireur isolé l'a touché à la tête. Les toubibs auraient dû l'évacuer, mais les hélicos n'arrivaient pas à atterrir parce que ça pétait de partout. Quand on l'a sorti de là, il disait que les blessés et les morts étaient empilés les uns sur les autres comme du petit bois pour le feu.

– Quelle était la théorie de Mickey ?

– Il m'en a pas parlé. Tout ce que je sais, c'est qu'il a dit qu'il allait s'en occuper.

– Qu'est devenue la boîte ? J'aimerais en voir le contenu.

– Il a dit qu'il avait un endroit où la mettre. Moi, j'ai appris à ne pas me mêler de ses affaires. C'est lui le chef.

– Revenons à Duncan Oaks. Que vient-il faire dans l'histoire ?

– Aucune idée. Sans doute un type de la section de Benny.

– C'est ce que Mickey tentait d'établir. Je sais qu'il a téléphoné à un lycée de Louisville…

– Au lycée technique, je parie. Benny y était, il a joué dans l'équipe de foot et tout.

– Non, pas au lycée technique, dis-je. Au lycée de garçons de Louisville. Il a interrogé la bibliothécaire sur Duncan Oaks. Le lendemain, il a sauté dans un avion pour aller dans l'est. Lui avez-vous parlé plus tard, après son retour ?

– Impossible de le joindre. J'ai téléphoné plusieurs fois. Il n'a jamais décroché, si bien que j'ai laissé tomber. C'était à devenir dingue. J'ai cru qu'il me snobait.

– Vous ne saviez pas qu'on lui avait tiré dessus ?

– Non. Enfin… pas à ce moment-là. Quelqu'un me l'a dit plus tard. Le type de la porte d'à côté. Je me rappelle pas son nom juste là, un truc bizarre.

– Wary Beason ?

– C'est ça. Je lui ai esquinté sa fenêtre, c'est comme ça qu'on a fait connaissance.

Duffy eut la bonne grâce de prendre un air penaud de circonstance. Il ne semblait toujours pas se rendre compte que j'étais sur les lieux cette nuit-là.

Je me surpris à contempler le sol en terre battue, essayant de comprendre de quoi il retournait. Comment les divers éléments se raccordaient-ils ? Tim Littenberg et Scott Shackelford avaient tous deux fait le Vietnam, mais les dates ne concordaient pas. Benny Quintero s'y trouvait au début de la guerre, et seulement pendant une brève période. Tim et Scottie y étaient allés plus tard, au début des années soixante-dix. Et puis il y avait Eric Hightower, dont la seconde période avait été écourtée lorsqu'il avait marché sur une mine et perdu ses deux jambes. Là encore, c'était bien après le rapatriement de Benny. Et quel rapport avec l'agression ? Je connaissais assez Mickey pour savoir qu'il était sur quelque chose, mais quoi ?

– Hé, vous êtes toujours là ?

Levant les yeux, je croisai le regard inquiet de Duffy. Je repoussai ma bière.

– Je pense que je ne vais pas m'en mêler pour le moment. J'ai besoin de temps pour assimiler. Pour l'instant, je ne vois absolument pas où est le lien… à supposer qu'il y en ait un, ajoutai-je. Je vous poserai peut-être des questions plus tard, quand j'aurai eu le temps d'y réfléchir. Vous serez dans les parages ?

– Ici ou au Honky-Tonk. Vous voulez que je vous raccompagne ?

– Merci, dis-je. Il fait noir comme dans un four dehors.

CHAPITRE 22

J'arrivai à l'appartement à 11 heures et quart, étonnée de voir que l'entretien avec Duffy ne m'avait pris qu'une heure. Je mis une cafetière en route, effectuant des étirements pour me débloquer la nuque pendant que le café passait. Un léger mal de tête s'attardait entre mes sourcils, comme un pli soucieux. Je brûlais d'aller au lit, mais le travail m'appelait. Décidée à exploiter l'information encore fraîche, j'ouvris mon tiroir de bureau et en sortis un nouveau paquet de fiches lignées. Puis je récupérai, dans leur cachette, les articles que j'avais subtilisés chez Mickey.

Installée dans mon fauteuil pivotant, je notai les moindres détails de la soirée dont je me souvenais. Les activités du Honky-Tonk se révélaient moins inquiétantes que je l'avais imaginé. Peut-être que, comme l'avait dit Tim, Mickey le fréquentait simplement pour prendre un verre et faire le siège de Thea. Courir la gueuse était bien dans sa nature, difficile de le nier.

Lorsque le café fut prêt, je me levai pour aller m'en servir une tasse, avec un nuage de lait pas tout à fait tourné. Je revins à mon bureau et restai un moment debout, à déplacer les fiches d'une main distraite. Une foule de détails secondaires ne cadraient pas : Mickey blessé avec mon arme, l'interminable sifflement sur mon répondeur. Émis de son appartement l'après-midi du 27 mars. Qui m'avait appelée et pourquoi ? Si c'était Mickey, pourquoi n'avait-il pas laissé de message ? Pourquoi laisser la bande tourner jusqu'au bout ? Si ce n'était pas Mickey, alors dans quel but ? Pour faire croire que nous étions en contact ? C'était réussi, la police m'avait dans le collimateur.

Je me rassis et me mis à jouer avec les fiches. Je devais partir de l'hypothèse que Mickey était sur la piste du meurtrier de Benny Quintero. Cette question l'avait tourmenté sa vie durant. On n'avait jamais conclu officiellement à un homicide, mais Mickey savait qu'on l'en jugeait responsable, même s'il n'y avait jamais eu de poursuites. Au vu de sa carrière en dents de scie dans la police, son implication dans l'affaire avait compromis sa crédibilité et nui à sa réputation déjà entachée. Dans son esprit, il n'avait d'autre choix que d'abandonner un métier qu'il adorait. Après quoi, il n'avait jamais remonté la pente, sa vie se réduisant à l'alcool, aux femmes et à un appartement sordide. Incapable même de garder l'emploi minable qu'il avait trouvé : la Pacific Coast Security, avec son uniforme de faux flic et son insigne à deux sous. Il avait sûrement rêvé de s'évader de cet univers, s'inventant une sortie de secours avec son argent et ses faux papiers soigneusement dissimulés. Je retournai quelques fiches, les disposai en colonne, arrangeant les faits sans ordre précis.

L'esprit vide, je mis deux fiches debout tête à tête, les faisant tenir en équilibre du seul fait de leur poids respectif. J'en ajoutai une troisième, laissant l'hémisphère droit de mon cerveau en repos tandis que je construisais un château. Je m'amusais à faire des châteaux de cartes quand j'étais petite. Le premier niveau ne posait pas de problème, exigeant tout au plus de la patience et de l'adresse. Pour ajouter un étage, il fallait poser une série de cartes à plat et placer avec adresse et en douceur un « plafond » sur le premier niveau jusqu'à le couvrir entièrement. C'est là que les choses se corsaient : ajouter un deuxième niveau à partir de la première case. D'abord mettre deux cartes en équilibre sur le plafond devenu plancher, toujours en les faisant tenir par leur poids respectif, puis en ajouter une troisième à côté. Puis une quatrième, et ensuite une cinquième. À tout instant, à mesure que l'édifice grandissait, on risquait de voir le tout s'effondrer sur lui-même… comme un château de cartes. Parfois, avec une certaine perversité, je provoquais moi-même la chute par un petit coup sec du doigt sur un coin, regardant les cartes s'effondrer les unes sur les autres au ralenti, comme dans un programme de démolition. Je jetai un coup d'œil à la fiche que je tenais, lisant ce qui était écrit dessus avant de l'ajouter au château. Avec précaution, j'ajoutai une autre fiche. M'interrompis, l'ôtai et relus les données. Un éclair d'intuition me parcourut et je me sentis cligner des yeux. J'avais vu un lien, deux fiches qui soudain se rejoignaient. Quelle gourde de ne pas l'avoir compris plus tôt ! Un nom revenait à deux reprises, et je sentis ma perspective se modifier. On aurait dit la secousse brutale d'un tremblement de terre, vite évanouie. Ce que je venais de repérer, c'était un nom : Del Amburgey, l'homme à qui Shack m'avait présentée au Tonk. Delbert Amburgey était aussi le nom d'un jeu de faux papiers d'identité de Mickey : permis de conduire de l'État de Californie, cartes de crédit, carte de Sécurité sociale.

J'écartai les fiches et sortis les papiers portant la photo plastifiée de Mickey sur ce qui devait être les renseignements d'état civil de Delbert. Je pivotai sur mon fauteuil et étudiai l'effet général. Ces papiers appartenaient-ils à Delbert ou lui avait-on piqué son identité ? La date de naissance était-elle authentique, empruntée ou inventée, et comment avait-on procédé ? Je savais que les escrocs à la carte de crédit partent souvent en « plongée dans les bennes à ordures », récupérant des fiches de caisse ou des doubles, voire des relevés de cartes de crédit jetés à la poubelle après paiement des factures mensuelles. L'information fournie par les relevés peut servir à obtenir des crédits supplémentaires. L'escroc demande des cartes en fonction des crédits préalablement consentis à l'individu en question. On peut ainsi ouvrir une quantité illimitée de nouveaux comptes. Il suffit d'un nom, d'une adresse et d'un numéro de Sécurité sociale pour obtenir des cartes de retrait aux billetteries, ainsi que des carnets de chèques ou des indemnités versées par les assurances. L'escroc donne à la société de crédit une adresse de remplacement, de sorte que le possesseur de la carte ne se rend pas compte que des biens et des services sont débités de son compte courant. On peut aussi exploiter les cartes en effectuant une série de retraits en liquide. Une fois le plafond du crédit atteint, l'escroc a la possibilité soit d'effectuer un versement minimal, soit de continuer, fourguant la marchandise ou l'écoulant au rabais et encaissant les bénéfices. Les faux documents tels que ceux détenus par Mickey ont une grande valeur sur le marché, où les malfaiteurs, les clandestins et les individus en faillite chronique peuvent se payer un nouveau départ dans la vie avec des milliers de dollars de crédit à leur disposition.

Je revins aux relevés financiers de Mickey. J'étudiai son livret d'épargne et commençai à comprendre les retraits réguliers de six cents dollars effectués à des dates qui coïncidaient avec ses expéditions au Tonk. Je repensai à Tim et à notre conversation sur l'aménagement de son premier étage, où il prétendait pouvoir ajouter des tables. Je m'émerveillai, mais après coup, de l'art avec lequel il m'avait menée en bateau. Il m'avait tendu l'hameçon – la porte qui n'était pas fermée à clé – et laissé entrevoir ce qui paraissait un espace non exploité. J'avais vu le videur passer au scanner les permis de conduire des clients admis à l'intérieur du bar. Étant donné que le bar conservait un double de chaque paiement par carte de crédit, il était assez facile de faire correspondre les numéros avec les données des permis en question. Je n'aurais pas su décrire par le menu les détails de l'opération, mais il existait des spécialistes pour ça.

Je regardai de nouveau ma montre. 1 : 55. Un « merde ! » m'échappa. J'avais promis à Thea de la retrouver dès qu'elle aurait fini son travail, à 2 heures. Je sautai sur mes pieds, rangeai toutes les fiches dans mon tiroir, le fermai à clé, remis les faux papiers de Mickey dans leur cachette et saisis mon blouson et mes clés de voiture. Quelques minutes plus tard, je roulais plein nord sur la 101, une fois de plus en direction de Colgate, luttant contre la tentation d'appuyer à fond sur le champignon. La circulation était faible, l'autoroute presque vide, mais je savais qu'à cette heure-là la police de la route rôdait. Je n'avais vraiment pas besoin de me faire intercepter ni de récolter une amende pour excès de vitesse. Je m'entendis parler tout haut, encourageant les prouesses de mon bolide, priant le ciel que Thea ne quitte pas le café avant que j'arrive. Le restaurant partageait un espace de stationnement avec le bowling voisin. Toutes les places étaient prises et je tournai plusieurs fois en gémissant, cherchant où me glisser. Finalement, j'abandonnai ma voiture sur un emplacement moyennement autorisé. D'un même mouvement j'éteignis les phares, coupai le moteur, ouvris la portière et sortis. 2 : 13. Je fermai la voiture, rejoignis le restaurant en marche rapide, m'arrêtai pour reprendre souffle, poussai la porte et la cherchai des yeux.

Thea occupait un box au fond, une cigarette à la main. Le violent éclairage fluorescent effaçait les traits de son visage, lui ôtant toute expression, à la façon d'un maquillage de kabuki.

Je me glissai sur la banquette en face d'elle.

– Merci d'avoir attendu, dis-je. J'étais absorbée dans de la paperasserie et je n'ai pas vu passer l'heure.

– Ça n'a pas d'importance, dit-elle. De toute façon, ma vie se déglingue à toute vitesse. Alors, au point où j'en suis…

Elle paraissait étrangement lointaine. Sans doute avait-elle eu trop le temps de réfléchir. Un peu plus tôt, au Honky-Tonk, j'aurais juré qu'elle se confierait. Les gens qui ont des problèmes sont en général soulagés de pouvoir s'épancher. Prenez-les au bon moment, ils répondront à toutes vos questions. Je m'en voulais de ne pas avoir essayé de la prendre à part à ce moment-là.

– Écoutez, dis-je. Je sais que vous êtes furieuse que je ne vous aie pas dit qui j'étais…

– Entre autres, me renvoya-t-elle d'un ton acide. Soyez gentille, fichez-moi la paix. Vous êtes détective et en plus l'ex-*femme* de Mickey ?

– Thea, sérieusement. Si je vous l'avais dit d'entrée de jeu, est-ce que j'aurais appris quoi que ce soit ?

– Probable que non, reconnut-elle. Mais vous n'aviez pas besoin de mentir.

– Bien sûr que si ! Comment savoir la vérité sinon ?

– C'est mal d'être honnête ? Ou bien ça vous dépasse ?

– Moi, honnête ! Et vous ? C'est vous qui couchiez avec Mickey dans le dos de Scottie.

– Vous aussi vous couchiez avec lui !

– Pas du tout. Désolée. Pas moi.

Elle me regarda sans comprendre.

– Mais vous avez dit…

– Une minute. Vous avez peut-être tiré des conclusions hâtives, mais je n'ai rien dit de tel.

– Non ?

Je secouai la tête.

Son regard perdit de son assurance. Elle avait l'air médusée.

– Alors, à qui était le diaphragme ?

– Bonne question. Je viens juste d'avoir la réponse. On dirait que ce cher Mickey baisait ailleurs.

– Qui ?

– Je pense qu'il vaut mieux que je me taise. Pour l'instant.

– Je ne vous crois pas.

– Qu'est-ce que vous ne croyez pas ? Vous savez qu'il voyait quelqu'un d'autre. Vous en avez eu la preuve sous les yeux. Évidemment, si vous ne trahissiez pas systématiquement Scottie, vous n'auriez pas à vous inquiéter de ce genre de détails.

Son regard s'accrocha au mien.

– Inutile de faire cette tête d'enterrement, enchaînai-je. Il m'en a fait autant. On ne le changera pas.

– Ce n'est pas ça. Je viens de m'apercevoir que je m'en fichais un peu quand je croyais que c'était vous. Au moins vous aviez été sa femme, ça paraissait moins grave. Cette autre femme, il l'aime ?

– Et même ? Ça ne l'a pas empêché de s'intéresser à vous.

– À vrai dire, c'est moi qui me suis intéressée à lui.

– Ah là là ! Désolée de vous dire ça, mais vous êtes givrée ou quoi ? Ce type est un pilier de bar. Il est au chômage et il a… combien, quinze ans de plus que vous ?

– Il semblait… je ne sais pas… séduisant et protecteur. Un homme mûr. Scottie a des sautes d'humeur et ne pense qu'à lui. Avec Mickey, je me sentais en sécurité. Il aime les femmes.

– Pour les aimer, il les aime. Moyennant quoi, il nous trahit à la moindre occasion. Il nous aime toutes plus que la dernière, souvent en même temps, mais jamais longtemps. C'est sa façon à lui d'être mûr.

– Vous croyez qu'il va s'en tirer ? Je me ronge les sangs, mais impossible de savoir quoi que ce soit par l'hôpital.

– Je l'espère, mais franchement je ne sais pas.

– Mais vous tenez encore à lui, hein ?

– Sans doute. Le plus curieux, c'est qu'il m'était sorti de l'esprit. Sincèrement, je suis restée des années sans penser à lui. Maintenant qu'il est à terre, je ne fais que ça.

– Moi aussi. Je n'arrête pas de le chercher. La porte du Tonk s'ouvre et je crois que c'est lui qui entre.

– Pourquoi continuait-il à venir ? C'était pour vous ou y avait-il une autre raison ?

– Ne me le demandez pas. Je ne peux pas vous aider. Je veux dire… je tiens à Mickey, mais pas assez pour m'esquinter la vie.

– Se pourrait-il que Scottie soit au courant ?

– Pour Mickey et moi ?

– C'est bien de ça qu'on parle, non ? dis-je en refusant de m'énerver.

– Pourquoi cette question ?

– Qui vous dit que ce n'est pas Scottie qui a tiré sur Mickey ?

– Il ne ferait pas un truc pareil. En plus, son père nous a dit que ça s'était passé à deux rues de chez lui. Scottie ne sait même pas où il habite.

– Un peu faiblard comme argument. Réfléchissez, Thea. Où était Scottie mercredi de la semaine dernière ?

– Comment le saurais-je ?

– Il était avec vous ?

– Je ne crois pas, dit-elle. (Elle contempla la table, se repassant son emploi du temps.) Mardi, j'ai pris ma journée. Je ne me sentais pas bien.

– Avez-vous eu Scottie au téléphone ?

– Non. J'ai appelé et il était absent. Je lui ai laissé un message et il m'a rappelée le lendemain.

– Autrement dit, il n'était pas avec vous dans la nuit de mardi ni tôt le matin du mercredi. Nous parlons du quatorze mai.

Thea fit signe que non.

– Et le lendemain ? L'avez-vous vu ?

Elle écrasa sa cigarette.

– Je ne me souviens pas de tous les jours !

– Alors, commençons par ce dont vous vous souvenez. Quand avez-vous vu Scottie pour la dernière fois ?

– Lundi, lâcha-t-elle de mauvaise grâce. Tim et lui avaient une réunion dimanche. Il est venu passer la nuit et il est reparti pour L.A. le lendemain. Je ne l'ai pas revu jusqu'au week-end. C'était samedi de la semaine dernière. Il est revenu hier et il retourne à L.A. demain.

– Et vous ? Étiez-vous avec Mickey à un moment ou à un autre la nuit de l'agression ?

Elle hésita.

– Je suis passée à son appartement, mais il était parti.

– Scottie pourrait-il vous avoir suivie ? Il aurait pu attendre quelque part en ville. Une fois que vous avez pris votre voiture, il ne lui restait plus qu'à vous suivre jusque chez Mickey.

Elle me dévisagea, interloquée.

– Il n'aurait pas fait une chose pareille. Je sais que vous ne l'aimez pas, mais cela n'en fait pas un salaud pour autant.

– Vraiment ? Vous m'avez dit qu'il vous tuerait si jamais il l'apprenait.

– Quand j'ai dit qu'il me tuerait, c'était… comment dit-on…

– Au sens figuré.

– Au sens figuré, voilà, répéta-t-elle. Scottie serait bien incapable de tuer qui que ce soit.

– Peut-être avait-il un mobile plus sérieux.

– Quoi par exemple ?

– Une arnaque.

Le visage de Thea changea.

– Je ne veux pas en parler.

– Alors, parlons d'autre chose. La première fois que je suis venue, jeudi de cette semaine, Tim était furieux contre vous. À quel sujet ?

– Ça ne vous regarde pas.

– Tim et lui sont associés ?

– Demandez-le-leur.

– Dans quel genre d'affaires ?

– Je n'ai rien à dire.

– Pourquoi ? Vous êtes mouillée aussi ?

– Il faut que j'y aille, dit-elle brusquement.

Je la regardai rassembler son blouson et son sac. Elle évita soigneusement de me regarder en quittant le box.

Il était 2 h 45 lorsque je me glissai enfin dans mon lit. Je me réveillai à 6 heures par la force d'une longue habitude et m'apprêtais à bondir pour aller courir quand je me souvins qu'on était dimanche. Je restai un moment sans bouger, à fixer le vasistas. Le soleil n'était pas loin de se lever car le ciel s'éclaircissait comme si on montait l'intensité d'un variateur. Je me sentais bizarrement vaseuse pour quelqu'un qui avait si peu bu. Sans doute le bar enfumé, l'entretien avec Duffy et la tension entre Thea et moi – sans parler des spéculations de la soirée et le fait d'avoir conduit à des heures indues. Je me levai, me brossai les dents, pris deux comprimés d'aspirine avec un grand verre d'eau, puis je me recouchai. Moins d'une minute plus tard, je dormais. Ma vessie me réveilla à 10 heures. Je procédai à un examen général, en quête de maux de tête, nausée, fatigue. Rien ne paraissant détraqué, j'en conclus que je pouvais affronter le monde, mais seulement avec la perspective d'une sieste plus tard.

J'expédiai les affaires courantes : je pris une douche, enfilai mon survêtement et fis une cafetière. Je lus le journal du dimanche presque entièrement, puis m'enveloppai d'un plaid et m'installai sur le canapé avec un livre. L'heure de la sieste surgit à 1 heure et je dormis jusqu'à 5 heures. Je montai l'escalier pour aller m'examiner dans la glace de la salle de bains. Mes cheveux, comme je le subodorais, étaient complètement aplatis sur un côté, tandis que des touffes hirsutes piquaient de l'autre avec de faux airs de palmiers desséchés. Je me passai la tête sous le robinet et en émergeai avec une coiffure plus élaborée. J'enlevai ensuite mon survêtement et enfilai un pull à col roulé et un jean, des socquettes de gym, mes chaussures Saucony et le blouson de Mickey. Puis je ramassai mon sac, fermai la porte derrière moi et traversai le patio jusque chez Henry, où je frappai. Il ne répondit pas tout de suite, mais je m'aperçus que la fenêtre de la salle de bains était entrouverte de quelques centimètres et j'entendis un bruit de douche. Un petit nuage de vapeur sentant bon le savon et le shampooing s'en échappait. Je frappai à la fenêtre au rythme habituel : tap-taptap-tap.

– Youhou ! hurla Henry de l'intérieur.

– Henry, c'est moi ! Je pars dîner chez Rosie. Tu veux venir ?

– J'arrive dans une minute. Dès que j'aurai terminé.

Je fis à pied le demi-pâté de maisons qui me séparait de chez Rosie et arrivai à 5 h 30 pétantes, exactement à l'ouverture. Nous échangeâmes des plaisanteries, en l'occurrence des remarques caustiques de sa part sur mon poids, mes cheveux et ma situation de famille. Rosie est peut-être une figure maternelle, mais seulement pour qui aime celles qui peuplent les contes de Grimm. Elle s'est juré, et ne s'en cache pas, de me remplumer, de me convaincre d'avoir une coupe de cheveux digne de ce nom et de me faire convoler. Elle sait pertinemment que le succès ne m'a jamais souri dans ce dernier secteur. Mais elle prétend qu'*un jour* (c'est-à-dire quand je serai vieille et gâteuse, piquée et impotente) j'aurai besoin de quelqu'un pour s'occuper de moi. J'ai émis l'idée d'une infirmière à domicile, mais elle n'a pas goûté la plaisanterie. Elle avait raison, j'étais sérieuse.

Je pris place dans mon box habituel, devant un verre d'amère piquette. C'est l'enfer d'apprendre à faire la différence entre le bon vin et le mauvais. Henry arriva peu après, et nous laissâmes Rosie nous convaincre de prendre le menu du dimanche soir : *savanyu marhahus* (bœuf sauce ultra-piquante, mon brave) et *kirantott karfiol tejfolos martassal*, à savoir du chou-fleur frit nappé de crème aigre. Tandis que nous saucions nos assiettes avec le pain fait maison de Henry, je mis celui-ci au courant des derniers rebondissements de l'affaire. Je dois avouer que la situation ne me parut pas plus claire après que je la lui eus exposée.

– Si Mickey et Mme Hightower ont une liaison, son mari avait autant de raisons de tirer sur lui que le petit ami de Thea, me fit-il remarquer.

– Peut-être, mais j'ai l'impression qu'Eric a fait la paix avec elle. Je crois qu'il y a autre chose, un truc qui ne m'est pas encore venu à l'idée.

– Puis-je t'être d'un secours quelconque ?

– Je ne crois pas, mais merci quand même.

Je levai les yeux au moment où la porte s'ouvrait sur le serveur du cocktail des Hightower, un livre relié sous le bras. Il portait une veste de sport en tweed sur un pull à col roulé noir, un pantalon foncé et des mocassins impeccablement cirés. L'ayant vu officier en veste blanche, il me fallut un moment pour me rappeler son nom.

Je me tournai vers Henry en me levant.

– Tu m'excuses une minute ? Il y a quelqu'un à qui je dois dire deux mots.

– Pas de problème. Je mourais d'envie de finir ça, dit-il.

Il sortit un stylo-bille et un exemplaire des mots croisés du *New York Times* du dimanche plié avec soin. Je vis qu'il avait à moitié rempli les cases, notant les réponses en spirale en partant des coins vers le centre. Il lui arrivait de n'écrire qu'une lettre sur deux pour le seul plaisir visuel.

Stewart passait près de la table quand il m'aperçut.

– Tiens, bonjour. Comment allez-vous ? Je me demandais si vous seriez là.

– Je peux vous parler ?

– Je vous en prie, dit-il avec un geste d'invite vers le box qu'il occupait régulièrement.

Je serrai gentiment le bras de Henry, ce qu'il remarqua à peine, compte tenu de son intense concentration. Stewart attendit que je sois assise pour s'installer en face de moi, le livre à côté de lui sur la banquette.

– Qu'est-ce que vous lisez ? lui demandai-je.

Il saisit le livre et en tourna le dos vers moi pour me permettre de lire le titre : *The Conjure-Man Dies*[1], de Rudolph Fisher.

– D'habitude, je lis des biographies, mais je me suis dit qu'il

1. Soit *La Mort de l'escroc [NdT]*.

fallait changer un peu. Un roman policier écrit au début des années trente. Avec un héros noir.

– Il est bon ?

– Trop tôt pour le dire… J'entre tout juste dans l'histoire. C'est intéressant.

Rosie fit son apparition. Elle se planta près de la table, les yeux fixés sur le mur du fond, évitant de nous voir. Je remarquai qu'elle portait des pantoufles avec sa robe hawaïenne bleu vif.

Stewart attrapa le menu.

– Bonsoir, Rosie, dit-il. Comment va la santé ? Vous avez un plat du jour à me recommander ?

– Tu lui dis c'est bon, le bœuf sauce piquante, m'ordonna-t-elle.

Rosie est capable de respecter l'ordre des mots quand ça lui chante. Ce soir-là, pour une raison quelconque, elle se comportait en étrangère admise depuis peu sur le sol américain avec un visa temporaire. Elle s'adresse rarement aux hommes en les regardant dans les yeux, sauf quand elle leur fait du charme. La même inhibition s'applique aux inconnus et aux femmes, enfants, personnel occasionnel et passants qui entrent juste pour demander un renseignement. Elle répondra, et encore, à votre question, mais sans vous regarder.

– Le bœuf sauce piquante est un monument, dis-je. Fabuleux. Et le chou-fleur frit dépasse l'imagination.

– Je pense que je vais prendre ça, dit Stewart en repoussant le menu sur le côté.

– Quoi pour boire ? demanda-t-elle.

– Je vous conseille le vin blanc. Il est corsé. Idéal pour accompagner le bœuf sauce piquante.

– Vous me mettez l'eau à la bouche. Je vais l'essayer.

Rosie nota la commande et s'éloigna tandis que Stewart secouait la tête d'un air découragé.

– Si seulement j'avais le courage de prendre autre chose. Cette cuisine hongroise est bonne pour les gogos. Je viens ici parce que c'est calme, surtout le dimanche. Je rentre chez moi avec une indigestion qui me tient éveillé la moitié de la nuit. Alors, que puis-je pour vous ?

– J'ai besoin de vous poser des questions sur les Hightower.

– Pourquoi donc ? me demanda-t-il avec une prudence qui ne me laissa augurer rien de bon.

Je pris mon courage à deux mains.

– Voilà, dis-je. On a tiré sur mon ex-mari à Los Angeles. Aux premières heures du jour, le quatorze mai. Il se trouve dans le coma et rien n'indique qu'il en sortira. Pour diverses raisons trop compliquées pour être détaillées, j'essaie de comprendre ce qui s'est passé. Et visiblement la police aussi. (J'observai ses yeux : intelligents, attentifs, ne laissant rien deviner.) Les Hightower connaissent tous les deux Mickey et j'essaie de déterminer s'il existe un lien quelconque.

– Que voulez-vous me demander ? Parce qu'il y a des choses que je vous dirai, et d'autres non.

– Je comprends. C'est de bonne guerre. En quoi consiste votre emploi ?

– Mon emploi ?

– Oui, que faites-vous réellement pour eux ?

– Chauffeur, homme à tout faire. Des fois, je sers à table.

– Depuis quand travaillez-vous chez eux ?

– Ça fera deux ans en juin. Comme Clifton. Il tient le bar aux réceptions comme celles d'hier soir. Sinon, il s'occupe de l'intendance et de l'entretien général. Pour toutes les réparations importantes, on fait appel à l'extérieur, mais c'est à croire qu'il y a toujours quelque chose de cassé ou un réglage à faire.

– Parlez-moi de Stéphanie. Travaille-t-elle pour les deux ou seulement pour Dixie ?

– Elle est l'assistante personnelle de Mme H. Elle vient le lundi et le jeudi, de midi à cinq heures, cinq heures et demie. M. H. gère lui-même son entreprise. Les coups de téléphone et le courrier, les rendez-vous personnels. Il garde tout là-dedans, ajouta-t-il en se tapotant la tête.

– Si j'ai bien compris, il y a aussi une cuisinière.

– Une cuisinière et une équipe de nettoyage. Deux femmes s'occupent du linge et une troisième des fleurs. Plus les jardiniers et le type de la piscine. Je lave les voitures et la camionnette de M. H. Clifton et la cuisinière – elle s'appelle Ima – habitent tous les deux sur place. Le reste du personnel, dont moi, vient quand on en a besoin.

– C'est-à-dire ?

– Ça varie. D'ordinaire, je ne suis pas là pendant la semaine. On a toujours recours à moi le vendredi et le samedi, surtout s'ils sortent tous les deux. Sinon M. H. préfère conduire lui-même. Mme H. aime avoir un chauffeur. Ils ont une limousine six places qu'elle affectionne.

– Avez-vous conduit l'un ou l'autre à Los Angeles la semaine dernière ?

– Non, mais ça ne veut pas dire qu'ils n'y soient pas allés de leur côté.

– Connaissez-vous Mickey Magruder ? Bel homme, la cinquantaine, un ancien policier ?

– Son nom ne me dit rien. Quel rapport avec eux ?

– Nous nous connaissons tous les quatre depuis longtemps. Plus de quinze ans. Mickey et Dixie avaient une liaison à cette époque. J'ai des raisons de croire qu'ils ont ranimé la flamme. Je me demande si Eric était au courant.

Stewart réfléchit un instant, puis il secoua la tête.

– Je ne colporte pas de ragots.

– C'est tout à votre honneur. Quelque chose que vous pourriez me dire ?

– Mieux vaut poser la question à l'un ou à l'autre.

– Et leur couple ? Ils s'entendent bien ?

Là encore, Stewart marqua un temps, et je le vis hésiter entre ce qu'il savait et ses réticences.

– Pas ces derniers temps, dit-il enfin.

CHAPITRE 23

Ce fut tout ce que je réussis à en tirer. Je dois dire que j'admirai sa conscience professionnelle, même exaspérante. La soirée ne se soldait pas par un échec total. Henry semblait avoir vu juste. S'il fallait imputer l'agression à la jalousie, le nombre des suspects augmentait. Eric Hightower faisait partie du lot et Thea pouvait y prétendre, malgré la faiblesse de son dossier. Elle avait pris beaucoup de risques pour Mickey ; elle affirmait tenir à lui et s'inquiéter de son sort, mais peut-être en rajoutait-elle. On ne pouvait exclure Dixie non plus. Comment aurait-elle réagi si elle avait découvert la liaison de Mickey avec Thea ?

Ce qui me tracassait, c'est qu'on nageait en plein mélodrame. Tous ces gens étaient des adultes. Je les imaginais mal rôder dans l'ombre pour liquider Mickey avec mon arme. D'accord, on lit tous les jours des faits divers de ce genre dans le quotidien du matin, mais le scénario laissait trop de points inexpliqués. Par exemple, qui était Duncan Oaks ? Que venait-il faire dans cette histoire ? Mickey était-il sur la piste du ou des individus responsables des coups ayant provoqué la mort de Benny ?

Nous partîmes de chez Rosie à 8 heures, Henry et moi, et rentrâmes à pied dans le noir sans nous dire grand-chose. De retour à l'appartement, je m'assis de nouveau à mon bureau et réexaminai mes notes. En moins de quelques minutes, je m'aperçus que le cœur n'y était pas. Je mis les fiches en tas et les battis, puis je les étalai en essayant de déchiffrer ce tarot d'informations. Aucune intuition n'en sortant, je finis par tout ranger. Je serais peut-être plus brillante le lendemain. Et l'on pouvait toujours escompter un petit coup de pouce du destin.

Le lundi matin, je bondis du lit à 6 heures, passai mon survêtement, me lavai les dents et partis faire mes cinq kilomètres de jogging. La lumière de l'aube était de toute beauté : l'océan d'un bleu intense, avec, au-dessus, le ciel orange qui s'estompait en une mince strate de jaune avant de se fondre dans une nappe bleu clair au loin. À l'horizon, la ligne irrégulière des derricks scintillait comme un semis d'épingles pailletées de diamants. Du fait de l'absence de nuages, le soleil se montra en simple apparat lorsqu'il surgit enfin, mais la journée s'annonçait belle et je n'en demandais pas plus. Mon jogging terminé, je fonçai à la salle de gym où j'alternai les étirements, enroulements, extensions, accroupissements, hyperextensions, pressions, battements, poussées, plus décontraction des épaules, barres et haltères. Après quoi, je me sentis dans une forme olympique.

Je rentrai chez moi et me douchai, ressortant de l'appartement à 9 heures dans mon jean, prête à affronter la journée. Je pris la direction du nord sur la 101 et sortis à la bretelle qui me conduisit près des services du comté jouxtant les bureaux de l'administration des Anciens Combattants. Je me garai et allai aux archives de l'Architecture et de l'Équipement du comté, où je donnai l'adresse du Honky-Tonk et demandai à consulter tous les dessins et plans qu'ils avaient sous la main. On me confia une série de plans de suivi des travaux : plan de situation de terrain, plan masse, plan de démolition, plan d'extension et de construction, élévations et plan des gaines électriques. Il ne me fallut pas longtemps pour trouver mon bonheur. Je rendis les documents et pris la direction du parking où j'avais aperçu un téléphone public.

J'appelai les Renseignements et demandai le numéro des Services secrets[1] de L.A., dont les bureaux figuraient en fait à la rubrique « Département du Trésor ». Outre le numéro de

1. Outre la protection du président, cette section du département du Trésor est chargée, entre autres, des délits de contrefaçon *[NdT]*.

L.A., on me donna celui de Perdido. Utilisant ma carte de crédit, je composai ce dernier. On décrocha dès la première sonnerie.

– Services secrets, dit une femme.

Quel besoin, s'ils étaient secrets, de le claironner si haut ?

Je demandai à parler à un responsable, elle me mit en attente. Mon regard se perdit dans le vide, tandis que me parvenait le vacarme du flux et reflux de la circulation sur l'autoroute au-delà du parking. Le ciel était limpide, la température avoisinait les dix degrés. Le temps ne manquerait pas de se réchauffer et on pouvait s'attendre aux vingt et quelques degrés habituels dans l'après-midi. Quelqu'un prit la ligne quelques instants après. Une voix masculine, neutre :

– Wallace Burkhoff à l'appareil.

– Peut-être pourriez-vous m'aider, dis-je. Je vous appelle parce que je soupçonne un bar de Colgate d'escroquerie à la carte de crédit.

– Quel genre d'escroquerie ?

– Je ne sais pas exactement. Un de mes amis – mon ex-mari pour être plus précise – a acheté des faux papiers à un type de l'endroit. Le propriétaire de l'établissement me paraît avoir mis sur pied une imprimerie avec des habitués.

Je lui parlai du Honky-Tonk : le passage des permis de conduire au scanner et la fabrication, selon moi, de fausses cartes utilisant les noms des détenteurs. Au premier abord, mon dossier me parut peu étayé, mais il m'écouta poliment pendant que je poursuivais :

– Il y a deux jours, j'ai vu une camionnette sur les lieux. Les six cartons qu'on en avait déchargés étaient empilés dans un couloir. Ils portaient le logo de Plas-Stock, une entreprise de vaisselle et couverts en plastique à ce que m'a dit le propriétaire.

Burkhoff se mit à rire.

– Pas vraiment. Plas-Stock est une entreprise spécialisée dans le matériel de fabrication des cartes et des souches plastifiées pour cartes d'identité médicales et centres de santé.

– Vraiment ? Mon ex-mari a trois jeux de faux papiers d'identité en sa possession, à savoir permis de conduire, cartes de Sécurité sociale et plusieurs cartes de crédit. J'ai toutes les raisons de penser que certaines des données étaient celles d'un habitué du bar, car j'ai été présentée à l'individu en question, et le nom et la date de naissance, à ce que j'ai pu en juger, sont les mêmes.

– Quel intérêt votre ex-mari avait-il à se procurer de faux papiers ?

– C'est un ancien policier de la brigade des mœurs, et je pense qu'il a mis le doigt sur ce trafic il y a trois ou quatre mois. Entendons-nous bien : je ne peux pas garantir l'exactitude de cette hypothèse, mais j'ai les reçus qu'il a gardés de plusieurs passages dans cet établissement, et je suis aussi en possession des faux papiers plastifiés comportant sa photo.

– Serait-il prêt à nous en parler ?

– Il est hors de course pour l'instant.

J'informai l'agent Burkhoff de l'état de Mickey.

– Et vous-même ?

– Écoutez, je vous ai dit tout ce que je savais. Cette histoire ne relève pas de ma compétence. Je vous donne l'information. Vous en faites ce que vous voulez.

– Où opèrent-ils ?

– À mon avis, sur les lieux. Hier, le propriétaire a monté toute une mise en scène pour m'inciter à voir le premier étage du bar. Il était vide, bien entendu, mais j'ai repéré plusieurs prises de courant. J'ignore de quel matériel on se sert...

– Je peux vous éclairer sur ce point, dit-il. Lecteurs optiques, machines d'encodage, déchiqueteuses, gaufreuses, doreuses – les machines qui passent les numéros à l'or après gravure –, plastifieuses, appareils d'incrustation d'hologrammes. Avez-vous aperçu quoi que ce soit de ce genre ?

– Non, mais je dirais qu'ils opéraient dans cette pièce jusqu'à il y a deux jours. J'ai vérifié aux archives de l'Architecture et de l'Équipement du comté, et j'ai examiné les plans soumis par le propriétaire pour sa demande de permis de construire. Le bâtiment est un des rares de la ville à posséder un sous-sol et je les soupçonne d'y avoir transféré leur atelier de contrefaçon.

– Donnez-moi les coordonnées et nous allons vérifier, dit-il.

Je lui donnai le nom et l'adresse du Honky-Tonk, ainsi que le nom et l'adresse personnelle de Tim. J'ajoutai le nom de Scottie pour faire bonne mesure, ainsi que les dates des passages de Mickey et les noms figurant sur les faux papiers en sa possession.

– Vous faut-il autre chose ?

– Vos nom, adresse et numéro de téléphone.

– Je préfère garder l'anonymat, dis-je. Mais je vais faire des photocopies des papiers et je vous les mets à la poste.

– Nous vous en serions reconnaissants.

Je raccrochai, pris l'annuaire, cherchai le numéro de mon agence de voyage et insérai de la monnaie dans la fente de l'appareil. J'annonçai qu'il me fallait un aller-retour pour Louisville et précisai le prix que je ne voulais pas dépasser. Mon interlocutrice habituelle s'en étrangla.

– Combien ? me fit-elle répéter.

– Cinq cents dollars ?

– Vous voulez rire !

Je lui assurai que non, loin de moi cette idée. Elle saisit l'information dans son ordinateur. Après un long silence, nombre de soupirs et quelques clics de plus, elle me dit qu'elle n'obtenait rien de mieux qu'une compagnie aérienne en service depuis moins de deux ans, qui offrait un vol spartiate à Louisville au départ de LAX [1] avec deux escales seulement, Santa Fe et Tulsa. Sans place attribuée d'avance, ni film, ni restauration à bord. Elle me garantit que la compagnie n'avait pas (encore) déposé son bilan ni enregistré d'accidents majeurs à cette date. Il me fallait simplement débourser cinq cent soixante-dix-sept dollars.

Je lui demandai de me réserver une place sur un vol matinal, laissant la date du retour en option puisque je n'avais aucune idée de la durée de mon enquête. Pour l'essentiel, je comptais aviser au fur et à mesure. Aux frais de vol, j'ajoutai ceux d'une location de voiture à l'aéroport de Louisville. Je chercherais un motel à mon arrivée, de préférence bon marché. Après quoi

1. Aéroport international de Los Angeles *[NdT]*.

j'aurais, en tout cas, apuré mes comptes avec Mickey et pleinement épongé mon sentiment de culpabilité. Je rentrai chez moi, préparai mon fourre-tout et taillai une petite bavette avec Henry pour l'informer que je partais pour une période indéterminée. Je téléphonai aussi à Cordia Hatfield pour la prévenir que je passerais en fin d'après-midi.

Je fis une halte à mon agence de voyages pour prendre mon billet, puis allai au cabinet où je passai le reste de la matinée à mettre ma vie en ordre au cas où je ne reviendrais pas. Le trajet jusqu'à Culver City se déroula sans histoire : à 4 : 55 je me garai dans l'allée derrière l'immeuble de Mickey. Je laissai mon sac de voyage dans la voiture, ne souhaitant pas donner à croire que j'escomptais passer la nuit. Cordia m'avait proposé de rester, mais du bout des lèvres.

Je frappai à la porte des sœurs Hatfield, me demandant si elles allaient m'entendre avec la télévision à plein volume. J'attendis un peu, puis frappai de nouveau. On coupa le son et Cordia ouvrit la porte.

J'avais vu les deux sœurs le jeudi, seulement quatre jours auparavant, mais quelque chose avait changé dans l'attitude de Cordia. Elle s'effaça pour me laisser entrer. Comme précédemment, une chaleur excessive régnait dans l'appartement ; on devait approcher les vingt-sept degrés et la condensation embuait les vitres. Une volute de vapeur s'échappait d'un ragoût qui mijotait sur la cuisinière. Le liquide frémissait avec un petit bouillonnement opaque, et un cercle d'écume s'était formé à la surface. L'air sentait le cochon brûlé et quelque chose d'autre, plutôt indéfinissable, mais à relents de crotte. On avait imposé silence à la télévision mais l'image subsistait : le bulletin d'information de fin d'après-midi avec son déballage habituel de calamités. Belmira paraissait pétrifiée. Elle était installée devant la table de cuisine, jeu de tarots à la main, cependant que, sous sa chaise, Dorothy mâchouillait un petit paquet plein d'os de quelque chose de craquant et de mort.

– Je tombe au mauvais moment ?

– Ni plus ni moins qu'un autre, marmonna Cordia.

– Parce que je peux repasser si ça vous arrange.

– Non, ça ira.

Elle portait une robe d'intérieur à manches longues déclinant plusieurs tons de mauve et de gris et protégée par une sorte de blouse-tablier qui traînait presque par terre. Elle se tourna vers la cuisinière et saisit une écumoire avec laquelle elle touilla les ingrédients plongés dans le liquide bouillonnant. Quelque chose remonta à la surface : un crâne en forme de cœur, un corps de petite dimension et assez décharné. J'aurais juré que c'était un écureuil.

– Comment allez-vous, toutes les deux ? leur demandai-je en espérant obtenir une réponse qui me dirait sur quel pied danser.

– Bien. Rien à signaler. Qu'y a-t-il pour votre service ?

Sec, direct, pas franchement cordial.

– Je m'apprête à quitter la ville et il faut que je vérifie si je vois chez Mickey quelque chose qu'on lui a confié.

– Encore ? dit-elle d'un ton dolent. Vous êtes déjà passée hier soir. C'est resté allumé jusqu'à près de minuit.

– Chez Mickey ? Ce n'est pas moi. J'ai passé tout le week-end à Santa Teresa. Je ne suis pas revenue ici depuis jeudi matin.

Elle me dévisagea.

– Cordia, je vous le jure ! insistai-je. Si j'avais voulu y aller, je vous aurais demandé la clé. Je ne serais pas entrée sans votre autorisation.

– Vous l'avez bien fait la première fois.

– Mais c'était avant qu'on fasse connaissance. Vous m'avez été d'un immense secours. Je n'agirais pas dans votre dos.

– Comme vous voulez. Je ne vais pas discuter. Je ne peux pas le prouver.

– Mais qu'est-ce que je ferais ici si j'étais déjà passée hier soir ? C'est absurde !

Elle plongea la main dans sa poche et en ressortit la clé.

– Rendez-la-moi quand vous aurez fini et espérons que c'est la dernière fois.

Je pris la clé, consciente de son attitude hostile et fermée. Je me sentais très mal.

– Oh, mon Dieu ! s'exclama Belmira.

Elle avait retourné quatre cartes. La première était le valet de pique, que je savais être moi. Les trois autres cartes ? Le Diable, la Lune et la Mort. L'avenir me souriait. Bel leva les yeux et me lança un regard désespéré.

Cordia fila vers la table et subtilisa les cartes. Elle gagna l'évier, ouvrit le placard au-dessous et jeta le jeu à la poubelle.

– Je t'ai demandé d'arrêter de lire l'avenir ! Elle ne croit pas aux tarots. Elle te l'a dit la semaine dernière.

– Cordia, dis-je, sincèrement je…

– Montez à l'appartement et qu'on en finisse ! me lança-t-elle d'un ton sec.

Malgré sa détresse tangible, Belmira n'osa pas défier Cordia. Moi non plus, d'ailleurs. Je fourrai la clé dans ma poche et sortis. Avant que la porte se referme sur moi, j'entendis Bel s'insurger contre le geste de sa sœur.

J'ouvris la porte d'entrée de Mickey et pénétrai dans l'appartement. Les doubles rideaux étaient toujours tirés, empêchant la lumière d'entrer, sauf un mince espace entre les deux panneaux à travers lequel le soleil de l'après-midi finissante s'insérait avec la détermination d'un rayon laser, réchauffant l'intérieur. Une multitude de grains de poussière voletaient dans l'air qui dégageait l'odeur de moisi des espaces non occupés. Je ne bougeai pas pendant un instant, assimilant ce que j'avais sous les yeux. Personne n'étant là pour faire le ménage, de nombreuses surfaces portaient encore des traces de poudre du relevé d'empreintes. Aucun signe visible ne trahissait la présence d'un visiteur nocturne. Cette fois, je fis l'économie des gants en latex et effectuai un rapide tour des lieux. À première vue, rien n'avait bougé depuis mon dernier passage. Je m'arrêtai dans l'encadrement de la porte de la chambre. Un bout d'étoffe vaporeuse s'échappait de dessous le lit. Je me mis à quatre pattes, soulevai le bas du couvre-lit et jetai un regard dessous. Le tissu couvrant le fond du sommier avait été systématiquement enlevé et gisait sur la moquette comme une mue de serpent. Je m'agenouillai à côté du lit et soulevai un coin du matelas. Je vis une fente à l'endroit où l'on avait découpé le tissu à l'aide d'un instrument tranchant. Je soulevai tout le matelas et le retournai sans déranger la literie. Le matelas avait été éventré, fendu tous les vingt-cinq centimètres sur toute la longueur. La garniture s'échappait de partout, des touffes de coton jaillissant aux endroits où l'on avait fouillé dans l'épaisseur. Il se dégageait quelque chose de sournois et de barbare de cette éventration. Je fis de mon mieux pour redonner au lit un aspect à peu près ordonné.

Je vérifiai la penderie. Les habits de Mickey avaient subi le même traitement : coutures et poches lacérées, doublures découpées, mais les vêtements restaient sur leurs cintres, à première vue intacts. Un observateur normal n'y aurait vu que du feu. On n'aurait sans doute pas découvert les dégâts avant le retour de Mickey, ou le transfert de ses affaires au garde-meubles. Je revins dans le séjour, remarquant pour la première fois que les coussins du canapé semblaient de travers. Je les retournai et constatai qu'eux aussi avaient été découpés. Sur le dos du canapé, on avait fendu le tissu en suivant la couture. On s'en rendrait compte dès qu'on déplacerait le meuble, mais, là encore, le vandalisme échappait à l'examen superficiel.

Je vérifiai les deux fauteuils tapissier, m'agenouillant par terre pour distinguer la partie de dessous. Je les soulevai l'un après l'autre, les inclinant pour examiner les cadres. Sur le fond du second fauteuil, j'aperçus une découpe rectangulaire dans le rembourrage. J'ôtai le pavé de mousse de caoutchouc. Une boîte en métal gris, de quinze centimètres sur trente, correspondant à la description de Duffy, y était nichée. La serrure, très esquintée, céda facilement à la pression. J'ouvris le couvercle avec précaution. Vide. Je m'assis sur mes talons. « Mickey, tu es trop con ! », lâchai-je.

Quelle cachette idiote ! Vu son ingéniosité et sa paranoïa, il aurait pu faire mieux. Certes, j'avais fouillé l'appartement à deux reprises sans mettre la main sur cette foutue boîte, mais quelqu'un d'autre avait réussi. J'en étais malade de déception, mais il n'y avait pas de remède. Avant le samedi soir précédent, j'ignorais jusqu'à l'existence de ce coffret. Et à ce moment-là, il ne m'était pas venu à l'idée de tout lâcher pour bondir séance tenante dans ma voiture. Peut-être avais-je raté l'occasion de coiffer quelqu'un au poteau.

Inutile de gémir, on n'y pouvait rien. Je m'en passerais, voilà tout. Je pouvais trouver une photo de Duncan dans l'annuaire de son lycée, mais je regrettais les plaques d'identité et la carte de presse dont m'avait parlé Duffy. Un document authentique prend valeur de talisman, d'objet totémique imprégné du pouvoir de son détenteur d'origine. Sans doute de la superstition de ma part, mais leur disparition me chagrinait.

Je remis la boîte dans sa niche, redressai le fauteuil et ressortis par la porte principale, que je refermai à clé derrière moi. Puis je descendis l'escalier et frappai à la porte de Cordia. Elle l'entrouvrit à peine et je lui rendis la clé. Elle s'en empara sans rien dire et referma la porte. De toute évidence, les sœurs ne m'encourageaient pas à passer la nuit chez elles.

Je quittai discrètement l'allée, retrouvai ma voiture et pris la route de l'aéroport. Je trouvai un motel à proximité, avec un service de navette toutes les heures. J'avalai un dîner quelconque dans le restaurant tout aussi quelconque qui jouxtait l'immeuble. J'étais au lit à 9 heures et dormis jusqu'à 6 heures moins le quart, heure à laquelle je me levai, pris une douche, renfilai les mêmes vêtements, abandonnai ma Volkswagen au parking du motel et attrapai la navette de LAX, où j'embarquai à 7 heures. À la seconde où l'affichage d'interdiction de fumer s'éteignit, tous les passagers assis à l'arrière de l'avion allumèrent une cigarette.

À l'aéroport de Tulsa, alors que j'attendais entre deux avions, je fis la découverte qui me remit le moral au beau fixe. Comme j'avais une heure à tuer, je me calai dans un fauteuil en allongeant les jambes devant moi en travers de l'allée. Cette position, bien qu'inconfortable, me permit au moins de faire un petit somme, quitte à dépenser des centaines de dollars en séances de chiropracteur plus tard. Toujours est-il que je me servis du blouson de Mickey comme oreiller, dans l'espoir d'atténuer mes douleurs cervicales. Je me mis sur le côté, exercice ardu quand on est assis. Ce faisant, je sentis quelque chose qui faisait une bosse contre ma joue – la languette de la fermeture Éclair ? un bouton-pression ? –, j'ignorais quoi, sauf que ça portait l'inconfort à la limite du supportable. Je me redressai et inspectait la partie du blouson sur laquelle ma joue s'appuyait. Je ne vis rien, mais en pinçant le cuir je sentis un objet dans la doublure. Je posai le blouson à plat sur mes genoux, plissant les yeux pour mieux voir la couture, où j'aperçus une modification dans les points. J'ouvris mon sac à bandoulière et en sortis mes ciseaux à ongles (ceux dont je me sers à l'occasion pour une coupe de cheveux d'urgence). Je défis quelques points, puis j'agrandis l'ouverture avec les doigts. Elle dégorgea les plaques d'identité de Duncan Oaks, l'instantané en noir et blanc et la carte de presse. À bien y réfléchir, c'était une cachette logique : Mickey portait sans doute ce blouson lorsqu'il avait lui-même effectué le voyage.

Sur les plaques figuraient le nom et la date de naissance de Duncan Oaks. Même au bout de toutes ces années, la chaîne gardait des traces de rouille ou de sang. L'instantané correspondait exactement à la description de Duncan. Je mis ces objets de côté pour étudier la carte de presse émise par le département de la Défense. On y lisait, imprimé sur le pourtour : LA PERTE DE CETTE CARTE DOIT ÊTRE IMMÉDIATEMENT SIGNALÉE. PROPRIÉTÉ DU GOUVERNEMENT AMÉRICAIN. Le nom de Duncan Oaks figurait sous la ligne mentionnant *certificat d'identité du personnel civil*, et sa photo sur la gauche. Les cheveux bruns et l'air sérieux, il paraissait très jeune – et l'était. La carte avait été émise le 10 septembre 1965. Quatre ans après sa sortie du lycée, il n'avait donc pas plus de vingt-trois ans. J'étudiai son visage. Il me parut familier, sans que je comprenne pourquoi. Je retournai la carte. Au dos, il avait collé une bande de papier avec ces mots : *En cas d'urgence, veuillez prévenir Porter Yount, directeur de la rédaction du Louisville Tribune.*

CHAPITRE 24

Mon avion atterrit à Louisville, Kentucky, à 17 h 20, à une porte si loin de tout qu'elle semblait désaffectée ou en quarantaine. J'étais déjà venue une fois à Louisville, il y avait six mois environ, lorsqu'une affaire simplissime, qui m'avait conduite aux quatre coins du pays, s'était terminée dans un cimetière et m'avait valu un grand coup sur la tête, parfaitement immérité[1]. Dans ces deux dossiers, je sortais largement de mon domaine habituel, avec peu d'espoir de rentrer dans mes frais.

En traversant le terminal, je m'arrêtai à une cabine téléphonique et jetai un coup d'œil à l'annuaire local au cas où j'y trouverais Porter Yount. Ce nom ne me paraissait pas courant et il ne pouvait y en avoir beaucoup dans la zone de Louisville. La bibliothécaire du lycée m'avait appris que le *Tribune* avait été absorbé par un consortium de presse une vingtaine d'années auparavant. Je m'imaginai Yount en vieillard à la retraite, à condition qu'il vécût encore. Pour une fois, la chance me sourit et je dénichai l'adresse et le numéro de téléphone d'un Porter Yount que j'estimai être l'individu que je recherchais. D'après l'annuaire, il habitait au 1500, 3e Rue. Je notai l'adresse et continuai en direction du niveau de retrait des bagages, où ma carte de crédit me permit d'obtenir les clés de la voiture de location. L'employée de Frugal Rents me donna un plan général de l'endroit et m'expliqua la route à suivre : la voie express de Watterson à droite, puis l'I-65 tout droit jusqu'au centre-ville.

1. Voir *L... comme lequel ?*, publié dans cette même collection, 1997 *[NdT]*.

Je trouvai ma voiture à l'emplacement indiqué et pris le temps de me repérer. Les flaques d'une averse récente émaillaient le parking. Songeant à la rareté des précipitations en Californie en quelque saison que ce soit, j'aspirai avec avidité l'humidité ambiante. Même l'air paraissait différent, encore parfumé et mouillé d'une fin d'après-midi où la température avait flirté avec les vingt degrés. Bien que Santa Teresa soit situé au bord de l'océan Pacifique, son climat ne diffère guère de celui du désert. Ici, un petit vent printanier humide caressait les feuilles écloses depuis peu, et des azalées roses et blanches soulignaient la bordure d'herbe. J'ôtai le blouson de Mickey et le rangeai dans le coffre avec mon fourre-tout.

Je décidai de ne pas me soucier d'un motel avant d'avoir vu Yount. L'heure du dîner approchant, j'avais de fortes chances de le trouver chez lui. Conformément aux instructions reçues, je pris l'une des sorties conduisant au centre-ville, coupai en direction de la 3e Rue, où je tournai à droite et traversai Broadway. Je roulais lentement, épluchant les numéros des maisons. Je finis par repérer celle que je cherchais et me garai le long d'une portion de trottoir vide, à quelques portes de là. Avec sa bordure d'arbres et ses maisons de deux étages en brique rouge foncé, la rue avait dû être pleine de charme au début du siècle. À présent, quelques constructions affichaient un état de décrépitude avancé, et les empiétements des petits commerces avaient déjà commencé à dénaturer le quartier. Il ne faisait aucun doute que la population abandonnait le centre-ville naguère prestigieux pour les banlieues anonymes.

La résidence de Yount consistait en deux niveaux et demi de briques rouges à revêtement de pierre claire. Une large véranda longeait la façade du bâtiment. Trois grandes baies vitrées se superposaient, une par niveau. Un climatiseur saillait d'une fenêtre des combles. La rue alignait ses maisons bâties sur le même modèle, à peu de distance les unes des autres, pourvues d'un jardin et d'une rue à l'arrière. Sur le devant, entre le trottoir et la chaussée, des érables et des chênes plantés là quatre-vingts ou cent ans auparavant se dressaient dans l'herbe de la contre-allée.

Je gravis trois marches, suivis un petit passage pour piétons crevassé, et montai six marches de plus jusqu'à la porte vitrée laissant voir une entrée microscopique. La résidence de Yount, probablement une maison individuelle en d'autres temps, se répartissait à présent en cinq appartements, à en juger par les noms sur les boîtes aux lettres. Chacun avait une sonnette, reliée à un interphone près de l'entrée. J'appuyai sur celle de Yount, attendis deux minutes, puis recommençai. Voyant qu'il ne répondait pas, je tentai ma chance sur la sonnette d'un voisin. Au bout d'un moment, l'interphone grésilla et une voix de petite vieille se fit entendre.

– Oui ?

– Pourriez-vous me dépanner ? demandai-je. Je cherche Porter Yount.

– Vous dites ?

– Porter Yount, appartement trois.

– Quelle heure est-il ?

Je regardai ma montre.

– Six heures et quart.

– Il doit être en bas, au coin. Au Buttercup Tavern.

– Merci.

Je revins sur le trottoir et inspectai la rue à droite et à gauche. Je ne vis aucune enseigne, mais repérai quelque chose qui ressemblait à un bar au carrefour suivant. Laissant ma voiture là où elle était, je fis le court trajet à pied, goûtant la douceur de l'air printanier.

Le Buttercup était un établissement sombre et enfumé, qui sentait le bourbon. Installée en hauteur dans un coin de la salle, une télévision en couleurs diffusait les informations du soir en sourdine. Une série de publicités au néon pour la Rolling Rock, la Fehr's et la Stroh's Beer accentuaient l'obscurité ambiante. Des lambris vernis à mort tapissaient les murs et des tabourets en cuir rouge s'alignaient le long du bar. À cette heure peu avancée de la soirée, l'endroit accueillait surtout des consommateurs solitaires, tous de sexe masculin, tous fumant et séparés les uns des autres par autant de tabourets vides que l'espace le permettait. Tous, sans exception, se retournèrent pour me regarder du haut en bas quand j'entrai.

Je m'immobilisai juste après avoir franchi le seuil.

– Je cherche Porter Yount, dis-je.

Un type leva le bras au bout du bar.

À en juger par les têtes qui pivotèrent d'un même mouvement, mon arrivée constituait l'événement le plus marquant du coin depuis la crue de l'Ohio de 1937. J'allai vers Yount et me présentai :

– Kinsey Millhone.

– Enchanté de faire votre connaissance, dit-il.

Nous nous serrâmes la main et je me juchai sur le tabouret voisin.

– Comment allez-vous ? dis-je.

– Pas mal. Merci de vous en enquérir.

Massif, la voix rocailleuse, Porter Yount avait bien quatre-vingts ans sonnés. Il était presque entièrement chauve, mais ses sourcils restés noirs formaient une masse broussailleuse au-dessus de ses yeux d'un vert étonnant. À ce moment précis, le bourbon lui brouillait le regard et son haleine sentait le cake aux fruits. Je vis le barman venir dans notre direction. Il s'immobilisa devant nous.

Yount alluma une nouvelle cigarette et me jeta un coup d'œil. Il avait du mal à accommoder. Sa bouche semblait dire quelque chose, mais ses globes oculaires roulaient comme deux olives vertes oubliées sur un plat à hors-d'œuvre.

– Que prenez-vous ?

– Pourquoi pas une Fehr's ?

– Vous n'avez pas envie d'une Fehr's, dit-il.

Et au barman :

– La dame veut un petit verre d'Early Times allongé d'un doigt d'eau.

– Une bière, c'est parfait, rectifiai-je.

Le barman prit une bouteille au frais, la décapsula et la posa sur le comptoir devant moi.

– Donne un verre à Madame, dit Yount d'un ton agacé. Où as-tu été élevé ?

Le barman mit un verre sur le bar, mais Yount ne le lâcha pas.

– Qui est en cuisine ce soir ?

– Patsy. Vous voulez un menu ?

– Je t'en ai demandé ? Madame et moi aimerions ne pas être dérangés.

– Pardon.

Le barman repartit à l'autre bout du bar, habitué aux manières de Yount.

Yount eut un geste exaspéré et reporta son attention sur moi. Il avait une tête ronde comme un ballon, solidement calée sur sa carrure puissante ; c'est à peine si on voyait son cou. Il portait une chemise en polyester foncé, probablement choisie parce que moins salissante et facile d'entretien. Une paire de bretelles foncées lui remontait le pantalon largement au-dessus de la taille. Il était chaussé de sandales, et ses chaussettes courtes, foncées elles aussi, laissaient entrevoir un petit bout de tibia.

– Ma tenue vous plaît ? Si j'aurais su que vous veniez, j'aurais mis mes habits du dimanche, dit-il, esquintant délibérément la grammaire.

Je ne pus m'empêcher de rire.

– Désolée. J'ai tendance à examiner en détail à peu près tout ce que je vois.

– Journaliste ?

– Non. Détective privée. Je cherche des renseignements sur Duncan Oaks. Vous souvenez-vous de lui ?

– Cette question ! Vous êtes le deuxième détective à m'interroger sur lui ce mois-ci !

– Vous avez parlé à Mickey Magruder ?

– En effet, dit-il.

– C'est bien ce que je pensais.

– Pourquoi vous envoie-t-il ? Il a des doutes sur ce que je lui ai dit ?

– Nous ne nous sommes pas vus. On lui a tiré dessus la semaine dernière et il est dans le coma depuis.

– Navré de l'apprendre. Il m'a bien plu. Un garçon intelligent. Le premier gaillard à boire autant que moi.

– Pour ça, il est doué. Toujours est-il que je m'efforce de poursuivre son enquête. Mais j'ai du mal car je ne sais pas vraiment ce qu'il a découvert. Je ne voudrais surtout pas vous faire perdre votre temps.

– On ne perd pas son temps quand on boit ni quand on parle à de jolies dames. Expliquez-moi cet intérêt soudain pour Oaks.

– Son nom a surgi dans un autre dossier… une affaire en Californie, où je vis. Je sais qu'il a travaillé pour le *Tribune* à une époque. Votre nom figurait sur sa carte de presse, alors j'ai eu l'idée de venir vous voir.

– Dans le genre déplacement inutile, on ne fait pas mieux. Il y a vingt ans qu'il est mort.

– C'est ce que j'ai appris. Pardonnez-moi de vous obliger à vous répéter, mais si vous me disiez ce que vous avez confié à Mickey, nous saurions peut-être s'il tenait une piste.

Yount avala une gorgée de bourbon et fit tomber sa cendre de cigarette d'un petit coup sec.

– Il était « correspondant de guerre », titre plutôt ronflant pour une feuille de chou comme le *Trib*. Je ne crois même pas que le *Courier-Journal* en avait à l'époque. Je parle du début des années soixante.

– Vous l'aviez engagé vous-même ?

– Naturellement. C'était un enfant du pays. Famille d'aristocrates, haute société. Joli garçon au demeurant, de l'ambition, un ego gros comme ça. Plus de charisme que d'épaisseur.

Son coude glissant du bar, il se rattrapa avec un sursaut que nous ignorâmes l'un comme l'autre. Intellectuellement, il semblait garder l'esprit alerte. C'était le corps qui avait tendance à échapper à son contrôle.

– C'est-à-dire ?

– On ne dit pas du mal des morts, mais il commençait à rétrograder. Vous connaissez sûrement des gens comme ça. Leur heure de gloire, c'est le lycée ; après quoi, rien à signaler. Je ne parle pas de médiocrité, mais il n'a jamais fait mieux. Un garçon qui marchait au piston, sans jamais vraiment gagner ses galons.

– Quelle université a-t-il fréquentée ?

– Aucune. Duncan n'était pas une bête à concours. Un gamin intelligent, de bonnes notes en classe, mais qui se fichait pas mal des diplômes. Il avait de l'allant, de l'ambition. À l'entendre, il apprendrait plus en se frottant à la vraie vie, de sorte qu'il a fait une croix sur les études prolongées.

– Il avait raison ?

– Difficile à dire. Le gamin adorait vous avoir à l'usure. Il avait réussi à me convaincre de le payer soixante-quinze dollars par semaine… franchement pas dans les moyens du journal. C'était un salaire de misère, même pour l'époque. Mais il s'en fichait.

– À cause de l'argent de la famille ?

– Exactement. Revel Oaks, son père, avait fait fortune dans les commerces que la morale réprouve : l'alcool et le tabac. Plus la promotion immobilière. Duncan a vécu dans une atmosphère privilégiée. C'est simple, son père lui aurait donné la lune : des voyages, les meilleures universités, une place dans l'affaire familiale. Mais Duncan avait d'autres chats à fouetter.

– Par exemple ?

Il agita sa cigarette dans le vide.

– Comme je l'ai dit, faire des pieds et des mains pour décrocher un emploi au *Trib*, essentiellement en faisant jouer l'influence du papa.

– Et que cherchait-il ?

– L'aventure, la gloire. Duncan aimait l'excitation du danger. Il lui fallait les feux de la rampe, le risque. Il voulait aller au Vietnam pour faire des reportages sur la guerre. Il nous a tannés jusqu'à ce qu'il arrive à ses fins.

– Mais pourquoi ne s'est-il pas engagé ? S'il voulait vivre dangereusement, pourquoi pas l'infanterie ? Difficile de trouver plus risqué !

– L'armée ne l'aurait jamais pris. Il avait un souffle au cœur, vous auriez dit de l'eau se déversant dans une vanne. C'est alors qu'il est venu nous trouver. Le *Trib* n'avait pas le premier sou pour lui offrir son billet pour Saigon. Il s'en fichait. Il l'a payé de sa poche. Du moment qu'il y allait, il n'en demandait pas plus. Rappelez-vous, nous parlons de l'époque des Neil Sheehan, David Halberstam, Mal Browne ou Homer Bigart. Duncan imaginait déjà sa signature dans tous les journaux du pays. Il a réalisé une série d'interviews de jeunes mariées de la région, des femmes de militaires restées au pays pendant que leurs maris partaient à la guerre. Son idée était d'effectuer un suivi, d'interroger les maris et de voir les combats de leur point de vue.

– Pas mal, comme angle.

– Il nous a paru intéressant, surtout en raison du nombre de ses camarades de lycée qui étaient incorporés. Toujours est-il qu'il a obtenu ses accréditations et son passeport. Il est allé en avion de Hong Kong à Saigon, et de là à Pleiku. Tout s'est bien passé pendant un moment, il sautait dans le premier transport de troupe venu et allait partout où on l'emmenait. Rendons-lui justice : je pense qu'il serait devenu un grand journaliste. Il avait un style à lui, efficace, mais il manquait d'expérience.

– Combien de temps est-il resté là-bas ?

– Deux mois en tout et pour tout. Il a appris que ça allait chauffer dans un coin appelé Ia Drang. Je suppose qu'il a fait jouer le piston… peut-être son vieux une fois de plus, ou alors juste son charme personnel. Ç'a été l'enfer, d'après certains la pire bataille de la guerre. Ensuite, il y a eu l'opération Parachutage Albany : quelque trois cents gars de tués en quatre jours. Il a dû se trouver pris dans la bagarre sans pouvoir se tirer. Nous avons appris plus tard qu'il avait été blessé, mais nous n'avons jamais eu le sentiment que c'était si grave.

– Et ensuite ?

Yount s'arrêta de parler pour éteindre sa cigarette. Il rata carrément le cendrier et écrasa le mégot rougeoyant sur le comptoir.

– C'est tout ce que je sais. Théoriquement, il a été évacué, mais on ne l'a jamais revu. L'hélicoptère a décollé avec une pleine cargaison de sacs de cadavres et quelques blessés. Il a atterri quarante minutes après, sans Duncan. Son père a fait un raffut de tous les diables et a convaincu une huile du Pentagone de mener une enquête, mais sans grand résultat.

– Et c'est tout ?

– Je le crains. Avez-vous faim ? Dites-moi, c'est l'heure de dîner, non ?

– Excellente idée, dis-je.

Porter fit un geste en direction du barman, qui vint vers nous sans hâte excessive.

– Demande à Patsy de nous faire des Hot Brown.

– Ça marche.

Il posa son torchon, sortit de derrière le bar et partit vers une porte que j'estimai conduire à Patsy dans la cuisine.

– Je parie que vous n'en avez jamais mangé, dit Yount.

– De quoi s'agit-il ?

– Une invention du Brown Hotel. Attendez juste de voir. Voyons, où en étais-je ?

– Vous essayiez de déterminer ce qu'était devenu Duncan Oaks, lui rappelai-je.

– Il est mort.

– Comment le savez-vous ?

– On n'a jamais plus entendu parler de lui.

– Pourrait-il avoir paniqué et filé ?

– En l'absence de corps, tout est possible, je suppose.

– Mais peu probable ?

– À mon avis. D'après ce que nous avons su par la suite, l'armée nord-vietnamienne était partout, ratissant la zone pour trouver des blessés et les achevant pour le plaisir. Duncan n'avait aucun entraînement. Livré à lui-même, il n'a sûrement pas fait cent mètres.

– J'ai quelque chose qui vous intéressera peut-être.

Je ramassai mon sac que j'avais posé par terre, à côté de mes pieds. J'en sortis l'instantané, la carte de presse et les plaques d'identité gravées au nom de Duncan.

Yount cala sa cigarette au coin de sa bouche, étudiant les objets derrière une volute de fumée.

– Magruder m'a montré la même chose. Comment est-il tombé dessus ?

– Ils avaient atterri dans les mains d'un certain Benny Quintero. Vous le connaissez ?

– Le nom ne me dit rien.

– C'est lui sur la photo. Je suppose que l'autre est Duncan.

– Tout à fait. Elle date de quand ?

– Le frère de Quintero pense qu'elle a été prise à Ia Drang. Benny a été blessé le dix-sept novembre.

– Comme Duncan, confirma-t-il. Ce serait donc la dernière photo qu'on ait de lui.

– Je n'y avais pas pensé, mais sans doute.

Yount me rendit l'instantané, que je rangeai dans mon sac.

– Benny était lui aussi originaire de Louisville. Il est mort à Santa Teresa en 1972, sans doute victime d'un homicide, bien que personne n'ait jamais été arrêté. (Je pris quelques minutes pour lui détailler les circonstances de la mort de Benny.) Mickey ne vous a rien dit ?

– Pas un mot. Que vient faire Quintero dans cette histoire ?

– Je n'ai pas encore approfondi la chose. Son frère dit qu'il a fait sa scolarité au lycée technique ; sans doute au moment où Duncan faisait la sienne au lycée de garçons. Il me semble curieux qu'il ait récupéré les affaires personnelles de Duncan.

Porter parut perplexe.

– Comment vous expliquez-vous qu'il les ait gardées ?

– Aucune idée, avouai-je. Elles se trouvaient dans une boîte fermée à clé dans sa chambre. Son frère les a découvertes il y a six mois environ. Il les a emportées avec lui en Californie. Ce que je ne comprends pas, ajoutai-je, c'est pourquoi Duncan avait un jeu de plaques d'identité s'il n'a jamais été incorporé ?

– Il les avait fait faire. Ça correspondait à son sens du théâtre. Un exemple de plus de sa façon d'opérer : l'important n'était pas d'être soldat, mais d'en avoir l'apparence. Curieux d'ailleurs qu'il n'ait pas traîné en uniforme, mais ç'aurait sans doute été un peu poussé. Ne vous méprenez pas. J'aimais bien Duncan, mais sa rigueur morale laissait à désirer.

Une femme, sans doute Patsy, surgit de la cuisine, un petit plat à gratin fumant dans chacune de ses mains protégées par un gant à four. Elle les posa devant nous et nous tendit deux jeux de couverts enroulés dans une serviette en papier. Yount marmonna un « merci », à quoi elle répondit « de rien ».

Je contemplai la chose, une mare de gadoue jaune bouillante, saupoudrée de paprika, avec quelque chose de consistant par-dessous.

– C'est quoi, ça ?

– Mangez, vous verrez bien.

Je harponnai un tout petit morceau d'un coup de fourchette. Le Hot Brown se révéla être un toast surmonté d'une tranche de dinde, assorti de bacon et de tomates, le tout passé au four avec la sauce chinoise la plus divine que j'aie jamais portée à mes lèvres. Je poussai un gémissement de chaton.

– Qu'est-ce que je vous disais ? lança-t-il d'un ton satisfait.

Lorsque j'eus fini, je m'essuyai la bouche et avalai une gorgée de bière.

– Et les parents de Duncan ? A-t-il encore de la famille dans la région ?

Yount fit non de la tête.

– Revel est mort d'une crise cardiaque il y a quelques années. 1974, si j'ai bonne mémoire. Sa mère a été emportée trois ans après par une attaque.

– Des frères et sœurs, des cousins ?

– Personne. Duncan était fils unique, et son père aussi. Ça m'étonnerait qu'il reste quelqu'un du côté de sa mère. Sa famille à elle était originaire du comté de Pike, à la frontière ouest de la Virginie. Des petits Blancs. Quand elle a épousé Revel, elle a complètement coupé avec eux.

Il regarda sa montre. On approchait de 20 heures.

– Il est temps que je rentre. Mon émission commence dans deux minutes.

– Merci de m'avoir consacré un peu de votre temps. Me permettez-vous de vous offrir ce dîner ?

Yount me toisa.

– On voit que vous ne connaissez pas le Sud. Une dame ne paie jamais pour un gentleman. C'est sa prérogative à lui.

Il fouilla dans sa poche, en sortit une liasse de billets, et en jeta plusieurs sur le bar.

Sur son conseil, je passai la nuit au Leisure Inn, dans Broadway. J'aurais pu essayer le Brown Hotel, mais il semblait bien trop chichiteux pour les gens de mon espèce. Le Leisure Inn brillait par sa sobriété et son côté pratique : formica, moquette en nylon, oreillers en mousse, plus alèse en plastique sous le drap de dessous en cas de pipi au lit. J'appelai la compagnie aérienne et étudiai mes options de retour. La première (et unique) place disponible était dans le vol de 15 heures du lendemain. Je la saisis au bond, tout en me demandant ce que j'allais bien pouvoir faire de ma personne en attendant. Pourquoi pas un tour au lycée de garçons de Louisville, d'où Duncan était sorti dans la promotion de 1961 ? Je ne pensais pas, en mon for intérieur, y apprendre grand-chose. Porter Yount avait tracé un portrait peu attirant du jeune Duncan Oaks. L'intéressé me paraissait superficiel, enfant gâté et manipulateur. Par ailleurs, la mort l'avait fauché encore gamin : vingt-deux, vingt-trois ans tout au plus. On ne pense qu'à sa petite personne à cet âge-là. À vingt-deux ans, j'étais déjà mariée et divorcée. À vingt-trois, j'avais non seulement épousé Daniel, mais quitté la police, et je me laissais entièrement conduire par les événements. Je me croyais *mûre*, et n'avais rien dans la cervelle et ne connaissais rien à la vie. Je portais des jugements hâtifs et manquais de discernement. De quel droit condamner Duncan ? Il serait peut-être devenu un type bien si la vie lui en avait laissé le temps. En y réfléchissant, j'éprouvai une sorte de chagrin par procuration à l'idée de toutes ces occasions perdues, de toutes ces leçons jamais apprises, de tous ces rêves annulés par sa mort prématurée. Quels qu'aient été sa nature profonde et son comportement, je pouvais au moins saluer sa mémoire.

À 10 heures le lendemain matin, je me garai dans une rue latérale proche du lycée de garçons de Louisville, à l'angle de Brook Street et de Breckinridge. Construit en brique rouge foncé et égayé de parements de béton blanc, le bâtiment comportait deux étages. Le quartier consistait en étroites maisons rouge brique séparées par des allées tout aussi étroites. Beaucoup donnaient l'impression qu'il devait y régner une odeur indéfinissable. Je gravis les marches en béton. Au-dessus de l'entrée, deux érudits à l'allure de gnomes s'abritaient dans des niches identiques, comme plongés dans la lecture de tablettes inconnues. Les dates de 1914 et 1915 gravées dans la pierre indiquaient, pensai-je, l'époque de la construction du bâtiment. Je poussai la porte et entrai.

L'intérieur se caractérisait par des lambris de marbre gris, surmontés de murs peints en gris. Le sol en marbre gris moucheté du hall révélait des fentes inexplicables çà et là. Le regard plongeait directement dans l'auditorium, avec ses gradins en demi-cintre, ses sièges en bois et son parquet légèrement gauchi par l'âge. Ce devait être l'heure des cours, car on ne voyait personne dans les couloirs et l'on circulait peu dans les escaliers. J'entrai dans le bureau de l'administration. Il était équipé de hautes fenêtres. De longues plaques rectangulaires d'éclairage au néon pendaient des plafonds doublés de panneaux d'insonorisation. Je demandai la bibliothécaire, on m'envoya au deuxième étage.

La bibliothécaire en question, Mme Calloway, incarnait la force tranquille : jupe en tissu de jean à mi-mollet, chaussures de marche inusables. Ses courts cheveux gris acier refusaient toute coquetterie inutile, parti qu'elle avait manifestement adopté une fois pour toutes. À l'approche de la retraite, elle semblait être femme à aimer le müsli et le yoga, les liniments, les badges SAUVEZ LES BALEINES, les baignades en eaux polaires et autres randonnées à bicyclette à l'étranger. Quand je demandai à voir un exemplaire de l'annuaire 1961, elle me dévisagea, mais s'abstint de toute remarque. Elle me tendit le *Bouledogue* et je m'assis à une table vide. De retour à son bureau, elle se plongea dans ses occupations, mais je savais qu'elle m'avait à l'œil.

Je passai quelques minutes à feuilleter le *Bouledogue*, étudiant les portraits en noir et blanc de la classe de terminale. Je ne cherchai pas le nom de Duncan. Simplement j'absorbai l'impression d'ensemble, essayant de retrouver le climat de l'époque, de six ans plus ancienne que la mienne. La mixité n'existait pas au début, mais l'établissement l'avait adoptée en cours de route. Les photos de cette classe montraient les garçons en veste et cravate, arborant une coupe en brosse qui accentuait leurs grandes oreilles et la forme bizarre des têtes. Beaucoup portaient des lunettes à lourde monture noire. Les filles donnaient dans les cheveux courts et les pulls ras-du-cou gris foncé ou noirs. Chacune avait son rang de perles, sans doute fourni par le photographe par amour de l'uniformité. En 1967, l'année de mon diplôme de fin d'études, la mode était aux cheveux crêpés à mort et raides de laque, ce qui leur donnait un faux air de perruques avec pointes qui rebiquent. Tous les garçons s'étaient mués en clones d'Elvis Presley. Ici, sur ces photos de classe ingénues, la plupart des élèves étaient en mocassins et socquettes blanches, les filles privilégiant des jupes droites ou plissées qui leur arrivaient au genou.

Je survolai les photos des membres des clubs de l'information, des orateurs et des échecs. Sur des clichés célébrant l'industrie, l'économie ménagère et la science mondiale, les élèves se pressaient devant des cartes murales qu'ils désignaient d'un doigt unanime ou s'agglutinaient autour du bureau du professeur, souriant et faisant semblant d'avoir l'air intéressé. Tous les professeurs paraissaient avoir cinquante-cinq ans et donnaient l'impression d'être de véritables éteignoirs.

Le Thanksgiving de cette année-là – à l'automne 1960 – avait été marqué par une rencontre de foot américain entre le lycée de garçons et le lycée technique. Le premier avait gagné haut la main. « LE LYCÉE DE GARÇONS BAT LE LYCÉE TECHNIQUE 20 À 6, REMPORTANT LE TROPHÉE DE LA VILLE & DE L'AAA[1] », disait l'article. « Les Béliers du lycée technique DuPont prennent une déculottée aussi franche que méritée. » Les capitaines étaient respectivement Walter Morris et Joe Blankenship. Les deux lycées se livraient une guerre farouche et inexpiable depuis 1893, et elle perdurait sûrement à ce jour. À l'époque, on recensait 39 victoires pour le lycée de garçons, 19 pour le lycée technique, et 5 matchs nuls. Au bas de la page, dans la photo montrant les attaquants du lycée technique, je découvris un halfback du nom de Quintero, de quatre-vingt un kilos. Je revins à la première page et feuilletai à nouveau l'annuaire. Duncan Oaks apparaissait sur plusieurs clichés, cheveux bruns, joli garçon. Il avait été élu vice-président, organisa-

1. American Automobile Association *[NdT]*.

teur du bal de la promotion et photographe de la classe. Son nom et son visage revenaient régulièrement sous diverses rubriques : la pièce de terminale, le club littéraire, le club de l'humour. Il était délégué à l'association « Les jeunes parlent », bénévole au bureau du lycée, assistant bibliothécaire.

Il n'avait pas engrangé les diplômes, mais il avait joué au football. Je trouvai une photo de lui le montrant dans l'équipe du lycée, halfback de quatre-vingts kilos. Tiens, tiens. Duncan Oaks et Benny Quintero avaient joué en même position dans des équipes adverses. Ils se connaissaient forcément, ne fût-ce que de réputation. Je pensai à la remarque de Porter Yount sur les heures de gloire de Duncan au lycée, notant qu'il n'avait jamais atteint de tels sommets par la suite. Sans doute pouvait-on en dire autant de Quintero. Avec le recul, il semblait émouvant que leurs routes se soient croisées de nouveau au Vietnam.

Je repris l'annuaire au début et étudiai la photo de Duncan en organisateur du bal de la promotion. Il était en smoking, cheveux coupés très courts, rasé de près, une fleur blanche à la boutonnière. Je tournai la page et examinai la reine de la promotion, me demandant s'ils sortaient ensemble ou avaient simplement été élus chacun de leur côté et honorés lors de la même occasion. Darlene LaDestro. Ma foi, un genre de filles que j'avais bien connu. Longs cheveux blonds relevés en chignon banane, nez affirmé, air aristocratique. Une fille qui avait de la classe et me rappelait mes condisciples du lycée qui appartenaient à des familles riches. Sans répondre aux canons de la beauté, Darlene vieillirait avec élégance. Elle assisterait aux réunions d'anciennes élèves, ayant épousé l'un de ses pairs, toujours mince comme un fil, des mèches argentées striant avec art sa chevelure. Darlene LaDestro. Quel prénom… Elle l'avait sûrement largué au plus vite, se faisant appeler Dodie ou Dessie ou…

Un frisson me parcourut et je laissai échapper une exclamation, la voix rauque de stupéfaction. Mme Calloway levant la tête, je fis un geste de la mienne pour l'assurer que tout allait bien… Tu parles ! Pas étonnant que le visage de Darlene m'ait paru familier. Elle s'appelait à présent Laddie Bethel, était tout ce qu'il y a de plus vivante et habitait à Santa Teresa.

CHAPITRE 25

Je retardai mon retour, reportant ma réservation du mercredi après-midi au vol du jeudi matin pour me donner le temps de réunir des informations. J'avais épluché les annuaires de 1958, 1959, 1960, 1961 et 1962 en y cherchant une référence à Mark Bethel, mais son nom ne figurait dans aucun. Si Laddie le connaissait à l'époque, ce n'était pas par le lycée. Je fis une masse de photocopies des pages de l'annuaire où apparaissaient Laddie et Duncan, ensemble ou séparément, remontant jusqu'à la classe de seconde. Sur beaucoup de ces photos de classe sans artifice, on les voyait l'un à côté de l'autre.

Je déposai la pile d'annuaires sur le bureau de Mme Calloway. En sortant du lycée, je remontai en voiture et explorai le quartier en quête d'un drugstore, où j'achetai un paquet de fiches et un plan détaillé de la ville. Puis je réintégrai mon véhicule et fis demi-tour en direction de la bibliothèque municipale, située à une petite distance de là. Au bureau, on m'indiqua la section des ouvrages de références. Après quoi, je me mis au travail. En effectuant un recoupement entre les anciens répertoires d'adresses de la ville et les annuaires de téléphone, je découvris un LaDestro et notai l'adresse. Les annuaires des entreprises de 1959, 1960 et 1961 m'apprirent que le père de Laddie, Harold LaDestro, possédait un atelier d'usinage dans Market Street et était répertorié comme spécialiste d'outillage de haute précision et inventeur. L'allure de Laddie, son élégance et ses airs aristocratiques m'avaient fait croire qu'elle venait d'une famille fortunée, mais peut-être à tort. À l'époque, son père était simple commerçant, et rien n'indiquait qu'il ait exercé des activités en sous-main. D'après l'annuaire du lycée, je savais qu'elle avait obtenu son diplôme de fin d'études secondaires avec mention, mais ses données biographiques ne mentionnaient aucun projet d'études supérieures. Peut-être s'était-elle inscrite à l'université de Louisville, qui faisait probablement des prix aux résidents locaux. À moins qu'elle ait suivi des cours de secrétariat dans une école de commerce des parages pour travailler avec son père. Le genre d'orientation qu'aurait prise une fille consciencieuse en ce temps-là.

Mais où avait-elle fait la connaissance de Mark ? Sur une impulsion, je saisis l'annuaire de téléphone de 1961, où je recensai vingt et une familles au nom de Bethel et quatre à celui d'Oaks. Il n'y avait qu'un seul Revel Oaks, et je notai également cette adresse. Quant aux Bethel, j'avais une autre idée pour mettre le doigt sur la famille de Mark. Je fis des photocopies des pages de l'annuaire de téléphone et de celles des répertoires de la ville correspondants, les ajoutant à celles des annuaires du lycée. Je ne savais pas trop où j'allais, mais pourquoi ne pas me fier à mon flair ? J'avais fait la dépense d'un trajet en avion pour venir là, j'étais coincée jusqu'au lendemain matin, que faire d'autre ?

Je mis le contact et fis un rapide tour des lieux, commençant par la maison de famille des Oaks dans la 4e Rue, toujours dans le centre-ville. Le bâtiment était impressionnant, immense construction de deux étages en stuc et en pierre datant sans doute de la fin des années 1880. Le style hésitait entre Renaissance et baroque, avec une profusion de corniches, colonnes à cannelures, appuis arrondis, un balcon et des fenêtres cintrées. La couleur de la façade sortait de l'ordinaire : un vieux rose badigeonné de brun, comme si la patine des ans s'était accumulée pour produire ce ton funèbre. D'après l'écriteau planté sur la pelouse, le bâtiment abritait à présent deux cabinets d'avocats, une société d'archives de jurisprudence et un cabinet d'expert-comptable. Il se dressait au milieu d'un vaste terrain ; le mur de la propriété subsistait encore, ainsi que les montants du portail d'origine. Derrière la maison, deux chênes majestueux ombrageaient des jardins tracés au cordeau, et j'aperçus une remise à calèches au bout de l'allée pavée.

La maison des LaDestro se situait à moins de deux miles de là, dans l'enceinte de l'université, dans une petite rue étroite. Je cherchai le numéro, mais la bâtisse avait disparu, rasée de toute évidence lors de l'extension du campus. Les bâtiments encore debout ressemblaient en général à de longues boîtes d'un seul niveau, protégées par un revêtement de bitume rouge foncé. Déprimant. Par quel miracle Laddie était-elle passée de ces tristes débuts à sa fortune actuelle ? Un premier mariage ? À l'époque, un riche mari représentait manifestement le plus sûr moyen, pour une femme, de s'élever dans l'échelle sociale et d'améliorer ses espérances. Nul doute qu'elle ait aspiré à fuir un endroit si sordide.

Alors que je me trouvais encore au voisinage du centre-ville, je repérai le greffe du palais de justice du comté de Jefferson, entre les 5e et 6e Rues sur Jefferson Ouest. L'employé de la réception se mit en quatre lorsque je lui dis ce qu'il me fallait : le certificat de mariage de Darlene LaDestro et Mark Bethel, que j'estimais avoir convolé à l'été 1965. J'ignorais la date exacte, mais je me rappelai un détail qui me venait de la secrétaire de Mark, Judy : il s'était engagé dans l'armée juste à la sortie de l'université. Quoi de plus normal, alors, que d'épouser Laddie cet été-là, avant de partir outre-mer ? Je posai aussi que Laddie (*alias* Darlene LaDestro) aurait été un sujet idéal pour l'une des interviews de Duncan. Elle était jeune et ravissante, et c'était une enfant du pays. Il n'aurait pas eu de mal à la contacter puisqu'ils habitaient la même ville et qu'il la connaissait depuis toujours. La carte de journaliste de Duncan portait la date du 10 septembre 1965. S'il avait eu un entretien quelconque avec Laddie, c'était sans doute entre son mariage à elle, le départ de Mark et son départ à lui pour le Vietnam peu après.

Un quart d'heure plus tard, j'éprouvai un de ces moments de satisfaction intense qui vous transporte aux nues lorsque, comme je m'y attendais, l'employé découvrit le certificat de mariage.

– C'est génial. Génial ! Vous ne trouvez pas ça stupéfiant ?

L'employé eut un regard blasé.

– Absolument ahurissant.

J'éclatai de rire.

– Voyez-vous, j'aime avoir raison, surtout quand je navigue au jugé.

Il se pencha sur le comptoir, le menton dans la main, me regardant sortir mes fiches et noter les informations contenues dans l'acte. La licence de mariage avait été émise le 3 juin 1965. Si l'on partait du principe qu'elle restait valide pendant trente jours, le mariage avait dû se dérouler ce même mois. Darlene LaDestro, vingt-deux ans, exerçant le métier de libraire, était la fille de Harold et Millicent LaDestro et résidait à l'adresse figurant dans l'annuaire de téléphone de 1961. Mark Charles Bethel, vingt-trois ans, servant dans l'armée américaine, était le fils de Vernon et Shirley Bethel, domiciliés dans Trevillian Way. Aucun des jeunes époux n'avait déjà été marié.

– Vous savez qui c'est, bien sûr ? lança l'employé d'un ton négligent.

Je levai les yeux vers lui avec intérêt.

– Qui, Mark Bethel ?

– Non, LaDestro.

– Un parfait inconnu pour ce qui me concerne. Dites voir.

– Il a obtenu le brevet d'un truc utilisé sur les fusées Mercure pour les vols spatiaux.

– Et c'est l'origine de sa fortune ?

– Absolument. Il reste une célébrité locale. Autodidacte, excentrique. Il n'avait même pas de liens avec l'industrie aérospatiale ! Il travaillait dans son coin. J'ai vu une photo de lui, un jour. On aurait dit un de ces monstres de foire à tête d'épingle. Il avait passé sa vie à bricoler sans jamais toucher un sou. Toujours endetté, vivant dans un dépotoir. Tout le monde le prenait pour un fou et voilà-t-il pas qu'il s'amène et bat McDonnell-Douglas à plate couture pour les droits ! À sa mort, il était riche. Et quand je dis riche, je veux dire *très très* riche.

– Eh bien, si je m'étais imaginé ça ! dis-je. Un brevet sur quoi ?

– Une espèce de gadget. Allez savoir. J'ai entendu dire qu'on l'utilise encore. Le monde est plein de gars qui conçoivent des bidules pour lesquels ils ne touchent pas un rond. LaDestro s'est adressé à un avocat spécialisé dans les brevets et a envoyé les gros bonnets au tapis.

– Incroyable.

– En tout cas, sa fille a eu une fichue veine. On m'a dit qu'elle vivait en Californie dans une propriété pour milliardaires. (Il désigna la licence de mariage.) Vous en voulez une photocopie ?

– C'est combien ?

– Deux dollars la photocopie ordinaire, cinq la photocopie certifiée conforme.

– L'ordinaire fera l'affaire, dis-je.

Je pris Jefferson jusqu'à la 3e Rue, puis je tournai à gauche dans Broadway et continuai jusqu'au carrefour par Bardstown Road. Toujours dans Bardstown Road, je traversai un secteur de la ville dénommé les Highlands. Arrivée dans Trevillian, je repérai la maison où avaient habité les Bethel. La bâtisse à parements blancs semblait confortable, pas très grande mais bien entretenue, sise dans un quartier bourgeois cossu, indiscutablement supérieur à celui où Laddie avait grandi. Je me garai devant la maison, montai la longue allée en pente et gravis les marches de l'entrée. La maison était déserte, mais un simple coup d'œil à la boîte aux lettres m'apprit qu'une famille du nom de Poynter occupait à présent les lieux. On se serait cru au pays de Donna Reed : volets verts aux fenêtres, pensées dans les jardinières, un tricycle sur le trottoir, un os pour chien dans la cour. Toutes les vitres étincelaient et les arbustes étaient entretenus avec soin. Tandis que j'observais ces détails, un délicat chat gris traversa d'un pas prudent la pelouse fraîchement tondue.

Je revins à la voiture, où je m'assis pour étudier mon plan. À en juger par les établissements scolaires situés à proximité, Mark avait dû faire ses études au collège des Highlands, puis à Atherton ou à Saint-Xavier, le lycée catholique de Broadway. À moins qu'il n'ait fréquenté une institution privée, c'était une possibilité… mais je l'imaginais plutôt se vanter d'être passé par l'école publique. Bien. Et maintenant ?

Je feuilletai la documentation que j'avais recueillie, laissant mon esprit vagabonder.

J'avais ajouté des points, mais ne voyais pas encore toutes les lignes qui les reliaient. Tout semblait tourner autour de Duncan Oaks. Sa présence me faisait songer au moyeu d'une énorme roue. Je pouvais imaginer ses rapports avec Benny Quintero dans leur ville d'origine. Contemporains, deux gloires sportives de leurs lycées, qui avaient joué en même position dans des équipes de football adverses, et dont les chemins s'étaient croisés des années après sur le sol ensanglanté d'Ia Drang. Après quoi, Duncan Oaks avait disparu de la scène, tandis que Quintero en avait réchappé, gardant les plaques d'identité de Duncan, sa carte de presse et un instantané. Je pouvais aussi relier Duncan Oaks à Laddie Bethel, née Darlene LaDestro, qui était au lycée pendant la même période que lui. Et c'est là que les fils s'emmêlaient. Laddie était à présent mariée à l'avocat qui représentait mon ex-mari, suspect quant à lui d'avoir porté les coups qui avaient provoqué la mort de Benny Quintero sept ans après. Si Duncan Oaks était le moyeu, Mark Bethel était peut-être l'arbre de transmission responsable des événements ultérieurs.

Je mis la voiture en marche et revins au motel. Même en l'absence de liens, une image s'ébauchait, sommaire et floue, mais qu'avait dû entrevoir aussi Mickey. Le problème est que je n'avais aucune preuve qu'un crime ait été commis à une époque si lointaine, encore moins qu'il ait eu des répercussions à l'époque actuelle. Simplement, l'idée tenait. Une combinaison quelconque des faits avait entraîné l'assassinat de Benny Quintero et les coups de feu tirés sur Mickey Magruder. À moi de mettre en forme un scénario capable d'englober tous les protagonistes et d'élucider leur sort. Si la vie est une pièce de théâtre, alors il existe une explication logique, une histoire sous-jacente en vertu de laquelle les pièces s'encastrent même si l'image du puzzle paraît nébuleuse au départ.

Avant de reprendre l'avion le lendemain matin, je téléphonai à Porter Yount pour lui demander s'il pouvait mettre la main sur les articles écrits par Duncan Oaks avant son départ pour le Vietnam. Après de copieux bafouillages, il finit par déclarer qu'il allait voir ce qu'il pouvait faire. Je lui donnai mon adresse et un grand baiser par téléphone, lui disant de prendre soin de lui et que je le contacterais.

Le vol de retour se déroula sans histoire, encore qu'il ait occupé la plus grande partie de la journée : Louisville-Tulsa, Tulsa-Santa Fe, Santa Fe-Los Angeles, où je pris la navette jusqu'au motel, récupérai ma Volkswagen et fis les quatre-vingt-dix minutes de trajet jusqu'à chez moi. Le temps passé en avion, l'attente entre les vols et le changement de véhicules en fin de parcours s'additionnant, j'arrivai à Santa Teresa à 16 h 30. Je me sentais à cran : fatiguée, affamée, le cheveu plat, la peau grasse. Sans parler des cacahuètes que j'avais grignotées en guise de repas toute la journée durant et qui m'avaient complètement déshydratée. Je dus me sermonner pour ne pas geindre tout haut.

À peine arrivée à la maison, je m'assis à mon bureau et repêchai le CV de Mark Bethel dans le tiroir du bas où je l'avais rangé le samedi précédent. Sur la première page, il indiquait être né à Dayton, Ohio, le 1er août 1942. Il avait obtenu sa licence de lettres à l'université du Kentucky en 1965. Comme références militaires, il citait l'armée américaine, omettant avec modestie qu'il avait été décoré du Purple Heart pour blessures en temps de guerre. J'appellerais Judy le lendemain matin, le palais enduit de beurre de cacahuètes, en me faisant passer pour une journaliste afin de préciser ce point. Si Mark s'était trouvé à Ia Drang, ce serait une nouvelle pièce au puzzle, qui était presque terminé.

Je quittai mes vêtements, pris une douche et me lavai les cheveux. Puis, après m'être brossé les dents, je me rhabillai et descendis l'escalier d'un pas allègre.

Ma première idée fut d'avoir un entretien avec Carlin Duffy afin de lui donner une version condensée de ce que j'avais appris à Louisville, même si, à ce point de mon enquête, je ne savais trop quelles conclusions en tirer. Je m'en tiendrais aux faits, sans faire état des spéculations et hypothèses que je continuais de tourner et retourner dans ma tête. Ce contact était en large partie une pure courtoisie de ma part. Il ne m'avait pas engagée. Il ne me payait pas et je ne me sentais pas lui devoir d'explications. J'espérais néanmoins qu'il me fournirait peut-être un indice, un morceau du puzzle qu'il n'avait pas songé à me communiquer. Mais, surtout, le souvenir de l'exaspération et de la fureur de Duffy la nuit où il était passé chez Mickey me restaient en mémoire. Je n'aime pas revoir deux fois la même prestation, et c'était une façon de me protéger. Duffy avait perdu son frère, il était en droit de savoir.

Je pris la direction de la pépinière, où je trouvai une place devant la jardinerie. Je priai le ciel que Duffy soit sur les lieux et non au Honky-Tonk. Le bar était ouvert à cette heure, mais je n'osais pas y retourner. À mon avis, mieux valait garder mes distances au cas où Tim et Scottie auraient compris qui avait dévoilé le pot-aux-roses. Il était presque 17 h 30, il faisait encore clair, je retrouvai mon chemin sans difficulté à travers les rangées d'arbres. Je me repérai au toit de la remise visible au bout du terrain, qui me permettait de tracer mentalement mon itinéraire. Aucune allée n'y conduisant directement, je zigzaguai entre les arbres en caisse.

En arrivant à la remise, je vis un chariot-élévateur compact garé dans l'entrée. Plusieurs gros sacs de paillis s'empilaient sur la fourche frontale. Haut et trapu, le véhicule ressemblait à une version hypertrophiée des jouets Tonka avec lesquels je m'amusais quand j'avais six ans. Cette phase n'avait pas duré, et les jouets avaient été relégués entre le Lego et la dépouille du poupon victime de mon tricycle. J'entrai dans la remise, écartant les couvertures tendues par Duffy pour supprimer les courants d'air. Il gisait inconscient, sans ses chaussures, sur son lit de camp. Les ronflements qui s'échappaient de sa bouche grande ouverte emplissaient l'espace clos de vapeurs de bourbon. Il serrait contre son cœur une flasque vide d'Early Times. Une de ses chaussettes, à moitié enlevée, laissait voir son talon nu. Il paraissait absurdement jeune pour un garçon qui avait passé la moitié de son existence en prison. La vie est une galère. Je trouvai une couverture et l'étalai sur lui, puis je posai les plaques d'identité militaires, la carte de presse, l'instantané et un petit mot sur la caisse, où il les verrait à son réveil. Le mot disait que je le contacterais le lendemain pour lui raconter mon voyage. Je quittai la remise, le laissant cuver son alcool.

En rejoignant la voiture, je réfléchis à la facilité avec laquelle je m'identifiais à ce genre de types. Malgré sa grossièreté de peigne-cul, ses remarques racistes, sa syntaxe torturée et son attitude à l'égard de la loi, je comprenais ses aspirations profondes. On se sent si libéré lorsqu'on défie l'autorité, méprise les conventions et ignore les normes de la morale ordinaire. Je connaissais ma propre ambivalence. D'un côté, j'étais foncièrement imbue du respect de l'ordre public, pointilleuse dans mes jugements, indignée par ceux qui violaient les règles de la loyauté et du fair-play. De l'autre, je m'étais fait une spécialité de mentir comme un arracheur de dents, d'écouter aux portes, de forcer les serrures ou de simplement m'introduire dans les maisons des gens, où je fouillais leurs biens et subtilisais ce qui me plaisait. Je n'étais pas une fille bien, mais je savourais la moindre seconde de mon comportement de sale gosse. Quitte à me sentir coupable ensuite, mais c'était plus fort que moi. J'étais comme coupée en deux, mon bon ange piétant sur une épaule, Lucifer trônant sur l'autre. Duffy luttait contre les mêmes influences adverses et, lorsqu'il penchait dans un sens, je tendais habituellement vers l'autre, cherchant la justice au cœur de l'anarchie. Pour moi, l'essentiel se résumait à une évidence : si les méchants n'observent pas la règle du jeu, pourquoi les bons y seraient-ils tenus ?

Je roulai jusqu'en ville. Il était 5 h 50 à présent et comme je mourais de faim, bien entendu, je fis un court détour. Je m'arrêtai près du guichet de restauration du McDonald's et commandai un Big Mac au fromage, une grande portion de frites et un Coca à emporter. J'en fredonnai d'impatience en attendant mon sac en papier de douceurs. J'allais rentrer à l'appartement, me mettre en pyjama et me pelotonner sur le canapé, où je regarderais une émission nulle tout en me délectant de produits pourris. Pendant le trajet de retour, la

Wolkswagen embaumait divinement, un véritable four à micro-ondes monté sur roues. Je me garai à un emplacement idéal, fermai la voiture et franchis le portail grinçant. Je contournai la maison, toute chavirée à l'idée des plaisirs qui m'attendaient. Et pilai net.

Les inspecteurs Claas et Aldo faisaient le pied de grue devant ma porte. On repassait le film à l'envers : mêmes types aux abords de la quarantaine, l'un brun, l'autre blond, mêmes vestes de sport. Claas, l'attaché-case à la main comme précédemment. Gian Aldo mâchant son chewing-gum. Il s'était fait couper les cheveux, mais ses sourcils dessinaient toujours une haie touffue au-dessus de l'arête de son nez. Je mourais d'envie de lui tomber dessus avec une pince à épiler et de les lui arracher poil par poil.

– Vous cherchez quelque chose ? demandai-je.

L'inspecteur Claas parut amusé. Ça, c'était une première.

– Allez, soyez sympa. On a fait tout le trajet jusqu'ici pour bavarder gentiment avec vous.

Je passai devant lui, ma clé à la main, et ouvris la porte. L'inspecteur Claas portait un produit capillaire dont l'odeur rappelait les expériences de chimie au lycée. Tous deux entrèrent sur mes talons. Je lâchai mon sac par terre près de mon bureau, prenant le temps de jeter un coup d'œil à mon répondeur. Pas de messages.

Je levai mon sac McDonald's, dont le contenu, comme mes espoirs, refroidissait de minute en minute.

– J'avale ça d'abord, je défaille.

– Allez-y.

Je traversai la pièce jusqu'au coin cuisine, contournant le comptoir pour atteindre le réfrigérateur. J'en sortis une bouteille de chardonnay frappé et farfouillai dans le tiroir fourre-tout, à la recherche du tire-bouchon.

– Du vin vous dirait ? Moi, j'en prends. Autant en faire autant.

Tous deux échangèrent un regard. C'était sans doute contraire à la loi, mais ils durent penser que je serais plus aimable si nous étions tous imbibés.

– Avec plaisir, merci, dit Claas.

Je lui tendis la bouteille et le tire-bouchon, il se mit au travail tandis que je sortais trois verres et une assiette en carton. J'y déversai les frites et attrapai la bouteille de Ketchup dans le placard.

– Servez-vous, dis-je.

L'inspecteur Claas remplit les verres et nous fîmes salon, dégustant nos frites avec les doigts. Elles étaient complètement molles maintenant, et nous nous les enfournions dans le bec comme un trio de moineaux festoyant de lombrics. Avec la même aménité, je coupai le Big Mac en trois parts égales, que nous enfournâmes également. Le dîner fini, nous fîmes les six pas qui nous séparaient du séjour. Cette fois, je pris le canapé et leur laissai mes fauteuils de metteur en scène. Je remarquai que l'inspecteur Claas conservait son attaché-case à portée de la main, comme précédemment. Je savais que s'y dissimulait un magnétophone, et l'envie me prit de me pencher et de dévider ce que j'en pensais dans l'ouverture.

– Et maintenant, quoi ? demandai-je en croisant les bras avec détermination.

L'inspecteur Aldo sourit.

– Nous avons des nouvelles dont nous pensions vous offrir la primeur. Nous avons relevé une empreinte partielle sur le Smith et Wesson et l'avons comparée à des empreintes découvertes au domicile de Magruder.

– Vous rappelez-vous une boîte en métal gris cachée dans la garniture d'un fauteuil ? enchaîna Claas.

Je sentis ma bouche devenir sèche.

– Oui. (Pas de son. Je me raclai la gorge et fis une nouvelle tentative.) Oui.

– Nous avons un échantillon particulièrement intéressant du bord intérieur du couvercle, comme si on l'avait forcé avec ses doigts.

J'allais attirer son attention sur les règles de l'utilisation du pronom indéfini et de ses accords, mais m'abstins. Au lieu de quoi j'émis un « Qui ? » Un vrai ululement.

Aldo reprit la parole, manifestement aux anges :

– Mark Bethel.

Je le dévisageai, ahurie.

– Vous plaisantez. Non mais, vous voulez rire !

– Il y est allé dans la nuit de dimanche et a laissé des empreintes partout.

– C'est génial. Fantastique ! Bien fait pour lui, dis-je.

– Nous ne savons pas ce qu'il cherchait au juste…

Je l'interrompis d'un geste.

– Je peux vous le dire.

Je leur fis un bref résumé de mes investigations, notamment de la découverte des papiers de Duncan Oaks dans la doublure du blouson de Mickey.

– Je n'aurais jamais cru qu'il serait assez bête pour laisser ses empreintes. Il a perdu la tête ou quoi ?

– Il est prêt à tout, dit Claas. Il a sans doute vu la poudre des relevés d'empreintes sur toutes les surfaces et a cru qu'on avait terminé.

– Vous avez effectué de nouveaux relevés ?

– Mardi matin, dit Aldo.

– Mais pourquoi ? Qu'est-ce qui vous en a soufflé l'idée ?

– Nous avons eu un appel de Cordia Hatfield. Elle avait vu de la lumière dans la nuit de dimanche. Comme vous avez juré que ce n'était pas vous, elle l'a soupçonné lui, expliqua Claas.

– Mais comment est-il entré ?

– Avec la clé qu'elle lui avait donnée. Il était passé la semaine précédente en se présentant comme l'avocat de Magruder. Il lui avait dit qu'il paierait les factures de Mickey jusqu'à ce qu'il soit sur pieds, et il espérait pouvoir mettre la main sur sa police d'assurance et ses relevés bancaires. Elle lui a donné une clé. Bien entendu, il l'a rendue ensuite, mais sans doute pas avant d'en avoir fait faire un double pour lui, dit Claas.

L'inspecteur Aldo reprit la parole :

– Je ne pense pas que l'ordinateur aurait effectué le rapprochement sans la nouvelle série d'empreintes qu'il a laissées. Naturellement, on a perdu un temps considérable à éliminer les vôtres.

– Désolée, dis-je les joues soudain brûlantes.

Aldo me tança gentiment du doigt, mais il ne paraissait pas du tout fâché.

– Nous avons aussi la preuve de la présence de Bethel dans le secteur au moment de l'agression, ajouta Claas.

– Vous n'avez pas chômé, dites donc. Comment avez-vous réussi ce prodige ?

– Le treize, dit Claas visiblement content de lui, Bethel se trouvait à Los Angeles pour un passage à la télé. L'enregistrement s'est terminé à dix heures. Il a rempli une fiche d'hôtel au Four Seasons en fin de soirée, puis est ressorti pour ne rentrer qu'au petit matin, le quatorze. Il aurait très bien pu se glisser dans sa chambre sans attirer l'attention, mais il s'est trouvé que le voiturier était un de ses supporters et l'a reconnu.

– Ce n'est pas tout, renchérit l'inspecteur Aldo. On a quelqu'un qui les a vus ensemble cette nuit-là.

– Non ?!

– Parfaitement. Nous avons examiné un petit tas de pochettes d'allumettes que Magruder conservait dans un bocal à poisson. Nous en avons trouvé sept d'une boîte de Pico Boulevard, près des bureaux de la Pacific Coast Security. Une fille du bar se rappelait les avoir vus. (L'inspecteur Aldo se renversa sur son siège, dont le bois et la toile firent entendre des bruits inquiétants sous son poids.) Et vous ? Que nous rapportez-vous de l'est ? Votre propriétaire nous a dit que vous étiez partie à Louisville.

– En effet. Je suis juste rentrée aujourd'hui.

– Vous avez du nouveau ?

– Ma foi, oui. Comme j'en suis encore à tout mettre bout à bout, je ne peux rien garantir, mais voici ce que je sais. Laddie Bethel a fait ses études au lycée de Louisville avec un certain Duncan Oaks. C'est lui qui a organisé le bal de la promo 1961, dont elle a été la reine, l'année de leur diplôme de fin d'études. À un moment quelconque, Laddie a rencontré Mark. Ils se sont mariés à l'été 1965, après qu'il eut obtenu sa licence à l'université du Kentucky. Mark s'est engagé dans l'armée juste au moment où Duncan Oaks réalisait une série d'articles pour le

Louisville Tribune. Je pense que Mark est allé au Vietnam, mais je n'en ai pas encore la preuve…

– Nous pouvons vous éclairer. Car nous ne nous sommes pas tourné les pouces, figurez-vous. (Claas chercha dans son attaché-case, en sortit une enveloppe beige, l'ouvrit et en feuilleta le contenu.) Compagnie Alpha, Ier bataillon, 5e de cavalerie.

– Compliments, dis-je. J'ignore complètement comment cadre le tout, mais nous finirons bien par en avoir une idée. Toujours est-il que Duncan a proposé une série d'articles et qu'il a commencé à interviewer les femmes de soldats. Son idée était de parler de la guerre vue depuis les deux fronts, le Vietnam et le pays. Je soupçonne Laddie et Duncan d'avoir eu une courte liaison. Pure conjecture de ma part. Quelques semaines après, Duncan est parti pour le Vietnam. Mark et lui ont dû se croiser. Duncan l'a même sûrement recherché pour le second volet de son interview.

– Et… ?

– Pour le moment, j'en suis là.

– Peut-être que Mark l'a explosé, avança Aldo. Moi, c'est l'idée que j'en ai.

– Explosé ?

– Oui, gommé. Éliminé. Nettoyé vite fait bien fait. Je veux dire… ce n'est pas si difficile quand ça canarde de partout. On n'a pas à craindre les tests balistiques des toubibs.

Je réfléchis un instant.

– C'est bien vu. Surtout si Mark a découvert que Duncan avait une liaison avec sa femme…

– Ce qui reste à prouver, intervint Claas.

– Oui, évidemment.

– Continuez. Désolé de vous avoir interrompue.

– À partir de là, je commence à patauger et en suis réduite aux hypothèses. Certaines pièces tombent en place, mais je n'ai pas de preuves. Benny Quintero était un autre garçon de Louisville. Je sais que Duncan et Benny étaient à Ia Drang ensemble parce que je les ai vus en photo. D'après mes informations, Duncan Oaks a été blessé : Mark, tir de son propre camp, armée nord-vietnamienne, nous ne le saurons jamais, alors autant écarter ce point. Quoi qu'il en soit, on l'a évacué dans un hélicoptère bourré de morts et de blessés. À l'atterrissage, il avait disparu sans laisser de trace.

Aldo prit la parole :

– Mark est à bord de l'hélico et le balance par la porte. Le type tombe. De combien … disons vingt ou trente mètres, et atterrit dans la jungle ? Faites-moi confiance, au bout de deux semaines il n'en reste plus que les os. À ce que vous dites, Oaks n'était même pas dans l'armée, donc pas de problème. Qui irait se soucier d'un putain de journaliste ?

– D'accord, dis-je. Seulement, je pense que Benny savait et que c'est pour cette raison qu'il conservait les plaques et les papiers de Duncan. Là encore, je n'ai pas de preuve, mais ça se tient. Peut-être avait-il imaginé un moyen d'en tirer parti.

– Qu'est-il arrivé à Benny ? demanda Claas.

– Il a été blessé par un tireur isolé et a fini avec une plaque de métal dans la tête. En 1971, il est allé en Californie ; nous n'en savons pas plus. Mickey et Benny se sont un peu bagarrés. Un jour plus tard, quelqu'un a tabassé Benny et l'a laissé sans connaissance, et il est mort.

J'évoquai ensuite le dossier défavorable de Mickey et pourquoi il avait fait un bouc émissaire idéal lorsque la direction des Affaires internes s'en était mêlée.

– Je ne vois pas le rapport, dit Claas.

– Mark était l'avocat de Mickey. C'est lui qui lui a conseillé de quitter la police pour éviter d'être interrogé.

– Vu.

Aldo se pencha vers moi.

– À propos… Comment Bethel a-t-il mis la main sur votre Smith et Wesson ? Ça ressemble à un coup fourré.

– Je pense que Mickey le lui a vendu. J'ai la trace d'un dépôt bancaire de deux cents dollars en mars. Mark m'a dit que Mickey avait appelé pour lui demander de l'argent. Or ça m'étonne de Mickey. Je sais qu'il avait caché une petite réserve de pièces d'or et de billets, mais il n'y aurait sans doute pas touché. Il a vendu sa voiture à peu près à la même époque, et il se défaisait probablement d'autres trucs pour essayer de joindre les deux bouts. Dès qu'il a acheté l'arme, Mark a certainement compris que la voie était libre, car c'est au cours de cette même visite qu'il a passé ce coup de téléphone de l'appartement de Mickey, tombant sur mon répondeur. Tout ce qu'il avait à faire, c'était détourner l'attention de Mickey, composer le numéro et laisser la bande tourner quand mon répondeur s'est déclenché.

– Et si vous aviez été là ?

– Désolé, erreur de numéro, et il aurait rappelé plus tard. Il savait que Mickey et Duffy étaient comme deux doigts de la main à ce moment-là. Quels que soient ses défauts, Mickey a toujours eu un flair phénoménal. Mark savait sûrement que ce n'était plus qu'une question de temps. Il détenait une arme à mon nom. Il avait établi un lien avec moi sur la facture de téléphone de Mickey. Je serais impliquée dès que l'on saurait à qui appartenait l'arme.

– Foutrement malin, lâcha Aldo en étranglant un petit rire.

Claas se frotta les mains, puis étira ses bras devant lui, doigts noués, paumes retournées. J'entendis ses articulations craquer.

– Eh bien, les enfants, toutes ces belles histoires m'ont bien plu. Dommage qu'aucune ne puisse tenir la route devant un juge.

– Hélas. Ce qui nous amène à l'étape suivante, enchaîna Aldo comme s'il lui donnait la réplique. Je lui parle de notre plan ?

– Je n'aime pas ça, déclarai-je. On dirait que vous avez répété votre leçon.

– Tout juste, dit Claas. Alors, voici l'idée qu'on a eue. Oubliez le Vietnam. On ne le coincera jamais pour avoir liquidé Duncan Oaks. Pas d'arme, pas de témoin : aucune chance de ce côté-là.

– Pour ce qui est de Quintero non plus, ajouta Aldo. Même si vous le prouvez, tout ce que vous pouvez espérer, c'est l'homicide involontaire, autrement dit : du vent.

– Ce qui nous ramène à Mickey, dis-je.

– Et à vous, conclut Claas.

Il se pencha vers son attaché-case et en sortit le magnétophone. Il s'assura que je le voyais bien.

– Je savais qu'il était là, dis-je.

– Mais vous ignoriez sa qualité d'enregistrement.

Il appuya sur REWIND, puis sur PLAY. L'appareil restitua la conversation que nous venions d'avoir, distinctement et sans un seul parasite.

– Notre idée est que vous pourriez le mettre dans votre sac, rappliquer chez Bethel et nous filer un coup de main.

– Vous avez un mandat de mise sous surveillance ?

– Non.

– N'est-ce pas illégal ? Je croyais qu'il fallait une ordonnance du tribunal. Que faites-vous du Quatrième Amendement ?

Vous avez ici la Kinsey Millhone défenseur de la Constitution.

– Ce que vous allez faire s'appelle un enregistrement agréé. Les indics et les policiers opérant sous couverture y recourent tout le temps. Du moment que vous vous bornez à enregistrer ce qu'on vous dit, le tribunal n'y voit pas d'objection. Au pire – en partant du principe que ce que vous obtiendrez en vaille la peine –, vous vous servirez de la bande pour vous rafraîchir la mémoire quand vous témoignerez devant le tribunal.

– Parce que maintenant je témoigne ?

– Si Mickey meurt, oui. Compris ?

Je sentis mon attention se reporter d'Aldo sur Claas.

– Voyez la chose sous cet angle, disait-il. Nous constituons un dossier. Il nous faut du concret pour le procureur.

– C'est à ça qu'on travaille, insista Aldo. À épingler cet enfant de putain, si vous me passez l'expression.

– Et Mark ne va pas deviner ce que je viens faire ? Il n'est pas né de la dernière pluie !

– C'est l'avocat de Mickey. Vous rentrez du Kentucky avec une cargaison d'informations et vous venez le mettre au courant. Comment dirait-il non ? Il veut savoir ce que vous savez, afin de voir jusqu'où il est mouillé. Bien entendu, s'il s'imagine que vous êtes sur sa piste, vous serez sa prochaine victime.

– Merci. Ça aide. Maintenant, je me sens tout à fait à l'aise.

– Allez. Ce n'est pas sorcier. Il ne va pas vous descendre dans son salon.

Aldo se dirigea vers le téléphone et me tendit le récepteur.
– Appelez-le.
– Tout de suite ?
– Pourquoi pas ? Dites-lui qu'il y a un truc dont vous voulez lui parler.
– Mouais, marmonnai-je, sur la réserve. Et ensuite ?
– On n'y a pas encore réfléchi.

CHAPITRE 26

La propriété des Bethel était située à la sortie de Montebello, perchée sur un promontoire qui dominait le Pacifique. J'avais eu Laddie au téléphone, et elle m'avait donné la route à suivre jusqu'à Savanna Lane. Mark était sorti, mais il ne tarderait pas à rentrer, m'avait-elle assuré. Son indifférence ou son manque de curiosité sur les raisons de mon appel m'inquiétait. J'avais fait allusion à mon voyage à Louisville et dit que je voulais leur parler d'un point précis, de préférence à tous les deux, mais que je serais, bien entendu, ravie de pouvoir en discuter avec elle d'abord. Si cette entrée en matière l'avait alarmée, elle n'en avait rien laissé deviner.

À 7 heures pile, je m'arrêtai devant le portail. Les inspecteurs Claas et Aldo m'avaient suivie dans leur propre voiture et s'étaient garés dans un petit bois d'eucalyptus à quelque trois cents mètres de là. J'avais le magnétophone dans mon sac, mais le son n'était pas raccordé à leur véhicule et ils n'entendraient rien de la conversation une fois que je serais dans la maison. Personne (eux, j'entends) ne semblait y voir d'inconvénient, car il y aurait toujours du monde (c'est-à-dire le personnel) sur les lieux. Notre plan – si vous tenez à l'appeler ainsi – était le suivant : ils restaient à proximité et se colleraient aussitôt à ma voiture quand je quitterais la propriété. Après quoi, nous nous arrêterions chez moi pour écouter la bande et voir si le matériau enregistré permettait d'établir un dossier recevable. Dans l'affirmative, nous contacterions un juge à même de signer un mandat d'arrêt contre Mark pour blessures à l'aide d'une arme à feu et tentative d'assassinat sur Mickey Magruder. Sinon, nous passerions au plan B, sur lequel l'unanimité ne pourrait jamais se faire. À la réflexion, même le plan A semblait légèrement foireux, mais toujours est-il que j'étais devant le portail et avais déjà appuyé sur la sonnette.

Je m'attendais à ce qu'une voix me demande mon nom dans l'interphone. Au lieu de quoi, ce fut le silence. Simplement, le portail s'ouvrit pour me laisser passer. Je fis un signe de main aux « enfants » et mis la voiture en prise. Devant moi filait une longue allée qui s'incurvait sur la gauche. De part et d'autre, le terrain était dépourvu de végétation, à l'exception de hautes herbes courbées sous les vents marins. Ici et là, un arbre brisait la ligne d'horizon, dressant sa silhouette incisive sur l'obscurité veloutée du ciel. J'aperçus les fenêtres éclairées de la maison, taches d'un jaune et blanc étincelant serties dans un bloc de pierre sombre. Je me garai devant, en face d'un énorme terre-plein de graviers. Éteignant le moteur, je restai un instant à regarder la maison par la vitre de ma portière.

La construction ressemblait étrangement à la maison de Duncan Oaks à Louisville. Bien qu'elle parût ancienne, je savais qu'elle n'avait été achevée que cinq ans auparavant, ce qui pouvait expliquer l'absence d'arbres adultes. L'extérieur était en pierre et en stuc. Des projecteurs extérieurs donnaient un aspect satiné à la finition vieux rose sur fond brun de la façade. Le style se voulait méditerranéen ou italianisant, un de ces amalgames bâtards prisés des Californiens, mais les arcs des fenêtres évoquaient nettement leurs homologues du Kentucky. Un porche flanqué de colonnes cannelées abritait la porte d'entrée en retrait. Même le tracé du balcon s'inspirait de ce style. Laddie en était-elle consciente ou avait-elle imité la maison de Duncan sans le vouloir ? Quel démon nous pousse à remettre en scène nos problèmes non résolus ? Nous revenons à nos blessures, nous reconstruisons le passé en espérant que, cette fois, l'histoire finira bien.

Les lanternes d'attelage apposées de chaque côté de la porte s'allumèrent. Sans enthousiasme, j'attrapai mon sac. J'avais laissé la poche à fermeture Éclair ouverte afin d'avoir facilement accès au magnétophone. Je m'extirpai de la voiture, traversai le terre-plein dans un crissement de graviers et montai les marches basses du perron. Laddie ouvrit la porte avant que j'aie eu le temps de sonner.

– Bonjour, Kinsey. Comme c'est gentil à vous d'avoir fait le trajet jusqu'ici. Je vois que vous n'avez pas eu de mal à trouver la maison.

– Pas du tout. Elle est magnifique.

– Elle nous plaît bien, dit-elle sans insister. Puis-je prendre votre blouson ?

– Merci, mais pas tout de suite. Je n'ai pas très chaud.

Elle referma la porte derrière moi.

– Venez au salon. J'ai une grande flambée dans la cheminée. Voulez-vous prendre quelque chose ? Je buvais justement un verre de vin.

Elle se dirigeait déjà vers le séjour, ses talons claquant avec élégance sur le marbre poli à l'excès.

– Je préfère pas, merci. J'ai pris du vin au dîner et je m'arrête là.

Nous entrâmes dans le séjour et ses trois mètres cinquante de plafond à caissons. Tout un mur de portes-fenêtres donnait sur un patio. La pièce, étonnamment claire, déclinait plusieurs nuances de crème : le tapis de six mètres sur sept, les murs, les trois petits canapés capitonnés assortis, disposés eu « U » devant la cheminée. Quelques touches de noir soulignaient les repose-tête et les abat-jour, de grandes fougères arborescentes apportant quant à elles des taches de vert çà et là. Peut-être pourrais-je piquer une idée ou deux pour mon habitat spacieux. La table basse consistait en une plaque de verre de quatre centimètres d'épaisseur reposant sur trois énormes sphères de laiton poli. Un second verre côtoyait une bouteille de chardonnay dans un rafraîchissoir isotherme. Laddie avait largement entamé la bouteille pour quelqu'un qui était seule à boire. Je profitai de ce qu'elle prenait son verre et s'installait sur l'un des canapés perpendiculaires à la cheminée pour enclencher le magnétophone. Le granit noir et luisant de l'âtre réfléchissait la flambée. J'en pris aussi bonne note : cela irait si bien chez moi !

Je m'assis en face d'elle, ne sachant trop par où commencer.

Les enchaînements ne tombent pas toujours sous le sens, surtout quand on tente de passer des douceurs de la conversation à un meurtre.

– Que faisiez-vous à Louisville ? me demanda-t-elle. Nous y allions pour le derby, mais il y a des siècles de ça.

Une soubrette apparut à la porte.

– J'ai laissé l'assiette de M. Bethel au chaud. Aurez-vous encore besoin de moi ?

– Non, c'est parfait. À demain matin.

– Oui, Madame, dit la femme.

Puis elle se retira.

– À vrai dire, commençai-je, je suis allée à Louisville pour effectuer des recherches. Vous rappelez-vous Benny Quintero, le type qui a été tué ici il y a quelques années ?

– Bien entendu. Mark est l'avocat de Mickey.

– Eh bien, il se trouve que Benny était originaire de Louisville. Il était au lycée technique au moment où vous terminiez vos études au lycée de garçons de Louisville.

Ses lèvres s'entrouvrirent, dénotant son intérêt.

– Mais… des recherches de quelle nature ? Je ne devine vraiment pas.

– Je continue de croire qu'il y a un lien entre la mort de Benny Quintero et les coups de feu dont Mickey a été victime la semaine dernière.

Laddie marqua une perplexité de bon aloi.

– Un rapprochement hardi, non ?

– Pas vraiment, dis-je, même si ça paraît bizarre. Vous êtes tous les quatre de la même ville…

– Tous les quatre ?

– Bien sûr. Vous, Mark, Benny et Duncan Oaks. Vous vous souvenez de Duncan ?

– Naturellement, mais il est mort depuis des années.

– Précisément, dis-je. (La conversation s'emmanchait infiniment mieux que je ne l'aurais cru.) Pendant sa période au Vietnam, Mark est bien allé à Ia Drang, n'est-ce pas ?

– Il faudra que vous vérifiiez auprès de lui, mais il me semble.

– Or il se trouve que Benny aussi.

Laddie eut un battement de paupières.

– Je ne vous suis pas. Quel rapport avec moi ?

– Laissez-moi revenir un peu en arrière. Duncan Oaks ne vous a-t-il pas interviewée pour le *Louisville Tribune* ?

– Kinsey, m'expliquerez-vous ? Je ne veux pas être grossière, mais vous n'arrêtez pas de passer d'un sujet à un autre et je m'y perds. Je ne vois vraiment pas où vous voulez en venir.

– Écoutez-moi simplement jusqu'au bout, dis-je. Duncan réalisait une série d'articles pour le journal local. Il interviewait des femmes de soldats, comme vous, qui étaient restées à l'arrière, leur demandant de parler de la guerre de leur point de vue. Son idée était de raconter la même histoire, mais vue cette fois par les yeux de leurs maris qui se battaient au Vietnam.

Laddie secoua la tête d'un air vague, haussant les épaules.

– Je suppose que je dois vous croire sur parole.

– Toujours est-il qu'il vous a bien interviewée.

Elle but une gorgée de vin.

– C'est possible. Je ne m'en souviens pas.

– Ne cherchez pas la date. J'ai demandé au rédacteur en chef de m'envoyer une copie de l'article. Nous la retrouverons. Quoi qu'il en soit, celui-ci affirme que Duncan a pris l'avion pour le Vietnam en septembre 65. Il est tombé par hasard sur Mark et Benny à Ia Drang, l'endroit où Duncan a disparu. (Je distillais de pures hypothèses, mais je m'aperçus qu'elle avait cessé d'élever des objections.) Sept ans après, Benny se manifeste à Santa Teresa avec les plaques d'identité de Duncan Oaks. Sur quoi on apprend qu'il a été assassiné. Le lien, vous le voyez ?

– Benny n'a pas été assassiné. Vous grossissez l'affaire. Si ma mémoire est bonne, Benny avait un hématome sous-dural, et sa mort a été causée par une hémorragie. Compte tenu de la nature de sa blessure, elle aurait pu survenir à tout moment. Même le rapport du médecin légiste le confirmait.

– Ah bon ? Vous avez probablement raison. Votre mémoire des détails est remarquable, dis-je.

– Mark et moi en avons discuté à l'époque. C'est sans doute resté gravé dans mon esprit.

– Mickey représente un autre maillon de l'affaire. Il est allé à Louisville le jeudi huit mai. Il est rentré le lundi, et aux premières heures du mercredi matin on a tiré sur lui, comme vous le savez.

Laddie eut un léger sourire.

– Je ne voudrais pas paraître prétentieuse, mais vous énoncez ce qu'on appelle un sophisme. Ce n'est pas parce qu'un fait en suit un autre qu'il existe une relation de cause à effet.

– Je vois. Autrement dit, ce n'est pas parce que Benny savait quelque chose qu'il est mort.

– Est-ce le point dont vous vouliez discuter avec Mark ?

– En partie.

– Alors, restons-en là. Je suis sûre qu'il vaut mieux que nous attendions son retour.

– Très bien, dis-je. Pourrions-nous parler de vos rapports avec Duncan ?

– Il est difficile de parler de rapports. Je le connaissais, bien sûr. Nous avons fait toute notre scolarité ensemble.

– Vous étiez des copains, des confidents ? Vous sortiez ensemble ?

– Nous étions des amis, c'est tout. Il n'y a jamais rien eu entre nous, si c'est le sens de votre question.

– C'en est en effet le sens, lui répondis-je. Je pensais que puisque vous étiez le roi et la reine de la promotion, vous aviez peut-être un faible l'un pour l'autre.

Laddie sourit, toute sérénité retrouvée. Ce point, elle y avait réfléchi. Elle tenait sa version de l'histoire préemballée et prête pour l'emploi.

– Duncan n'éprouvait aucun sentiment amoureux pour moi ni moi pour lui.

– Quel dommage ! Il paraissait adorable.

– Il l'était. Mais aussi extrêmement narcissique, ce que je trouvais invivable. Il n'y a rien de plus odieux qu'un gamin de dix-sept ans qui se croit irrésistible.

– Vous ne lui trouviez pas de charisme ?

– C'était lui qui s'en trouvait ! Moi, je le jugeais imbu de lui-même… sympathique, amusant, mais tellement snob…

– Et votre père ?

Elle me jeta un regard soupçonneux.

– Mon père ? Quel rapport ?

– Oh, annexe, et cela ne me regarde probablement pas…

– Rien de tout ceci ne vous regarde, lança-t-elle, hérissée.

Je souris, histoire de lui montrer que je ne me formalisais pas.

– À ce qu'on m'a dit, il avait déposé un brevet qui lui a rapporté beaucoup d'argent. Je suppose qu'on le considérait jusque-là comme plus ou moins hors norme…

– Et en admettant… Où voulez-vous en venir ?

– Je pense simplement que sa fortune a dû changer l'idée que les gens se faisaient de vous. En particulier Duncan.

Elle garda le silence.

– Oui ? Non ?

– Je suppose, dit-elle.

– D'insignifiante, du moins dans son esprit, vous deveniez soudain intéressante. Il semblait être le genre de garçon à aimer les conquêtes… ne fût-ce que pour se prouver qu'il était capable d'emporter la place.

– Que tentez-vous de démontrer ?

– J'essaie juste de me faire une idée de lui.

– D'un mort.

– De lui avant. Vous n'avez jamais eu d'aventure ensemble ?

– Oh, je vous en prie. Ne dites pas de bêtises. Nous n'avons jamais eu de liaison.

– Ne jouons pas sur les mots. Une liaison dure six semaines ou plus. Une aventure, c'est l'histoire d'une nuit ou de dix tout au plus.

– Je n'ai jamais eu d'aventure non plus.

– Quand Mark est-il parti pour le Vietnam ? Je sais que vous l'avez épousé en juin. Il a reçu sa feuille de route…

– Le vingt-six juillet, dit-elle d'un ton sec.

– Si je comprends bien, Duncan se trouvait à Louisville après le départ de Mark. Vous, vous veniez de vous marier, et votre mari était parti à la guerre. Vous vous sentiez sûrement très seule… malheureuse…

– Ce sont des insinuations infâmes. C'est injurieux non seulement envers moi, mais pour Mark.

– Injurieux à quel sujet ? demanda Mark depuis le couloir.

Il se débarrassa de son pardessus et le jeta sur le dossier d'un siège. Il avait dû arriver par la cuisine. Son grand front et une amorce de calvitie lui donnaient un air inoffensif, celui qu'ont les bébés avant d'apprendre à mordre et à répondre. Laddie se leva pour l'accueillir. Je les observai tous deux pendant qu'il lui déposait un baiser rapide sur la joue.

– Un instant, je passe juste un coup de fil, dit-il.

Il traversa la pièce et composa le numéro de police secours.

– Que se passe-t-il ? demanda Laddie.

Mark leva le doigt pour indiquer que le standard avait pris l'appel.

– Bonjour. Mark Bethel à l'appareil. J'habite au quatre-quarante-huit Savannah Lane. J'ai deux individus dans une voiture en stationnement près de mon portail. Pourriez-vous envoyer une voiture de police dans les parages ? Leur tête ne me dit rien qui vaille… Merci. Je vous en serais très reconnaissant. (Il reposa le combiné et se tourna vers Laddie et moi d'un air rassurant.) Sans doute rien de méchant, un rendez-vous galant, mais c'est juste au cas où ils surveilleraient les lieux en vue d'un mauvais coup… (Il se frotta les mains.) Je ne refuserais pas un verre de vin…

Je tentai de visualiser les inspecteurs Claas et Aldo épinglés par la police locale pour atteinte aux bonnes mœurs.

Laddie versa du chardonnay dans un verre, tenant celui-ci par la tige afin de ne pas laisser de marques sur le fond. Le tremblement de sa main faisait remuer dangereusement le liquide. Mark ne parut pas s'en apercevoir. Il prit le verre et s'assit, reportant son attention sur moi.

– J'espère que je ne vous dérange pas ?

– Nous parlions de Benny Quintero, dit Laddie. Elle rentre tout juste de Louisville, où elle effectuait des recherches.

– Benny ? Pauvre garçon.

– Je n'avais pas compris que vous étiez tous de la même ville, dis-je.

– Ce n'est pas tout à fait exact. Je suis né à Dayton. Ma famille s'est fixée à Louisville quand j'avais six ans. J'y ai vécu jusqu'au moment où je suis parti à l'université du Kentucky.

– Et vous connaissiez Benny à cette époque ?

– Je connaissais son existence, tout comme lui devait connaître la mienne à cause des matchs de football.

– Je ne savais pas que vous jouiez.

– Plus ou moins, confia-t-il d'un air piteux. J'étais inscrit à Atherton, qui avait été longtemps un lycée de filles. La mixité n'y a été introduite qu'en 1954. Mais même… nous gagnions rarement contre le lycée de garçons de la ville ou le lycée technique. Les joueurs se connaissaient surtout de réputation. Je me souviens d'un gars, un certain Byck Snelle d'Eastern…

– De sorte que Benny est venu en Californie pour vous retrouver, dis-je.

– En effet. On avait dû lui dire que j'étais avocat et il s'est mis en tête que je pouvais lui être utile pour ses indemnités d'ancien combattant. Mais, comme je le lui ai dit d'ailleurs, mon métier d'avocat ne fait pas de moi un spécialiste en la matière. À l'époque, j'ignorais tout de l'Association des anciens combattants. Aujourd'hui, naturellement, je m'intéresse à ces questions car je vois combien je peux dépoussiérer le système…

Je l'interrompis :

– On croirait un discours électoral.

– Désolé, dit Mark avec un sourire. Toujours est-il que je n'ai pas réussi à convaincre Benny de mon ignorance. Toute cette histoire était ridicule, mais je n'arrivais pas à me débarrasser de lui. Ce type s'est mis à me harceler, débarquant dans mon bureau, à la maison. Le téléphone sonnait à n'importe quelle heure de la nuit. Laddie commençait à avoir peur et je ne peux pas le lui reprocher. C'est alors que j'ai demandé à Mickey d'intervenir et de voir ce qu'il pouvait faire.

– C'est-à-dire ?

Je le vis hésiter.

– Ma foi, vous le savez, Mickey n'avait rien d'un ange. Je me suis dit qu'il pouvait lui passer un savon qu'il n'oublierait pas de sitôt. Je ne dis pas que Mickey voulait le brutaliser, mais il est indéniable qu'il l'a menacé.

– Quand ça ?

– Lors de l'incident dans le parking du Honky-Tonk.

– Vous avez parlé à Benny après ?

– Bien entendu. Il m'a téléphoné, il était fou de rage. Je lui ai dit que j'en parlerais à Mickey. J'ai essayé plusieurs fois de le joindre, mais sans succès, comme vous le savez parfaitement.

– Parce qu'il était avec Dixie, dis-je, désireuse de l'aider à poursuivre.

– C'est en tout cas ce qu'ils ont affirmé tous deux. Franchement, je me suis toujours posé la question. Ça me paraissait un peu cousu de fil blanc, compte tenu des circonstances.

– Donc, d'après vous, Mickey a remis ça avec Benny et l'a tabassé.

– Je dis que c'est une possibilité. Mickey a toujours eu un sale caractère. Il ne supportait pas qu'un voyou lui en remontre.

– Je vois mal Benny avoir le dessus. D'après Shack, ils se sont juste bousculés, il n'y a pas eu d'échange de coups.

– C'est exact. Les autres témoins me l'ont confirmé. Le problème, c'est que Mickey a perdu la face et que, pour un type comme lui, c'est pire que tout.

– Vous savez, c'est la seconde fois que vous accusez Mickey.

– Désolé, mais vous m'avez posé la question.

– Pourquoi n'avez-vous jamais mentionné le fait que vous aviez connu Benny au lycée ?

– M'en avez-vous donné l'occasion ? À l'époque, c'est tout juste si vous me parliez. Et depuis, croyez-moi, j'ai parfaitement compris que vous ne me portez pas dans votre cœur. Quand il nous arrive de nous croiser en public, vous piquez du nez et disparaissez, tellement vous voulez m'éviter. Et, de toute façon, vous ne parliez pas non plus à Mickey, sinon il vous aurait dit la même chose.

Je me sentis rougir, consciente de la justesse de ses remarques. Et moi qui me jugeais si subtile !

– Puis-je vous demander encore une chose ?

– Quoi ? demanda Mark en avalant une gorgée de vin.

– Après votre incorporation, vous avez été envoyé au Vietnam. C'est bien ça ?

– Tout à fait. Et je suis fier de mes états de service.

– Je n'en doute pas, dis-je. Benny Quintero y était, et Duncan Oaks aussi.

Je poursuivis en lui résumant brièvement ce que m'avait appris Porter Yount.

Le visage de Mark afficha l'expression de quelqu'un qui s'efforce de faire attention alors que son esprit est ailleurs. De toute évidence, il réfléchissait intensément, composant sa réponse avant que j'aie fini de parler. Il finit par afficher un sourire perplexe.

– Dites-vous bien que des centaines de gars se sont battus à Ia Drang. Vous aviez là le 105e, le 107e, le 207e, le 2e bataillon du IXe d'artillerie, le 227e bataillon d'hélicoptères d'assaut, le 8e bataillon du génie…

– Vu, l'interrompis-je. Des centaines de gars, j'ai compris. Mais Duncan était journaliste et il est allé vous interviewer très précisément dans le cadre de sa série d'articles. Il a dû vous dire qu'il avait interrogé Laddie. Mon idée, c'est que vous vous sentiez menacé par lui depuis des années. Laddie et lui se connaissaient bien. Elle était pauvre à l'époque et pas assez bien pour lui, mais je parierais que ses camarades de classe me diraient qu'elle en pinçait pour lui, qu'elle aurait donné n'importe quoi pour qu'il la remarque…

– C'est absurde ! Grotesque ! s'écria Laddie.

Mark lui intima de se taire d'un geste de la main, comme on donne un ordre à un chien en séance de dressage. Elle pinça les lèvres, mais comprit l'importance du geste. Mark ne cachait plus son exaspération.

– Venons-en à l'essentiel. Qu'insinuez-vous ?

– J'insinue que vous étiez tous les trois en contact. Vous, Benny et Duncan Oaks.

Il secoua la tête.

– Non. C'est faux.

– Si, dis-je. C'est la vérité. J'ai en ma possession un instantané d'eux et l'on vous distingue à l'arrière-plan.

– Et alors ? intervint Laddie.

– Je m'en charge, lui dit-il. Continuez, ajouta-t-il à mon intention. Tout ce scénario est passionnant. Vous avez visiblement une théorie de votre invention et vous essayez de la faire tenir.

– Je sais comment elle tient. Duncan a interviewé Laddie pour le journal après votre départ. À ce moment-là, son père était riche et Duncan n'a pas pu résister. On ne renonce pas à une conquête, même tardive. Ils ont eu une aventure et vous l'avez découvert. Elle vous l'a avoué, ou il vous l'a dit lui-même…

– Je ne veux pas parler de toute cette histoire, me coupa Laddie. C'est le passé. J'ai commis une erreur, mais ça remonte à une éternité.

– Oui, mais je sais qui a payé, dis-je d'un ton ironique.

– Bon Dieu ! Laddie, tu vas la boucler, oui ? (Il se tourna de nouveau vers moi, le visage sombre.) Et… ?

– Et vous l'avez tué. Benny Quintero vous a vu et c'est pourquoi il ne vous lâchait pas. Vous avez piégé Mickey. Vous avez tué Benny et fait en sorte que Mickey trinque.

– Et vous dites, si je ne m'abuse, que j'ai tiré sur Mickey aussi ? lança Mark d'un ton léger, mais qui sonnait faux.

– Oui.

Il tendit les mains dans un geste d'impuissance, abasourdi.

– Pourquoi aurais-je fait une chose pareille ?

– Parce qu'il avait reconstitué le puzzle, comme moi après lui.

– Une minute, Kinsey. On n'a jamais retrouvé le corps de Duncan. Qui vous dit qu'il n'est pas bien vivant ? Vous pensez pouvoir porter une accusation d'une telle gravité sans l'ombre d'une preuve ?

– J'ai l'instantané. Ça aide.

– Oh, j'avais oublié. L'instantané. Du vent, oui. Je demande à voir. Vous l'avez avec vous ?

– Je l'ai laissé chez un ami.

Mark fit claquer ses doigts.

– J'oubliais... le frère de Benny. Comment s'appelle-t-il déjà ? Ah oui. Duffy. Carlin Duffy. Joli coco que ce type.

Je ne répondis pas.

– D'après mes sources, poursuivit-il, il vit dans un abri à la pépinière Himes. Avec son casier, on ne devrait pas avoir de mal à le neutraliser.

– Je vous croyais l'âme sereine.

– Appelons ça faire le ménage.

– Vraiment. Maintenant que vous vous présentez, vous avez intérêt à enterrer le passé, faire en sorte qu'il ne ressuscite pas et vous morde les fesses au moment où vous vous y attendrez le moins.

Il tendit un doigt vers moi.

– Bingo !

– Vous le haïssiez à ce point ?

– Duncan ? Je vais vous dire ce qui m'a rendu fou chez ce type. Ce n'est pas tant qu'il ait baisé Laddie à l'instant où j'avais tourné le dos, mais qu'il se soit pointé à Ia Drang en jouant au petit soldat. J'ai eu des copains... de vrais amis, des types jeunes... qui sont morts avec courage, des hommes héroïques qui croyaient à ce qu'ils faisaient. Je les ai vus mourir dans des souffrances atroces, estropiés et mutilés, les membres arrachés, perdant leurs tripes. Duncan Oaks était un être répugnant. Il avait du fric et des prétentions, mais pas un atome de décence. Il méritait de mourir et je l'y ai aidé bien volontiers. À ce propos, j'aimerais avoir ses affaires personnelles.

– Ses affaires ?

– Sa carte de presse, ses plaques d'identité.

– Là, je ne peux rien pour vous. Il faudra que vous les réclamiez à Duffy.

Des profondeurs de mon sac jaillit un « clic » ténu mais audible lorsque la bande, arrivée en fin de course, déclencha l'arrêt automatique du magnétophone. Le regard de Mark fit l'aller-retour du sac à mon visage. Son sourire s'effaça et j'entendis Laddie inspirer un grand coup. Il tendit la main.

– Vous me donnez ça ?

– Papa ?

Nous nous retournâmes d'un même mouvement. Le fils des Bethel, Malcolm, se tenait dans l'encadrement de la porte de la salle à manger.

– Oui, quoi ? demanda Mark en s'efforçant de cacher son exaspération.

– Je peux prendre ta Mercedes ? J'ai un rancard.

– Bien sûr.

Malcolm ne bougea pas.

– Il me faudrait les clés.

– Eh bien, ne reste pas planté là, viens ! Nous sommes en pleine discussion, dit Mark en lui faisant signe d'entrer.

Malcolm me jeta un regard gêné en pénétrant dans la pièce. Mark sortit avec agacement son trousseau de sa poche, tortillant la clé pour la détacher de l'anneau. Pendant ce temps, j'observai le garçon. Pas étonnant que les photographies de Duncan Oaks m'aient paru familières. Je l'avais vu… ou son incarnation… dans le fils de Laddie. La même jeunesse, la même beauté brune qui retenait le regard. Malcolm, à vingt ans, était le mélange parfait de Duncan à dix-sept ans et de Duncan à vingt-trois ans. Je me tournai vers Laddie, qui savait sûrement que le dernier morceau du puzzle venait de se mettre en place.

– Mark, dit-elle.

Il leva la tête et ils échangèrent un rapide message silencieux.

– Alors, comme ça, on est de sortie, lançai-je, toujours prête à jouer les boute-en-train.

– J'emmène ma copine à un pot sur le campus.

– Super. J'allais justement partir. Je pense que je vais te suivre. Je me suis perdue en venant. Pourrais-tu me mettre dans la bonne direction ?

– Bien sûr, pas de problème. Avec plaisir, dit-il.

Je fixais avec attention l'arrière de la Mercedes noire de Mark Bethel tandis que Malcolm descendait lentement l'allée devant moi. Des phares apparurent bientôt dans mon rétroviseur. Mark avait dû sauter dans la BMW de Laddie, un petit modèle de sport rouge, l'idéal pour un accident mortel assorti de délit de fuite ou une course-poursuite à folle allure. Devant moi, Malcolm venait d'arriver au portail, déclenchant le système d'ouverture automatique enterré dans l'allée. Les battants s'ouvrirent avec lenteur. Sur la route, je repérai deux véhicules du bureau du shérif de Santa Teresa garés sur le bas-côté, gyrophares allumés. Quatre policiers discutaient avec les inspecteurs Claas et Aldo, occupés à ce moment précis à décliner leur identité. Malcolm tourna à gauche en direction de Savanna et je le suivis. L'inspecteur Aldo saisit mon regard, bien incapable de me venir en aide tant que les policiers n'en auraient pas fini avec eux. Le plan A tombait à l'eau.

Je vérifiai la situation dans le rétroviseur. Mark me suivait de si près que je voyais son petit sourire de commande. Je collai à la Mercedes, avec l'idée que Mark n'allait pas me rentrer dedans ni m'abattre tant que Malcolm resterait en vue. Pourquoi ne pas accompagner ledit Malcolm et sa petite amie sur le campus, boire une bière, fumer un joint, n'importe quoi pour éviter Mark ? Nous longeâmes un cimetière sur la gauche, avant de ralentir au croisement près du refuge. Malcolm donna un coup d'avertisseur et m'adressa un geste d'adieu, prenant à gauche dans Cabana tandis que je tournais à droite en direction de l'autoroute.

Je pris la 101 vers le nord, observant un quatre-vingt-dix à l'heure régulier. Mark s'aligna sur la même vitesse. Il y avait peu de circulation. Pas un seul policier en vue. J'attrapai mon sac, fouillai dedans au jugé d'une main, l'autre main sur le volant. J'éjectai la cassette pleine, ouvris la boîte à gants et la refermai. Pris une cassette vierge dans le paquet sur le siège du passager et l'insérai dans le magnétophone. Je n'avais pas mon arme avec moi. Je suis détective privée, pas auxiliaire de police. Mon travail s'effectue pour l'essentiel dans les bibliothèques publiques ou au greffe. En règle générale, ce ne sont pas des lieux dangereux et j'ai rarement besoin d'un semi-automatique pour me protéger.

Et maintenant ? Bien entendu, j'avais inventé la présence de Mark sur l'instantané, à l'arrière-plan de retrouvailles entre

Duncan et Benny. Si le cliché existait vraiment, je ne l'avais pas en ma possession… ni Duffy, d'ailleurs. Aïe. Cette seule possibilité avait mis Mark à cran, à l'idée que nous avions la preuve de leur rencontre. Pas de quoi en faire un plat. En admettant même que nous détenions une telle photo, ça prouvait quoi ? J'aurais mieux fait de la fermer. Ce malheureux Duffy allait passer un sale quart d'heure mais était loin de s'en douter. La dernière fois que je l'avais vu, il était ivre mort, inconscient sur son lit de camp.

Je sortis à l'échangeur de Peterson et tournai à gauche au feu. Inutile d'accélérer ou d'essayer de ruser pour semer Mark. Lui-même ne semblait pas pressé non plus. Il savait où j'allais, et si je changeais d'avis, lui irait de toute façon chez Himes. Je pense qu'il prenait plaisir à cette course-poursuite au ralenti, sûr de reprendre la main au moment de son choix, alors que je cherchais désespérément de l'aide. Je tournai à droite dans la rue latérale, puis de nouveau à droite et entrai dans le parking de la pépinière. Pas une voiture. La jardinerie avait baissé son rideau. Hormis une lampe allumée ici ou là pour décourager toute effraction de la part d'un maniaque aux doigts verts ou en mal de plantes en pot, l'intérieur restait plongé dans l'ombre. L'obscurité enveloppait le reste du terrain.

Je me garai, fermai la voiture et continuai à pied. En courant, je l'avoue : j'avais renoncé à toute fausse désinvolture. Jetant un coup d'œil derrière moi, je vis les phares de la Beamer qui pénétrait dans le parking. Je m'attendais à un claquement de portière, mais Mark avait déjà franchi d'un bond le rebord de béton symbolique et engageait la voiture entre les rangées d'arbres en caisses. Je zigzaguai, serrant contre moi mon sac pour l'empêcher de cogner tandis que j'accélérais. Je remarquai au passage que le labyrinthe d'arbres s'était modifié. Les allées dont je gardais le souvenir avaient disparu ou pivoté, et dessinaient à présent des axes parallèles. Impossible de dire si on avait ajouté ou retiré des arbres, ou si on s'était contenté de les déplacer. Himes envisageait peut-être un arboretum de jeunes spécimens.

Je hurlai le nom de Duffy, dans l'espoir de l'alerter et de lui faire comprendre que j'arrivais, mais le son parut se perdre dans la forêt mobile qui me cernait.

Derrière moi, Mark fonçait toujours, mais les nombreuses chicanes de ce labyrinthe ralentissaient sa progression. Je me sentais dans un état second où tout se déplaçait au ralenti – moi la première. J'arrivai à la remise le cœur cognant à tout rompre, à bout de souffle. Le chariot-élévateur jaune bloquait à présent l'allée, garé à côté de la resserre, un arbre en caisse de cinq mètres de haut hissé sur la benne. La porte du bâtiment était ouverte et il s'en échappait une lumière blafarde qui s'épandait en flaque sur le chemin.

– Duffy ?

Il y avait de la lumière sous sa tente de fortune, mais aucun signe de lui. Ses chaussures avaient disparu, et la couverture dont je l'avais recouvert gisait sur le sol. Sur le réchaud, une bouillie beigeasse, sans doute des haricots réchauffés, remplissait une méchante casserole. Un sachet en plastique de tortillas, fermé, trônait sur le brûleur inutilisé. Comme la casserole était encore chaude, il était peut-être sorti pisser un coup. J'entendis la BMW s'arrêter en dérapant.

– Duffy !

Je vérifiai le dessus de la caisse d'oranges. La carte de presse de Duncan Oaks, ses plaques d'identité et l'instantané se trouvaient toujours là où je les avais laissés. Dehors, j'entendis claquer la portière de la voiture, un bruit de pas arrivant dans ma direction. Je récupérai prestement les affaires de Duncan, cherchant un endroit où les cacher avant l'arrivée de Bethel. L'idée de les dissimuler dans les vêtements de Duffy me traversa l'esprit, mais je la rejetai aussitôt. La remise elle-même était rudimentaire et n'offrait aucun meuble ni coin ou recoin. L'absence d'isolation laissait à nu les montants ; il n'y avait même pas de boîte à outils pour me dépanner. Je fourrai les objets dans ma poche arrière au moment précis où Mark s'encadrait dans la porte, revolver à la main.

– Oh, ça va, dis-je.

– Ayez l'obligeance de me remettre le magnétophone et la bande enregistrée.

– Mais comment donc, répondis-je.

Je plongeai la main dans mon sac, pris le magnétophone et le lui tendis. Tandis que je l'observais, il coinça l'appareil contre lui, appuya sur le bouton EJECT de sa main libre et sortit la cassette. Puis il laissa tomber l'appareil par terre et l'écrasa du pied. Derrière lui, je devinai un mouvement. Duffy apparut dans l'encadrement de la porte, puis s'effaça.

– Je ne saisis pas, dis-je en concentrant mon attention sur Mark pour éviter de trahir du regard la présence de Duffy.

– Pas quoi ?

Mark pensait à autre chose. Il s'efforçait de ne pas me quitter des yeux tout en tenant le revolver d'une main et en dévidant la bande de l'autre, l'ôtant de la bobine. Des boucles de mince ruban luisant s'emmêlaient dans ses doigts, traînant par endroits sur le sol.

– Je ne comprends pas ce qui vous inquiète tant. Il n'y a rien là-dedans qui puisse vous incriminer.

– Je ne sais pas ce qu'a dit Laddie avant que j'arrive.

– Elle a été d'une discrétion remarquable, lui renvoyai-je sèchement.

Mark ne put s'empêcher de sourire.

– Sacrée bonne femme.

– Pourquoi avez-vous tué Benny ?

– Pour qu'il me foute la paix. Qu'est-ce que vous vous imaginiez ?

– Parce qu'il savait que vous aviez tué Duncan ?

– Parce qu'il m'a vu le faire.

– Comme ça, sur un coup de tête ?

– Appelons ça une inspiration. Nous étions six à être embarqués avec les sacs de cadavres. Duncan pissait le sang et gémissait, mais je savais qu'il n'était pas gravement touché. Putain de lopette ! Avant qu'on ait eu le temps de décoller, le toubib a été tué par un tir de mitrailleuse. Benny semblait dans les vapes. J'étais blessé à la jambe et j'avais récupéré une dégelée d'éclats d'obus dans le dos et le côté. On a décollé. Je me rappelle encore le tremblement de l'hélicoptère et je ne pensais pas qu'on arriverait à se dégager tellement cela tirait de partout. Dès qu'on a été en l'air, j'ai rampé jusqu'à Duncan, je lui ai pris ses papiers, j'ai arraché ses plaques et les ai jetées de côté. Pendant tout ce temps, l'hélicoptère hoquetait et vibrait comme si un fou le secouait. Duncan était étendu et me regardait, mais je ne crois pas qu'il ait vraiment compris ce que je faisais jusqu'au moment où je l'ai balancé dans le vide. Mais ce fumier de Benny m'avait vu. Il faisait semblait d'avoir perdu connaissance, mais il avait tout vu. J'ai eu une sensation de vertige et j'ai roulé sur le côté, trempé de sueur. Benny en a profité pour prendre les plaques et les cacher…

– Si je comprends bien, il s'est montré trop gourmand.

– Attendez, j'ai fait tout ce que je pouvais pour lui. Finalement, je l'ai tué autant pour sa crétinerie que pour avoir essayé de me baiser alors qu'il n'avait pas intérêt à remuer toute cette histoire.

– Et Mickey ?

– Assez bavassé et qu'on en finisse !

Il fit claquer ses doigts, montrant le sac.

– Je ne suis pas armée.

– Ce sont les plaques de Duncan que je veux.

– J'ai tout laissé sur la caisse. Duffy les aura prises.

D'un autre claquement de doigts, Mark me fit signe de lui passer le sac.

– J'ai menti pour la photo.

– FILEZ-MOI CE PUTAIN DE SAC !

Je lui passai mon sac et l'observai pendant qu'il le fouillait. L'arme l'obligeait à le faire en le coinçant contre sa poitrine. Du coup, il ne parvenait pas à en examiner le contenu tout en gardant un œil sur moi. D'un geste excédé, il saisit le sac par le fond et le vida carrément. Quelque part à côté, j'entendis le grondement sourd d'un engin et me retrouvai en train de supplier le ciel : *Je vous en prie, mon Dieu, je vous en prie.*

Mark l'entendit aussi. Il jeta le sac dans un coin et agita son arme, m'intimant l'ordre de sortir la première. C'est alors que j'eus peur. Tant que nous parlions, que nous nous faisions face, je ne le croyais pas capable de me tuer car je ne pensais pas qu'il en eût le courage. Curieusement, je m'étais désintéressée de mon sort. Tout ce qui comptait à ce moment-là, c'était de connaître la vérité, de découvrir ce qui était arrivé à Duncan, à Benny et à Mick. À présent, me tourner dépassait presque ce que je pouvais endurer.

Je me dirigeai vers la porte. J'entendis le grondement profond d'un moteur à diesel, d'un engin qui prenait de la vitesse à mesure qu'il progressait. J'avais l'impression d'irradier. L'angoisse me mordit l'estomac comme un éclair déchire une nuit d'été. J'aurais donné cher pour voir ce que faisait Mark. Je me demandai s'il braquait toujours son arme sur mon dos, je me demandai s'il libérait déjà le cran de sécurité, s'il resserrait son index sur la détente, me précipitant vers la mort. Surtout, je me demandai si la balle me toucherait avant que j'entende le bruit de la détonation.

Il y eut le fracas d'un choc soudain. Je jetai un coup d'œil par-dessus mon épaule et vis avec ahurissement le mur de la remise imploser, le bois se fendre et éclater sous la poussée obstinée du petit bulldozer. Les débris du lit de camp de Duffy collaient à la chenille, qui semblait dotée du poids et du pouvoir de destruction d'un char en mouvement. La benne fixée à l'avant percuta le radiateur parabolique et l'envoya voler dans ma direction. Je baissai la tête, mais il me heurta dans le dos avec une force qui m'expédia à genoux. En me relevant, je jetai un regard derrière moi. Le mur du fond de la remise avait disparu.

Duffy passa en marche arrière et franchit les débris en sens inverse, effectuant un demi-tour en trois manœuvres. Je me mis à courir, émergeant de la remise juste à temps pour voir Mark sauter dans la BMW et enfoncer fébrilement la clé dans le contact. Le moteur refusa de se mettre en marche. Duffy, dans le bulldozer, arrivait sur le véhicule. À son large sourire, je sus que le moteur ne démarrerait jamais. Mark visa et tira sur Duffy, juché dans la cabine. J'étais prise entre les deux hommes, je m'immobilisai, fascinée par la violence de la scène. Mon cœur brûlait dans ma poitrine et je fus prise d'un besoin presque suffocant de me mettre à courir. Je vis que Mark était prisonnier du cul-de-sac formé par la partie effondrée de la remise, une rangée d'arbres en caisses et le bulldozer qui reprenait de la vitesse tandis que Duffy accélérait. Je bloquais sa seule possibilité de fuite.

Mark se mit à courir dans ma direction, espérant sans doute m'abattre en tentant de s'échapper. Il tira de nouveau sur Duffy. La balle ricocha sur la cabine en émettant une note harmonieuse. Duffy actionna le levier de l'élévateur tout en fonçant sur lui. Je me mis à courir vers Mark. Il se jeta sur le côté à la dernière seconde et repartit en sens inverse. Il sauta sur l'une des caisses, espérant filer entre les arbres jusqu'à l'allée juste derrière. Je l'interceptai en plein vol et le bousculai. Fauché dans son élan, il bascula en arrière et tomba sur moi. Nous roulâmes à terre en une masse indistincte. Comme il se relevait tant bien que mal, je tendis le bras et lui saisis la cheville, m'y accrochant avec l'énergie du désespoir. Il trébucha, me traînant à demi sur la piste par laquelle arrivait Duffy. Celui-ci écrasa l'accélérateur. Je lâchai Mark et roulai sur le côté. Le bulldozer piqua du nez dans un rugissement de moteur de diesel, tandis que le levier de la benne grinçait à mort. Mark pivota sur lui-même, essayant de se jeter de l'autre côté, mais Duffy arrivait à vive allure sur lui, la benne tendue comme un berceau. Mark se retourna pour faire face au bulldozer, calculant son élan dans l'espoir d'esquiver la masse de l'engin. Il tira à nouveau, mais la balle frappa la benne sans l'endommager. Il s'était gravement mépris sur les compétences de Duffy. Le rebord de métal heurta sa poitrine avec une violence qui le fit presque décoller de terre, le propulsant contre le mur latéral de la remise. Pendant un instant, il resta là, cloué à la paroi par la benne. Il se débattit, son poids le tirant vers le bas jusqu'au moment où le bord de la benne s'appuya carrément sur sa gorge. Duffy me jeta un regard, et je vis son expression s'adoucir. Il lança le bulldozer en avant, et la tête de Mark, tranchée net, tomba dans la benne avec un bruit mat, comme un melon.

Ce n'était pas *tout à fait* le plan B, mais on s'en contenterait.

ÉPILOGUE

Il fallut encore six mois pour régler définitivement le dossier du Honky-Tonk. Un grand jury fédéral retint quinze chefs d'accusation contre Tim Littenberg et douze contre Scott Shackelford pour contrefaçon de cartes de crédit, délit passible d'une peine d'emprisonnement de cinq ans au minimum et d'une amende de 250 000 dollars pour chaque condamnation. Tous deux sont actuellement en liberté sous caution. Carlin Duffy a été arrêté et mis en accusation pour homicide volontaire. Il attend son procès à la prison du comté de Santa Teresa, avec son terrain de volley, ses vécés à l'intérieur et ses postes de télévision en couleurs.

Mickey est mort le 1er juin. Plus tard, j'ai vendu ses armes de poing, ajoutant le prix que j'en avais tiré à l'argent liquide et aux pièces d'or subtilisés dans son appartement. Mickey ne s'étant jamais soucié de modifier son testament, et comme il faisait de moi sa seule et unique légataire, sa succession (dont quelques fonds de pension à l'abri sur un autre compte, plus 50 000 dollars d'assurance sur la vie) m'est revenue. Peut-être parce qu'il se sentait coupable, Pete Shackelford a remboursé les 10 000 dollars que Tim Littenberg devait à Mickey, de sorte que ce fut une somme coquette, au bout du compte, que je remis à la police de Santa Teresa pour l'utiliser comme elle le jugerait bon. Mickey, s'il avait survécu, aurait sans doute été un de ces excentriques qui crient misère, vivent comme des clochards et laissent des millions aux œuvres de bienfaisance.

Il se trouve que je l'ai veillé jusqu'à son dernier souffle, le regard rivé au moniteur au-dessus de son lit. J'ai observé le tracé en dents de scie des pulsations de son cœur qui continuait de battre, vigoureux, régulier, malgré la couleur qui le quittait et sa respiration de plus en plus laborieuse au fil des jours. J'ai touché son visage, cette peau fraîche qui ne retrouverait jamais sa chaleur. Après l'ivresse de l'amour sonne l'heure du naufrage, dans l'expérience que j'en ai eue en tout cas. J'ai pensé à tout ce qu'il m'avait dit, à tout ce que nous avions été l'un pour l'autre pendant ce mariage éphémère. Ma vie, parce qu'il en a fait partie, est devenue plus riche. Quels qu'aient été ses défauts et ses échecs, il s'était racheté sur la fin. J'ai posé ma joue contre sa main et respiré avec lui jusqu'à son dernier soupir.

« Tu as fait du bon travail, mec », lui ai-je murmuré, lorsque tout fut enfin silencieux.

RÉALISATION : I.G.S. CHARENTE-PHOTOGRAVURE À L'ISLE-D'ESPAGNAC
IMPRESSION : BUSSIÈRE CAMEDAN IMPRIMERIES À SAINT-AMAND (CHER)
DÉPÔT LÉGAL : JUIN 2000. N° 38643 (002457/1)

Dans la même collection

Brigitte Aubert
Les Quatre Fils du docteur March
La Rose de Fer
La Mort des bois
Requiem Caraïbe
Transfixions
La Morsure des ténèbres
La Mort des Neiges

Lawrence Block
La Balade entre les tombes
Le diable t'attend
Tous les hommes morts
Tuons et créons, c'est l'heure
Le Blues du libraire
Même les scélérats…
La Spinoza Connection
Au cœur de la mort
Ils y passeront tous
Le Bogart de la cambriole
L'Amour du métier

Jean-Denis Bruet-Ferreol
Les Visages de Dieu

Sarah Cohen-Scali
Les Doigts blancs

Michael Connelly
Les Égouts de Los Angeles
La Glace noire
La Blonde en béton
Le Poète
Le Cadavre dans la Rolls
Créance de sang
Le Dernier Coyotte
La lune était noire

Robert Crais
L'Ange traqué
Casting pour l'enfer
Meurtre à la sauce cajun

Eno Daven
L'Énigme du pavillon aux grues

David Laing Dawson
La Villa des ombres
Minuit passé, une enquête du Dr Snow

Bradley Denton
Blackburn

William Olivier Desmond
L'Encombrant

Stephen W. Frey
Offre Publique d'Assassinat
Opération Vautour

Sue Grafton
K… comme killer
L… comme lequel ?
M… comme machination
N… comme nausée

George Dawes Green
La Saint-Valentin de l'homme des cavernes

Dan Greenburg
Le Prochain sur la liste

Jack Hitt
Meurtre à cinq mains

Anthony Hyde
China Lake

David Ignatius
Nom de code : SIRO

Jonathan Kellerman
La Clinique
La Sourde
Billy Straight

Philipp Kerr
Une enquête philosophique

Paul Levine
L'Héritage empoisonné
Cadavres incompatibles
Trésors sanglants

Elsa Lewin
Le Parapluie jaune

Herbert Lieberman
Nécropolis
Le Tueur et son ombre
La Fille aux yeux de Botticelli
Le Concierge

Michael Malone
Enquête sous la neige
Juges et Assassins

Henning Mankell
Le Guerrier solitaire

Dominique Manotti
Sombre Sentier

Alexandra Marinina
Le Cauchemar
La Mort pour la mort
La Mort et un peu d'amour

Andreu Martín
Un homme peut en cacher un autre

Dallas Murphy
Loverman

Kyotaro Nishimura
Les Dunes de Tottori

Michael Pearce
Enlèvements au Caire

Sam Reaves
Le taxi mène l'enquête

Edward Sklepowich
Mort dans une cité sereine
L'Adieu à la chair

April Smith
Montana Avenue

Austin Wright
Tony et Susan

L. R. Wright
Le Suspect
Mort en hiver
Pas de sang dans la clairière